美妇清

MEIFU QING

雷平 朱江 ◎ 著

重庆出版集团
重庆出版社

图书在版编目(CIP)数据

美妇清 / 雷平, 朱江著. —重庆: 重庆出版社, 2014.6
ISBN 978-7-229-08499-8

Ⅰ.①美… Ⅱ.①雷… ②朱… Ⅲ.①长篇小说—中国—当代 Ⅳ.①I247.5

中国版本图书馆 CIP 数据核字(2014)第 163753 号

美妇清
MEIFU QING
雷平 朱江 著

出 版 人：罗小卫
责任编辑：别必亮　王晓静　吴　昊
责任校对：杨　婧
装帧设计：重庆出版集团艺术设计有限公司·卢晓鸣

重庆出版集团
重庆出版社 出版

重庆长江二路205号　邮政编码：400016　http://www.cqph.com
重庆出版集团艺术设计有限公司制版
重庆普天印务有限公司印刷
重庆出版集团图书发行有限公司发行
E-MAIL:fxchu@cqph.com　邮购电话：023-68809452
全国新华书店经销

开本：787mm×1092mm　1/16　印张：19.75　字数：290千
2014年8月第1版　2014年8月第1次印刷
ISBN 978-7-229-08499-8
定价：39.00元

如有印装质量问题，请向本集团图书发行有限公司调换：023-68706683

版权所有　侵权必究

故事梗概

　　巴郡长寿山下小邬堡，一位年轻丧偶的女子巫清，在全国选秀中力挫群芳，一举成为始皇嬴政的"后宫行走"，被赐名"美妇清"，领巴郡农牧矿事。她用家产支撑大秦皇宫开销，用丹砂贸易支持修筑长城，一段女富商与帝王的爱情在历史的长河中上演……

一

公元前221年，咸阳秦王府。窗明几净、光亮充足、宽敞的大殿内。

圣案阶下文臣武将以"门"字形排列，形成一个长长的通道，秦王嬴政端坐阶上案几之后，十分威严。

他欠欠身子将右手一挥，做了个"开始"的动作，将手中一卷竹简往前一送，平淡地说了一声："着中车府令赵高宣旨。"

赵高将握在右手中的"拂尘"往左臂一搭，跨步上前腰身一弯："诺!"双手接住嬴政递过来的"王旨"，向侧后退两步，转过身去向阶下看了看，翘起右手兰花指，动作悠然，娴熟温柔地将竹简展开，面对群臣媚声媚气地高声宣唱："大王圣宣:着丞相王绾主持廷议，论为我大秦王尊号冠名。"

赵高是秦国宗室远亲，因家道败落生活艰辛，接受阉刑后入秦宫为宦官，陪伴秦王嬴政从小长大。赵高善于观言察色，逢迎献媚，八面玲珑，处事有门有道，奸猾稳重，善于学习，才华横溢却不格外显露锋芒，并深知嬴政性格的张抑度数，很快得到了嬴政的赏识信任，从众多宦官之中脱颖而出，成为嬴政的要好伙伴。

秦庄襄王驾崩，嬴政袭承王位。

嬴政主政朝野，便提拔他为中车府令，掌管秦王的车舆马驾，还发挥他的学识专长，让他教自己的小儿子胡亥判案断狱，成为嬴政非常倚重的近臣。

丞相王绾出列叩拜："臣，领旨。"起身道："现在，敬请各位臣卿廷议秦王尊号冠名。"

丞相，也叫"宰相"、"相国"、"相邦"等，是古代中国最高的行政长官。"宰"有控制、掌握的意思。商朝时，丞相是为王侯公绅管理家务和奴隶的

001

人;"相"的原意为相礼之人,字的含义有辅佐的意思。古代贵族当上国王后,丞相是王的首席副手。

廷尉李斯跨步出列。他年轻时在楚国乡村做管理文书的小官,后来拜荀子为师,学习辅佐帝王治国的权术,学成后到秦国发展。先在前相国吕不韦手下做门客。

门客是古代有身份有地位的人收养的有学问有技能的人才,三教九流,文武技巫各色人物都有,实际就是高官为自己储备人才,一旦得志上台便可以门客为心腹主事一方。

李斯在吕不韦推荐下到秦王身边做臣子。他因劝说秦王嬴政灭诸侯、成霸业有功,被任命为长史。后来秦王根据他贡献的计谋,派遣谋士用车拉着金玉锦缎游说东方六国,离间各国君臣关系再次获得成功,他被秦王重用提升为客卿。

客卿,是他国人在本国任职效力的高级官员。李斯不负秦王厚望,不久又献锦囊妙计大获全胜,再一次得到升迁被提拔为廷尉,成为大秦国主管司法的最高长官。

李斯朗声奏道:"我大秦王嬴政,自13岁承继王位,22岁在故都雍城举行国君成人加冕仪式亲理朝政,继承秦国上下七代国君之功绩,尤承先王庄襄王伟业,集中优势兵力,由近及远,各个击破,仅用11年,先后灭掉韩、赵、魏、楚、燕、齐六国,完成华夏统一大业。这样的功绩,自从盘古开天辟地,虽有三皇五帝,却没有哪个王有我王之气魄影响和伟岸形象。我王乃太阳下的王中之王,鉴于此,我建议取'三皇'中'皇'字,五帝中'帝'字,以'皇''帝'二字为我王冠名尊号。"

将军王贲出列奏请发言,得到丞相王绾应允。

王贲是秦王手下名将,因功勋卓著被封为通武侯。他朗声奏道:"我大王声威远播,秦国强大铁军,如虎一样勇猛顽强,像狐一样智慧谋略,人称'虎贲军',秦军中骁楚济济,北击匈奴,南攻蛮族,所到之处,攻无不克,战无不胜,所向披靡,似秋风扫落叶,横扫千军如卷席,荡平六国,一统江山,各国先朝先代没有一个所能匹敌,其功盖世,其事彪炳。拥大漠之沙表不完我王创建的伟业,倾东海之水写不尽我王的丰功伟绩。臣想不出更为合适的语言文字来表达我王的功绩,臣赞同以'皇''帝'二字为尊号冠名。"

群臣分别请奏,大唱赞歌,历数功绩,讲了许多溢美之词,都觉得秦王嬴政是太阳之下的王中之王,赞同用"皇""帝"二字冠名尊号。

丞相王绾道:"臣以为,仅用'皇帝'二字来表达我大秦王的伟绩还有些意犹未尽,不足以说明我秦王嬴政一统华夏的千秋丰功盖世奇业。"

秦王嬴政来了兴趣,他把身子向前倾了倾,目不转睛地望着王绾。

赵高看出了嬴政的期待,不失时机地问道:"那丞相的意思是?"

王绾道:"我华夏民族自古有天皇、地皇和泰皇,其中泰皇最为后世称赞,臣同意用'皇帝'二字作为秦王的称号,建议在这两个众口一词的字前加一个字来涵盖我王功高万代无人企及的地位。所用这个字应该是前有古人而后无来者的尊用。"

赵高迫不及待地问:"什么字?"

王绾加重了语气道:"臣以为'泰'字比较合适,我建议尊我王称号为'泰皇帝'。"

群臣纷纷附和,认为"泰皇帝"一词更有创意,赞同用"泰皇帝"冠名尊号。

秦王嬴政沉默半天,这才发话:"孤兴义兵,诛伐残贼,平定天下,统一华夏,置海内为郡县,设法令为一统,功劳博大。三皇未有,五帝不及。孤认可各位爱卿所尊孤有三皇之德品,五帝之功勋,孤笑纳使用'皇'和'帝'二字,赞同定称号为'皇帝'。"

阶下各位大臣频频点头表示赞同,特别是廷尉李斯脸上不由自主地挂上了得意之色。

没想到秦王嬴政话锋一转:"但大秦一统的华夏江山,前无古人后要有来者,今要千秋万代延续,有一世,二世,三世,还有若干世,孤作为华夏一统的开国一世元勋,华夏大业从此伸展,所以孤以为叫'始皇帝'为好!"

丞相王绾马上附和:"以'始皇帝'冠名尊号,深刻恰当,非常贴切!非常贴切!"

群臣忙叩身拜地高呼:"始皇帝万年!万年!万万年!"

始皇帝挥挥手:"众卿平身。"

众臣起身回到自己的班位。

赵高满脸堆笑,面向始皇帝道:"奴才以为,为表彰我始皇帝重开纪元,表达我华夏民族对大秦始皇帝尊敬,今后,除太后以外对我始皇帝一律不得直呼其名,臣建议大秦国应铸制一个专用文字供始皇帝一人独享!"

始皇帝转头面对赵高惊奇地问:"何字?"

赵高平静地道:"奴才思考数日,闭门冥想许久,创制了一个字。这个字的意思是您老坐着,一群带耳朵的人站着听您讲话,其形为'陛',其音为'陛'(bì)"。

始皇帝用右手在案几上画了画,又想了想轻声言道:"陛,陛,陛。这孤零零的一个字是不是显得过分单薄凋零,旷野一柱,太为孤独。"

赵高一听马上紧张起来,叩首道:"是奴才粗疏,罪该万死。"

始皇帝和颜悦色地道:"平身。爱卿的提议倒是有理,既然我始皇帝以下各位爱卿及举国民众都不用,我看就叫'陛下',就是孤皇以下所有人不用的意思。对,'陛下'二字较妥。准奏!"

赵高起身转而喜形于色:"诺,谢主隆恩!"他突发奇想的建议得到"恩准",满心欢喜,十分得意,转身昂首面对各位大臣,"始皇帝圣宣:今后对我皇不得直呼其名,应尊称为'陛——下'!"

群臣叩身拜地高呼:"陛下万年!万年!万万年!"

李斯起身后,将双手一并拇指一竖道:"启禀陛下,臣李斯有奏!"

始皇帝:"请奏。"

李斯:"诺!我始皇帝有关月锁阴之功,臣建议将商朝、周朝以来,国人不分尊卑贵贱,人人都可通用的自称'朕'字,辟为我始皇帝的专用自称,从此其他人不得使用。"

始皇帝:"喔,这个'朕'字,非常形象,的确是关月锁阴之字,就是要光明正大嘛。嗯,好,好,很好!准奏,即日诏告天下。"

王绾拱手回应:"诺!"

始皇帝道:"赵高,既然新纪从朕开始,万象更新,过去大秦国的诏书朕以为太随意、太直接、太简单了,似乎缺些什么,朕建议让诸位爱卿商议商议诏书应该如何更新!"始皇帝说的是实话,战争时期以快速匆忙为特色,万事不曾讲究,和平了就应该规范。

赵高:"诺!"侧身面朝阶下朗声道:"始皇帝圣宣:我朝呼使民众,万象更新的气象应从诏书开始,着丞相王绾主持廷议!"

丞相王绾出列叩拜:"臣领旨。"转身对众臣道:"历朝历代与我朝迥异,我大秦开新制,创新拓展不像春秋战国一样迷信'生死由命,富贵在天',静等'天时'决定命运,而是敢打敢拼勇往直前不受约束。我始皇帝把握机遇,顺势而上,用命运改造天时,又以天时促成命运,以这种天不怕地不怕,天地之间我为大的一往无前精神,开创了惊天地、泣鬼神的一代辉煌大业。而今,万邦复平,天下安然,再用此办法俘获民众,很难维护长治久安,臣以为坐天下要更换思路,用一种精神固化民众信仰,让民众把力量集中到崇拜信仰,这就需要事事有章可循,无章造章,创立理论支撑。诏书乃皇庭面对公众的文书,使用频繁,更新始然,方可昭示我朝与历朝历代之不同,这叫机制有据,符合运行轨迹。"

李斯出列道:"讲得好!我始皇帝曾曰:'黄帝得土德,其故地能见蚯蚓之神,蚓大粗壮达五六围,长十余丈;夏朝得木德,青龙环绕城郊,使其草木畅茂;殷商得金德,银从山坡溢出使其富贵荣华;周朝得火德,有火自天止于王屋,流为赤乌。'火舌化为红色老鸦,象征吉祥;这些都是天意征兆,或神灵帮助。今我大秦变周,得水德。早年文公出猎,曾获黑龙,在五色之中我独尚黑玄,这是水德之发瑞。五行之中,一、六为水,二、七为火,三、八为木,四、九为金,五、十为土。我大秦得水,水数一、六,一不变化,取六为度数,如六寸为符,六尺为步等等仍先人习以为常。在十二音律之中,于五音为商,五行属金。金能生水。我践行水德,崇尚大吕。'水为阴,阴主刑杀,故尚法治。'大秦'奉天'靠'水德''当载',而'禀承苍天旨意',这就是我大秦行运的依据。"其实李斯这番话与历朝历代统治者的理论依据如出一辙,换汤不换药,甚至连汤都不换。

李斯继而道:"臣以为在诏书前可冠以'承天旨意始皇帝',意指我皇对大众行策乃禀承天意奉载,不可冒失违之。"

上卿姚贾跨列出班。他出身卑微,其父是看管城门的守门小卒,根本没有社会地位,曾经被韩非子戏为"梁之大盗,赵之逐臣"。姚贾在赵国受命联合楚、韩、魏攻秦失败,被赵国驱逐出境,后来到秦国,秦王嬴政对他非常信任,命他出使四国,竟然把一百多辆车乘,千斤黄金交他去列国办事,"衣以其冠,舞以其剑"。这种高规格待遇,在当时并不多见。姚贾出使三年,大有成效,获得了秦王嬴政所企盼的结果。秦王高兴至极,拜他为上卿,封千户。

姚贾奏道:"臣非常赞同在诏书前冠以'承天旨意始皇帝'。承天表示奉载。'承',遵照、遵从天意,指我始皇帝受命于天,出策出师有道。'旨意',新生运气,承载上天旨意。'发号新生气运',指我始皇帝君权神授,又有创新。妙,妙,妙不可言。今后可固定作为我始皇帝诏书开头之语。"

始皇帝觉得目的已经达到,恰到好处地及时结束了此项廷议。他表态:"准奏!"

群臣叩身拜地:"陛下万年!万年!万万年!"

始皇帝再次发音:"赵高。"

赵高:"臣在。"

始皇帝:"臣下口口声声称我万年,万年,万万年。别说万年,只要能延长孤皇性命,即是幸事。近日朕有些倦顿,思睡,力有不支。你让他们廷议一下怎样才能重振精神,延长寿命。"

赵高:"诺!"转身面对阶下群臣道,"承天旨意始皇帝圣宣,着丞相王绾主持廷议,议怎样才能振作精神,长生不老"。

丞相王绾出列叩拜:"臣,领旨。"起身道:"廷议我始皇帝怎样才能振作精神,长生不老。"

将军蒙武出列,双手一合竖起拇指道:"臣当年听家父讲过,齐国蓬山之上生有一种'人参果',吃后可保长生不老。民间早有'人间有仙境,得道在蓬莱'的说法,臣愿带兵前去采摘。"

他所说的家父就是蒙骜,战国后期秦国的著名将军。蒙骜是秦昭王时期从齐国来秦国的。秦昭王是秦庄襄王的父亲,秦庄襄王是始皇帝嬴政的父亲。

蒙骜到秦三年,攻下赵国的榆次、新城、狼孟等地,为秦国夺取三十七座城池;接着,又攻占赵国重镇晋阳,今天山西的省会太原;秦王嬴政三年,他领兵攻打韩国,夺取十三座城池;公元前247年,蒙骜率领秦军东进,攻打魏国,多次击败魏兵……

蒙骜因屡建战功,被秦国先王封为上卿。秦王嬴政七年,蒙骜逝世。嬴政念其一家对秦国的耿耿忠心和功勋,加封其子蒙武、其孙蒙恬为上将军。

蒙武所说之蓬山,位于渤海的一个地方,那里自古被称为"人间仙境",是传说中渤海里仙人居住的三座神山之一。另两座分别为"方丈"和"瀛洲"。

传说中,元始时期从东海吹来一股先天之气,停留在那个后来叫蓬山的地方。吸宇宙灵气,日积月累化为开辟世界的"人",这人就是盘古,后来成为主持天界的始祖,又被称为"元始天尊"。

盘古将身子一伸,天就逐渐向上升高,地便逐渐向下坠。天地之间生出许多盘根错节、纵横交织相连在一起的植物,盘古左手拿着凿子,右手拿着斧子,用斧劈,用凿开,不懈努力,终于把天地分开。先天之气有升有降,清者上升为天,浊者下降为地,从此混沌不堪的情况得到了清理。盘古积劳成疾,死后变成两位神仙,男的叫伏羲,女的唤为女娲,他们是兄妹,都是人首蛇身。

盘古开了天,辟了地,天地却没有颜色,也没有生机,就像今天的月球一样。伏羲女娲身在其中,成天无所事事,清闲的伏羲发怒了,他用巨手在大地上划了些沟壑,天即降下时雨,填满沟壑。这就是后来的江河,江河奔流向东,成为东海。从沟壑里划出来的堆土就成了后来的五岳七山,天地之间便有了山川河流。天地中有了大量空间,日月星辰高兴了,从遥远的地方来到天地之间定居下来,从此与天地相伴。

有了山川,日月星辰,仍无生机。女娲甚觉无聊,就用黄土不断地捏人造物。捏了多天,捏得她体力不济,手不能握,疲惫劳累,不能自持。她不甘心,将藤萝一头缠在树上,一头扯在手中往地上掺,掺出的尘土变为生命。这样,天地之间就有了五仙五虫。女娲以手捏成的动物,叫神仙,居住天上,生命无限;用条藤掺出的动物,叫人鬼妖魔,住在地上,生命有轮回,死后才能重生。这就是传说中的"女娲造人"。

神仙清高,人鬼妖魔不服,也想成仙得道上天,就有了"天劫"。

日月更迭,斗转星移,许多年过去了,人世间人鬼妖魔愤愤不平:我等都是女娲所造,为何只有神仙居天上长生不死,而我等却要饱受轮回之苦?神仙在天界生活久了,也感觉自己枉自为仙而无所事事;羡慕人间,便偷偷下界与凡人交往。神仙对人说:"人间若有德善之人,到蓬山修成大道也可成为神仙。"此话一出,引起人间轩然大波,人、鬼、妖、魔无不励行修炼,以便日后得道升天。这就是所谓的"人间有仙境,得道在蓬莱"的由来。

人参果,又名仙桃,是一种艳果。幼果为白色,成熟时果皮淡红黄色,单果重2~8两,最重可达一斤左右,此果属浆果,果肉淡黄,一般每树只挂果5~10个,甚为稀罕。今天的科学证实,人参果可食部分达95%以上,具有低糖、高蛋白的特点,富含多种维生素、氨基酸以及微量元素。

蒙武话音刚落,大将军王贲也出列奏道:"臣奉皇命伐楚时,听说终南山内有一种叫'灵芝'的仙草,食后可长生不老,臣愿领兵上山采集仙草奉献于我始皇帝。"

终南山,也叫太乙山、地肺山,是秦岭山脉的一段。西起今宝鸡市眉县、东至西安市蓝田县,主峰在西安长安区,素有"仙都"、"洞天之冠"和"天下第一福地"美称。

终南山千峰叠翠,景色优美,主峰海拔2604米。对联"福如东海长流水,寿比南山不老松"里面的南山说的就是这座山。终南山主峰太白山盛产药材,素有"草药王国"之誉,在当地至今都传唱有"太乙山,遍地宝,有病不用愁,上山扯把草"的歌谣。终南山地形险阻、道路崎岖,大谷五个,小谷过百,连绵数百里。《左传》中称终南山为"九州之险",《史记》说秦岭是"天下之阻"。它丽肌秀姿,千峰碧屏,深谷幽雅,令人陶醉。唐代诗人李白赞道:"出门见南山,引领意无限。秀色难为名,苍翠日在眼。有时白云起,天际自舒卷。心中与之然,托兴每不浅。"

灵芝被称为不死药、神芝、仙草、瑞草。今天的科学家对灵芝进行细致研究后发现,它其实是多孔菌科植物赤芝或紫芝的全株。

灵芝作为拥有数千年药用历史的珍贵药材,具备较高的药用价值。现代科学研究发现,灵芝对增强人体免疫力,调节血糖,控制血压,辅助肿瘤放化疗治疗,保肝护肝,促进睡眠均有显著效果。

始皇帝看了看诸位大臣，耷拉下眼皮没有吱声，说明他对此种长生之术并不看重。此时他心里想，什么人参果、灵芝仙草，早有人献礼于我了，这些年不知吃过多少，一点作用也没有，效果也没体现出来。看来，这些老掉牙的长生不老之术，是不对始皇帝心思的。

丞相王绾看出些端倪，面对群臣道："列位还有些什么长寿不老的高招都可一一献上。"

上卿顿弱出列双掌指尖一对奏道："人参果、灵芝草，皆不如与陌生少妇行房事能振奋精神，促长生不老！"

今天廷议他一直没有发表意见，不发表意见不等于心中无数。这不，此言一出引得群臣侧目，这是个惯出奇谈怪论的家伙！

卿是古代的一种官名。春秋时期，周朝及诸侯国都有卿，属于高级官员，分为上、中、下三级，即：上卿、中卿、下卿。战国时作为爵位称谓，上卿一般授予劳苦功高、颇有建树、颇有贡献的大臣或贵族。

顿弱的确不一般，当年秦王嬴政广揽人才时，召他为秦所用，顿弱还待价而沽说："臣有一种坏习惯，就是对君王不行参拜之礼。假如大王能容忍我这种习惯，我便可以接受大王召见，为大王效劳。否则，我是不敢面见大王的。"真是桀骜不驯。

秦王当时求贤若渴，也就顾不了那些繁文缛节，大大方方地同意了他的条件。

顿弱与秦王一见面就侃侃而谈："天下人分几种，一种人有实无名，一种人有名无实，还有一种人无名无实，大王您对这些情况知道么？"

秦王谦虚地道："寡人不知。"

顿弱说："我就明说吧，有实无名指商人，不用耕作劳工艰苦，却能积粟满仓；有名无实指农夫，冒着春寒开耕，顶着烈日耘田，却户无积粟；而无名无实，则指大王您了，身为万乘之尊，却无孝亲之名；坐拥千里，却无孝亲之实。"顿弱指的是秦王嬴政对他母亲赵姬的事。这下可揭了秦王的伤疤，惹得秦王怒从心起，恶向胆生。但秦国急需人才，嬴政强忍下怒火。

顿弱这小子昂着脑袋不管这些，自顾自地说："大王以赫赫威权，不能制住山东六国，却将威权施加于母，囚禁她。臣私下认为，大王这样做不妥。"

秦王不愿他继续揭疤惹人生气，便绕开话题故作平静地说："你看寡人能否吞并六国？"

顿弱说："依形势而论，韩国扼住天下咽喉，魏国处于天下胸腹。大王若肯出万金，臣愿东往韩、魏，策动两国首脑称臣，听命于大王，然后大王可图天下。"

顿弱绕了半天，才说出正题。这是他献计献策的方法。他怕秦王怠慢，先绕个大圈，吸引秦王注意力，进而故意激怒他，以便引起重视。

秦王推托道："寡人国贫，恐怕没有万金财力来助先生东去游说韩、魏两国。"

顿弱以他雄辩的口才打开话匣子："如今天下战乱纷纷，诸侯不甘寂寞，不是缔结合纵之约，就是采取连横之策。连横有利于秦，合纵有益于楚。秦国一旦成为帝王，即富有天下，区区万金又算什么？如果楚国成就了霸业，大王只能空拥万金。"

秦王觉得他的话有道理，给了他万两黄金。

顿弱果然拥金而游说韩、魏国君，笼络两国主政之臣成功。后来，顿弱到燕、赵，施行反间计，除掉了赵国军事实力最强的大将军李牧。再后来，齐王建入秦，燕、赵、魏、韩四国归附秦国，这些都是顿弱不战而屈人之兵、游说成功的实例。

以顿弱成功的事例来看，游说君主，一定要出奇谋、办奇事，才能出奇效。对于君主而言，普通的说话方式及寻常的计谋实在太多太滥。如果一开始就指责君王的过失，反而会引起对方重视，对方会欣赏你的勇气和胆识，进而对你的计谋产生很大的兴趣。顿弱就是用这种说话方式给秦王来了个当头棒，结果反使秦王顺利地采纳了他的建议。

顿弱今天的开场白又是与众不同，深思熟虑的他出的是奇谋，要办的是奇事。

听到顿弱这个旁门怪招，始皇帝两眼生出炯炯神光道："爱卿此话怎讲？"

赵高立即用他不男不女的阴阳腔朗声高唱："承天旨意始皇帝疑曰，请问上卿顿弱，此话怎讲——？"

顿弱道:"我始皇帝为国事操劳,身心疲惫。陌生少妇不惧紧张羞涩,极有房事经验,可精心侍奉我始皇帝,必使我始皇帝身心大悦,悦乃长寿之本。"

顿弱的这番话,在今天看来有一定道理,常乐者心情舒畅,舒畅者血液循环加快,血管壁不易附着钙质杂物,血流通畅,不易引起动脉硬化,减少心血管疾病,所谓心态好延年益寿嘛。

始皇帝情不自禁地叫出一声:"好!"

由此看来,顿弱今天的提议又与始皇帝的想法一拍即合了。

话音刚落,李斯急忙跨出班列道:"李斯有奏!"

始皇帝愤而曰:"有话快讲。"

始皇帝显然生气了,他没讲出下半句"有屁就放",算是给李斯面子,已经很客气了。他不想让李斯搅了他的这桩好事,他很矛盾,不好明目张胆地强行阻止,把心提到了嗓子眼,静候李斯究竟会出什么损招。

赵高一看始皇帝不高兴,着实为李斯捏着一把汗。他在心里说,李斯啊李斯,你在什么地方多事不好,偏偏要在始皇帝所好的那一口上多事,何必嘛,我看你要吃不了兜着走了。他巴望着又有好戏上演喽,看你李斯怎么收场。

李斯的确是个爱多事的人。秦王嬴政十年,嬴政下令驱逐六国客卿。李斯上《谏逐客书》阻止过,说什么秦王嬴政驱逐客卿,在他看来是大错特错,过去秦穆公求人才,在西部从戎得到了由余,在东部宛地得到百里奚,在宋国迎来蹇叔,在晋国招来丕豹、公孙支。这五个人,都不生在秦国,可穆公重用他们,结果吞并了二十多个小国,使秦称霸西戎。秦孝公推行商鞅的变法政策,改变了秦国落后面貌,使国家富强,百姓殷实,甘心为国效力,诸侯各国归附听命;其后打败楚、魏两国,获取千里土地。秦惠王采用张仪连横之计,攻克洛阳,吞并巴、蜀,北占上郡,南夺汉中,吞并九夷之地,控制楚地鄢、郢;往东占据险地虎牢关,从而瓦解六国合纵,让他们都来事奉秦国。秦昭王得到范雎,废穰侯,驱逐华阳君,巩固王室权力,堵塞了权贵垄断政治的局面,逐步侵吞诸侯,成就了秦国帝业。这四位国君,都是因为任用客卿而获得成功。可见,客卿对秦国功莫大焉。假使大秦四位国君拒绝客卿、闭门不纳，疏远外来人才，还会有秦国如此富强，威名强大么？

李斯在《谏逐客书》中说，现在大王您罗致昆山美玉，宫中纳随侯珠、和氏璧，衣缀光如明月的宝珠，身佩太阿宝剑，乘坐千里马，树立以翠凤羽毛为饰的旗子，陈设蒙灵鼍之皮鼓。这些宝物，没有一种是秦所产，而您却非常喜欢。为啥？如果定要秦产，这些夜光宝玉，就不会为秦廷装饰；犀角、象牙雕品，也不会成为您的玩物；郑、卫二地的女子，也不会填满你的后宫；北方名骥良马，不会充实到您的马房；江南金锡不会为您所用，西蜀丹青不会彩饰涂写宫廷。如果只要秦产，后宫侍妾爽心快意的珠宝簪子，耳上玉坠，丝织衣服，锦绣饰品，悦人耳目的乐器都不会献到您面前；闲雅随俗变化的妖冶佳丽，不会立于您身旁。如今您抛弃秦国地道的敲击瓦器音乐，取用郑、卫淫靡悦耳之音，不要秦筝而要《昭虞》，为什么？难道不是因为外国音乐更快意，更满足耳目器官么？可您对人才却不问青红皂白，不管是非曲直，凡不是秦人都要驱逐。这说明，您看重的只是珠玉声色，所轻视的却是百姓士众。这不是驾驭天下，制服诸侯的方法啊！

李斯还说，地域广，粮必多；国家大，人必众；武器锋利兵士一定勇敢。泰山不拒壤土，才成巍巍大山；河海不遗溪流，才为深水大河；君王不弃民众，才能表现德行。倘若地不分东西，民不论国籍，一年四季都富裕丰足，鬼神都会降福。这正是五帝、三皇无敌的原因！现在您却抛弃百姓以助敌国，拒绝宾客以壮诸侯，天下人才退出秦国不敢往西，裹足而不敢入秦，如人们所说是把粮食送给强盗，把武器借给敌人啊！许多东西不产于秦国，当作宝物的却多；许多人才不生在秦国，可愿意对秦国效忠的不少。现在驱逐客卿帮助敌国，减本国人才增仇人实力。结果，在内必使自己虚弱，在外必与各国结怨，这样做想使国家不陷于危境之地都办不到！

李斯洋洋洒洒数以千字的《谏逐客书》发人深省，令人长吁，深深地打动了秦王嬴政的心。

结果可想而知，那件事情硬是被李斯搅黄了，嬴政收回逐客书。可是，今天他出来搅局，无外乎高呼社稷初稳，民心为上那一套，有啥道理？

李斯断然道："诺，臣赞同顿弱的见解。"

出乎意料，完全出乎意料，始皇帝提到嗓子眼的心算是落了地，释然地露出一丝笑意。

李斯接着朗声说:"我始皇帝秉承天运,挥剑率我大秦勇士,以虎跃龙卷之威势,驾驭群雄;荡扫六合,让浮云消逝;抑制战乱,还百姓安宁,立千秋功业。但各国老地穷乡僻壤,不乏不毛之地,贫瘠之梁,时需我大秦接济,让我大秦国库欠荣。臣以为征陌生少妇进宫,应尽原六国诸侯之妇,或公主小姐,一则她们知书识礼,出得厅堂;二则她们娇生惯养,细皮嫩肉,形体俊美;三则家资殷实,富贵丰裕,可壮我大秦国库;四则还可削弱六国残渣实力,以她们为质,让他们无力反我大秦!"

"好一个一箭四雕的好主意。"始皇帝情不自禁地咧嘴一笑,轻声道,"准奏,着王绾、赵高办理。"然后摆正身子正襟危坐,静候各位大臣的反应。

赵高转身面对阶下群臣高声唱道:"承天旨意始皇帝圣宣,'准奏。着王绾、赵高办理——!'"

李斯、顿弱面对圣上始皇帝,两掌相对竖拇指,毕恭毕敬地:"谢始皇帝恩准!"

王绾、赵高同声道:"臣王绾、赵高领旨!"

始皇帝道:"退朝。"起身进入内厅。

群臣叩首:"始皇帝万年!万年!万万年!"

这一年,公元前221年,被议定为始皇帝元年,仍沿用颛顼历法,以十月为岁首,九月为岁尾,由此开创了华夏新纪元。

二

巴郡，长寿山下乐温镇，因"膏腴之地，鱼米之乡"而声名远播。所谓"膏腴之地"，指的是这大山里储藏着一种叫做朱砂，又称为丹砂的大红色天然矿石。所谓"鱼米之乡"是指这里沃野阡陌，百湖万川，数百里浅丘，一望无涯，方便渠灌，适宜农耕。当时，这里不产丹砂，丹砂原矿在逆乌江而上百数里之外的大娄山区，但却是丹砂制品的集散之地。

大山里的丹砂是好东西，有金刚光泽和金属光泽，三方晶体，透在阳光下辉媚无比，非常漂亮。丹砂不但外观艳美，且富有内涵，在今天的显微镜下，可以看到硫化汞、雄黄、磷灰石、沥青质等。一句话，这是一种"全身宝"的多物质聚合体。

普天之下莫非王土，四海之内皆为王臣。秦统一六国初期，这地方与其他地方相比，还有些区别。虽然，你方唱罢他登场，过去楚国的朱雀旌旗换成了秦国的玄武大旗，"巴地"改成了"巴郡"，丹砂矿收归大秦帝国所有，但开采权没变，仍然由十巫家族掌管。

"十巫"是远古南方灵山的巫氏家族，即：巫咸、巫即、巫盼、巫彭、巫姑、巫真、巫礼、巫抵、巫谢、巫罗，十巫数代驻扎灵山名声大振，共同盟血裂髓，呕心沥血，毕其功为一役时，炼出过不死之药。据说这药让彭祖试服，他就活了800岁。此后十巫伤了元气，一蹶不振，心散了，不能再次凝聚一力，再也没有炼出过不死之药。眼下掌管丹砂开采权的是他们的后裔，是整个巴郡最大的贵族和最富裕的家族。

秦王一统九州尊称为始皇帝时，十巫只剩六巫了。他们家族推举最有学问、最善经营、德才兼备的年轻首领巫桂为"大掌柜"，其他五巫的家庭支系，每支选出一个首领为"大管事"，协助巫桂共同管理巴郡农耕和盐卤的开制及丹砂矿的开采这个偌大产业。

巫桂娶了聪明贤惠漂亮的巴清为妻。古时候女人没姓，出嫁后随夫姓，巴清又称巫清。巫桂很乐意这门婚事，对巴清百般宠爱。还在巴清来到巫家之前，就有传言这女人曾在梦中得到神女指教，使她成为世上唯一能炼制不死药的人。

自丹砂开采以来，不知多少人用鲜血染透了丹穴的每一寸土地。谁都渴望占有资源，那是生存的需要，富裕的阶梯。冷兵器时代占资源全凭"人强马壮"。异族之间，同宗之间不惜你死我活的血腥搏杀，就是为了扩大生存地盘，争夺资源。每次搏杀留下遍地的尸体和鲜血，原本红色的泥土却没有为之增色一分，倒使这片坡地的野草和灌木长得更加茂密。

争抢开采权时，各家奴仆被安排在"敢死"阵营，拼命前冲，大打出手。这些挖掘丹砂的人，个个身强力壮，常年困在地下。如果不能相互照应，死神就会牵着他们踏进地狱大门。所以大家喜欢抱团，相互照应，战斗力大大加强，这样的搏杀由复杂变得简单，各自的主家就不断驱赶挖砂人赴汤蹈火、冲锋陷阵当炮灰。

杜辛最早听老辈人说起这些事情，有些懵懵懂懂，觉得神奇好玩。那时他年纪小，只把它当故事和听天书。他从小失去父母，随彭叔习武；长大了，能下矿了，就想见识见识体验体验搏杀的滋味和检验自己多年习武的水平。他等着人来抢矿，那些山贼和外地的主家却总也不来。后来，他才听说，现在不会有人来抢丹砂了，因为天下的丹穴都被始皇帝赐给了自家的主人统管，实行专采专卖。

"哦，怪不得，现在看不见搏杀的热闹场面。"杜辛这样想着，多少有些遗憾。另一方面，他也矛盾，怕这里的丹穴一旦被人抢了，别处的人来替代了他们，自己没事做失去饭碗。他不知道除了挖掘丹砂自己还能不能做别的，得以安身立命。

矿上的生活千篇一律，机械地重复昨天的故事，大家没出过远门，也没必要去远处，远处没有丹砂挖掘，大家习惯于生老病死都在这里。

杜辛是一人吃饱全家不饿，如果说他这一生还有什么追求的话，就是找个身强力壮的女人结婚生子。生男孩就教他挖掘丹砂的技巧，让儿子好好地活下去；生女儿，至少要学会洗衣做饭，孝敬父母，勤快贤惠今后找个好婆家，相夫育子。对杜辛来说，这就是生活，这就是他的企望和幸福。除此之外，没什么值得操心的。

每次从丹穴背丹砂出来，都有一小段休息时间，那些体力充沛的年轻人到处乱跑，呼朋唤友，一副使不完用不尽力气的样子。杜辛却懒洋洋地坐在坡上，那些人也不敢来打扰他，取笑他，或跟他开玩笑，因为他是这里最强壮的男人，脾气倔强，不需比试，高下就立判，平时挖矿他稳稳地占了头筹，别人甘拜下风。杜辛挖得最快，背得最多，连工头都向他伸大拇指。

彭叔总是笑着说他"空有一身力气，呆若木鸡，不思进取"。杜辛并不知道不思进取是什么意思，只知道是在笑话自己，他懒得理睬。彭叔却坚持说是在夸他，表扬他，恭维他。管他呢，夸也好，表扬也好，笑话也罢，又不能当饭吃，杜辛不在乎。

杜辛好奇，像彭叔这样一个挖丹砂的老家伙，有时竟然也能说些文绉绉的词，他弄不清彭叔到底有什么背景。其实，彭叔是败落巫师家庭出身，多少也算一个有点文化的知识分子。

彭叔喜欢跟杜辛说话，现在就是，他和杜辛并肩而坐，絮絮叨叨地说上古时期十巫炼制不死药的传说。

彭叔讲的故事很精彩，但翻过去"瓦黄"，翻过来"黄瓦"，老是那个老掉牙的事情，没有一点新意，不外乎"不死之药"、"神女"什么的。开始时，还能够引来一大群听众。时间长了，翻来覆去的那些事儿，也让人都能背诵下来，人们烦了。后来，背砂工看到彭叔又要摆开架势时，纷纷借故走开了。

只有杜辛，不管彭叔那故事讲多少遍，重复听多少次，他都毫不在意，偶尔还"嗯"、"哦"、"啊"，恰到好处地回应几下，让彭叔得到满足。杜辛的忍受力，让挖掘工们佩服，私下里讲，杜辛之所以在这里有些号召力，就是能够承受彭叔那样千篇一律的故事，还能心平气和、面不改色地坚持听下去，这需要何等惊人的耐性。

杜辛脑后枕块土疙瘩，摊开四肢，像鱼干一样美美地晒着太阳。耳边传来彭叔叽里呱啦的声音，更远处人群的说话声传来，就像蜂群飞过似的嗡嗡作响。

彭叔正讲到十巫炼制成不死药，突然天空暗下来，雷雨交加，闪电中，从空中呼啸而来一个九头蛇形怪兽，吼声隆隆。然后一如既往地卖了个关子："听见么，你猜后来怎么样？"

杜辛知道这个时候彭叔正等着他天经地义地"哦"一声，于是就"哦"了。然后彭叔就应该得意洋洋地继续他的精彩演讲。

这一次彭叔的故事戛然而止，就像他故事的结局——不死药从此失传一样留下遗憾。

杜辛没听到彭叔理所当然的话语，却感到肩上突然一紧，是被彭叔用力抓住。他眼还没睁，肌肉便已绷紧。彭叔感觉抓在一块石头上，忙摇动着手掌，连声道："快看那边，快看那边，不对劲！"

杜辛翻身坐起，手搭凉棚，眯着眼睛眺望，那边好像有些骚动。

丹穴工地在群山环抱之中，多处工棚井架排列，动工时热气腾腾，你来我往人气很旺，算得上一个村庄了。靠里的一方有些缓坡，北高南低，四周是悬崖峭壁犹如刀劈斧剁，只有一条通往外面的山路。

虽然现在没人来抢矿了，警戒还是必要的。否则，山贼冲进来搞点破坏，抢粮食，抢工具，也很麻烦。所以，在南侧的山脚那边筑起了石墙，有人手持铁器、镐、锤之类把守，虽不是兵器，打在身上同样致命。维护丹穴工地的正常秩序，是主家的事，就算有匪来犯，也不关杜辛这样的普通穴工啥事，像他这个层次的普通穴工，即便工地有事都挨不上边。

现在似乎不是平日想象的那种情况，远远望去入口那边虽有些乱，却没看见惊慌失措的奔跑，没有声嘶力竭的喊叫，更没有兵器的挥舞。

"怕是来贵人了？"彭叔猜测着。

杜辛没说话，站起来往丹穴走。

彭叔在他身后追着道："不多歇一阵？"

"再背几篓。"杜辛头也不回，径直往丹穴而去。

对穴工来说，只要比监工身份地位高的，都算贵人，而这种贵人，却不能给自己带来多少好处。

杜辛记得，以前也有过几次，自己或刚往丹穴里走，或刚把丹砂背出来，或是正在山坡休息，就被人拖到一边，强行按着跪下。周围许多跟他一样的

017

美妇清

人，黑压压地都那么低头跪着，等待那些不明身份的贵人做些不明不白的事情，一直到他们离开，才能恢复正常工作。结果该做什么还干什么，贵人来了，走了。事过不留痕，雁过不留影，一切风平浪静，没有丝毫区别。

贵人的走和来一样莫名其妙，杜辛倒没啥想法，只觉得浪费时间，挖丹砂是按件计算，背出多少筐，就得多少工钱。钱虽不多，够用。在矿区，吃饭不用花钱，杜辛经常吃肉，否则就没力气，这是要花钱的。其他方面他很节约，他还想着将来要养活家人呢。

听说在秦国其他地方挖矿的是囚徒，也有用奴隶的，他们拿不到工钱。杜辛很疑惑，自己没犯过罪肯定不是囚徒，是不是奴隶就不清楚了，按理说奴隶是没有工钱的。他们这里的矿工都能拿工钱，显然不是奴隶。但彭叔一直说大家都是奴隶，因为上辈子做什么，这一辈子还做什么的人就是奴隶，奴隶的儿子只能是奴隶，杜辛的父亲挖了一辈子矿，他和这里许多人一样，是从父亲的手中接过铁镐的，他们都只能在这里挖一辈子矿。这样推理，看来大家确实是奴隶。

这都无所谓，只要有矿挖，有钱用，有饭吃，什么都行。彭叔以前却经常吓唬大家，说主家可以对奴隶随意处置，无论是挖眼睛、割鼻子，还是直接买卖，甚至杀掉都行。不过他们这里从来没发生过这样的事，所以这种说法，如同彭叔的其他陈词滥调一样，被大家当成不合实际的笑话，经常惹得哄堂大笑。

杜辛一走出丹穴的门洞，马上被人抓着胳膊强行按在地上。他还背着篓呢，这一弯腰丹砂非得全洒到地上不可。于是他与那人扭着劲儿，小心地把篓取下放在地上后，才顺从地跪伏下去，他没忘记用手护住背篓。

杜辛用眼睛的余光瞟了一眼那个抓住自己的人。那家伙看起来壮实，力气不是很大，被杜辛扯得偏偏倒倒。那人涨红着脸，抓住杜辛不放手，怕是不放心这个鹤立鸡群的大高个。杜辛老实地跪伏着贴到地了那人还没松手，自然一下子被杜辛带倒在地，扬起一片尘土。

没多会儿，这边的动静越来越大，杜辛的脸对着地面，听见一大群人往这边移动。沉闷的脚步中，还有叮叮当当的声音，那声音清脆悦耳悠扬，倒是好听。声音越来越响，又戛然而止。杜辛感觉那些过来的人就停在自己面前,他闻到了一股香气,这香气是一种清香,沁人心脾。

杜辛用眼睛的余光向上瞟,他前面站着一个满身挂着鲜亮金属饰物的女人,由于离得太近只能看到她穿着裤子围着桶裙,看不清面目,香味就是从那女人身上发出的。女人的侧前站着一个慈鼻善嘴、眉清目秀微笑着的男人。那男人离杜辛有些距离,他眼睛的余光却把那男人看得清清楚楚。

这香味一下子把杜辛吸引住了。

"刺客!"突然,一个凄厉的声音高叫起来。

杜辛猛一抬头,发现个身材魁梧的汉子,挥舞着大刀砍来。情况非常危急,先前那眉清目秀微笑的男人大喊一声:"清,闪开!"侧身扑向那个叫做"清"的女人。女人脱险了,男人被无情的大砍刀劈为两半,鲜血喷涌。魁梧汉子并不罢休,抽刀再次向女人砍来。

说时迟,那时快,杜辛发力一跃,从侧面扑倒那个刺客,顺势将那女人扛在肩上猛跑。

刺客也非等闲之辈,一个"鲤鱼打挺"借势挥刀一横,靠近他的两个人倒在血泊中,一群手持兵器的人大声嚷嚷冲向刺客,更多的人如同无头苍蝇般到处乱跑。

杜辛顾不得这些,扛着女人飞跑,身后传来惊天动地的喊杀声,那女人在肩上没有呼喊求救,也没有挣扎乱动。

杜辛一口气把女人扛出数里,累得气喘吁吁,跑不动了。他把女人放在森林旁边的一块平地上,这才认真地看了她一眼,原来,这是一个不胖不瘦、戴着奇怪帽子的女人,看不到她的真实面目,面纱遮住了她的脸。

他来不及细致端详,也来不及擦一把汗,树林里的"杀"声盖了过来,一群人迅速冲向他们。他们可能来到了刺客设置的第二道伏击线,这条线上的杀手眼看捡了个大便宜,他们不顾一切杀了过来。

近了,越来越近了,那些人拿着奇形怪状的武器大呼小叫跑到跟前,最前面的人伸手去抓女人。

杜辛睁大眼睛,以为那女人要挣扎求饶,或跪下束手待擒,坐以待毙,这是一种莫名其妙的想法。结果大失所望,那女人吝惜地没有满足他的愿望,直直地站在那里岿然不动。

杜辛猛地起身，一步跨前挡在那群人面前，抬手抓起女人的胳膊往自己身后一带。那个抓人的家伙脸色变得极其精彩，手上却灵活地一动，一剑刺出来。杜辛以拳击挡，把剑荡了开去，然后一脚踹出。那人急忙横剑来护，还是被这一脚蹬出倒退了几步，跌跌撞撞地和向前奔跑的其他人撞在一起。

"别乱动！"杜辛感觉那女人在身后挣扎，于是略转过头来，声音绕过右肩，对那女人不耐烦地说。刚一转头，见女人从袖中抽出一把匕首。杜辛不由得扬扬眉头："莫怕，有我护你，千万不可做蠢事！"

杜辛倒不觉得女人手持凶器不好，只是感到这女人明明看见自己挡在前面，全力相救，竟然还不放心，还要寻短，这不轻看我杜辛么，是到山穷水尽了还是没有能力保护你了？真是岂有此理！

杜辛这招很管用，那女人似乎放心了，反手将匕首藏进袖筒之中。

前面那伙人凶相毕露，迅速闪开，拉开圈子向他们包抄过来，的确到了非常危急的时刻。突然从恶人后面射来一排箭矢，树林侧面也灰尘滚滚，似有大批人马扑了过来。

那女人低声道："箭矢是从山坡射来的，是我家护卫的二梯队。"迎面四个人挥舞着刀剑徒步朝这边冲来，领头的人大喊大叫非常激动，情况再次危险。

杜辛比划了一下手脚，做出一个固定防护的姿态，举目望去："嗯——箭矢？山坡上？"那是自己天天都要躺上一阵的山坡，却没发现什么。他冷笑道："好计谋，先在山坡埋伏一支人马备用，有情况就发箭矢搅乱局面，然后截住刺客搏杀。"

"看清了，侧面上来的就是我家护卫队……"那女人镇定地说。

杜辛目不转睛盯着山坡上面，头也不回地沉声道："蹲下！谨防乱箭伤人。"

说话工夫，那群恶人被侧面冲过来的队伍吓得不敢再往前冲，就地停步，一个个轰然转身，撒开脚丫子狂奔乱跑，如鸟兽散，没了队形。

女人卫队的首领牵着一匹空马，奔跑着来到女人面前，女人拉住马鞍，纵身一跃，飞也似的向前跑去。

那女人在马上还转过头来，虽然有面纱遮挡，但杜辛明显地感觉到面纱后面的一双眼睛正看着自己。

他看着骑马远去的女人,腰很细,直立的身段能感觉她个子较高。

危险解除了,大地上只剩下杜辛。

此时,他觉得自己的脸有些发烫,当然是天气太热,又经历过厮杀,必然发烫。这可不好,这不是杜辛的作派,要是让别人看到,还以为自己是害羞什么呢。

"唉,这些贵人啊……"杜辛摇了摇头,坐下来休息休息放松身体,恢复体力。

一切都过去了,山野恢复了平静,杜辛悻悻地往回走。

工友们似乎并没有发现杜辛冒死救过一个贵人,没有人让他讲事情的经过,没有人向他祝贺,对他仍旧像从前一样不闻不问,各自干各自该干的事情。

杜辛走到自己的背篓边,背篓有了裂痕,还好,里面的丹砂压得结实,没有从缺口漏出。只是在上面的开口处撒落了一些。他跪下来将地上的丹砂用手聚拢,一捧一捧地装回背篓。

杜辛把丹砂交上去,换了两根竹筹,下工时要用竹筹计算当天的工钱。他看见一群守卫垂头丧气地从北往南口向下走,想必是守口子的护卫上来救援,解决了刺客,又回到下面的口子去驻守。杜辛故意绕了个圈,离他们远远的,继续往丹穴走。

此处丹穴有好多洞口,有的已经废弃,被钉上了木板。

仍在开采的每个洞口旁插着两三根火把。这是特制的火把,火焰较小,燃烧时间长。虽然说不出什么原因,但大家都能体会到,在洞里火焰越大,人越多,越容易头晕目眩。火焰越小,在洞里的感觉好受些。听说有人试着做出矿工戴的皮帽,在上面悬灯,那样火焰就可以调得更小,只照自己面前的一块地方。杜辛想着那些笨蛋做的帽子要是着了火,被烧着时的狼狈样,忍不住笑起来。

"你救了主家的老婆,所以高兴成这个样子?"杜辛一听这得意洋洋、仿佛掌握了天大机密的语气,就知道是彭叔,"别高兴得太早,贵人嘛,呵呵,都是那德行,过了也就过去了,不要想得太多,没啥特别的。"

彭叔恰巧看到了杜辛会意的笑,显然他是把他的笑理解错了。

杜辛没理他,原本就没想要得到个啥,只顾弯着腰往前走,彭叔跟在后面看看没旁人,又不紧不慢地提醒说:"你救了她一命,当时她是应该有那么一点点感激的。但你这傻小子没有抓住机会去表忠心,却跑回来接着弄丹砂。丹砂能比主家精贵?她那一丝丝感激之情,由于你的迟钝,恐怕也被磨灭了。"

依旧是默不作声。杜辛很清楚,在这狭小的丹穴过道里,身子矮小的人最灵活。像自己这种高大身材,并不适合挖丹砂。但一般矮小个子,力气也小,一个篓背进去,都不敢装满。杜辛这样的人,却可以把丹砂装满满当当还要压得实实在在,背出来称重时,一篓当别人两篓。不过在井下缺氧的环境中确实难受,个子越大消耗越大,能不说话尽量不说话,免得难受,就让彭叔唠叨吧。

杜辛在前一声不吭地走着,彭叔在后没完没了继续数落着,你是个大笨蛋,怎的这么没来由,这么好的事情,都不上心,真是不可救药。说了几句既像指责又像安慰的话,又打抱不平地说,贵人都是忘恩负义的!那怨气冲天的话,杜辛背对着彭叔也能够想象他脸上的怒容。彭叔还说,目前主家已经被刺身亡,杜辛拼死相救的那个女人很可能就是未来的新主家,那是个今后一言九鼎、可以操持巫氏家族和丹穴基地生杀大权的人物,这样的人物对于一个挖丹工命运的改变,简直就是举手之劳、一锤定音。

彭叔分析得一点没错,后来发生的所有事情,都印证了他的判断。此时,他还在杜辛身后无休无止唠唠叨叨:这么一个绝好机会,居然不抓住,这不是大笨蛋?难道还装清高?过了这件事,再想改变自己的命运就难了。随便换个人都会不失时机地抓住机会,唯有你杜辛,像流水一样放手而过,不当回事。

好一顿数落,让杜辛无话可说。彭叔还在没完没了地比画着历史的和现实中的机遇来之不易,弃之可惜,抓不住"鸡",还弄得遍地"鸡毛"。

杜辛一直觉得,自己能开开心心地活这么大,就是因为折腾少。从彭叔平时说话的表情和姿势看,恐怕他来历不简单,但这样一个人,竟然沦落到挖丹砂的地步,想必是有很精彩的故事,却难有精彩的本事。彭叔一直没说他的隐情,杜辛也一直没问。

因为那些事情,不是自己能够插手的,一不小心就会惹祸事而粉身碎骨。杜辛没有"富贵险中求"的想法,也没有一生追求的辉煌目标。为此,彭叔不止一次地骂他胸无大志。胸无大志怎么样,胸有大志又能怎么样?彭叔平时讲的故事里,让那些小子们啧啧惊叹的英雄,杜辛看到的却是英雄脚下的白骨。

"其实自己就是个老头儿,早已未老先'衰'颓废了,只是年龄比较小看起来年轻而已。彭叔才是年轻人,虽然年龄大,看起来比较老点,却雄心勃勃,年轻朝气。"杜辛迷惑地摇摇头,懒得再想更多复杂的问题。他将手中的火把插到了洞壁的缝隙里,开始采丹砂。

彭叔依旧嘴上不消停,一边挖,一边责怪杜辛刚才进丹穴遇见护卫时,不该故意绕道远离他们:"你怕他们吃了你啊?那些护卫常年跟着主家,你上前去放下身段说几句好话,说不准什么时候就能够在主家面前提起你,当个护卫总比挖一辈子丹砂强吧。就你能干,不与他们为伍!"

彭叔大有恨铁不成钢的愤怒。原来,进丹穴时碰到的那群人不是矿山门口的守门人,而是主家的护卫。他们为啥要晚走?

"说好话?从没打过照面,也没啥关系,贸然套近乎,怕是恨死我?"杜辛偷偷地笑了。

彭叔总觉得自己是见过大场面的,而杜辛什么都不懂。他又出于某种原因,要把杜辛调教成自己心目中的样子,所以不停地灌输各种东西。其中一些事理确实也让杜辛增加见识,但追根溯源,也没什么神秘之处。

杜辛结合平日发生的事和今天经历的事,算是看明白了,这小小丹穴,和整个天下差不多,有外敌侵犯的威胁,也有内部的暗流,还有栽赃嫁祸、临时联盟之类乌七八糟的事,只不过人与人之间争的东西不一样,付出的代价当然也会不一样,不争一身轻,何必自找烦恼。

杜辛一向遵循你莫惹我、我也懒得管你的原则。曾经有人下黑手整他,结果被他直接上门打了个半死。最后闹到管事那里,扣了杜辛半月工钱。杜辛老实地承受下来,勒紧裤带过了一段时间。那人伤好了,杜辛又去打了一次。虽然又少了半月工钱,但从那之后,就没人再敢在他面前招惹是非了,就连暗算都不敢。

刚才那些护卫的主家被刺杀,怎么看都是丢面子的事。自己傻不拉叽地跑到他们面前乱晃,去表白,去争功,不但不会让他们感激,只会让他们说小题大做,说你啰唆,引起反感,引起他们的憎恨。还是离远点好,不去招惹不去自讨没趣,心安理得,安全平稳。

"你们都以为我傻,我明白着呢。"杜辛得意地想着,手上又加了把劲,挖丹砂的声音压过了彭叔说三道四的批评,这样的恶作剧让彭叔受不了,肺都快气炸了,他大吼起来:"你,你怎么就没点长进?我在与你说话哩,你这个不识好歹的东西。"显然彭叔已经觉察到杜辛把他的话当耳边风,是在冲他使劲,这让他非常不满意。

杜辛并不吭声,只是闷头挖砂,心里偷着乐。

日子就这样一天天过去,"热点"被时间冲刷得失去了温度。几天后,这里平静得就像根本没有发生过什么事一样。

杜辛一开始就没指望过什么,所以,后来当那个传话的人出现在他面前时,他还有点吃惊和心慌。

果然,巫桂的老婆做了新的主家。

那天,杜辛刚出丹穴,就碰到那个人,他身后跟着丹穴管事的家仆,从这点看出,那人的身份地位并不高。

那人从穿着看,跟丹穴管事差不多少。但那趾高气扬的气势,却比以往任何一名贵人都大。

看样子,他似乎想用下巴对着杜辛说话,可惜杜辛比他高出半个头,所以即使他脸朝天,也才能正对杜辛的下颌。这个事实好像让他颇为恼怒,在那里哼哼叽叽不停地冷笑,一副这不满意、那看不惯的样子。

杜辛同情地看着他对旁边人比划着,说些让矿工们听不懂、嚼不烂、拿腔拿调的"官话",还在他自己脑袋上敲了几下,意思是他脑子被砸过,或者是进过水?

旁边的人响起嗤笑声,丹穴管事的家仆假装没听到,还有意地躲到一边去了,于是那些看热闹的矿工们很快就变成了放肆地大笑。

那人恶狠狠地扫视着周围,看着那些低贱之人不知收敛,肆无忌惮,便转过身去对丹穴管事的家仆道:"如此目无尊卑上下,可是此处管事的意思?我回去后,定当如实禀报。"

"此处乃是丹穴,主家只看丹砂产量,哪有精力过问这些鸡毛蒜皮提不起挂不住的小事。"说话的人不痒不痛地把话给挡了回去,然后话锋一转道,"据说主家常言,事有轻重缓急,不要计较过程,以结果说话,不可因小失大耽误结果,不知是也不是?"

那人双眉一竖,满腔的怒火就像充气的皮球被针刺得泄了气,态度即刻软了下来,转身对杜辛道:"上次有刺客骚扰,主家见你做事还算可靠,抬举你入府做个护卫。你莫以为这是一飞冲天、自鸣得意的喜事,就忘乎所以,若是胆敢懈怠,定斩不饶。"

"诺。"

"你答应了?"那人一副眼珠子都要瞪出来的样子,张了张嘴,还是说,"那就拾掇拾掇,明日随我一同出发,不得延误。"说完,一甩袖子走了。可惜甩袖子这种事,一定要宽袍大袖才甩得起来。他是窄袖,这一甩手不见气势,抬手的姿势也不对,用了很大的劲,才抬起来一点点,倒像个撒娇的女人。

等他一走,周围的工友便围上来道贺,虽然也有嫉妒的,但却都是真心欢送。大家生活不易,能走一人多出一口饭来,又何乐而不为呢,送行备礼就免了。

说完些恭喜的话,大家该干什么还干什么。杜辛将丹砂换了竹筹,又往丹穴走去,准备在离开前再挖几篓。刚才他出来的时候,彭叔还在里面,他还不知道外面发生的这档子事哩,现在进去一看,彭叔还在紧一下慢一下地挖着。

"我要走了。"杜辛将背篓扔在地上,埋头挖丹砂,"刚才来了个人,说是主家那边要我去当护卫,明天就走。"

彭叔停下手上活儿,望着杜辛,两人一声不吭。过了一会儿,彭叔突然将手上的东西放下,熄灭了自己的那根火把,将杜辛的火把放在一块突出的洞壁后面。

这里光线一下子就暗淡了,杜辛无奈地坐在地上,他知道彭叔有话要说。

"知道我为什么这样做吗?"彭叔面对洞口坐下,和杜辛并肩靠在洞壁上。

杜辛下意识地摇摇头,脸上习惯地露出憨厚的笑,他马上看到彭叔严厉的目光,心头一软,小声道:"是防止别人听我们说话,外面人进来,里面光线暗,你面朝洞口,火把一亮就能看到进来的人。"

"你啊,总算开窍了……"彭叔好像总算满意了一回,叹了口气,"今天来的是什么人?说的什么话?"

杜辛老老实实地学了一回。

彭叔又问:"你怎么想?"

"好像……有点怪。"杜辛迟疑地说,"如果是上次主家觉得我这个人还可用,为什么隔了这么久才来?还有来的那人,态度奇怪,好像是故意要找我的茬,好让我发怒而拒绝似的。我在想,是不是我去了会占他的位置?"

彭叔想了想道:"是,也不是。间隔时间长倒不用太在意。如果不是主家特意交代,下面的人总是会拖拖拉拉的,倒不是故意难为你。主家要用个护卫,总是得先查一查,掌握一些基本情况,估计先派人来问过了,没发现你有啥不服管教的问题,才下定决心要人。倒是来的那人,没准还是个大麻烦。"

"那人我看不像贵人,未必有什么说头?"杜辛一惊,难道是自己看走眼了?

彭叔摇头道:"那人没什么,关键是他身后的人。"

杜辛没有说话,神色凝重地往彭叔那边靠了靠。彭叔沉默片刻,突然起身道:"且慢,我先把这篓丹砂背出去,免得我们在里面待久了,外面的人疑惑,你马上就要成为主家身边的人了,万事小心为上,不可出事,不能授人以柄,不能误了好事。"

彭叔回来,发现杜辛也没闲着,挖了不少丹砂,堆在地上。杜辛指了指道:"这些都是你的。"

彭叔也不推辞,欣然道:"我刚才给外面的人说,你想帮帮我这个老家伙,所以就在里面挖。这样你一时半会儿不出去,外面也不会奇怪。"

彭叔进而脸色转厉道："若是事到如此还有人进来，多半就居心叵测了。"

杜辛见彭叔说得如此严重，便也背靠洞壁，盯着外面。这次彭叔没卖关子了，一开口就说："还记得我给讲的上古十巫的传说吧？是真的……至少我觉得是真的。"

也许是杜辛被吓得话都说不出来了，连"哦"一声都没发出，只有彭叔低沉的声音："巫咸、巫即、巫盼、巫彭、巫姑、巫真、巫礼、巫抵、巫谢、巫罗，这十位大巫做的事情，可不只是炼制不死药。在这里还叫巴国的时候，巴王在国事上的所有决断，都得先问问他们。"

"可笑啊，炼制不死药，倒是能齐心协力。涉入世俗的事情久了，就有人开始有其他想法了。争宫殿、争良田、争仆役、争护卫、争侍女，能争的都要争。要我说，有这个闲工夫，先把不死药再炼一次不行吗？"

听了彭叔的牢骚，杜辛揣测道："这个……会不会是大家觉得不死药炼不出来，就干脆多享受一下，过一天好日子，算一天呗，免得日后后悔莫及。"

彭叔不屑地看着杜辛"嗤"的一声笑了，他懒得回答这么幼稚的问题，继续说："十巫的名号，是一代代继承下来的，每一代大巫，都这样叫。嘿嘿，就像每一任巴王，都被称为巴王一样。后来，他们关注炼制不死药的事越来越少，争权夺利的事倒是越来越积极，这样，对国事没有帮助。楚国攻下我们大片国土，他们就什么都做不了，只知道迁都，迁了一次又一次。"

杜辛努力回忆着接过话头："后来，好像蜀国攻巴，巴王向秦王求救。秦王派张仪、司马错出兵，灭了蜀国。秦国看上土地肥沃的巴国，顺便灭了巴国？"

"哼，秦国说是张仪自作主张，谁信？"彭叔怏怏地说，"反正就这样了，咦，我说到哪里了？哦，是说十巫来着。巴国既亡，他们的后人也就流落各处了。有的日子过得还算可以，另外一些——比如像我们这一族，日子过得不好，最后混不下去了，只能上山挖丹砂。"

"哦哦哦，你的祖宗竟然……"杜辛一副肃然起敬的样子，彭叔先是得意，然后苦笑着摇头道："有什么好得意的？我是巫彭的后人，我们这一支就以彭为姓。"

杜辛有点失望:"十巫里面就没有叫巫杜的?"

彭叔撇嘴:"秦国置巴郡后,从秦地迁来不少人。繁衍生息这么多年,早就分不清谁是巴人,谁是秦人了。也就主家,是个例外。当初十巫之外,还有神女,也是世代相传,专司祭祀之事。说起来这神女一系,算是势力最弱的。后来十巫家族死的死,逃的逃,那些不甘心的人,基本上都跟了神女,所以才做下如今这么大的一份家业。"

"按你说,巫桂死后,现在的主家是神女的一个支系?"杜辛皱眉道,"以秦国而言,这算是巴国的余孽吧。这么大的目标,还不杀个干干净净?"

彭叔冷笑道:"主家恐怕是这世上唯一可能炼制出不死药的人了,现在还是秦国境内的一个商人,也没搞什么复国的勾当,哪个君王舍得杀?"

"不死药这种东西……居然真的有人信?"杜辛感觉有些纠结,"从古至今,只是听说有神仙,却没人见过。到底有谁炼制得出不死药,也没人见过,不是说如今配方已经失传了么?"

彭叔瞪了杜辛一眼道:"不死药肯定是有的,小孩子不懂事不要乱说。只是所费砂矿甚多,不是天下之主,根本负担不起。秦国这么多年都过来了,不死药谁不想要?所以先王才将天下的丹穴,全都交给主家,不死药是靠许多丹砂堆出来的呢。这好比,你要给人一碗水,自己必须有一桶水。用在炼丹上还不合适,应该是数以万计的丹砂矿,经过炼制,也不一定能得到一颗丹。"

杜辛失笑道:"是啊,没饭吃的自然只想吃饱肚子。饱了肚子就想入非非,惦记着玩出花头的享受,享受腻了还想长生不老,焕发青春。在当今,能够让天下之主惦记的,也只有长生不死了。不过你说了这么多,好像偏题了,刚才我们是说有人对我不怀好意之类的事情吧。"

"你就记得这个,事已至此,这个还重要么? 不死药啊,全天下的丹穴啊,据说以前主家每次去咸阳,都能见到秦王呢,现在的新主家是个女人,你救过她,就不问问这些对你今后有益的事?"彭叔惋惜地看着杜辛,在他心里杜辛永远是一副长不大、不懂事的样子。彭叔只得自问自答,"你现在一定会说,这些,离我十万八千里呢,又不是我的事,摸不着够不上的,我为什么要关心?"

"的确,这些事又不是我能左右得了的,为什么要关心?"杜辛还真是一脸无辜地学着彭叔的口气重复了一遍,然后欣然地看着。

彭叔叹了口气,接着说:"我刚才说到十巫的一些后人也聚集在一起,帮助主家做事。不过人心隔肚皮,各有各的小打算,各有各的小九九,说来也是错综复杂。"他停顿了一下,继续说:"你可以换个位置这样想,假如主家让你统领她所有的护卫,那些人你都能够妥善管理、控制得住,这时突然跑来个不清不白的人,你是不是想把他弄走?"

"没必要啊。"杜辛认真地说,"既然我只是统领护卫,按规矩办就是了。谁要是不听话,我自然会处罚他。我又不是密谋造反,为什么一定要把每一个护卫都控制住?"

彭叔以一副见了鬼的表情看着杜辛,结结巴巴地说:"你怎么猜到的?"

"难道真的有人造反?"杜辛一愣,"造反是要诛灭九族的,他们没这么傻吧?"

彭叔盯着杜辛道:"你刚才是瞎蒙的吧,一定是瞎蒙的,我一猜就准。"他看着杜辛坚定地摇头,确信了自己的猜测,才嘟嘟囔囔地说:"我就是准备给你说这个,倒不一定真的要造反,只是这件事看起来就有点不对劲。"

"是啊,如果说造反,也太离谱了吧,没有理由呀?"杜辛疑惑地说着,"秦国占领巴地这么多年了,虽然说不上根深蒂固,但也十分融洽,巴人秦人你中有我,我中有你,相互通婚育子,也没了区分,愿意复兴巴国的人肯定不多了。起事造反,人少势单,一定会被马上消灭,一点希望都没有,谁愿意白白送死?"

"算了,别的不说了,现在说你的事情!"彭叔瞪了杜辛一眼道,"那些对主家有二心的人,不管他们心里是怎么想的,关键是他们现在面子上做得好,主家挑不出错来,你也挑不出错来。你就算查到这人身上,这人能把他身后的人牵扯出来么,我看很难。既然有人想阻止你去当护卫,你就再想想吧。在这里只要不闹出什么大事,你至少不会有性命危险。一旦你到了一个尔虞我诈、人生地不熟的地方,说不准什么时候就被人暗算了。那个时候,你想去揍人一顿,都不行,可能就是找死。"这彭叔,前几天还那么积极地支持杜辛走出大山,现在真有机会了,他又敲起退堂鼓来。

杜辛微笑着摇头道:"我在这里十多年了,生在工棚,长在工棚,大了能干活,自食其力了就是工棚丹穴,丹穴工棚两点一线,无有偏离。你说过老鼠只能看到眼前,我琢磨着那是老鼠老在一个地方生活,它能够看得到多远哩？我也一样,每天一睁眼就是这里的山山水水和穿经经、挂柳柳、花眉花眼、脏兮兮的丹砂工,重复地看,闭着眼睛都知道这些山水的形状方位,听动静就知道是哪一位丹砂工。干的是千篇一律的挖丹矿,背丹砂,太没劲了。我从来没有离开过这里,甚至连我们每顿吃的红皮白心的高粱米、青青绿绿的蔬菜是怎么生长出来的我都不知道,也不知道农人能种哪些庄稼、怎样种庄稼,我怎么知道外面的世界是什么样子？我是真的想离开这里出去看看,看看外面是个什么样。"

彭叔哑然。

丹穴外,太阳当顶,万道金光洒满三山五岳。

三

这一天,始皇帝心情格外舒畅,兴奋不已,早早地起床,离开了睡榻。

老天很是帮忙,送来一个好久不曾见过的艳阳天气。万里无云,苍穹蔚蓝,天光大开。骄阳下,大地一览无余,赤橙黄绿青蓝紫,各色彩带当空舞,视野分外开阔。

自从大将军王贲、内官赵禄带人到各处去挑选陌生少妇以后,始皇帝的心里就多了些说不清道不明的滋味,他期待着,心里有一种久违了的不可名状的冲动。

近日,不管是审看案子,还是批阅竹简的速度都大大提升,工作量加大了,精力却格外充沛,就是加夜班也不觉得困倦,似有使不完的精气神。这是人们常说的精神因素,与心情的关系,"心情好,万事了"。带着这样的心情,摊上这样的天气,始皇帝很想去做一件征服性的事。如今,六国已灭,敌对的武威将领荡然无存,真刀真枪与人斗是找不到对抗的阵营了,怎么办?到底怎么办?他得想个好办法来消磨自己的冲动,满足自己的欲求。他否定了赵高们为他设定的一系列方案,最后想到了打猎,虽然不能像战争杀戮那样来得刺激和血腥,也可以随着野物们漫无目的地跑一跑,舒筋活血,放松身体,对,这不失为一个办法。

统一六国,新开纪元,要做的事情实在太多太多,每天批出的奏简,过去一个甲士就能抱走,现在两个甲士有时还不能完全挑走,明显地多了许多,早起晚睡只是生活的形式,手累脑累心累全身累才是生活的实质。他寻思着是应该让自己放松放松了。

早朝,始皇帝发话:"中车府令赵高,廷尉李斯,上卿姚贾,上卿顿弱听旨!"

四人应声出班："臣在！"

始皇帝："尔四人准备随朕出行。"

他们明白始皇帝近期外出，是要他们跟班，四人马上齐声应道："诺，我等唯始皇帝马前是瞻，随始皇帝前往！"为啥回答得这么整齐？客官有所不知，这原本是当一个朝官要被训练过多次的套话，每逢始皇帝外出，被点为随行的人都要说这样的话。

始皇帝："将军蒙武听令。"

蒙武跨出班列："臣蒙武在。"

始皇帝："尔明日率大军同朕去骊山狩猎。"

蒙武道："蒙武得令，愿随始皇帝左右！"

始皇帝没有动用他的皇家禁军，而是用戍边军队，一方面戍边军队实战经验丰富，斗志昂扬，杀戮勇猛，指挥起来过瘾；另一方面禁军的首领是王贲，他在外办事。

始皇帝又道："丞相王绾听命。"

王绾立即出班："臣王绾在！"

始皇帝："尔留守朝宫，不得有误。"

王绾："诺！"

始皇帝："其他文武众卿。"

百官纷纷出班而跪："臣等在此。"

始皇帝："朕率大军狩猎期间，朝中大事均由王绾处置，不得耽误！"

百官道："我等唯皇命是从，不得耽误！"

始皇帝："退朝。"起身向后宫而去。

赵高朗声唱道："承天旨意始皇帝圣宣，退朝——！"

百官起身，纷纷退出朝宫。

是日，轻风乍起，旌旗猎猎，金戈铁马。

始皇帝今天也是紧腰束腹，一身戎装，骑着高头大马"乌龙驹"，手握丈八红缨枪，威风凛凛，在蒙大将军护卫下，带着队伍，浩浩荡荡从咸阳城出门，一路向东。远远看去只见人喊马嘶，黄尘滚滚，大队人马直奔骊山。

"乌龙驹"是一匹纯种汗血宝马，通体乌黑，没有一根杂毛，且毛质粗厚,毛色油亮,健壮俊朗,撒开四蹄奔跑起来,犹如一股黑色啸风,这马耐力特好,日行千里,夜走八百。这马是个通灵动物,曾经多次救始皇帝于危难之中。

骊山,位于今天西安以东25公里,是秦岭山脉的一个支脉,东西长25公里,南北宽14公里,最高海拔1302米,其山不高,却是动植物生长繁育的乐园。

始皇帝很长时间没像今天这么惬意了,跑得高兴,便不顾及他人能否跟进。他扬鞭催马,勇往直前,不管不顾地往山上奔去,蒙武将军带着队伍紧跟在他身后,那几个文臣被甩去老远。

骊山山势逶迤,树木葱茏,远望宛如一匹苍黛的骏骡,因景色翠秀,美如锦缎,又名"绣岭"。每当夕阳西下之时,骊山辉映在金色的晚霞之中,身姿格外绮丽,是为"骊山晚照",乃"关中八景"之一。

"嚯,嚯,嚯,嚯,嚯,嚯!"从山脚一路向上,士兵们从四面八方把惊慌失措的野兽赶到始皇帝周围,野兽中有狍、狐、狸、猞、獐、猊、猬、獾、猫、兔等。始皇帝兴高采烈左冲右突,一阵猎杀痛快淋漓,愉悦之极,还赢得了那些士兵们一阵高过一阵的叫好声。

过了一会儿,他觉得兴致大减,不过瘾了,以强凌弱,在这些毫无还手之力的小动物面前充能耐,耍英雄?他自觉汗颜,太没劲了,乏了精神。他一勒马缰,双腿一夹马肚,冲出围子,马不停蹄,端端地向前,朝大山的深处冲去。他要寻找更高更大更猛更烈,有刺激性的动物搏斗。

一会儿向上,一会儿向左,一会儿向右,乌龙驹驮着他在深山老林里东奔西走、横冲直撞。

蒙武将军很快发现始皇帝不知踪影,忙问离他身边不远处的一位偏将:"方作将军,看到皇上么?"

方作赶紧来到蒙武身边:"太过瘾了,蒙大将军您看,士兵们猎杀了这许多猎物,他们一个个多么高兴?"他气喘吁吁,满头大汗,指着那些兵士,神采飞扬地说。

蒙武严肃地说:"高兴个屁,看到始皇帝了么?"

方作一怔,慌忙答道:"刚才一时兴起,只顾猎杀,没太注意皇上的动向,怎么,跟丢了？啥时丢的？这可怎么办呢?"他还反问将军,真是忙人无忌。

蒙武并不计较道:"赶快派人寻找!"

方作叫来几个头领:"你向东,你向西,你向北,你向南。"布置他们分头寻找皇上。

"跟我走。"几个头领分别带领队伍,散开而行。

一个时辰过去,寻找皇上的头领们纷纷回来报告,没有见始皇帝踪迹。

这下可吓坏了蒙武和方作,两人面面相觑,一时没有了主意。

蒙武急中生智,突然灵机一动,大声命令方作:"全军下山,与文臣会合!"

方作立即布置全军退出森林,直向骊山脚下跑。

文臣们也没有见到皇上的影子,但可以肯定,始皇帝没有下山,应该在森林之中。

蒙武命令方作:"让士兵散开,每丈一个人间隔排列,把骊山全部包围起来,然后一步步向山顶拉网式搜寻。全军将士,必须谨慎认真,小心行事,如有发现,立即报告。"

皇上失踪急坏了文武大臣,一个个心急火燎漫山遍野认真细致寻找。

这边,始皇帝神态安然,跃马扬鞭,心高气傲,一门心思要寻求更大的刺激。

很快机会就来了。

突然,在始皇帝前面不远的地方安静地站着一只雄性梅花鹿。那鹿,体长4尺,肩高3尺,重约300斤,鹿角分成四叉。脊背中央有暗褐色背线。短尾,腹部呈白色,体毛棕黄,遍布白色梅花斑点。那东西"绅士"般抬头挺胸,摆了一个优雅的"鼎立"态式,目不转睛静静地望着始皇帝,似乎在向他挑衅:来来来,敢不敢取我首级,又似乎在警告他不要滥杀无辜。

始皇帝没管这些,也没多想,只是心里高兴。今天这运气怎的就这么好,想玩刺激的,刺激的就来了。他一带缰绳,策马直奔梅花鹿,上前挺枪便刺。

那鹿侧身躲过,一扭头优雅转身连蹦带跳出了丛林,沿着森林的山地边缘快速奔跑。

始皇帝双腿用力一夹马肚,"乌龙驹"昂首直追。

梅花鹿却不紧不慢,一会儿钻进丛林,一会儿又从丛林中跳出,像捉迷藏似的带着始皇帝在骊山深处跑来跑去。

这可辛苦了始皇帝的坐骑"乌龙驹",它累得直喘粗气。说来也奇怪,梅花鹿好像很通人性。"乌龙驹"累了,它就停下,挑逗似的望着,不慌不忙,不卑不亢,含情脉脉。"乌龙驹"跃起而追,梅花鹿又继续牵引着在前奔跑。

跑跑停停,停停跑跑,梅花鹿把始皇帝带到了骊山烽火台。

这不是个一般地方,这里是传说中周幽王烽火戏诸侯的发生地。

烽火台原本是古代战争爆发时传递情报,调兵遣将的军事设施。可后来,这里却实实在在地发生了一件谁都意想不到的荒唐事情。

相传西周末年,周宣王死了,他儿子幽王姬宫涅登上王位。幽王是个只知道吃喝玩乐,不管国家大事的耍耍客。除了斗鸡斗牛斗蛐蛐,还打发人到处寻找美女寻欢作乐,闹得百姓怨声载道。大臣褒珦曾上过一道奏章劝谏幽王不要因享乐而误国,要以国家大事,人民社稷为重,还朝理政。周幽王不但听不进谏言,反而变本加厉,把褒珦关进监狱。

褒珦一入狱就是三年。褒家千方百计要把当家人救出苦海,经过多方搭手想尽办法,却是奔忙有余,不得要领,三年过去了,当家人仍然没有复出希望。有好心者提醒,要博得幽王欢心,须找其软肋,投其所好,方可见到奇效。褒家人终于被人点化,在乡下买了一个貌若天仙又身体健壮的姑娘,收为义女,取名褒姒,并请名师大儒教会她唱歌跳舞、识文断字和争宠献媚的方法,把她打扮得非常乖巧非常妩媚非常可人后献给幽王。

幽王得到褒姒,十分高兴,就把褒珦放了。褒姒乖巧妩媚,把幽王侍候得舒舒服服,深得幽王宠爱,很快就被收为幽王妃。遗憾的是褒姒是个冷血美人,进宫之后,行为处处到位,心情却备受压抑,整日脸无表情,闷闷不乐,宫中谁都没见过她一次笑容。幽王想尽办法博取她笑,她却怎么也笑不出来。这可气杀了幽王,他认为,身为王者不能博得爱妃一笑,真是天大的讽刺。他不甘心,下了一道旨:谁要是能让王妃娘娘微笑,赏他黄金一千两,当场兑现,说到做到,绝不食言。

大臣虢石父是个有名的马屁精,绞尽脑汁替幽王想出一个鬼点子。原来,周王朝为了防备犬戎族人的侵犯进攻,在骊山一带的群山之中修建了二十多座烽火台,每隔几里就有一座。周朝曾经与其他诸侯王国约定,如果犬戎打来,离进攻者最近的第一道关守将就把烽火燃烧起来,第二道关见到烟火,也把烽火燃烧起来。这样一个接一个烧着烽火,附近的诸侯便可发兵来救。

虢石父对周幽王说:"现在天下太平,烽火台长久没用过,我想请大王跟娘娘上骊山玩几天。到了晚上,咱把烽火点起来,让附近的诸侯赶来,上个大当,幽王妃还能不笑?"

周幽王拍手说:"这个点子好,好极了,就这么办!"

在虢石父等人簇拥下,幽王带着幽王妃一行上了骊山,安营扎寨,一切收拾停当,当晚就命人把好几处烽火点了起来。

邻近的诸侯看到逶迤而去的警报狼烟,以为犬戎打过来了,赶快集结队伍,领兵策马来救。没想到,当他们汗流浃背地赶到骊山烽火台下时,连个犬戎兵的影儿也没有,只见烽火台上灯红酒绿、歌舞升平,大伙儿都愣了。

幽王怡然自得地派人从台上下来告诉说,大家辛苦了,这儿没什么事,不过是大王和王妃放烟火玩玩儿,你们回去吧!

诸侯们知道上当,憋了一肚子气,愤然离去。

褒姒不知道他们闹的什么游戏,看见骊山脚下来了好几路兵马,人喊马嘶,乱哄哄的样子,没做什么事又一队一队从原路返回,就问幽王怎么回事。

幽王一五一十告诉了她。

褒姒看见诸侯的狼狈样子,"扑哧"一声笑了。

虢石父见褒姒开了笑脸,马上要求幽王兑现承诺,周幽王果然赏了虢石父黄金一千两。

有了这次微笑,幽王对褒姒更加宠爱,后来干脆把王后和太子都废了,立褒姒为正宫王后,立褒姒所生的儿子伯服为太子。

原来的王后的父亲是申国诸侯,得到这个消息,联结犬戎兵马进攻周朝。

幽王听到犬戎进攻的消息,惊慌失措,连忙下命令把骊山的烽火点起来。烽火烧起来了，滚滚狼烟由远而近，在风的吹促下，卷起一圈圈黑浪，可是诸侯们因为上次上当，谁也不来理会这个十万火急的报警。尽管烽火台上白天浓烟荡荡，夜晚火光冲天，可就是不见一个救兵来到。

犬戎兵一直打到周朝国都，镐京的兵马不多，勉强抵挡一阵，就被犬戎兵打得落花流水。

犬戎的人马像潮水般地涌进都城镐京，把周幽王、虢石父和褒姒生的伯服都杀了，把那个不开笑脸的褒姒抢走了。

这就是历史上有名的"烽火戏诸侯，一笑失天下"的典故。

始皇帝的"乌龙驹"到了烽火台下就裹足不前了，在那里打旋旋，一圈，两圈，三圈……

始皇帝不管怎样地带缰绳，嘘口令，"乌龙驹"就是止步不前。怪了，真是奇了怪了，难道是当年的幽魂附体了不成？这样的情况始皇帝还第一次遇到，但他有信心，因为"乌龙驹"是通人性的，它止步不前绝不会是闹待遇罢工，绝对有它的道理，始皇帝耐心地带着缰绳，嘴上不停地命令着："驾，驾，驾，驾。"

梅花鹿优雅地停在不远处静静地观看，竖着的耳朵机灵地不时抖动一下。

这时，天空传来一阵阵"叽叽叽叽"的鸣叫，像划破长空的一道道优美音符，把蓝天白云分成一圈圈明显的界限。

始皇帝抬头一看，一只锦鸡正在他头顶做低空盘旋飞行，时有翻滚的动作。

那锦鸡全长约三尺，头顶、背、胸为金属翠绿，羽冠紫红，后颈披肩羽呈白色，其他处为黑色羽缘，下背呈棕色，腰转朱红，飞羽暗褐，尾羽很长，有黑白相间的云状斑纹，腹部白色，嘴和脚蓝灰色，它自由自在地快乐高傲地低空飞翔着，此时此刻正享受蓝天白云带来的快乐，给人以舍我其谁之感。

这种锦鸡栖息在海拔 600～1800 米的多岩山坡，活动于竹灌丛林地带，以蕨类、麦叶、胡颓子、草籽、大豆等为食。它在此时到来，有什么象征，有什么目的，预示着什么，是福是祸？不知其意。

始皇帝驾驭不住"乌龙驹"，正没好气，此时觉得是被这锦鸡在天空中讥笑,升起一股无名火,当即张弓搭箭,仰头拉开个满弓,右手一松,箭矢直向那鸡飞去。

"嗖嗖嗖嗖",好箭法!须臾之间,箭矢直穿那只得意忘形的锦鸡脖颈。它在空中扑腾了几下,羽毛溅得乱飞,身体直向下坠。

"乌龙驹"停止了与始皇帝大半天的别扭,欢快地直奔锦鸡坠落处而去。

说来也巧,那锦鸡竟然不偏不倚,恰到好处地落在始皇帝面前,箭镞的尾杆与锦鸡的脖颈形成夹角,正好卡在"乌龙驹"脖子上,巧了,实在太巧了。

始皇帝看看天,再看看锦鸡和"乌龙驹",感觉今天踩到了百年难遇的"福喜",鸿运当头,心里好一阵高兴。这完全是天遂人愿运有彩虹,于是策马再去追那梅花鹿。

梅花鹿灵敏地一头钻进丛林,时隐时现,就在"乌龙驹"前面不远,跑跑停停,趾高气扬挑逗地跳跃着……

"乌龙驹"沿着梅花鹿的足迹,也跳跃着直向骊山山顶冲去。天上蓝天淡云,地上鹿马相嬉,煞是好玩。

一路嬉闹上劲之时,突然,丛林中一声啸哨,回声振荡,斜刺里窜出一只吊额东北虎。但见它体魄雄健,行动敏捷,肩高三尺,体长连尾约八尺。那虎厚毛浅黄,通体黑色有圈状纹,昂首摇须,旁若无人地自顾自往前走着,一副悠闲镇定的派头,真有"丛林之主"和"万兽之王"的架势,迎着始皇帝而来。

这种虎栖居于森林、灌木和野草丛生的地带,一年有大部分时间在四处游荡,独来独往,居无定所。它感官敏锐,行动迅捷,善游泳,善爬树。它性凶猛,体强有力、动作敏捷,对其他动物可不温柔,总能把恶狼山狗赶出自己的活动区域。它能捕食鹿、羊、野猪等大中型动物,也能食小型动物和鸟禽。

东北虎捕捉猎物时常常采取打埋伏的办法,悄悄地潜伏在灌木丛中,一旦目标接近,便"嗖"地窜出,扑倒猎物,或用尖爪抓住对方的颈部和吻部,用力把猎物的头扭断;或用利齿咬断对方喉咙,多数时候一齿封喉;或猛力一掌击碎猎物颈椎使其断裂而死,当它对付大型食草动物如马、牛时,则采用从后背进攻,猛然扑到牛、马的后背,用利爪固定住自身平衡,再用利齿咬其后颈或颈椎,慢慢享用。

那虎突然呼啸着向始皇帝扑来。若是常人,早已"谈虎色变"、"望虎生畏",但始皇帝却遇虎不慌,他深吸一口气,调整了一下情绪,一带马缰,"乌龙驹"撇开东北虎的正面攻击向侧面倒退几步,旋即向上一冲与东北虎拉开距离,占了上风。

东北虎扑了个空,迅速转身昂首而坐,凶狠的目光死死地盯着始皇帝。这只虎身体厚实而完美,背部和前肢上强劲的肌肉在运动中起伏。它张开大嘴"嗷——!嗷——!嗷——!"仰天大叫三声。举起的右侧虎掌亮着的虎爪利如钢刀一般,那是撕碎猎物不可缺少的"餐刀"。还有那条钢管般的尾巴,"哗——!哗——!哗——!"每打一下,就会发出树枝断裂与实地相迎的铿锵有力的声音,打在地上有如铁棍击打在硬石上一般踏实,让人不寒而栗。

双方对峙着,始皇帝有些迟疑了,好汉不吃眼前亏呀,应该避其锋芒。他寻思着如何才能摆脱当前的不利处境。他相信"乌龙驹"的灵性,但到底从哪个方向才能甩掉这只大虫,是上,是下,是左,是右,他还拿不定主意,一边犹豫不决地防备着大虫突袭,一边脑子里快速旋转思虑良策。

那虎却没给他犹豫不决和冥思苦想的时间,它急不可待地猛然向前一纵,一个漂亮的"猛虎上山"之势,张开两只前臂迎面向始皇帝劈头盖脸地扑来。

始皇帝顿感眼前一黑,全身乏力,四肢酥软,所有的能量积成一股气,全部冲到头顶,迅速聚合,然后从脑门心用力往外挤出。

始皇帝觉得有东西从脑子里借势飘了出去,接着整个人体轻飘飘地升上天空,飞呀,飞呀,飞呀,无牵无挂,无忧无虑,飞过了昏天黑地,飞过了朝阳黎明,飞过了三山五岳,飞过了大川深壑,一直就那么尽情地飞着,一会儿向下飘落,一会儿又直冲云天,一会儿空中盘旋,一会儿又直线起落。

忽然,刮起了一阵盖地风,身体加快了飞翔的速度,上下扇了扇,居然还伸出了两只鼓鼓囊囊的眼睛,那螃蟹式的眼睛,一伸出来就有生机,给他带来一片光明。眼睛好奇地东张西望,看哪都觉得新鲜。不知又飞了多久,飞到一片群山的上空。前看万里无云,蓝天,真正的蓝天。天蓝蓝,海蓝蓝,这天怎么比大海还要蓝,蓝得无法形容。从小到大,他还从没看到过这么蓝的天,一望无际的蓝天。

他继续飞翔,隐隐地看见了白云。对,全是白云,从远处飘散过来大朵大朵的白云,他也是从来没看到过这么透彻,这么漂亮的白云。白云卷曲着,像是被一种动力推动着的样子,迅速地向他拥过来。他不知不觉地想到了自己小的时候,在蓝天白云之下,与一群小朋友玩稀泥,那是他们最喜爱的玩物。一个夏天的中午,男男女女的小朋友都穿得很少,他坏坏地去拉扯女孩的裤子。结果引来女孩母亲一顿痛打,打得他全身瘀血,疼痛难耐。他当时跟着父亲异人在赵国做人质,寄人篱下,没有社会地位,加之错在自己耍坏,只能忍气吞声,那顿打就白挨了。母亲赵姬还躲在一旁偷偷地大把大把抹泪。

近了,近了,白云越来越近了。突然,劈头盖脸的狂风怒号,呼啸着;大雨如注洗刷着,身体在空中不停翻滚。不一会儿,两眼黑了,什么都看不见。他低着头,闭着眼,死劲地闭着眼,忍受着,强烈地忍受着。又过了一阵儿,风停了,雨住了,呼声小了,啸声没了。他重新慢慢睁开鼓鼓的眼睛。

白昼即将过去,黑夜已经来临。晴朗的天空布满点点繁星。他伸了伸手足,但伸不开,勉强舒展了一下筋骨,身体保持住平衡。他高昂着头,痴痴地望着朗朗天空,回忆起许许多多的往事。

他曾听父亲异人讲过,秦国曾屡次攻打赵国,但赵国有大将廉颇等人拼命苦守,秦国虽攻下几座城池,并无大的进展。后来,秦国实行远交近攻的外交政策,索性同赵国交好,以赢得时间去攻打别的国家。于是,在公元前279年,秦国邀请赵国的国君到渑池开会,订立合约。双方为了取得信任,按照当时的习惯,互换国君的亲属作为人质。秦昭襄王就把自己的孙子异人送到了赵国做人质。其后秦国仍然多次攻打赵国,尤其是公元前260年,秦将白起一次就坑杀了赵国降卒40多万人,赵国能怎样对待异人就可想而知了。

赵国的达官贵人对父亲不以礼相待,有时还会训斥,就是赵国的寻常百姓,他都要逊让几分。他出门无车马,生活无侍从,日常开销吃穿用度都不宽裕,生活困窘。富商吕不韦对他另眼相看,不但与父亲异人交好,管吃管穿管玩。异人到吕不韦家吃酒,看上了舞女赵姬,吕不韦二话没说就将赵姬欣然送给异人为妻,后来就生了他,所以他又名赵政。

吕不韦竭尽全力帮助他们一家大小,对他们百般呵护,他才得以少有忧虑地茁壮成长。后来在吕不韦的帮助下,他随父亲异人和母亲赵姬,千辛万苦逃回秦国。秦国的国君——始皇帝的祖父秦孝文王原本不喜欢异人,现在更是不认这个人质了。他们一家仍然没有地位,没人理睬,生活有上顿没下顿。

吕不韦忙开了,四处奔走,每天拿着银两金锭出门,空着两手回家,原来他是用经商赚来的钱财打点朝廷上下官员,并最终有了结果:华阳夫人动了感情,收父亲异人为义子。因为华阳夫人是楚国人,为了感激华阳夫人,父亲异人改名子楚。再后来,时来运转,没多久父亲子楚当上了太子,不几年又继承了王位。子楚没干几年,就不明不白地死了,据说是累死的,子楚长年作质,身心交瘁,一直怯懦有病,身体不好。始皇帝13岁那年,有天晚上,赵姬带着他来到吕不韦跟前。吕不韦说,做好准备次日上朝当王。他说没干过,当不来。吕不韦说,只是坐朝椅,不说话。就这样莫名其妙地当了王上,内政外交,大事小情都由相国吕不韦做主,他的工作就是每日下朝后,接受吕不韦没完没了的教导。

母亲赵姬非常依赖吕不韦,还让他叫吕不韦为假父。后来他长大了,明白了一些事理,母亲要求搬到了雍城居住。再后来,雍城嫪毒谋反被废,结果查实此事与吕不韦有关。吕相在流放巴蜀的途中病死了……

他越想越觉得头痛,头快要炸裂了。不能再想了,再想就是不懂事,再想肯定自讨苦吃,绝不能再想了。

飞,再飞,不停地飞,飞到天涯海角。

他俯首下看,山上树木葱绿,山下一条河流波涛汹涌。身体沿大河在两山之间继续向前飘飞。

不知过了多久,飞到一座更高的山脉,这里与先前的山势有所不同,没什么树,草也泛着枯黄。

寂静的高山之巅站着一位身材曼妙,穿着大红长袍长发披肩的女人,迎面朝下注视着那波涛汹涌的一河大水,有如一尊雕塑屹立在那里,神情非常专注。

很快,漫天飘舞着鹅毛大雪,一片叠着一片地由上而下,飘飘扬扬。

雪花覆盖了川壑,覆盖了黛色的张牙舞爪陡峭的山牙,覆盖了树木,覆盖了一切有生机的生命。原野银装素裹,全景皆白,在那一望无际的白色中,只有女人的大红长袍显得格外惹眼。

这时,始皇帝直线下坠,腻腻歪歪地降落到女人身后不远处,就地一滚,连他自己都没来得及搞清是怎么回事,就又变成一个风度翩翩的小伙儿。

满天的飞雪,让小伙儿失去了温度,浑身冻得战栗不止,他双手操在胸前,巍巍颤颤口不停歇地叫着:"姐姐救我,姐姐救我,姐姐救救我!"

女人转过身子,目光在小伙儿身上滞留了一会儿,愠怨道:"你看看,怎么搞的,天上下着鹅毛大雪,你穿得这么单薄,一个人跑到荒郊野岭之处来做什么?"

小伙儿有些气喘地道:"我上山砍柴,突遇野猪攻击,被追得满山乱窜,结果迷了路,我也不知怎么就跑到这里来打扰姐姐了,我现在又冷又饿,好姐姐,你一定要救救我!"

女人爱怜地道:"这天气实在太冷,你会冻坏的,快过来。"女人用眼搜寻了一下四周,说,"过来,就让姐姐的长袍暖暖你吧。"

小伙儿迫不及待地一头冲进女人的怀抱,女人双手环抱,紧紧地拥着他,用自己的体温温暖着他。

小伙儿幸福地蜷曲着。

过了一阵,小伙儿闻到些许淡淡的香味,这是女人的体香,淡淡的香味强烈地刺激着他的内心,让小伙儿胸内萌动着小鹿般的奔跑,搅得他胸腔发痒,心境躁动,像有个小孩在不停地挠动着心房,让他忍无可忍。

他情不自禁地侧了一下身子,让自己的胸膛紧贴着女人的乳房,那酥酥的感觉让他的心更加不安,甚至心惊肉跳,不住地颤抖,下身也不自觉地有了发胀的感觉。

他抬头望着女人,她纹丝不动,那美丽的脸上没有一丝皱纹,额头的刘海细密而柔软,白皙的肌肤富有弹性,漂亮的脸上摆放着漂亮得无可挑剔的五官。

他恨不得立马就把自己的嘴紧紧地压在女人略微上翘的唇上。

他心里发慌,语无伦次问道:"姐姐,这,这,是什么地方呀?"

女人以为他是冷得颤抖,抱他的手又紧了紧,大大方方道:"这里是灵山。"

小伙儿:"敢问姐姐尊——姓——大名?"

女人:"村里人叫我神女。"

小伙儿:"姐姐怎,怎会在这里?"

女人:"这里蛟龙作孽,江水喜怒无常,我要为上下行船的纤夫指点水道,让船只避开蛟龙。"

小伙儿:"姐姐你,太——伟——大了!"

女人:"纤夫们不易呀,太辛苦了。"

小伙儿觉得全身的"骨髓"都在聚合,已经汇集到下身的那一点上。他迫不及待用手去撕扯女人的衣服。

女人突然一掌将小伙儿推出怀抱:"呸,你这个不知好歹的东西,看你可怜,即将冻死,我才好心救你,你却心存邪念,快滚!"

女人盛怒之下,朝小伙儿脸上唾了一口,那唾沫迅速在他全身扩散,奇痒难耐,喷湿之处疙瘩般迅速浸延,很快就长出了一身臭不可闻的烂疮。

小伙儿痛苦至极,拼命抓刨着自己糜烂的身体,越刨越痒,越刨越烂,直抓刨得黄水漫流,无法忍受。他知道这事不怨别人,都是自己心存邪念找的麻烦,自种的苦果,只能就着自己的唾沫强咽硬吞,别人是帮不上忙的,难受吧,就让他难受吧。

神女站在不远处,失去了先前的温柔,愤怒而冷漠。

小伙儿慢慢地闭上了眼睛,等待着到阴间去脱胎换骨……

"始皇帝,始皇帝,始皇帝……"

是哪里在叫喊?这声音怎么越来越近,越来越大?他们在喊谁?……荒郊野岭怎么会有嘈杂的声音,这些混乱不堪的声音中怎么还夹着不男不女的娘娘腔?小伙儿实在弄不明白。

"始皇帝,始皇帝,醒醒……"声音那么急促,慌张,越来越清晰。

小伙儿试探着慢慢地，强迫地睁开双眼。

他隐隐地看到周围模模糊糊有些桩子，那些桩子像水里折射的物体一样，晃晃悠悠逐渐直立、逐渐站稳。

哦，那不是桩子，是一群人，是一群蓝天白云下围在自己身边吵吵嚷嚷的大秦官人。

看清了，看清了，彻底看清了，那是中车府令赵高，那是廷尉李斯，那是上卿姚贾，还有上卿顿弱，将军蒙武，他们身后还有许许多多的大秦士兵，满山遍野飘扬着的大秦帝国的玄武色旌旗。

他彻底睁开了双眼。

"始皇帝，可把我们吓坏了!"娘娘腔首先响起，这是中车府令赵高。

始皇帝左右转了转头，毫不在意地道："我不就是因为劳累而香香甜甜地睡了一觉么？你等为何这般大呼小叫，大惊小怪？"

"始皇帝明鉴，陛下这一觉，睡的时间可不短，满打满算整整两天两夜!"这是廷尉李斯在提醒。

始皇帝略有迟疑地道："哦，有这么长时间？"

将军蒙武向前跨了一步行礼道："臣等失职疏忽，护驾来迟，请始皇帝恕罪!"

始皇帝："朕玩得痛快，睡得舒服，你等何罪之有？无罪，无罪，根本无罪!"

上卿姚贾、顿弱马上接过话把儿奏道："始皇帝英明，我始皇帝骠骑'乌龙驹'如风驰电掣，一骑当先，把我等远远甩在了身后，始皇帝饱满的精力和充沛的体能我等实在自愧不如!"

始皇帝得意地站起身来："我的'乌龙驹'呢？"

将军蒙武大声道："卫兵，把始皇帝的坐骑请过来!"

一护卫士兵应道："诺!"

一会儿，"乌龙驹"被牵到始皇帝跟前，始皇帝细心地用手顺着撸了一大块它的皮毛，又向相反方向撸了一大块它的皮毛，看它精神矍铄并无伤痛，深情地摸了摸马脸道："它也受惊了，劳累了，要让它吃好，喝好!"

将军蒙武："诺!"示意护卫士兵把马牵走。

原来,那梅花鹿把始皇帝向骊山高处引带,快要接近山顶时,遇上了东北虎。

东北虎正饥肠辘辘,在满山寻找食物,突然看见"乌龙驹"脖颈上的锦鸡,便夺鸡解馋,向始皇帝发起进攻,用力一扑刚好抓走锦鸡,便自顾自地在一边享用去了。它那一掌恰到好处,不深不浅,并未伤及始皇帝和"乌龙驹"。

始皇帝是自己被吓晕过去的。

大军赶到时,梅花鹿已不知去向,东北虎饱了肚子,心满意足,也不知去向。

"乌龙驹"在一边轻松愉快地吃草。

始皇帝蜷曲在山坡上香香甜甜地睡大觉,士兵们在蒙武将军指导下,把始皇帝抬到山顶通风的地方,文武百官围在周围,等待他早日醒来。

在士兵搬弄的过程中,熟睡的始皇帝有了飘逸的感觉,在这种感觉感召下,让他幸福无比地做了一个回味无穷的美梦。

真是不幸中的万幸,或者是苍天有眼,或者是始皇帝运气使然,始皇帝有惊无险逃过了一劫,还白白地捡了一个终生难忘,美妙绝伦,美不胜收的念想。

这个念想挥之不去,整整影响了始皇帝的有生之年,让他乐此不疲,这是后话。

四

  2000多年后的长寿古镇,游人如织,热闹非凡,内有人文大街、万寿广场、魁星双塔、万寿公园、三星观、民间综艺馆、衙门(寿文化及民俗博物馆)、古戏台、过街楼、庙会广场、城隍庙、文庙、钱庄、镖局、长寿塔、城门楼等古建筑,成为人们茶余饭后悠闲观光的去处,也是展示巴渝文化和中国寿文化的大舞台。

  但在秦朝那会儿,这里叫做乐温镇,是长寿山下丹矿基地主家巫桂的坞堡,它的建造及周边环境与冷兵器时代的其他堡垒没有区别,外面一群大坞堡,非常用心地拱卫着中间那个小坞堡。

  大坞堡为二层防御工事,是小坞堡的屏障和城防,用来抵御外敌入侵的第一道防线。小坞堡为四层碉楼,是大坞堡的核心指挥中心,这让它显得高贵神秘,当然这里面有自卫防御的机关,一般人想要造事是很困难的。大坞堡由五位大管事居住,配有守护,小坞堡由巫桂居住,巫桂在丹砂基地被刺后,现在由他的妻子巫清独守。

  近些天,大小坞堡正在发生一件十分重大的事情。

  之前,巴郡郡守亲自光临了这里,在郡守陪同下,坞堡迎来了一批重要客人:秦朝威武大将军王贲,朝廷内官赵禄。赵禄当众宣读了始皇帝的圣宣:邀请坞堡主人巫清即日起程,赴咸阳面见始皇帝。

  郡守异常兴奋地向巫清和五个大管事分别交代了一些事项,要求五大管事积极配合,全力支持,不得掣肘,不得违抗君命。

  这是当然,巫清作为一个女人,不可能违抗始皇帝的命令,在大秦国谁敢说个"不"字,普天之下还有什么事比他的事情更大?再说了,谁愿意掣肘,就是有人想掣肘,也心存畏惧,谁不怕灭族灭种。五大管事面面相觑,个个唯唯诺诺。

此后,这里便无比繁忙:清产核资造册、张罗画师给巫清画像、打包装箱套车、备马备料备粮……不少人匆匆地跑上跑下。

坞堡内人喊马嘶,昼夜忙碌。

杜辛心中更是万分激动,一是他真正见识了什么是皇宫护卫,什么是大将军;二是作为坞堡的护卫,他可以护送巫清去咸阳。这可不易,他才来坞堡几天,地皮都没踩热呢,就有了这么令人羡慕的造化。咸阳是什么地方,是大秦国政治经济文化社会的中心,是大秦国的国都,那里有皇宫大院,有始皇帝居住的地方,是彭叔大半辈子向往却又无可企及的地方。

彭叔曾经说过,"这辈子要是能痛痛快快地到咸阳走一遭,死了都划算",说明咸阳的确诱人。

对杜辛来说,这种好事来得太快太突然,就半年工夫,这也是他始料不及的,但又是真实可信的事实。

最后一次踏出丹矿基地那道片石墙,他就安心不想回去了,好汉不走回头路,好马不吃回头草。走出采矿区对杜辛来说,是有特殊意义的。毕竟片石墙里面的大多数人一辈子都没有这种机会,那采矿区虽也是个被人眷恋的地方,许多人靠它养活自己,养活家人,生老病死地眷恋着,对它富有生命的感情,杜辛在那里时也向它倾注了这种诚挚的感情。现在真正踏出了这一步,反而没有什么特别感觉了。

外面的路比较宽,压得也实,走起来不怎么费劲。这是一条通向未知世界的路,具有莫大的吸引力。杜辛兴致勃勃到处乱看,对所有的景物都具有浓厚的兴趣,对所有的事都感到无比新鲜,从采矿区到坞堡沿途遇到的所有人和物对他都具有很大的吸引力,人是他的师长,物是他的风景。

与杜辛同行的就是那个来告诉他的人,再没有别的跟班,说明这个人的地位低,可惜他自己没发觉,而是继续摆架子,他走路的姿势似乎是在刻意模仿贵人,看起来很别扭。

那人依旧鄙视杜辛,以至杜辛恭恭敬敬地请教他姓名的时候,只得到了一个从鼻孔里出来的"哼"字,问到其他问题时,更是故作深沉,闭口不说,杜辛决定将他命名为"哼哼"。

美妇清

从身材看哼哼走路应该是可以很快的,却偏偏不迈开大步,摇摇晃晃走得很慢,故意不看杜辛。也许他认为像杜辛这种很高大壮实的人应该是急性子,一定会被这种缓慢的速度和他的神态弄得上蹿下跳、抓耳挠腮。

杜辛才不管这些呢,他很安静,虽然他一步相当于哼哼两三步,但他走得更慢,缓缓地踱步,左顾右盼,隐约中内含一种威势,让外人觉得凛然不可侵犯。

他们没有坐船走平时运送丹砂的乌江,而是抄近路走旱道。走了一天,第二天再上路时,哼哼叹息说身上又酸又疼,挺直的脊背快麻木了,稍微动动,就会发出吱吱嘎嘎的声音,两腿沉重如灌满铅,仿佛不是自己的,拖不动了。虽然每次跨出很短的距离,却要费很大力气。他不得不正眼看看旁边的杜辛,那小子轻松得如同散步。他在心里骂道,这个遭千刀万剐的东西居然这么有耐力。

这点路程,对于眼前这个每天要从丹穴里背出十几篓丹砂的下力人来说,根本算不了什么。

哼哼缓步前行,还没有到中午,就撑不住了,长途行走是很累人的,全身肌肉高度紧张。于是也不管杜辛,自己在道旁找了个土堆坐下,拿出干粮准备饱肚。本来他是想看杜辛的笑话,毕竟这傻小子没出过门,可能连带干粮清水都不知道。他只用眼睛的余光向杜辛这边瞅了瞅,结果笑容凝固在脸上,再看自己装水的竹筒,不知什么时候裂开了一道缝。自己居然没有发现里面的清水早就洒落得精光,他怨恨地把竹筒摇动了一下,像个泄了气的皮球,一点精神都没了。

他愤怒地正眼看向杜辛。

杜辛却轻松地靠着一棵大树坐下,开始进食。虽然也是简单的干粮就着清水,却吃得津津有味。

哼哼咬了两口干粮,完全吃不下去,倒不是娇生惯养,而是干粮这种东西本来是弄得越干越好。特别是下人的干粮,不可能做得太精细,一旦没有水下就像吞石头沙子,喉咙的感觉如同利器划着,不是一般的难受。吃一口干粮喝一口水只算是对付的食用方法,正宗的吃法是煮成糊糊,即便没锅没火,也应该把清水慢慢地倒在干粮上,泡软了再吃,就像杜辛现在所做的一样。

哼哼嫉妒地看着杜辛,他吃干粮的动作不熟练,看来不是个经常吃干粮的人,但顺序丝毫不乱,甚至还记得先摘下一张宽大的树叶当"食盘",再把食物放在"食盘"上浇泡凉水,这是彭叔教给他的方法。

杜辛弄好自己的吃食,转过头来笑嘻嘻地看着哼哼。哼哼厌恶地瞪了他一眼,把头扭了过去。

不一会儿,哼哼的耳鼓里传来有人走动的声音,他装作满不在乎的样子,其实却竖着耳朵听动静。

如此对待杜辛自然是有人指使,他要借此讨好贵人。事情本来很简单,挖丹砂的人能够有什么见识?并且那傻小子的事他也听说过,就是力气大点,运气好点,这种人要么唯唯诺诺,要么一触即怒。只要激怒那傻小子,让他气得不愿去当护卫,事情就成了,自己没有任何风险。像杜辛这种人桀骜不驯,本来就不适合当护卫。

哼哼竖起耳朵听着身后的动静。似乎是杜辛在自己身后站定了,却没有伸出手来拧断他的脖子,而是窸窸窣窣地在做别的事情。等等,这似乎是流水声,哪来的流水呢?难道是杜辛在冲着自己便溺?自己虽然是个卑微的仆役,不管怎么说也是个堂堂正正的人,万万不可忍受这等奇耻大辱。

怒火攻心的哼哼猛一回头,看见杜辛将一片树叶放在旁边,上面是干粮,正小心地把清水倒在上面。

他见哼哼回头,便闷声沉气地道:"水没准备太多,泡干粮足够,路上就没得喝了。"

哼哼万万没想到,自己会面对这样的场面,一时不知该说什么好。杜辛弄完哼哼的干粮,回到自己那边,看着自己的干粮慢慢被水泡软,也许是水倒得不够多,干粮不见发胀,便又倒了几滴。

换个时候,说不定哼哼觉得杜辛不该给自己多倒,此时哼哼却说不出话来。两人沉默地守着自己的干粮,等到都软了,再小心地吃下,还舔干净了树叶上的水珠。

再上路时,哼哼显得正常多了,再也不用那种别扭的走路方式来丈量大地,前进的速度也快了许多。

杜辛松了一口气,他先前听说,从丹穴到乐温镇走水路要四天,抄近路差不多两天的路程。像哼哼开始那种走法,显然赶不到了,只能再次露宿野外,那毕竟不是愉快的事情。

两人一路无话,哼哼也许是为了补上先前耽误的时间,又吃过一顿干粮,现在走得很快。眼看天色渐渐晚了,终于在残阳西斜中出现了一座城池,哼哼的速度突然慢了下来。

"那就是乐温镇吧?"杜辛忍不住问道,以前听人说乐温镇多么繁华,现在看来,恐怕比自己想象的还要热闹。虽然在这么远的地方,无法准确估计镇子的大小,但从远处看那些楼宇,就会明白这是在乡下前所未见的建筑。在城墙之外,还有许多房屋,也能见到房屋被旁边的农田菜地所包围。

"我们是要去那里。"哼哼出乎意料地心平气和地回答,语气中带有一种难以描述的自豪,"不过那不是城市,是主家的坞堡。"哼哼说过那句话,又保持了沉默。

杜辛懒得管他,抬着头新奇地看着眼前的一切。那里的许多东西都是他没有见过的。城外野地里的猪圈他是见过的,只是没有想到能有这么多,那能养活多少人啊。

越走越近了,路两旁的房屋里都黑沉沉的,房角或房柱上挂着白布条,此时天近黄昏,有些人家站在门外闲聊,看见两人走过也不以为然。

站在门外的人显然不可能是这里的全部人口,杜辛一路走过,觉得走了不短的路,却总是能听到说话的声音,可见此处聚居的人不在少数。

再往前,是大块故意留出的平地,平地往前一片片的都是水稻田。杜辛感觉,这应该是城防体系的一部分。水田耕作越久,烂泥就越会让人行走困难,进攻的步卒就会像乌龟,骑兵更有可能陷进泥潭。收割水稻以后,田里留下的半截稻秆,也会阻碍行动。

大片稻田后面是护城河,不知多深,水面宽阔,有活水流过,环绕着坞堡流向远方,既护城,也灌溉稻田。

护城河后面,是高耸的城墙,城墙下用巨石垒成墙基,护城河水沿墙基流淌。护城河上有吊桥,厚实的木板拼接在一起,给人非常结实的感觉。桥头两边有持戈配剑的守卫,看见哼哼走来,虽然没有热情招呼,也没有仔细盘问。

杜辛暗自摇头,坞堡倒是很坚固的样子,守卫却如此大意,纵然围墙修得与天齐又有什么用?也许是远离前线颇为太平的缘故,如此庄严的地方防卫如此松懈,未免让杜辛轻看了几分。

坞堡里面的房屋有些拥挤,屋角和屋柱都挂着白色的布条,最引人注目的,是一栋高楼拔地而起,有三四层的样子。这楼周围,还有一道围墙,比外面的围墙要高些。

这应该是坞堡的核心了,哼哼带着杜辛走了过去,快到门口时,突然侧过脸来对杜辛低声道:"当心!"然后若无其事地转过脸去,与门口的守卫说了一句话,杜辛没在意,没听明白。哼哼径直走了,留下杜辛。

杜辛被两名护卫带到坞堡门口,出了城门,沿着护城河外围走了一段,直到看不见城门了,高个子护卫下巴对着护城河一扬道:"自己下去洗干净了。"

杜辛赶路已有汗渍,早想洗澡了,闻言也不废话,马上脱个赤条条往水里跳。刚一下水,又突然跳起来,跑到岸上,抓过自己的包袱,将里面一串铜钱拿出来,缠在手臂上转身又才奔向岸边。

高个子守卫厉声喝道:"干什么?那是什么东西?"

杜辛止住脚步,诧异地看了他一眼道:"铜钱啊,我怕弄丢了,随身带着呢。"

"在这里还怕丢了?放下!"高个子声色俱厉,往杜辛身前靠过来,矮个子也不动声色地绕到杜辛身后。从其默契的配合看,他们做这种事显然是有经验的。

杜辛笑嘻嘻地说:"随便放在哪里都有可能丢呀,老鸦啊、野狗子什么的多着呢,两位贵人恐怕不知道,外面乱着呢。"他一边说,一边往后面退了几步。他背后就是护城河了,那矮个子再要绕到他身后,就只有下水。

矮个子犹豫了,没有下水去抄杜辛的后路。毕竟在平地要打要跑都很方便,一下水就没那么灵活了,万一把事情闹大,下水这种有预谋的行为就很难脱罪。

高个子没得到配合,横了矮个子一眼,伸手向杜辛手上抓去,口中威胁道:"你好大胆子,我等守卫保护主家,自然是要搜查一切可疑物品,你想干什么?是心中有鬼吗?"

杜辛迟疑一下,没有再动,高个子冷不防地一把抓住铜钱用力一扯,不想杜辛顺势反手抓住那人小臂。高个子一惊,大声道:"你干什么,我……"杜辛手上略略用力,将他往身前一带道:"莫急,慢慢看,我又不会跑。"

高个子正要再说什么,却感觉小臂如同被钳子夹住一般,深入骨髓的疼痛,让人顿生那种骨头会被捏断的恐惧。

站在侧面的矮个子见同伴脸色不对,当即一拳,击向杜辛后腰。杜辛侧转了一下身子,避开要害,那拳落在臀上。

矮个子感觉自己似乎打在几层厚的牛皮上,隐隐有股反震的力量,他一声不响地甩了甩酸软的手。那一击无功,他退后几步,站在那里踌躇不前。

杜辛也不管他,对高个子道:"你可看清楚了?没啥问题的话,我就洗澡去了。"

高个子无奈地点点头,杜辛松手,反身跃入水中。那两人对视一眼,蹲在地上检查包袱,也就一些散落的铜钱,几件衣服和竹筒之类杂七杂八的东西。

护城河水淹到杜辛胸口,他在里面洗澡,不时瞟几眼岸上。那两人虽然大感耻辱,却没有损毁杜辛的物品,也没有意找茬,只是在那里敷衍地磨蹭。

杜辛洗了澡,用脱下的衣服擦干身体,将衣服洗了,换上干净的。借着天边最后一抹夕阳,在水边整理了一下仪容,转过身来,示意两人带路。

两人松了口气,带着杜辛入了城门,急急忙忙赶到高楼前去通禀。到现在,杜辛还没弄清怎么回事,是因为这两人行为不端,有欺负新人的习惯,或是受人指使。哼哼临走前曾警告自己当心,到底是他良心发现提醒自己,还是与他们合伙阴谋的一部分?

杜辛叹了口气,往深处思量,不得不承认自己把事情想得太简单了。以前在丹穴遇到事情,从形式上看和外界一样,但在细节上还是有很多差别。

这时,矮个子匆匆过来,站在离杜辛有五六步远的地方道:"管事的说天色已晚,有什么事明天再说,我带你去外面住。"

杜辛温和地点点头,往旁边让了些,矮个子似乎对他有些惧怕,小心翼翼地在前面带路,高个子却站在原地没跟过来。两人走过吊桥时,杜辛抬头望了望吊桥忍不住苦笑,自己在这么短的时间,进出城门四次啊。

坞堡外的人家有些已经睡了。

矮个子一路上都没说话,他敲开一户人家的门,与那当家人说了几句话,匆匆安排杜辛住宿后,飞也似的跑开了。

这户人家弄了些稻草给杜辛铺了个窝,没打听什么,就自顾自地睡觉了。杜辛也不多话,倒在草窝里便睡。

这一夜杜辛睡得很浅,稍有风吹草动就惊醒。第二天一大早就全然没了睡意,天还黑着,主人还没起来呢。晚上尽管睡得不好,幸亏人年轻身体强壮,也不觉得有多疲惫,他躺着闭目养神。等到这家主人起床开门,杜辛道了谢,出门而去。

此时,坞堡的吊桥还没放下来,杜辛不敢靠近。彭叔曾经说过,一般吊桥都有防止偷袭的箭孔,有兵士值班,不许人靠近,谁要斗胆靠近,必遭箭射。

不管怎么说,天亮以后再去要安全些。他在水田边找了个地方坐下,等着过吊桥,心中揣摩着当前的事。

天大亮,能够清楚地看见田间地头的人影了,吊桥放下了,杜辛释然走过去。

因为昨天杜辛进出过几次,守桥护卫看了他几眼,就没管了。城门口的人拦住了他,杜辛说自己是新来的护卫,也没有出示凭证那人就放他进去了。

在高楼前,杜辛又被挡住,守卫让他离门远一点,禀报的人出来后,才带杜辛进去。

一进门,杜辛感觉这里是个独立坞堡,围墙里只有一排房屋,这些房屋上挂着白布,有些地方还挂着白色绸缎。屋顶靠着围墙铺了木板,有守卫站岗。周围的房屋和高楼围成一个天井,但比较狭小,靠近高楼的位置有口井,给人阴冷的感觉,其实这就是通常所说的瓮城,是放人进来"关门打狗"的地方。

这里的守卫警惕高多了,虽然杜辛是被外面的门卫带进来的,但他能够感觉到对面围墙上的护卫用眼睛盯着自己。站在门口的守卫,干脆侧过身来,监视着门外和杜辛。高楼上的一扇窗户后面,似乎也有眼睛盯着。

他原本以为会在这里晾很久,结果片刻,一个头发全白,却精神矍铄的老头走过来。看起来这是个普通老头,脸上的皱纹已经很深,眼神还算明亮,衣服的料子明显不错,却洗得发白。他身上有种奇特的气质,没有一点贵人的派头,身后跟着毕恭毕敬的几个人,那些人都面目平凡,看起来比哼哼还高些,没什么特征,是那种擦肩而过转瞬即忘的那种人,只是脸上带着笑容让人很有好感,但也有一个人比较特殊,就是昨天杜辛刚来时遇到的那个矮个子。

"你叫我季叔好了,这里的人都这么叫。"那老头一开口,就让杜辛颇有好感,"从现在起,你就是这里的护卫,等下会有人向你交代各种事宜。你只要想一想,是谁让你从丹穴出来的,是谁让你改变命运吃饱穿暖就行了。"

杜辛正要表个忠心,季叔转身离开了。他的跟班中,留下了那个年轻的矮个子。

"我叫吴让,请随我来。"今天的吴让态度大变,变得很谦和,他在前面引路,一边走一边介绍,只字不提昨天那档子事。

近段时间坞堡挂白致哀,是因为巫桂被刺死了,巫桂的女人就是那个被杜辛救下来的人,那女人还没为巫桂生孩子,巫桂就意外死亡。这些天她非常悲痛,按照巫氏家族的惯例,子承父业,无子则妻承夫业,巫清成了全面管理巫氏家族产业的继承人。

吴让时而滔滔不绝流利顺溜,时而欲言又止吞吞吐吐。

杜辛方知,那次在丹穴刺杀的事情是内部人干的,但刺客一直没有找到。凡是参与刺杀活动的人,不是已经被杀死,就是跑得无影无踪,坞堡里不得不对进出的任何人提防几分。

杜辛此时才明白那些人对他的态度和行为事出有因。

这坞堡果然分成两部分,里面高楼所在的一圈,是属于巫清直接管理的。外面的部分,吴让含糊其辞地说是由各大管事来管理。

怪不得只是一道围墙,里外的差别就这么大。原先杜辛还觉得奇怪,毕竟坞堡是用来防备盗匪的,所以外层围墙的那些守卫,表现懈怠,也是人之常情,周围应该不可能有大股的匪徒。

相比之下,里面的这些守卫又有点警惕得过头了。现在看来,他们不是在防备盗匪,而是在防一墙之隔的那些人。

杜辛真想抓个刺客给巫清作"见面礼"。

吴让指给杜辛的房间就在围墙下靠门的位置,里面是通铺。从这点看,这里的条件还不如丹穴,丹穴至少是一人一铺,不过这里的被褥好些。每人的枕头都是一个小箱子,可以把值钱的物品放里面。如果没有那种脚臭、打呼噜、磨牙严重的同伴,这里也算个不错的栖息之地。

等到杜辛放下包袱,又将铜钱缠在腰上,吴让才带着杜辛上了围墙,指着一个人道:"这是你今后的伍长赵离,你听从他的指挥。"原来那人就是哼哼。

赵离皮笑肉不笑地拱拱手算是招呼:"昨天都见识了,我带你看看周围。"

杜辛满脸笑容:"赵伍长今后多多提携,我从小地方出来,有不懂事的地方,请您多多指教。"

赵离突然扬手,杜辛下意识遮挡,两人暗暗发力。杜辛不动声色,赵离面颊的肌肉略一颤抖,咬紧牙关,正要再度发力,杜辛却突然手腕一震,分开了手,笑道:"赵伍长好大的力气,我甘拜下风。"昨天较量了生活小事,今天较量的是臂力,他们用特殊的方式来了解对方。由此也可以看出,巫清是一个比较节俭的人,伍长出门,孤独一人,赵离昨天的那些表现就不足为怪了。

杜辛这种想握就握,想松就松的手劲,赵离望尘莫及。虽然给了他一个台阶,他却没反应过来,愣在那里没动。

吴让一直站在那里,眼看场面突然尴尬起来,他笑着上前拉住杜辛的胳膊道:"由我带你在周围看看吧。"他把杜辛拉开了。

话虽如此,吴让不可能把杜辛带着随便转。他们走了一段,吴让指点着周围介绍,这围墙中间是夯土,外面包砖,颇为坚固。杜辛看到围墙上有固定的岗哨,也有巡逻的人。围墙上面很宽,巡逻的人双方交错时,中间还有很宽的距离。

吴让说,你们只负责里面的防卫,就是内卫。巫清出门时,你们可能随行,也可能留下看家。小坞堡的围墙及这座高楼,由100人负责保卫,25人为一伍。护卫都不事生产,每三日训练一次,武艺比不上当年的各国精锐,看家护院还是绰绰有余。平时一个伍负责两面围墙警戒,另一个伍负责门口,剩下的轮番休息、训练。高楼上自有巫清身边的人瞭望,发现大队人马接近坞堡就通知下面。跟巫清出门,也没什么特别,主要是防止外人接近,你听伍长指挥,他知道该叫你做什么。

吴让讲得越仔细,杜辛越是感觉不对劲。他还纠结着没有破获的刺杀案,对有些人有所提防。他认为巫清没死,行刺者绝对不会甘心,是有可能随时行动的。等到吴让离去,杜辛才返身往回走恭谨地去见赵离,对方神态纠结地让他先休息,说有事明天再讲。

杜辛告退后,随意转转,弄清了厨房、茅房等重要建筑的位置,在接近高楼时被护卫一阵呵斥,这才发现吴让没有按季叔的要求给他腰牌、佩剑、衣物……

吴让被人从高楼里叫出来,满脸愧色:"对不住了,事情实在太多,让你受委屈了。"

"无妨无妨。"杜辛宽宏大量地说,"只要不是事关人命,其他都是小事情。"

"说笑了,那倒不至于。"吴让连连摆手道,"发东西只是早晚的事,绝不至于忘了。"

衣服是普通短衣,杜辛注意到护卫们穿的样式、颜色都不相同,回到住处,把东西放好,拿出腰牌、佩剑细看。

腰牌是木质的,上面的字看不懂,像动物花纹,杜辛记住了那些纹路,把腰牌挂在腰带上;佩剑还不错,虽然没用过,但彭叔以前讲过,所以还能分辨得出好坏。他拿起佩剑用力甩动,又在地上扎了几下,没发现问题。通常人拿到一把剑不会想到剑可能突然断掉,杜辛却有这种怀疑,其实他是对吴让不放心。

说到底还是吴让,他的表现让人捉摸不定。按杜辛的想法,这小坞堡里最大的威胁应该是外面大坞堡那些人,你看巫桂死了,原本应该由巫桂的儿子接班,巫清却没给他生下一男半女,结果,巫清自己当了巫氏家族经营管理的"掌门人",一大帮爷们被一个20多岁的小寡妇管着,"大管事"们会服么!吴让却只字不提,实在迈不开这个话题时,还显得那么闪烁其词。哪怕是大家还没有撕破脸皮,含糊地多提醒一下也行,吴让却什么都没说,这不是心中有鬼,有意回避,怕通风漏雨么。

这就有趣了,如果杜辛真是傻子,警戒时,外堡的守卫接近自己,至少会犹豫该不该发警报。若是来人充满恶意,说不定在杜辛犹豫的片刻小坞堡就被攻破了。再多想一点,小坞堡不应该长期与大坞堡保持险恶态势,按当前的状况,外面的人要想下手做小坞堡的手脚太容易了。如果吴让真想蒙杜辛,那么过一段,他也会从其他守卫那里得到信息,自然也知道防备外面的人,这样看来是吴让小看了杜辛,吴让才是真正的傻子。

杜辛握着剑,心情平静起来,他要从这些似是而非,乌七八糟的思绪中理出头绪来,辨别真假,跟对人。同时要尽快练出一身过硬的本领,适应目前这种全力保护巫清的身份。他曾跟彭叔学过几招,但那都是徒手防身,空拳自卫,没学过使用武器,"有时间学点剑术就好了",他在心里对自己说,否则就白配一把剑了。

这个愿望很快得到满足,第二天轮到本伍训练。训练的地点是在小坞堡外面离门较近的那块空地。

参加训练的共有两个伍,科目是用木剑击打木人。没有教练,全凭自己揣摩,各人练的剑术迥然不同。有些人练劈打,有些人练刺杀,有些人有意加了一些闪躲、突进的动作,有的人在练合击,他们都是自己摸索着反复操练,也不去有意观摩别人。

杜辛注意到赵离,他剑术是这里最好的。不但动作灵活,用力也有所指,躲闪很到位,只是徒手时有点发飘,力度和狠劲可能比不上自己,但论挥剑的技术他肯定占上风。

赵离的练习一停,杜辛立马跑过去献殷勤,接过木剑,递上清水。赵离被他弄得很吃惊,接过清水勉强喝了一口水,看着杜辛那张憨憨的笑脸,忍不住说:"有什么事就说,何苦如此?像你这般勇士,做出这等低三下四的事来,让我看不上眼。"

"是吗?"杜辛愕然道,"我实在是有求于你,要以师礼相待。"

"是想学剑术？"赵离马上反应过来，笑道，"兄弟想学，我一向都不藏私的。不过我会的也就那么几招，还不成套路，剩下的也得靠自己摸索。你要是觉得白学无益，不怪我就行。"

杜辛喜道："不怪不怪……"

他准备多说几句好话，却又一时半会儿找不到恰如其分的词，他从山里出来，原本词汇就不多。赵离却没给他更多的时间，递了柄木剑过来，示意两人离开大队到旁边对练。本伍的其他护卫此时已练过一路，都围过来看热闹，他们脸上有幸灾乐祸的笑，显然不是认为赵离会倒霉。

赵离站定后迅速转身，将木剑刺来。杜辛忙用剑一横挡住，因用力较大，往上扫时便有风声。赵离抽手又刺，眼看要刺中杜辛手腕，杜辛将木剑一荡刚好接住，看来彭叔教的虽是徒手，但躲闪对方的进攻也是异曲同工。

杜辛虽有偌大力气，却只能被动防守。他手忙脚乱地又挡了几招，还是被赵离手疾眼快的一剑劈中手臂，只得弃剑认输。

杜辛想借此求教赵离传授基本技术，然后再练。赵离只是含笑摇头，示意再来过招。杜辛马上反应过来，这是在报复前些天的事情啊。好吧，你身为伍长，却不光明正大，专搞打击报复，玩不过手下人确实说不过去，咱就陪你练吧，人在矮檐下，这是没办法的。

如此数次被击中要害，杜辛苦不堪言。赵离突然收剑正色道："你莫以为我是欺负你，练剑实在太苦，年复一年很难让人坚持下去。你要记住这样的疼痛，将来某一天，要是学艺不精，就不只是疼痛那么简单了。"

杜辛脸色一凝，肃然道："谨受教诲。"

两人再练，杜辛身上仍然不断中剑，他虽然皮粗肉糙，但那疼痛仍然深入骨髓。赵离的嘴角那一丝若有若无的笑，使得杜辛对他刚才所说的话可信度大打折扣，这赵离就是在报复。杜辛憨劲上来了，他没再想那么多，依旧一次又一次地捡起剑来对练，又一次又一次地被迫弃剑，但他屡败屡战，绝不轻言放弃。

同伍的护卫们看了一会儿，开始还高声地呐喊助威，后来看到总是杜辛输，已经没了悬念的兴奋，觉得索然无味，纷纷转身而去。

两人又练了一阵，赵离突然叫道："行了，行了。必须停下，继续下去，你身上就会成为筛子,疼得躺几天了。"但杜辛却不肯善罢甘休,赵离只好自己先放弃了。

杜辛从喉咙里低低地发出一声咆哮,似乎有些不甘,终究还是一屁股坐在地上。他手中的木剑没有放下,而是不停地挥舞,那动作正是刚才赵离的剑招。赵离望着他这个新学生的动作微笑地点了点头,似乎颇为满意。

赵离的剑招很少,主要是刺和劈砍。这些招数虽然简单,如果没有他详细讲解发力的技巧,靠自己揣摩,一时半会儿也只能知其皮毛,不一定能掌握要领。

这次训练给杜辛带来了崭新的生活,训练让他着迷,吃饭都挥舞着筷子,晚上躺在床上,发现月色甚明,就爬起来去外面练几招。围墙上的守卫过来查看,见他只是认真地操演也没弄出大的声响打扰别人,就懒得管了。

杜辛迅速在小坞堡出名了,对训练疯魔到这种程度的人,平时是少见的,加上大家都知道杜辛曾救过巫清,是巫清派专人从丹穴带回的,对巫清绝对忠诚,所以小坞堡许多人对他就格外高看一眼。杜辛没有忘记,那潜藏在暗中的威胁。可惜却又毫无头绪,想查也无从下手。

五

话说那始皇帝站立起来,向前走了几步。

文臣武将、驾前护卫迅速闪出一条用人墙围护的宽敞明亮的通道。

始皇帝走得抬头挺胸,左手带动左肩,右手带动右肩,提臀摇髋,看起来非常威武雄伟,雄赳赳气昂昂。他步履坚实地来到山崖前,遥望前方,眼前十分敞亮。他两手叉腰,略略俯下腰身,鸟瞰骊山脚下:好一个山清水秀之处,但见层峦叠嶂、林木葱郁,渭水之滨从北而来逶迤曲转,似银蛇横卧,景色绝伦。此时,虽然他心中还有些忐忑,但秀美至极的环境,却让他心花怒放。

始皇帝凝视片刻意犹未尽,环顾左右,进而抬眼望天、望山、望树、望人,再望山脚。

众臣不知始皇帝是何意图,一个个眼巴巴地凝视着他,等待圣旨。

始皇帝突然指着骊山根下一块热火朝天的工地:"廷尉李斯!"

李斯跨步弓腰出列,双手指尖一并:"臣在!"

始皇帝略带愠怒:"那里都是些什么人?在干什么?为何把这等美好的山河景致破坏殆尽?"他一口气连续问了三个问题。

李斯向下看了看,心中有底了,不慌不忙答道:"那是个施工工地。"

始皇帝:"什么,施工?"

李斯:"他们是在为始皇帝您修筑陵寝。"

始皇帝有些惊诧:"陵寝?"

看到这时,不但始皇帝有些惊诧,就连看官您也会产生疑问:始皇帝年富力强四十来岁,正是身强力壮的时候,他们竟然就给他建造墓地,这不是在咒他早死么?

事实并非如此，古代人对死亡的认识与现代人是大不一样的，他们认为这个世界分为"阴"、"阳"两界，在生是英雄豪杰，死后也会被上天安排去管理魑魅魍魉牛鬼蛇神。既然要当管鬼的官，就要有做官当老爷的样子，就要有吃喝拉撒、睡觉、开会、发号施令的场地。所以，就要大力建造陵寝。

帝王在生前建造陵寝并非秦国首创，更不是从秦始皇开始的。早在战国时期，诸侯国王生前修"活人墓"就蔚然成风。如赵肃侯执政十五年时就开始为自己建造寿陵，中山国国王也是在他生前就营造好陵墓的。秦国只不过把国君生前造陵的时间提前到了嬴政即位初期，这也是承袭前史的基础上，把建造寿陵的时间更加提前而已，这一点算是有些改革创新。

赵高立即跨步上前用他那独特的声音道："在始皇帝13岁继承父业登基为秦王时，吕相就安排为您修筑墓地了，现在修了近30年已快完工，圣上您要不要下山去观瞻观瞻？"

始皇帝："吕相为啥要把朕的陵寝建在这里？"

李斯奏道："吕相说，选择陵寝是一件造福子孙后代的大事，尤其大秦国王是要传之万世的，自然对陵寝的位置更加重视。吕相曾带领属下门客到全国各地挑选，最后来到骊山，看中这里。吕相说骊戎之山，还有一个别名叫蓝田，它的背山庇荫之地在五行之中属'金'，朝阳光亮之地在地理上多含'水玉'。吕相念其美名吉祥，授其福地。卑职认为，从风水角度看，这里是依山傍水的'椅子'形地貌，卑职当时问过吕相家的其他门客，也都认为这是一块千载难逢的理想风水宝地，大有千秋万代固本强基之吉兆，吕相就一锤定音决定把您的陵寝修筑在这里了。"

始皇帝凝视远方，沉思不语，他与吕相间有诸多说不清道不明的渊源，吕相为他的成长可谓呕心沥血，全力以赴。但就因那说不清道不明的关系，他与吕相又有诸多误会。始皇帝却不承认那是误会，只认为那是一种无奈，甚至他在心底里对吕相的一些做法非常讨厌，这绝不是在一时一事上耍性子，而是入脑入心的厌恶。用今天的眼光看，这是一种政治家的深谋远虑，是为国家长治久安行之有效的必要措施。此时，看到吕相为自己做的"重大工程"，再想想自己对待吕相的一些态度，并最终置他于死地，不免有些于心不忍。但始皇帝毕竟是一代铁血君主，他不想让属下看出自己的软肋，无奈之举就是错了也必须坚持到底,他深知全力维护权威的重要性。

大家见状,把所有目光集中到骊山脚下那片工地。

那个让始皇帝既爱又恨,纠结不断的吕相叫吕不韦,他与始皇帝之间有斩不断理还乱的情结。他们既是君臣又是师生,既有国家情感又有家庭亲缘,那是一个与他有着纵横交错关系,有着千丝万缕联系的人,吕相对大秦国一统天下,是功勋卓著的功臣,始皇帝有时却视他为敌人。

吕不韦原先是阳翟城(今天河南濮阳)里一个做珠宝生意的商人,珠宝首饰从来都是非常赚钱的买卖,一件可以有达到百倍的利润,加上吕不韦经营有术,买贱卖高,积累了非常丰厚的资产,成为富甲一方的巨富。

人一旦有了钱,就要谋求政治地位。吕不韦很有政治头脑,他觉得自己干"理事"无异于从头干起,投资起点太低,就把眼光盯向具有政治发展潜力的"半成品"。他煞费苦心,四处活动寻找,功夫不负有心人,终于在赵国国都邯郸经商时,结识了在赵国当人质的秦国公子异人(后改名子楚)。他认为异人就是他千寻万找的一支"奇货可居"的政治"潜力股",便对其百般讨好,给予全力帮助,将自己年轻美貌的舞女赵姬夏莲送给异人,还谋划着要拼尽全力帮助异人返回秦国。异人也是上世修得的福分,遇上了吕不韦这样一个冒险家,无异于天上把馅饼直接掉到嘴里,于是百依百顺,通力合作,全力配合。

吕不韦一方面用金钱美女笼络异人,为异人小两口安排好生活,另一方面到秦国游说,为异人争取继承王位的资格。不久,赵姬夏莲产下一子,就是嬴政。当时,异人的爷爷秦昭王是个已经执政50多年的老国王,父亲安国君已是一个50多岁的老太子了,这给异人接班承业创造了千载难逢的绝佳机会。

没过几年这个机会又向前递进了一大步,秦昭王去世,安国君继位,称为秦孝文王。孝文王有20多个儿子,恰恰他最宠爱的妻子华阳夫人没生过孩子,所以秦孝文王闷闷不乐,一直不表态确立太子,国王在一年年变老,接班人迟迟没有选定,这给众多的儿子们争权夺利提供了丰富的想象空间,王室出现这种苗头实际就潜伏了极大的不安定因素。一旦儿子们为争夺王位发生争斗,将会导致整个秦国内乱,甚至使秦国形势发生逆转,走向不可预测的恶性方面。从各方面的情况证实,确有儿子在门客的煽动下,跃跃欲试。这给秦孝文王敲响了警钟,他应该当机立断了。不过,他认真扒拉了一遍,身边的这些儿子的确都不理想。

吕不韦是一个绝顶聪明的人,他把握时机,见缝插针,在这个关键时刻游说秦国,打通关节,以五百两黄金购买许多珍宝首饰,通过华阳夫人的弟弟阳泉君,买通华阳夫人,把异人过继给她当儿子。华阳夫人是楚国人,异人便从此穿楚服,改名子楚。华阳夫人非常看重异人这份孝道,母子心有灵犀,她就在秦孝文王宠幸时竭力吹"枕边风",说服了秦王。

秦孝文王一思索也觉得子楚有"留学"背景,在赵国作质数年与其他儿子相比多些人生历练,加上听吕不韦介绍,子楚在赵国时,但凡遇上秦孝文王或华阳夫人生日时,子楚都要面朝秦国向天祈祷求福,更是心花怒放赞许有加,就一锤定音,确立子楚为子嗣进而立为太子,从此打消了其他儿子对王位的觊觎,稳定了秦国王室,使秦孝文王去世后王室没有发生内乱,并实现顺利过渡。

公元前249年,子楚接过父亲秦孝文王的玉玺,继承王位,称秦庄襄王。

吕不韦这些年没白忙活,达到明显的效果,他的政治谋划成功了。子楚终得其所,大喜过望,非常感激吕不韦,任命其为相国(丞相),辅佐国王,封为文信侯。吕不韦一下子从地下回到了地上,以丞相之职公开辅佐子楚,把持朝政,使秦国在昭王、孝文王死后没有刹车,而是阔步向前,继续得到很大发展,维持了对东方六国的高压态势,加快了统一六国的步伐。

战国时的历史就像那个时期的名称一样,从始至终多国之间战乱不断,每一场大战,伤亡的人数往往在数十万以上。公元前260年,秦、赵的长平之战,赵国战败,竟有40万俘虏被秦兵坑杀,乃古往今来最为惨烈的战例。

当时,吕不韦就在邯郸,亲眼目睹了战争给赵国造成的创伤。他在秦国执政后,对外作战讲究计谋,避免打硬仗、打恶战,尽量减少人员死亡,反对战争中大规模屠杀战俘。他主张兴"义兵","兵入于敌之境,则民知所庇矣,黔首知不死矣。至于都国之郊,不虐五谷,不掘坟墓,不伐树木,不烧积聚,不焚室屋,不取六畜,得民虏而归之"。所谓义兵,就是军队进入敌境,可以让老百姓藏起来或远走他乡躲避战祸,捕获到对方的首脑可以不杀,在对方国都附近作战，不宜采取大规模的肆意破坏和毁灭性的践踏。吕不韦的这些战争观点是进步的。

公元前247年，东方五国联合起来反对秦国，吕不韦采用反间计，搞得联军首领信陵君和魏王之间相互猜疑，互不信任，各不相让，终于关系破裂，信陵君被撤职，联军失去"主心骨"，由此分崩离析，如鸟兽散，没有了战斗力。

秦庄襄王子楚在位仅仅三年就过世了，他的儿子嬴政继位（公元前246年），但嬴政时年13岁，还不具备完全处理国事的能力，仍然以吕不韦为相国，而且王太后赵姬还让嬴政拜吕不韦为"仲父"。

吕不韦怕年幼的嬴政缺乏历练，贸然管理国家出现闪失，几乎是撇开嬴政，亲自掌管全国大事，成为一人之下、万人之上、权倾朝野、一手遮天的大人物，成为秦国实际的统治者。

早在秦庄襄王时期，吕不韦就抱着要一统天下的心愿，此时这种愿望更加强烈。当时他一边全力辅佐子楚处理国事，一边作为启蒙老师扶持培养少年嬴政。秦王嬴政继位的前几年，他更是励精图治，呕心沥血，兢兢业业，使秦国的经济社会一步步发展壮大。为了巩固秦国的既得利益，吕不韦积极从理论上寻找依据，采纳百家之长，把优秀的治国理念落实到秦国的国事管理之中，在学术上广泛搜集先进的和业已被实践经验证实的理论，加上自己的观点汇编成集，为秦国最终统一华夏民族奠定了理论基础。

战国后期，我国的社会经济发生了很大变化，学术思想得到解放，呈现出"百花齐放，百家争鸣"的局面。儒墨先起，黄老继之，进而有名、法、兵、农各家，各执一端，争论不休。吕不韦生活在这样的时代，却有着要求统一的思想。他"招致天下游士"，聚集食客三千，广泛征求意见，要求每一位学者都把所见所闻和自己对时局的看法、思想倾向观点写下来，最后综合百家三教九流之说，畅论天地万物古今之事，汇集成《吕氏春秋》一书。于公元前239年（秦王嬴政八年）完成。这部书特别注重汲取儒道两家学说，对墨法两家的观点采取批判态度。

《吕氏春秋》是我国古代杂家的代表力作，这个"杂"不是杂乱无章，而是兼收并蓄，博采众长，贯穿自己的主导观点。这部书以黄老思想为中心，提倡在君主集权下实行无为而治,顺其自然,无为而无不为,用这样的思想治理国家对于缓和社会矛盾,使百姓休养生息,恢复经济发展非常有利。

吕不韦编著《吕氏春秋》既是他的治国纲领,又给即将亲政的嬴政提供了执政的借鉴。可惜,吕不韦太张扬,太自负,过于急迫地强行向嬴政灌输他的治国理念,还以长辈自居,标榜《吕氏春秋》的重要意义,给本来就对他有猜忌的嬴政心头加盖了一层阴影,引起嬴政的逆反。

随着秦王嬴政年龄的增长和思想理念的成熟,他迫切要求还权理政,吕不韦意识到这样下去必将发生相权和王权之间的矛盾争斗,便从多方做好了相应的准备。但人算不如天算,终于在公元前238年(秦王嬴政九年)嬴政举行成人加冠礼时,秦国发生了武装叛乱。嬴政在追查这一事件的过程中,发现吕不韦脱不了干系,受到牵连,就势而为罢免了吕不韦的相国职务,取消了国家给他的一切俸禄,下令他带着家人迁往巴蜀之地"闭门思过"。吕不韦眼看大势已去,自杀身亡。

望着"仲父"为自己安排的仍在修筑的陵寝工地,回想"仲父"为了秦国的千秋大业任劳任怨、百般操劳的往事,再回想自己一步步威逼"仲父",要他早日交权,始皇帝不觉有些黯然神伤,内心酸楚。他打了个激灵,很快把思绪扯回,暗暗地呼了口气,镇定下来。他用理智战胜了情感,下定决心必须以国家利益为重,他要有意让外人看到他与吕不韦划清界限。

始皇帝收回远望的目光,大声道:"小了,小了,太小了!"

李斯赶紧奏道:"还请陛下明示!"

始皇帝:"陵寝的规模太小了!"

上卿姚贾跨前一步奏道:"我始皇帝自亲政以来,15年中先后灭掉东方六国,结束了战国群雄割据局面,在血火之中,建立了统一的大秦王朝。我始皇帝乃叱咤风云的旷世君主,功高盖世,彪炳千秋,这样的陵寝的确太小,臣建议在此基础上扩大10倍!"

始皇帝看了姚贾一眼,温和而轻蔑地说:"准奏。"

姚贾颇为得意地说:"诺,谢始皇帝鸿恩!"退到一边。

李斯再次奏道:"从上风顺水的风水相学观点看,'依山环水'方为大吉佑时而荫后,卑职以为始皇帝陵寝南依骊山,中'依山'之吉;北临渭水,而渭水却勇直向前,使陵地错失'环水'之意。"他指着骊山之下那块工地继续道,"臣建议,在始皇帝陵寝东侧用人工修建一鱼池,这池要挖到出地下涌水才能停止,泉水加上天雨水,合天时地利,就能保证鱼池不会干涸,长年累月有水绕陵寝曲行,东注北转。同时,用那些造陵所取之土和挖鱼池积堆之土,在陵园西南修筑一条东西走向的长坝,将原来出自骊山东北鱼池的水再改为西北流向,绕始皇陵寝东北侧而过。"他顿了顿接着说,"此外,据臣所知,在始皇帝陵园东侧,还有一支温泉经过,昼夜川流不息。这温泉与西北侧鱼池之水相对应,形成始皇帝陵园特有的风水现象:南面背山,东西两侧和北面三面环水。臣建议始皇帝陵园要筑10座城门,南北城门与内垣南门在同一中轴线上。坟丘北边作为陵园的中心部分,东西北三面要有墓道通向墓室,东西两侧还要并列4座建筑,与陵寝殿建筑浑然一体。这样才能集中体现'事死如事生'的礼制含义,使始皇帝陵园规模宏大,气势雄伟,结构特殊,供万代后世瞻拜。"

始皇帝点点头甚为满意地说:"准奏。"

李斯默然一会儿:"诺,谢始皇帝鸿恩!"退到一边。

始皇帝静静地又看了一会儿正在修建的陵寝,突然道:"请众卿廷议,我这陵寝为啥要坐西朝东?"看来始皇帝是很能发现问题的。

众位大臣一致立拇指并掌弓身道:"诺!"

上卿顿弱首先跨前一步奏道:"臣以为,我主始皇帝陵寝应该坐西向东。"

始皇帝抬首而望道:"此话怎讲?"

顿弱道:"这是我大秦国数百年的礼仪风俗。当前,在我大秦国内从诸侯到上将军,从士大夫到普通家庭,主人之位皆坐西向东。为保持我始皇帝天下独尊之重,树我始皇帝威严,臣建议陵寝的朝向就应该为坐西向东,率师万众雄视东方,永世接受东方六国叩拜!"

顿弱的话音刚落,赵高随即跨前一步奏道:"臣支持上卿顿弱之见。我从竹简中看到,东方是我秦人祖先曾经劳动、生活过的地方,我们对东方怀有特殊感情,然而过去由于东西悬隔,路途遥远,又有强敌林立所阻,难于东西畅通,'叶落归根'的希望非常渺茫,今天下为我秦一国,四海一家,社会和谐,让我主始皇帝陵寝坐西向东,以示我主以先人为重,不忘根本。"

赵高的话音刚落,姚贾随即跨前一步奏道:"臣也支持顿弱之见,我大秦国地处西部,为彰显我主始皇帝率领秦人征服东方六国,一统中原的丰功伟绩,为了防止六国'沉渣'泛起,挑惹是非,再起战火,制造新的分裂,我主始皇帝到了'阴间'仍要注视东方六国动向,震慑六国余孽,让他们不得造事捣乱乱说乱动,我同意始皇帝陵寝为西东朝向。"

李斯向前跨一步奏道:"臣也支持顿弱的提议,我主始皇帝曾派出方士东渡黄海,寻觅蓬莱、瀛洲诸仙境,下一步还要亲自出巡,东临碣石,南达会稽,并在琅琊、芝罘一带巡视,昭示我主始皇帝对神仙的虔诚和对其仙境的迫切向往。若果方士一去不返,杳无音讯,我主始皇帝亲临仙境的愿望即使一时未能实现,生前得不到长生之药,死后也要面朝东方,以求神仙引渡而达于天国,实现我主始皇帝最大愿望。基于此,我赞成陵寝坐西向东。"

始皇帝突然想起梦中与神女相见时天空中夜色朗朗、群星闪烁的样子,大声说:"我的陵寝要有百川江河大海,日月星辰,上具天文,下具地理。否则,朕会寂寞的。"

始皇帝提出了一个异常困难的问题。那时科技不发达,要在陵墓的地宫中看得见日月星辰,按一般人的想法只有开天窗,要有百川江河大海只有引一条地下河从地宫对穿而过。这样一来,陵墓地宫就与外界直接相通,成为开放式了,天窗和地河成为"标志"建筑,何谈保密,完全是给盗墓贼指路。

怎样解决这个问题呢,真是难倒了在场的文臣,急煞了所有武将。

有人说,人上一百形形色色,始皇帝身边毕竟是一个精英团队,聪明智慧的大有人在。

短暂的沉默之后,蒙武跨步出列奏道:"这个问题不难解决。"他这句话一出口,让大家一愣,五大三粗一个武将,怎就说出这样的大话?但也给大家一个定心丸,他把这个烫手山芋接过去了,给大家留足了进一步思考的时间,让大家稳住了神,也让始皇帝有了盼头。

蒙武进一步说:"原巴楚之地有大量丹砂石,臣听说这东西可以提炼水银,就是水状的银子,水银寒光闪烁光芒万丈,不溶于水,不易挥发,不易泄漏，可以流动。臣以为可相机灌入水银若干于始皇帝陵寝之中，作为百川、江河、大海，再在陵宫顶部绘以日月星辰，在水银光的反射下，便可熠熠生辉光焰四射。"他的建议合理，可操作，还真的解决了问题。所以，不可小视武将，他们不一定都是凭力气决胜负，他们中也有凭脑力打胜仗的英雄。

始皇帝道："好主意！可否还有不同见解？"

众卿道："我等听从始皇帝裁定！"

始皇帝再次认真观看了山下的陵寝工地，若有所思后道："众位爱卿廷议结束，朕都准奏。立即制订新的施工设计图。"

众位大臣齐声道："诺！我始皇帝万年！万年！万万年！"这群人在这活人墓前山呼万年，着实有些搞笑，或许是言不由衷，却又是那般的煞有介事。

几位大臣分别退回原位，而后面面相觑，个个心里直扑腾，他们根本没想到，始皇帝原来不是不赞成修建陵宫，而是嫌吕相当年定的陵宫太小气，他要修改施工图纸，建设更高更大更豪气的始皇帝地陵宫。始皇帝就是高瞻远瞩，与其他人不一样，更具有独立性和独特的思维。

他们这时的心情还有些忐忑。当臣子的确实有对主子思路把脉的问题，一旦把脉不准站到主子的对立面，那就有麻烦。这应了一句俗话：伴君如伴虎。像今天这样的情况，要是一不小心掉进圈套，惹恼了始皇帝，后果不堪设想。所以李斯此时表现低调，心事重重。

始皇帝并没纠结众大臣与自己有些相左的意见，或许他觉得众人跟不上他的思维节奏，他原谅了。按他通常的性格，此时没有发脾气，这是十分难得的，真是万幸。

上将军蒙武还不甘寂寞，刚才建议成功调动了他的积极性。此时又向前跨了一步奏道："我主始皇帝即位之后，用了大部分精力和时间进行统一全国的战争，我主率领大秦千军万马的'虎贲'将士征战东西南北，从而并吞六国，统一天下。为彰显我主功绩至伟，臣以为应用大秦庄严的军队来做陪葬，让他们日夜守卫在我始皇帝身边，始皇帝随时随地都有可以调用的军队，任何人也不敢侵犯陵寝。"这简直是耸人听闻的吮痈舐痔，拍马屁没有原则，要用军队陪葬，伤天害理，丧尽天良，不知多少青壮年要倒霉了。

始皇帝沉思片刻悠悠道："还是算了吧,整整打了这许多年大仗了,人口越来越少,田地荒芜,寸草难生,我已厌倦战争,厌倦流血死亡,再不愿生灵涂炭,我升天之后不需军队为我陪葬。"这一句话,不知拯救了多少人。

这是一个很有意义的话题,也是一个非常沉重的话题。一直以来,用强大的军事力量解决争端,是始皇帝的主要工作方法。对军队的建设、管理和掌控,是始皇帝认为他一生中最为得意,最为精彩的杰出之作,他何尝不希望死后仍然拥有大量的军队?他内心有着强烈的渴望。但眼前此时此景他说的也是大实话,他已经厌倦了战争,厌倦了流血牺牲,不愿再有生灵涂炭。

蒙武道："我们可以不用活人。"

始皇帝既迫不及待又十分凝重地问："不用活人,上哪去找那么多死人?"

蒙武道："可烧制泥俑作为替代。"

始皇帝转忧为喜道："用泥俑替代真人,不失为一个办法,是一个办法,是一个好办法呀。"

大家一下子明白了,这是始皇帝最感兴趣的一个话题,一定要充分发挥自己的主观能动性、不失时机、最大限度地调动自己所掌握的学识,更多更好地建言献策。

李斯奏道："我们可以烧制数万个或手执弓、箭、弩,或手持青铜戈、矛、戟,或负弩前驱,或御车策马的陶质卫士,分别组成步、弩、车、骑四个兵种形成我大秦宿卫军,面向东方放置,形成一个庞大的军事阵容。"

始皇帝听着听着来了兴致,主动关心地问："那么多兵俑在我的陵寝里能安置得了么?"

蒙武道："我们可以设置若干个坑,在坑中布若干个阵。比如,一号坑的兵马俑军阵为右军,以战车、步兵相间排列;二号坑兵马俑军为左军,以战车和骑兵为主的排列,作为突击冲锋队;三号坑兵马俑军是统率右、左、中三军的幕府,作为行军作战的智囊组织;四号坑兵马俑军为中军,是全军的核心机构,指挥中枢。这些坑离我始皇帝的陵寝不远,类似于目前咸阳宫外的营帐。"

姚贾道："我赞同蒙武大将军的奏议,俑坑本身就能象征屯兵的壁垒,三军拱卫京师,还可体现我主始皇帝加强中央集权维护一统江山的功绩。"

始皇帝道:"大约需要多少个兵马俑?"

顿弱道:"我在心里初步演算了一下,按照新扩大的我主始皇帝陵寝的面积,兵马俑坑全部建成,如果按真人大小烧制,满打满算足可容纳50000个兵马俑。"

始皇帝高兴起来:"能有这么多么?"

顿弱道:"能有这么多,这还是保守的算法。"

始皇帝:"不保守,一点不保守。够了,够了,完全够了。用不了那么多,用不了那么多!"

蒙武道:"我们还可以在兵马俑坑里布阵,按前、后、左、右、中配置兵力,继续我们大秦帝国'乘之'所演的八种阵法中最基本的阵法方阵:'薄中而厚方',中军是指挥首脑宜兵精而少,接敌的外围分为四队为直接冲锋陷阵的部队,宜安排较多兵力。"

赵高道:"我有一个想法,把兵马布置得与我们今天秦国的护卫一样,或者把有的坑布置为象征郎中令统领的宫廷侍卫,可称之为郎卫;有的坑布置为卫尉统辖的宫城卫士,可称之为南军;有的坑布置为中尉统领的京师屯戍兵,可称之为北军。"

李斯道:"也可专门设置军伍社宗,用来进行军祭,作为在军祭祖对象的社主和迁主以及安置社迁二主的坑。还可摆出四兽阵,即弯兵阵为朱雀阵,战车、步兵、骑兵混合阵为玄武阵,骑兵战车组成的阵为青龙阵,战车阵为白虎阵等。"

大家你一言,我一语,把一个演兵布阵的方案演绎得滴水不漏,缜密又严谨。

始皇帝赞同道:"好,好,就是要搞得热热闹闹,不能让朕寂寞,我大秦的'虎贲'军就是要随时随地卫护在朕的身边。众卿所议,朕全部准奏!兵马俑之事由赵高、李斯、蒙武全权负责提供方案!各位爱卿可还有奏疏?"

各位大臣相互看了看,都默不作声了。

始皇帝:"那好吧,赵高!"

赵高:"在!"

始皇帝:"今天廷议别开生面,在这山野之地议论了许多重大的事情,这些事情都记下没有?"

赵高:"都记下了。"

始皇帝:"记下就好,回咸阳以后要认真地梳理梳理,然后宣各部逐一落实,如果人手不够,可以拟旨,宣各郡县,在全国范围征调民夫。"

赵高:"诺!"

始皇帝:"打道回府!"

众大臣:"我始皇帝万年!万年!万万年!"

六

　　终于上路了,迎送巫清的车队浩浩荡荡,绵延不断,逶迤而行。
　　日上三竿,大晴天。春风和煦,阳光明媚,万里无云,视野极好,金色洒满大地。
　　旌旗开路,王贲将军率军在前,兵士一个个高度戒备,威风凛凛,列队而行,还派出了流动哨和巡逻队,严阵以待,防止意外。这是给始皇帝送去的宫人,谁也不知道这位宫人日后的"长势",谁也不敢担待差错。
　　赵禄在车队中穿梭而动,东指西挥,很是忙碌,虽然唠唠叨叨,啰唆烦人,但也仔细认真负责。车队中不时响起他那不男不女的声音,叮嘱随行人员需要注意的事项。在宫里,这小子是众所周知的吊儿郎当,冒冒失失,莽撞行事。这会儿,让他在外执行任务,独当一面,却是不敢大意。人就是这样,大树底下好乘凉,天塌下来有高个子顶着。在宫里出点差错,有干爹赵高撑着,他怕过谁?此次离开干爹在外他可不敢马虎。出咸阳宫时,干爹赵高曾与他千叮咛万嘱咐,此次外派非同小可,任务特殊,从六国弄回去的女人,一旦被嬴政看上,那就是始皇帝的女人了。所以要求他格外小心,不得怠慢,不得有丝毫闪失。
　　巴郡位于武陵山脉、大娄山脉、秦岭山脉、灵山山脉的背阴之下,长年累月浸润于雾障茫茫之中,很难有这样大好的天气。
　　在巴郡有过这样的传说,农夫家养的狗,偶尔望见天上的太阳,竟不知为何物,常常还要追着太阳狂吠一通,以愤其陌面之交。这当然是笑话,也说明在那些连年阴雨的地方见到太阳确属不易。
　　一路上,杜辛对巫清在丹穴被刺一事,百思不得其解,一直纠结于对吴让的怀疑,因为吴让至今没有告诉他需要警惕小坞堡外围大坞堡的那些人。

可是同伍的其他人也没有告诉他这个情况。这样说来……咦,不对,会不会是同伍的人是以为吴让已经给他说过,才没再说。他旁敲侧击地问过其他护卫,那些人对这事讳莫如深,不知是他们不信任杜辛,或是另有隐情。这使他对吴让更加怀疑。

杜辛琢磨开了,吴让如果要有意麻痹他,巫清出了坞堡,就是他们引蛇出洞的计谋,又是他们制造的一次下手机会。大坞堡的人在近两天一定会有所行动,否则,离开了巴郡,到了人生地不熟、天远地远的地方下手就难上加难了,并且也没意义。

杜辛觉得自己这次担任随行护卫的意义非同小可,是一个千钧重担,责任尤其重大,必须处处小心,时时留神,刻刻准备着与巫清的敌人做殊死搏斗。

这一天,走着走着,不知啥时从侧面的山路上远远地来了一大群陌生人。走在前面的王贲将军的队伍,早已过了山坳,没有发现这群人。

杜辛预感到,他担心的事情可能就要发生了,他紧紧地按着佩剑,眼睛一刻也不放松地观察着前后左右,随时准备迎击来犯的敌人,他感到这些人是要袭击车队,把他们与前面的秦军分而围之。

那群人走到近处,留下大部分围住他们这些护卫,其他三四个人径直奔到巫清的车前。

这下更让杜辛紧张得不知如何是好。

仔细看来,围住护卫的全是老人,那些老太太却显得很矫健的样子,眼里透着慈祥。当前一人更是顾盼生威,杜辛悄悄退开两步,手中的佩剑微微提了些上来,他趁那群人不太注意的时候,一个劲地往巫清的坐车前挤。他想,这些人要是抢车,必定会趁人不备近身搏杀。自己的主要任务是保证巫清安全,就得离巫清近些,更近些,与这群人退开点距离,拔剑的时候就会顺手得多,出手搏杀才会进退自如,游刃有余,他已把自己的安全置之度外,为了巫清他甘愿肝脑涂地。

这群人并没有什么恶意的举动。

原来这些人都是巫清的娘家人,他们听说巫清要去咸阳,就从族里推荐了德高望重的长者,大老远从家乡昼夜兼程,马不停蹄地赶来送行,还带来许多好吃的东西,慰劳巫清护卫们的辛苦。那位顾盼生威的长者就是他们中最有威望的族长。

在族长指挥下,那些人把鸡蛋、肉干、锅巴、饭团、煎饼、水等食物献给护卫们,叮嘱护卫要保护好巫清……

虚惊一场!杜辛右手用力一按,把佩剑退回到剑鞘原位,神情严肃地接过乡亲们送来的吃食,大口吃起来,但他的眼睛仍然前后左右不停地扫视着人群。他在想,不怕一万,就怕万一,万一这些都是假象呢。

巫清撩开车帘突然跳下车来,与那三四位男女长者亲热地说说笑笑,一副很开心的样子。

这是杜辛第二次看见巫清。

这一次,她虽然没戴面纱,却是背朝着这边,杜辛只能看半个背面,另半个背面被她的贴身侍女芳秋挡住了。虽然无法看清她的脸,虽然只能看见半个背面,已知这是个十分美丽的女人。杜辛走神了,在心里想象着,她那张脸应该是何等的漂亮。

王贲将军带着一些人马折了回来,赵禄那男女不分的声音高喊着:"乡亲们,不能耽误了清姑娘的行程,耽误了行程,按照大秦律令是要吃大亏的。乡亲们,谢谢了,回了吧,回了吧!"

巫清也一个劲儿地劝说族人回去。

一方面是王贲将军的队伍大军压境,一方面是赵禄的提醒,更重要的是巫清笑脸相劝,族人们放下了对她的一份担心,各自依依不舍,同意回去。

巫清在族人拥簇下上了车。

族人们难分难舍地跟着队伍走了一段,在族长指挥下从前行的队伍中分离出来,眼巴巴地目送着巫清远去。

车队恢复了正常的行进,杜辛悬着的心落到了肚子里。

当晚住巴郡城。

巴郡郡守深知这支车队的分量,一点不敢怠慢,大献殷勤,不但组织了郡府上下的人员全力服务,还亲自跑上跑下,喝五吆六指挥安排,把马料备得足足的,饮水灌得满满的,吃食办得香喷喷的,做得左右逢源,上下满意,给巫清也留下好印象。

安顿好了车队，郡守设宴与王贲、赵禄把酒言欢，极尽能事讨好两位京官。

这一桌确实是地道的巴郡特色上等菜，有火锅、酸辣粉、辣子鸡、泉水鸡、油醪糟、凉粉、珍珠田螺、香辣鱼头、风味豆干、鸡汤铺盖面、油酥鸭、肥肠鲜粉、叫花鸡、乡巴兔、小黄粑、杏仁豆腐、桃酥、肥肠猪杂粉、红豆烧烤、盐泥鳅、冬菜鸡、扣肉芋儿、烤鱼、水煮鱼、煮蹄花、鹅掌汤、筒骨汤、乌江鱼、天香鹅、麻辣鳝段、螺蛳骨、小龙虾、烂豆花、粉蒸排骨、谭谭鱼、雷烧腊、黑笋鸡、滑水兔、泉水罗非鱼、玉煌兔、南瓜饭、粉蒸鱼、烧公鸡、牛筋汤锅、六合鱼、乡村土鸡、天耳丝面等。郡守不是把这些菜大盘大盘地端出来，而是每样取了很少，原本就是为了显摆和尽地主之谊，用今天的话说也有尽力宣传打广告之意思。吃得王贲、赵禄啧啧称奇，只怪自己肚子太小。

吃饱了，喝足了，大家轻松下来，借着松明子的光亮，聊起闲白。

王贲满嘴油污地说："没想到巴郡筑城时间不长，好东西真不少，我上次南征的时候怎么未见这等好菜？"

郡守道："那时大将军南征重任在肩，敌囚骚扰，不敢延误军情，每到郡县战事紧急，匆匆忙忙，少有停留，所以难见佳肴。"

赵禄："敢问郡守，这巴郡城为哪年所筑？"

郡守道："周慎王五年。"

赵禄："竟有 90 多年了？"

郡守："那年蜀王出兵讨伐苴侯，苴侯跑到巴国，蜀王穷追不舍，带兵来到巴国城下，嗷嗷叫着要攻城，情况十万火急。巴王派出一支'飞毛脚'小分队，冲出城望北而去向秦国搬兵。秦惠文王派遣张仪、司马错来救苴侯和巴国，打败蜀王，就把蜀国灭了。张仪看上巴国错落有致、山清水秀的大地和大秦门户的战略地位，以及苴侯富甲一方的经济实力，顺便也灭了巴国，将巴国变成秦国的一个郡，并在巴国之都设置江州县，修建了江州城。"

张仪所建的江州城位于长江、嘉陵江两江交汇处，是今天重庆地区第一座真正意义的城市。张仪筑江州城，成为他在今天重庆地区青史留名的重要历史功绩。

张仪是战国时魏国贵族的后代，最初跟鬼谷子先生学习纵横术。学业完成之后，张仪在商鞅变法的基础上，"外连横而斗诸侯"，与秦国的耕战政策相配合，运用雄辩的口才，诡谲的谋略，纵横捭阖，游走说服于各诸侯国之间，建立了很多功绩，成为秦国的政治、外交和军事上举足轻重的人物。特别是张仪加入秦国之后，先被秦惠文王任命为客卿，后在秦国担任宰相，成为秦国设置相国之职的第一任，这个职位给他提供了施展才华的更大舞台，他操纵连横天下大事，为秦国的政治、外交和军事取得了巨大的利益。

秦惠文王在风云多变的险恶环境中，采用张仪的计谋，主要凭借外交手段，连横策略，拆散了六国合纵抗秦的联盟，迫使各国转而向秦国称属，使秦国的国威大振，在诸侯国中产生了巨大的威慑作用。张仪使用军事和外交手段，使得秦国"东拔三川之地，西并巴、蜀，北收上郡，南取汉中"，为秦国雄霸中原和未来的统一起到积极促进作用。亚圣孟子的弟子景春曾称赞说："公孙衍、张仪，岂不诚大丈夫哉！一怒而诸侯惧，安居而天下息"，影响巨大。

一夜无事，第二天车队继续出发。

从巴郡到咸阳迢遥千里，一路上暗流涌动，险象环生。虽然秦王嬴政统一了六国，被称为始皇帝，但六国的残渣余孽并未"除恶务尽"，他们随时都准备着，伺机进行推翻大秦的活动。

张良就是其中一个比较活跃的人物。

张良出身于战国时韩国的贵族家庭，祖父张开地，在大韩国连任三朝相邦（宰相）。父亲张平，也曾世袭父业继任大韩国两朝相邦。到了张良这一代，韩国已经败落，最后被秦国吞并，韩国灭亡使张良伤心至极，他不但失去了自己的母国，更失去了继承父业的机会，从高贵直线下降坠入贫贱，丧失了显赫荣耀的地位，也失去了上流社会的交际。他心怀亡国亡家之恨，把这种满腔的仇恨怒火集中到一点——找秦始皇算账。

张良曾经得高人指点。说起张良学艺的经历还颇有戏剧性，也颇为艰难。

一天，张良闲得无事来到一座桥上，迎面过来个穿着粗布短衫的老头。老头与张良擦肩而过时，故意把脚一跷将鞋子甩到桥下水中，然后很傲慢地对张良道："小子，我的鞋掉了，下去给我捡上来！"张良一惊，望着老头愕然了半晌，虽然心中不满，但还是硬咽强忍火气，违心地跳进河里，打捞了半天，才帮他把鞋捡上岸来。

老头还不罢休，突然做了一个更加荒唐的动作，跷起那只赤脚道："小子，帮人帮到底，给我把鞋子穿上。"看着老头那副模样，张良恨不得挥拳把他揍下河去，但因他已经历过失国失家之痛，久历人间磨难，饱受社会沧桑和漂泊生活的种种艰难，这样的侮辱已经不算什么了，便强压怒火，双膝跪在地上，小心翼翼地帮老头穿好鞋。老头非但不谢，起身反而仰面大笑："哈哈哈，哈哈哈，世上居然有这般没有尊严的下贱之人，没有尊严，下贱之人啦。"于是，拂袖而去。

张良呆呆地在原地望着老头逐渐远去的背影许久，摇摇头正要离开。

老头走出大约一里多地之后，又侧转身子，急步返回桥上，对张良赞叹道："隐忍有度，孺子可教矣，尔可三日后凌晨再来此地与我相会。"

张良不知何意，但还是恭敬地打拱叩拜应诺："谢先生不吝赐教。"

三日后，雄鸡刚叫，张良便匆匆赶到桥上。谁知老头故意提前到来，已等在桥头。见到张良才来，一顿斥责："尔与老者相约，为何误时？那好吧，三日后再来！"说罢愤愤而去。

第二次张良提前到来。

结果再次晚了老头一步，又等了三天。

第三次刚敲三更，张良就坐到桥上等候了。

这次老者却有意姗姗来迟，直到日上三竿，才不知从什么地方冒出来。张良一点也不抱怨生气，淡定神闲，当什么事也没有发生，客气且微笑地看着老者慢腾腾一步一步地走上桥来，这个老头就是传说中的神秘人物：隐身岩穴的高士黄石公，也有称之为"圯上老人"的。他只是张良若干个老师中的一个，是一个优秀的老师。这次会面临走之时，老人送给张良一本书。

张良惊喜异常，待老头离去，马上翻开书一看，是一部《太公兵法》。从此，张良昼夜不舍地研习兵书，思考天下大事，终于成为一个深明韬略、文武兼备，足智多谋的"智囊"。在秦二世时期（公元前209年）七月，陈胜、吴广揭竿而起，举兵反秦时，张良也聚集了百多人，扯起反秦大旗，后来觉得身单势孤，难以立足，在准备率众往投奔景驹的途中，遇上刘邦的一队义军，两人一见如故，对了眼儿，张良自愿臣服，被刘邦收在帐下做幕僚。

张良多次以《太公兵法》献计刘邦,刘邦也能心领神会,常常采纳张良的高级谋略,最终打败了不可一世的西楚霸王项羽,建立了大汉帝国,这是后话。

此时的张良还是一个小莽汉,他正与一位壮士埋伏在大路边山坡上的灌木丛中,注视着一步步由远而近的车队,他们东张西望猫在那里等待时机,一辆一辆地数着插着大秦旌旗的木车,判断着哪一辆才是秦始皇的坐车。

张良虽是六国贵族,却疏于排场,他们误以为接巫清的车队是秦始皇出行的队伍,准备下手刺杀"暴君"。

壮士道:"张公子,据我观察,前边的7辆车是人车,后边的全是货车,这不像秦始皇出行的车队呀?"

张良道:"哦,不是秦始皇的车队?怎么办,既来之则攻之,只要是秦国的车队都要搞!"他不想认输,他想不管是不是始皇帝的车队,只要是秦国的车队,打他一下,就会有敲山震虎的作用。他耐心地对壮士道:"好不容易逮住这样的机会,我们要打,要把它当成秦始皇的车队打,闹出些动静杀鸡儆猴,以儆效尤,让他秦始皇如坐针毡,不得安宁,就是杀个死心塌地的秦国官员,也能解我心头之恨。杀我们六国亲人,逼我们倾家荡产,无家可归,做伤天害理事情的就是这些秦国的狗官,我们要把这次行动当成一笔生意,这单生意一定要做,一定要把它做成,做出影响,把秦国的狗官当成秦始皇来杀!杀!"他激动得有些语无伦次。

壮士压着嗓子道:"为了给我惨死的爹妈报仇,为了我们六国死去的亲人,为了解我心头之恨,豁出去了。我听先生的,把狗官当成秦始皇杀,杀,杀!"

车队来到壮士和张良的眼皮底下了。

壮士问:"张公子,杀不杀?"

张良道:"杀!"

壮士:"杀哪个?"

张良:"先让过前面的护卫队,等到他们拉开些距离时,我们就杀人车。"

壮士:"杀哪辆人车?"

张良:"我想想,"沉思片刻后道,"我看就杀第四辆吧,它在中间。"

壮士:"好,我就杀中间那辆!"

王贲将军率领的卫队已经过了山坳,已消失在他们视线之外,人车队伍来了。

突然,壮士飞身扑下,举起长柄大刀拼足全身力气直向第四辆人车砍去。

壮士手起刀落,第四辆人车被劈为两半。车上的一个女人也被劈为两半,车队着实给吓住了,一片哗然,有人大声疾呼"有刺客,有刺客,抓刺客呀!"

杜辛下意识地上前一个箭步结结实实地踏在车板上,拔剑、挥剑、双手握剑向下一刺,那壮士还未来得及起身,就被一剑穿过人体再穿过车板牢牢地钉在大地上,动弹不得。

赵离还算眼疾手快,上前补了一剑,顿时那人身首分离,血流如注。

王贲将军不愧为多年驰骋沙场的战将,反应非常灵敏,听见队伍背后响起喊杀声,立即调转马头,带兵掩杀过来,很快就把那7辆人车团团围住。

只见壮士俯身向下,脑袋与身子分离,被一条新开的血路勉强地与身子相连,那头颅孤独地落在一边,散乱的头发遮掩着,看不清面目,地上划着多条放射形血线,尽管如此,壮士的双手仍然紧紧地握着那把长柄大刀,呈下劈姿势,大刀刀刃深深地劈进女人的身子,女人早已毙命。

王贲将军抬头上望,从山坡到平地一条明显的棱痕自上而下,清楚明晰。

王贲一指:"给我搜!"

铺天盖地的士兵,争先恐后地爬上山去,进行了一阵拉网式搜寻。结果,除发现山上一处藏过人的地方灌木丛中的小草有些倒伏外,什么也没有发现。

张良跑了。

他一口气跑到了安全区,一屁股坐在地上,喘够了气,还不死心。当时著名的六国"四公子",现在只剩下他一人了,对秦始皇的仇只能由他来报,

079

美妇巫清

这次只是他小试牛刀,行动失败了,偷鸡不成倒蚀一把米,经验和教训都有收获。显然,他有刺杀秦始皇的胆力,还不具备刺杀秦始皇的实力,急于求成是不行的。他冷静下来,认真思考,看来自己的"道行"还是不行,还不足以成大事。

巫清车队的现场。被劈死的女人是巫清的一个奶妈,也算是侍女中的头领,一个可怜的女人。巫清本人虽然毫发无损,但也受到了惊吓。

这次突然袭击,令王贲将军非常气愤,他让赵禄把巫清的卫队狠狠地凶了一顿。

王贲对赵禄道:"赵公公,我要马上回前面去开路,掌握情况,你负责把巫清的卫队集中起来调教调教。"说完转身面向自己的部队,"全体上马,回前边去。"

"诺——!"官兵们纷纷上马,随王贲将军而去。

大地上卷起滚滚黄尘,追撵着前卫马队。

赵禄尖起嗓子:"巫清的卫队都给我过来,站好了。"

赵离杜辛们一干人,内心十万个不情愿,他们冤屈着哩,凭什么呀,是我们除掉刺客,减少了损失,还要受到训斥,是个什么事嘛?但人家是有身份有地位的人,他们也只得打掉牙吞进肚子里,大气不敢出地乖乖听从指挥,一个一个站到赵禄的周围,等待他的发火。

赵禄奶腔奶调地一顿训斥:"你们不想活啦,就这么办事儿?这样的不警醒,要是巫清有什么闪失,你看我不扒了你们的皮,让你闻尿桶。一群只知吃饭不知做事的饭桶儿,一群不知好歹的东西,看把我给气得,我不抽了你们的筋,打断你们的骨头我就不姓赵儿!"他把宫里的那些骂词拿到这山野之地来教训这些护卫,实在笑人,让人捧腹。

赵离杜辛们却笑不出来,不敢笑,强忍着,一副任人宰割的样子,垂手听训,好一阵郁闷,还打不出喷嚏。

赵离再也不敢松松垮垮吊儿郎当了,他指示杜辛加强警戒。他们的神经高度紧张,有个风吹草动就会全身紧急调动,连脚趾都抓紧了,心里默默念叨:"千万千万不能再出事了。"

赵离一路上反复提醒巫清卫队的人:"眼睛放灵光些,脑袋放空哨点,要防止'大群盗匪'!"他说到"大群盗匪"时,语气有些怪异。

秦国法令严苛,盗匪虽然从来没能禁绝,但哄抢多人的群体现象并不多见,基本只是打劫一些单身路人。他们是一个浩浩荡荡的车队,前有威武大将军王贲开路,中有他们这群巫清的步兵卫队贴着队伍警惕而行,还有宫内宦官赵禄来回穿梭监押,几个盗匪见到这样的阵仗还敢螳臂挡车,鸡蛋碰石头?知趣的早滚一边去了,能翻得起多大的浪?但他们目前除了6辆人车之外确实全部是货车,承装着巴郡郡守安排巫清给咸阳宫送的所需物资,看来要防的主要是六国余孽的复仇。然而,巫清原本就是楚国妇女,却要去讨好秦人,所以,赵离表面平静,内心还是多多少少有些想法。

这天,杜辛意外地看到一个熟人。

当初杜辛救巫清在山坪停留时,一群人张牙舞爪挥舞着刀剑徒步迎面朝他们冲来,这人就是领头的那人,叫徐沫。说起来也有趣,杜辛那天得罪了主家的两名护卫。一个是强行将杜辛按下,跪在地上的人,就是今天的伍长赵离;一个就是在山坪时,带领一支队伍跑过来保护巫清的这个人徐沫,巫清被护卫救上马远去之后,这人还与杜辛交过几手,因为急于求成太过冒失,露出不少破绽被杜辛击退。

徐沫是大坞堡的伍长,他的气度和赵离比就差远了。每次见到杜辛都是皱眉离开,一开始杜辛怀疑是自己衣衫褴褛、满身臭气,徐沫不愿招惹,后来又觉得也不全是这样。平时,两人没有私下见面的机会。

徐沫的那个伍看起来很团结,随便到哪儿都是集体行动,每个人看上去都恶狠狠的。

熟人离开本地在外地相见分外亲近,杜辛想再次与徐沫切磋,通过这种男人的方式来增进友谊。那次在山坪徐沫急于保护主人,先乱了方寸,又不敢恋战,那次失败并不代表他的真实本领。杜辛想,如果一对一徒手相斗他并不害怕与徐沫过招,但论剑术他还没有决胜的把握,现在见到这个人,他心中确有跃跃欲试的冲动,都不敢贸然而行。

徐沫好像并没有发现杜辛,或者不想与之打招呼,他带着人急匆匆地往前走。

再一次见到徐沫,已经是在第二天上午的行进中了,杜辛此时平静了许多,没有了昨天的那种冲动,心情恢复了正常,他主动向徐沫招呼:"徐伍长,你也来了?"

"啊,这不是杜壮士么,你是一直跟着呀?"徐沫扭过头来一边走,一边大大方方地回答杜辛的问候。

"前一段怎么没看到徐伍长?"

"我们是昨天才赶到的。"

"哦,徐伍长真是脚力好啊,这么快就赶到了。"杜辛夸赞地讨好着。

徐沫也主动地靠近了些:"巴郡郡守听说这边发生了危险,急调我们大坞堡的护卫过来增援,我们来了好几个伍呢。"

杜辛客套地:"真是感激不尽。"

几句寒暄的问话结束后,他们都没有了言语。

过了一会儿,杜辛再看徐沫那个伍的人,觉得有点不对劲,他们若无其事地分散在不同的角落,和其他伍的人混在一起,平时他们集体行动让杜辛印象深刻,现在他们分散行动,就让杜辛觉得奇怪。

换个时候也许不会引人注意,现在是执行特殊任务,加之杜辛在小坞堡时就鄙视大坞堡那些人的散漫,以自己这边纪律严明,队伍齐整为豪。眼前,在这么紧张的局势下,他们行动明显不合常理,不对劲。

他们想干什么?

徐沫什么都没做,安静地跟随队伍前进。

杜辛一直关注着徐沫这个伍,徐的人却没有异动。他放心了,也松弛下来,懒得去管他们了。

几队人互不交流,吃饭也如此,大家以伍为单位坐下来吃干粮。杜辛坐在赵离旁边,赵离的另一边,靠后的位置坐着徐沫。

此时,杜辛和徐沫显得非常别扭。

赵离扭头疑惑地看了两人一眼,忍不住转过头去对徐沫道:"徐兄莫怪我啰唆,大家都是护卫,便是同袍,须得团结互助。当初在丹穴山坪的事情我也听说了,那是个误会,徐兄大人有大量,此过节就不再提了吧。"

徐沫脸色一紧,艰难地吞咽嘴里的干粮,半天没有回答。赵离还是期待地看着他。

过了好一会儿,徐沫才勉强道:"赵兄说什么话哩?过去的事情就过去了,我等从不计较,并非小气之人。"

杜辛憨厚地笑道:"正是如此,好男儿何必扭扭捏捏。若是不服气,再打一场就是了。"他的冲劲又上来了,还是不甘寂寞,想有意为这沉闷的行程制造点乐趣,一方面是探一探大坞堡护卫的虚实,另一方面也可鼓舞小坞堡护卫的士气。他继续挑战,"要是还打不过,就勤学苦练呗,我也这样过来的。"他是想把事情搞成,有意采用激将法去激徐沫。

听到杜辛这种蠢话,赵离气得用脚踹了他几下,徐沫这时却充分体现了气度,缓缓地点头道:"说得有理,男子汉大丈夫,输就是输,赢就是赢,说得太多,就让人轻看了。"

徐沫的脾气有目共睹,此话一出,人人侧目。

赵离倒是很欣慰的样子,连说了几次冤家宜解不宜结。杜辛和徐沫双目一对,都点点头,显然是领会于心,这番话不但没有挑起他们间的矛盾,反而增进了友谊。

再上路时更加和谐了,徐沫的人无声无息地伴在其他人身边,没人去注意他这样的举动,更没有人感到奇怪。

又走了几天,大坞堡的护卫明显地体力不支了,拖拉起来,有的人甚至跟不上车队了。

监行宦官赵禄气得够呛,把大坞堡的伍长集中起来训话。

带队的伍长们开始拳打脚踢他们的士兵,催促赶路,后来又封赏许愿,连哄带骗,总算让这些人勉强跟上不至于落后太多。

杜辛听到那边有个伍长扯着嗓子大喊"跟上的有重赏",心中不由得嗤笑起来,这些人连做人的基本操守都没有,还做什么护卫,按这些人的德行,跟不上才是常态。

那边的伍长吆喝了半天,护卫们跌跌撞撞地又前进了一段,实在走不动了。估计平时吃得不算好,也没怎么锻炼,现在突然赶路,不是嘴上说说,而是实实在在的行动,的确吃力。那边的伍长商量了一下,又不敢去向赵禄求情,只得过来求小坞堡的伍长。

赵离皱眉看了看那些东倒西歪的护卫,拿不准主意,只得叫他的人停下来，让过车队。

杜辛走过去道："既然这些人走不动了，就让他们跟在后面，我们护着车队先走，请求赵公公让他们殿后，防备万一。"赵离觉得有道理，大、小坞堡的伍长在一起商量了一会儿，决定一同去见赵禄。

赵禄也疲惫不堪，没有更好的办法，只得同意，点头之后立即又摇着头，骑马到别处张罗去了。

见赵禄远去，大坞堡的人却又要求派些尚有余力的伍长与杜辛他们组成卫队一道向前护卫车队，算是增强力量以尽心力，而且态度十分坚决。

赵离搞不清楚大坞堡人的心思意图，拿不定主意。杜辛在旁撺掇道："多个人多分力量，这个时候拒绝他们，实在没理由。"

赵离想了想答应了。对方当即有七八个人自告奋勇，要融入到这边的队列中来。这时双方还保持着泾渭分明的态势，大坞堡的其他人歪倒在道路一侧的路基上，小坞堡的人站在另一侧路基。

那七八个人从他们的队伍分离出来走到路中间，杜辛突然高喊："各位且慢，听我一言。"那几人停下来，狐疑地看着杜辛。

"我叫杜辛，你们或许听说过，没听说也没关系。前段主家去丹穴遇刺，我救了她就被召来当了护卫。"杜辛笑吟吟地说，"不过这全是假的，是为了迷惑有些人。"

无论是大坞堡还是小坞堡的护卫，都不解地望着杜辛，不明白他到底想说什么。杜辛神态悠闲，慢慢地踱着步子道："因为主家早就发现某些人有反意，念及这么多年家族的劳苦，一直忍着想要给他们一个机会。怎料有些人狼子野心，把好心当成驴肝肺，到了现在，我不得不下手了！"

说罢"下手"二字，杜辛突然转身拔剑，借势一挥，一颗人头飞了出去。杜辛转身面对站在路中间的那些大坞堡的人："尔等以为阴谋诡计无人得知？可笑，尔等在各处的设置早已在我等的防范之中了。"

杜辛突然动手，大家吃惊不小。再一细看，死的是徐沫。虽然杜辛突然杀死了同伴，回想先前那些话，大家猜测着，难道徐沫就是奸细？所以众人虽然都手握剑柄，却没有拔出，也没人与杜辛论理。

杜辛挥舞着带血的长剑，厉声道："跪地投降者免死！否则株连全家，斩尽杀绝。"看着那些人还在犹豫，杜辛突然跨步上前，向着对方头目一剑劈下，那人倒也敏捷，拔剑挡住。杜辛用剑一逼，带得那人的剑往下一沉，他顺势向上一拖，将那人脖子割开一个口子，鲜血马上喷了出来，直溅到旁边几个人的身上。

那几名伍长手脚颤抖，慌忙跪在地上口称死罪，大坞堡的那些护卫还稀里糊涂地躺在地上休息，见此情形就势翻身跪在地上。原来，巫桂死后，家族中的五大管事认为偌大的家财落到一个年轻寡妇手里，一群大老爷们儿，还要处处受制于寡妇，实在心有不甘。正在商量对策之际，突然从天上掉下来一个成事的机会，巴郡郡守命令大坞堡派人昼夜兼程，紧急追上车队，为巫清保驾护航。五大管事兴高采烈派出得力壮士，向他们交代了任务，准备伺机干掉巫清，既可捞回家产，也可报复秦始皇。

杜辛将长剑倒转，把剑递给赵离："先把这几个领头的捆起来，我再对你细说。"

赵离也不客气，拔剑挑飞杜辛的剑，然后点头应承。其他人一拥而上把大坞堡那些普通护卫捆了起来。

解决了对手，杜辛与赵离相对而坐，杜辛空着两手，赵离横剑膝上道："你刚才说的那些事有什么凭据？"

杜辛坦然道："哪来的凭据？"看来他这一着是瞎猫遇上死耗子，蒙对了。

赵离一惊，就要拔剑，但马上停住，想了想道："这是怎么回事？你要把前因后果说清楚。"

"这件事情说得太多就没意思了，只是看出各种破绽推断而已。徐沫这人，在路上我故意羞辱他，他竟然忍了，赵伍长和他共事多年，见过他如此谦恭忍让吗？"杜辛说。见赵离要开口反驳，又说，"你是想说我武断？你仔细想想，各伍走得好好的，为何偏偏徐沫把自己的人分散开，还故意往我们小坞堡的伍长身边凑？"

赵离略一思考，脸色大变道："如此说来，他们是想在路上对我们下手？你如何知道他们起了杀心？"

"起杀心这种事情不奇怪，带人追上来保护车队这种事情原本就怪异，难道王贲将军的部队还不敌大坞堡的这些残兵败将?"杜辛摇头叹息,"刚才赵伍长你试探他们,要扔下他们追车队,看他们那着急的样子就不对劲。这些带出来的护卫,伍长们还有闲心要与我们一同去?我怀疑他们决定好了,要在途中对主家下手。所以,我就来个打蛇打七寸,擒贼先擒王,杀了领头的,其他人就不会反抗了。"

赵离瞪了杜辛一眼:"你莫说漂亮话,试探他们是你的主意,我不会贪功的。你说杀了伍长,剩下的就不会反抗是啥意思?"

"我认为,车队那边恐怕有问题,我们不得不赶快追上去。"杜辛没有正面回答,却是顾左右而言他。

赵离愕然道:"车队?现在明明是这里有问题呀。"

杜辛:"我们还是抓紧时间追车队吧,晚了万一再出娄子,你我都会吃罪不起的。"

赵离无奈,只好说:"好吧,弟兄们,我们跑步追车队去。"遂带着全伍的人快速离开了,跑步向前,根本不再理会大坞堡那些人。

队伍里出了这么大的事,王贲、赵禄又折回来,问明缘由之后,并未多言,继续上路。

巫清出师不利,又一次经历了风险,不过这次风险还在摇篮之际就被杜辛及时发现而化解了。

七

下午，咸阳，始皇帝勤政殿内。

文武大臣列于阶下左右两排，丞相王绾、中车府令赵高、廷尉李斯、上卿姚贾、顿弱、将军蒙武、王贲，还有一帮文臣武将尽数在朝。

今天的朝议是请始皇帝当面选择从各郡敬献来的少妇。已经过招好几轮了，还没遇到一个能打动始皇帝心房的人，他已有些心不在焉，对这件事情的兴趣已经不高了。

当然啰，皇宫佳丽上千，都是从各地遴选而来的青春貌美女子，虽婀娜多姿，但一颦一笑在皇帝眼里早已成为定式。要想特别出类拔萃，打破常规吸引始皇帝的眼球，的确很难。

原以为今天会有更多亮点，始皇帝开始时对此企望很高。所以，他高坐皇案之后，一直精神饱满。但几个时辰下来，看到的女人一个个"不过如此"，似乎就有了些倦意。但他是始皇帝，要有尊严，还得坚持到最后，得耐着性子强打精神继续下去。他伸了个懒腰，张开嘴拉了拉咬肌，借以消除一些疲劳，轻松缓解一下，然后有气无力地："宣下一位吧。"

巫清被一位宫女引着，上了一大坡阶梯，她低着头提着袍裙随宫女跨进了大殿高高的朱漆门栏，顿时感觉眼前一亮。

她是第一次感受到这样明亮宽敞的大厅，荣华富贵的装饰和牢不可破的建筑，她顺势抬头一瞅，环顾左右，朝堂内精神振作的群臣与她在巴郡的小坞堡所用的奴仆相比，简直大相径庭。这堂内站立之人一个个仪表堂堂，让她大开眼界。

她放下袍裙，跟着宫女疾步向前，正想再细看周围时，宫女扯了扯她的衣袍："快叩首！"她有些手忙脚乱慌张地随宫女纳头跪下，口中情不自禁地

美妇清

冲口呼出："巴郡长寿山下乐温镇民女巫清叩拜始皇帝万年！万年！万万年！"这句话是进咸阳宫以后，有人专门教授，让她专门用在这个场合的。宫女教了她许多礼节礼仪和规矩，否则今日不知会闹出多少笑话。

前上方传来一个细小而清脆的声音："平身。"

紧接着响起一个高亢的娘娘腔："承天旨意，始皇帝圣宣，平身——！"

她听懂了，这句话也是教授的人告诉过她的，就是让她"站起来"，这种话只有皇帝才能说。巫清知道，她已经来到了始皇帝的大殿上，她为刚才的大胆和莽撞而汗颜。

她来不及用一个优美的动作主动站立，宫女就把她的衣袍一带低声道："请起。"

巫清随着惯性站起来，她再不敢昂首挺胸，只能低着头，双手不自然地垂在身体两边，用眼睛的余光向上望了望。高台上案几前坐着一位身材偏瘦的汉子，着紫色衣袍。

巫清从地上站起身来的那一瞬，始皇帝眼前像是拿开了久遮的挡板，突然把什么都看得清清楚楚明明白白一样：真神啊，那身段，那气质，那白嫩的肌肤，明明就是自己心仪已久的那个人。这感觉顿时使他心旷神怡，胸中似有如意挠搅，瘾瘾痒痒难受难忍，巴不得把她通体看够，只是堂上与堂下相离还远，看不十分真切她五官的细微相貌。

始皇帝又定神看了一会儿，略加思索，觉得这女人似曾相识，一时半会儿又回忆不起来，他不由得把身子向上一冲，想站起来看得更清楚一些。

赵高赶紧向前跨出一大步，挡在始皇帝跟前。

始皇帝马上感觉自己的举动有些失态，虽然他内心明白，皇帝在朝堂之上的言谈举止十分重要，不得有失体统，特别是在女人面前不可轻佻，不可有失威严。但赵高虽然出于对皇上威信尊严的保护，却搅了他"登高望远"先睹为快的雅兴，让他内心不甘也不舒服。

始皇帝瞪了赵高一眼，十分不情愿地坐正身子，恢复了皇帝应有的姿态。

赵高知趣地退到了原来站立的位置。

始皇帝突然主动大声问道："汝来自长寿山下？"他迫不及待地想与巫

清对话,同时"长寿"这两个字也是始皇帝最感兴趣的话题,他顾不得那些繁琐的程序和无谓的空话了。

这可不是规定用语,赵高一愣,还没来得及传递圣音,巫清便回答了:"巴郡长寿山下乐温镇。"她的声音朗朗动听。

始皇帝:"那是一个什么样的地方?"

巫清:"回禀我皇,那里大川大山,林木葱郁,空气清新,气候宜人,四百里浅丘放马牧牛。"

始皇帝:"那里人真能长寿么?"

巫清:"回禀我皇,那里的人真的长寿。"

"咳!"赵高有意地咳嗽了一声。

始皇帝一下子想到了朝上礼仪,但他对这个长寿山下的女子已经有了深刻印象,有了好感。他右手一挥,轻声道:"报上姓名。"

赵高朗声而唱:"承天旨意,始皇帝圣宣,请殿下女子报上姓名——!"

丞相王绾出班奏疏:"觐见者,巴郡郡守所献,为巴郡灵山十巫家族继承人、丹矿业主的媳妇巫清。巫清为我皇随车带来许多贡品。"

始皇帝:"都有些啥?"他又一次地迫不及待。

王绾道:"巫清得知我皇倡导派款纳捐抽丁筑长城抵御北方恶人扰我中原,保国保家的诏令后,深明大义,积极响应。她说有国才有家,家是国之始,国是一大家。保家卫国,人人有责。于是捐金一万两,用于朝廷修筑长城。"

始皇帝一下子又兴奋起来了,王绾的话击中了他神经的兴奋点,差一点又从龙椅上站了起来。乖乖,秦时的度量衡一斤等于16两。一万两可是几百斤真金子呀,这个女人够大方的。巫清给始皇帝留下了很好的印象。

始皇帝道:"还有什么礼物?"

赵高不失时机朗声高唱:"承天旨意,始皇帝圣宣,还有什么礼物品?请一一宣示——!"

王绾道:"第一,五车巴郡武陵山稻米。"

始皇帝朗声而问:"巴郡武陵山稻米有何说法吗?"

将军王贲出班道:"启禀我皇,当年我大秦军队荡平楚国时,臣在军中知晓一些:巴郡武陵山稻米乃华夏'五谷之首',具有益精强志、和五脏、通血脉、聪耳明目、止烦、止渴、止泻的功效。大米营养,入脾、胃、肺之经,补中益气、健脾和胃、滋阴润肺、除烦渴、养生。家父曾倡导早晨起床就食米粥,可生津液,因此,肺阴亏虚所引起的咳嗽、便秘,最适合早晚用大米煮粥。经常喝大米粥有助于津液生发,缓解皮肤干燥不适现象。"

始皇帝两眼放光,更觉得这不是个一般的女人,口中念念道:"好,好,好,悉数收纳。"

赵高朗声而唱:"承天旨意,始皇帝圣宣,悉数收纳——!"

丞相王绾也来了兴致,又道:"第二,巫清还为我皇带来五车巴郡大娄山小麦。"

始皇帝问:"巴郡大娄山小麦有什么说法吗?"

将军蒙武出班道:"启禀我皇,臣在征战中曾经用过,对其性略知一二:巴郡大娄山小麦能养心益脾,和五脏,调经络,除烦止渴,利小便,养心安神,顺气。不但可作为主食饱肚,还可治疗心神不宁、失眠、妇女脏躁、烦躁不安、精神抑郁、悲伤欲哭。"

始皇帝:"好,好,好,悉数收纳。"

赵高高兴地朗声而唱:"承天旨意,始皇帝圣宣,悉数收纳——!"

丞相王绾充耳所闻,听出了始皇帝的弦外之音,也看出始皇帝对这个女人的态度始终平和,觉得这个女人与始皇帝之间今天有戏,忙不迭地道:"第三,巫清还为我皇带来两车巴山毛皮,有羊、兔、狗、狐狸、貂、虎、豹、熊、狼等。"

始皇帝马上说:"好,好,好,悉数收纳,送到后宫,做衣物之用,较厚重的毛皮作为褥子、挂毯的原料。"他把对原材料的加工布置得这么仔细,这还是第一次,无不让大臣们感到惊讶。

赵高再次高兴地朗声而唱:"承天旨意,始皇帝圣宣,好——,悉数收纳,送到后宫,做衣物之用,较厚重的毛皮作为褥子、挂毯原料——!"

丞相王绾还是不动声色,平稳而保持着冷静的语速又道:"第四,巫清还为我皇送来五车巴山皮革,有山羊皮革、绵羊皮革、黄牛皮革、水牛皮革、猪皮革、马皮革等。"

始皇帝道："巴山皮革也有说法么？"他一副探讨研究的样子。

廷尉李斯出班道："启禀我皇，臣李斯得知巴山皮革也有说法。比如，山羊皮革，革面细致，纤维紧密，有大量细绒毛孔，呈半圆形排列，手感坚韧；绵羊皮革，革面平整，毛孔细小，手感柔软，但牢度不如前者；黄牛皮革，革面丰满，细致光亮，毛孔细小，呈点形排列，手感坚实而富有弹性；水牛皮革，革面粗糙，表面凹凸不平，毛孔较黄牛皮粗大、稀少；猪皮革，革面粗糙，毛孔粗大，呈品字状排列，手感坚实、挺括；马皮革，革面松软，不如牛革光亮，比牛皮革毛孔大，呈山脉状排列。巴山皮革根据不同兽皮的特性制作皮具，有的坚韧耐磨，有的轻盈美观，有的透气散热，有的密闭保暖，对制作要求不复杂。"

这是李斯的特点，只要有机会，他就会不失时机地细致入微地卖弄他的学识。

始皇帝道："好，悉数收纳，送入军需部供我大秦将士所用。"

赵高仍然用娘娘腔把始皇帝的话大声复唱了一遍。

这个议程进行的时间不短了，始皇帝已有些迫不及待地想与巫清单独亲近了。

王绾这儿还没完，他虽然看出始皇帝已有些焦躁，也没办法，按照秦律，朝堂议事不可半途而废，不可草率行事，必须按程序进行，他又奏道："第五，巫清还为我始皇帝送来一批艺术珍品。"

始皇帝只好轻微地扭了扭身子，复而坐正耐着性子道："有哪些艺术品？"

赵高高声宣道："承天旨意，始皇帝圣宣，都有哪些艺术品呀？请丞相一一展示。"

王绾："有年画，夏布，竹帘。"

始皇帝道："年画，夏布，竹帘也有什么说法么？"

上卿姚贾出班拿了一幅绸缎石版年画，前行几步向始皇帝展开道："请我皇观赏，这巴郡石版年画表现手法浪漫，画面饱满简洁，造型古朴粗犷，神态生动，构图完整，对比强烈，以驱邪纳福、喜庆吉祥等历史掌故为题材，疏与密、虚与实、静与动对称呼应，两侧下通，整个画面稳重均衡。这年画最大的特点是,英雄无项,美女无肩,文人如钉,武夫如弓,人物造型古雅雍容,神态生动。尤其是年画人物,极尽夸大头部突出五官、缩短下肢,全身仅三四个头长,显得粗壮结实,稳健剽悍。画师开像时,五官的造型别具一格;将两个黑眼珠的中距离拉得很近,像似'对眼',两目对视却炯炯有神,使人物形象格外威武;在人物眉或眼的上缘,鬓发的内侧部位,均以手绘大笔触墨黑色块,同时又在二者的下缘或外侧,勾出数根平行墨线。这种粗细、疏密错落有致的线、面组合,形成了一种具有立体感的中间色调,对比强烈,富有鲜明的节奏韵律。在处理鼻子时,多以特制的上小下大有如木杵的鼻子轮廓线板,印墨线于面部中央,然后以此为准,逐一画出五官,在两颊下部抹上红色。这是巴郡石版年画独具的艺术特色。通常,民间艺人在面部套印肉色或白粉后,于将干未干之际,用笔涂抹两道红色,或干脆以指代笔,蘸以赭红再蘸少许白酒,迅速抹之。这样,脸部的整个画面色彩在强烈对比中仍然能鲜明地跳出来。特别是年画中,神灵的威严形象被很好地逗趣化、生活化,喜庆祥和气氛顿增。巴郡年画脸部的细致描绘和椭圆腮红处理得生动活泼,机智幽默,妙趣横生,独树一帜。"

　　始皇帝经姚贾这一指点,又开始了新一轮的兴趣盎然,他是一个颇有艺术造诣的人,这年画看得他满心喜欢,听得如痴如醉,一副认真的样子道:"那就赏给上卿以上的文官收藏吧!"

　　赵高高声道:"承天旨意,始皇帝圣宣,巴郡年画赏给上卿以上的文官收藏——!"

　　始皇帝:"把夏布给大家讲一讲。"

　　姚贾拿了一段夏布道:"是一种麻织品,以经纬线编织之翼,可有平布、罗纹布;又以麻线粗细不同,分为粗布、中庄布和细布。巴郡夏布透气、吸汗、挺括、凉爽宜人,品种甚多,以颜色分有本色、漂白、染色、印花四种。"

　　始皇帝觉察出巫清是一个家道殷实的富户,轻声曰:"巴郡夏布,确属上等珍品,赏上卿以上文臣武将家眷穿戴家用。"

　　赵高大声道:"承天旨意,始皇帝圣宣,夏布确属上等珍品,赏上卿以上文臣武将家眷穿戴家用——!"

　　上卿顿弱拿过一幅竹帘向前走了几步,来到始皇帝近前展开,还没来得及开口,始皇帝不由自主地一怔,好似被什么东西蜇了一下,盯住那画,开口就问:"这画中之地是哪里?"

顿弱道:"巴郡灵山三峡。"

始皇帝:"这银色的带子是什么?"

顿弱道:"是长江。"

始皇帝越看越觉得这幅画的景致与自己有关,一时又难以回顾起是在什么地方的记忆。他冥思苦想。过了一会儿,终于想起来了,他去过那个叫长江的地方,那是他狩猎被梅花鹿带到骊山山顶,甜睡中,梦游灵山与神女相会的那个让他终生难忘的地方。他不想当众把这事说破,口中喃喃道:"真是一个让朕魂牵梦绕难舍难弃的地方。"他稍作沉思,突然加大声音问:"丞相王绾,你不是说过巫清是丹砂矿业主么?"

王绾道:"启禀始皇帝,是的,丹砂矿是可以提炼出水银来的。"

由于始皇帝对巫清第一印象很好,加之他们一开始就扯到一个非常有兴趣的长寿话题,奠定了她在他心中的位置,虽然听了这么长时间的介绍,却一点不觉得劳累。始皇帝越听越兴奋,脱口而出:"太好了,太好了,着巫清为朕提炼水银,我要在我的陵寝中用水银筑一幅大秦帝国的疆域图,把灵山和长江放在疆域中间,朕要每时每刻看在眼里。"这明显是向巫清主动表示好感,连三岁小孩都能看得出来,朝臣们更是看在眼里,喜在心头。

王绾抑制住内心的激动道:"诺! 着巫清今后为始皇帝提炼水银备用!"

宫女忙又拉了拉巫清的袖袍道:"快叩首谢恩。"便与巫清一起倒头跪下,巫清口中有词:"民女明白,一定照办,谢我主始皇帝隆恩!"再起身,低头颔首而立。

王绾又道:"巫清还带来一车巴山药材。"

始皇帝已经没兴趣再问特产了,直接道:"赵高,这车药材就入账御医房。"

赵高可不敢节省,有板有眼地:"承天旨意,始皇帝圣宣,巴山药材入账御医房——!"

今天的朝会把巫清带来的东西通通做了展示,效果显著,始皇帝非常在意

美妇清

这些东西,不但没有一丝不高兴而且都"悉数笑纳"了。

巫清当时就想,既然始皇帝你喜欢,今后我有机会再来咸阳,每次都可以给您送些。用今天的话说,这些东西,也就当地的大宗土特产,是费不了多大劲的。后来发生的情况确是如此,这些东西源源不断地运到咸阳宫,既解决了皇室的一些常规需用,也对始皇帝的帝业给予了很大的帮助和支持,巫清很讨始皇帝欢心。

满朝文武绝对十分高兴,一是今天廷议的时间之长,内容之多,不但没有引起始皇帝反感,而且还讨得了始皇帝不错的心情,这是近日以来难得的轻松愉快;二是他们制定的选择殷实家庭的美丽少妇入宫侍皇的计划,通过几个回合角逐,终于在巫清身上得以圆满实现,让始皇帝财色双收;三是由于始皇帝良好的心情,让他们的家眷也沾光得到巴郡特产的赏赐;四是精选美妇的活动终于可以降下帷幕了,否则没完没了的折腾,还不知何时何地能了,一旦把始皇帝惹烦了,大家的脸上都会挂不住。

今天这样认真的朝议,在这几天是不多的,与其说始皇帝对这些物质认可,还不如说是始皇帝对巫清有好感。始皇帝也是人,他的七情六欲与一般常人没啥区别,越是在心上人面前,越表现得弱智。虽然历历数数又是一个多时辰,却好像是在不经意中就过去了。他始终心旷神怡,精神饱满,保持着极大的耐心和高昂的热情。他的行为举止也在巫清心中留下了勤政亲切的良好印象。

所有的物品分配尘埃落定,所有的程序全部结束,他才感觉有些累了,他要尽快把眼前的廷议了结。

始皇帝道:"巫清心系于国,对朕忠心有加,一路辛苦,所有物质皆为实用匹实,可见其良苦用心,细微有致,朕大加心悦,特赐予巫清名'美妇清',封为大秦朝'后宫行走',领巴郡所有丹矿产业开制,领巴郡所有农商监管,领万户,可世袭。"匆匆说完心中早已拟定的几句话,不等群臣表态,起身转向后宫而去。

赵高忙把始皇帝的话高声重复一遍,然后道:"请'后宫行走'入后宫,散朝——!"急急跟进后宫。

始皇帝对巫清的这些封赐,在当时的荣誉和实惠都是很高很高的,至少比巴郡郡守的地位高多了。一个"美妇清"的名号,颠覆了人们对寡妇的偏见;一个"后宫行走"让她可以随时进出始皇帝的寝宫,同时受到金銮保护,杜绝了一帮狂徒的非分之想;领巴郡所有丹矿产业开制,切断了五大管事企图窃取家产的野心,从此美妇清可以名正言顺、光明正大地成为巫氏家族的"掌门人";领巴郡所有农商监事,使她真正成为富甲一方的实力人物;封万户,可世袭。美妇清要是能给始皇帝生个一男半女,这万户还不又被皇室收了回去。看来,封赏这个事情,实在是一门高深莫测的学问。

宫女侍候完美妇清吃饭、沐浴后便把她引入后宫,带到始皇帝寝宫门前,宫女道:"请后宫行走娘娘自进",便退到一边。

赵高见"后宫行走"进了始皇帝的寝宫,便懂事地屏退他人,自己也离开了。

始皇帝早已在寝宫等候。没有了旁人,他少了许多装腔作势的作派,换了便装,回复到人的本能,显得很随和。后宫是他每天最企盼的地方,每到此地就是他抛开一切政事,抛开一切烦恼,彻底放松的时候,这里没有了皇帝,只有一个完整的具备七情六欲的正常男人。

美妇清刚进寝宫,始皇帝就发话了:"姐姐,你让我好想,好想!"话音一落便迎上前来。旋即,又似觉不妥,停下来,与美妇清保持着一个距离。

美妇清对这样的称呼和这样的开场白不觉一怔,回头一想,始皇帝是对我的一种亲近,是有意在拉近与他的距离。她放松了,抛弃了紧张,大胆地道:"陛下笑话了,我与陛下萍水相逢,素未遭遇,今日首次见面,虽各有好感,或陛下对我钟情,也不至于……怎么就会好想好想呢?"

始皇帝:"不,我们不该素昧遭遇,我们遇过见过,你曾有恩于我,你不记得,我可记得,我认识你!"

美妇清糊涂了:"陛下认识我?"

始皇帝:"对,我认识你!"

美妇清:"怎么可能?我在巴郡一山野之地,陛下在咸阳深宫,怎么会——认识我?"

始皇帝深情地望着:"我认识你,你是神女!"

美妇清更是莫名其妙了:"我不是陛下您封赐的'后宫行走''美妇清'

么,怎么又成神女了?"她虽是神女后裔,但那是一个家族的符号,并不落实到每一个人头上。

始皇帝:"是的,你是朕的'后宫行走''美妇清',可你更是救过朕的神女!"

美妇清:"陛下,此话民女就不明白了。"

始皇帝便把骊山狩猎,梅花鹿带路,射杀锦鸡,东北虎捣乱,灵魂出窍,遇神女相救的事情娓娓道来。"当时你穿的是一袭大红绸棉袍,温暖了我的身,也温暖了我的心。我激荡难忍,你推开我还唾了我唾沫。你可知道,你那一唾,害得我好苦,全身上下奇痒,难受死了,难受死了。还好,苍天有眼,不让我失望,今天把你送到我的宫中,让我们永远相守。"他已经开始冲动,说不下去了。

美妇清觉得很有意思,天意难违,她也讲出了实情:"哦,民女先辈的确是神女家族的一支,不过民女可没在灵山顶上指引过纤夫引航船舶。即便陛下在恍惚中见过与民女相像的女人,也是陛下日理万机,太累,太疲惫,上骊山后打一小盹。好吧,不谈这事了,只要陛下您喜欢,真把民女当神女,民女也心甘情愿做神女,不再推辞。"

始皇帝心中一颤,真是应验了梦中情境,而且这小女子如此善解人意,一定要好好珍重,爱惜,万不可引得这等可爱的女人发怒。他到此时还有"一朝被蛇咬,十年怕井绳"的畏惧,要特别注意不能沾上她的唾沫,否则一定又会自讨苦吃。所以他与美妇清保持着一定距离。他还是要把他的真实想法和盘托出,以得到美妇清的配合:"那不是梦,那就是真的,快快来,我都忍受半日已经受不住了,我都准备好了!"说完先解了自己的睡袍。

美妇清也从内心喜欢这个急不可耐的男人,明白他要做啥事,但她一声长叹:"唉,今天不行。"

始皇帝一怔:"叹什么气,怎么不行?"

美妇清:"陛下啊,我又何尝不想与你尽情享乐,以报答陛下与民女一见钟情的知遇之恩,但情况不允呀。"说完翻出衣袍里面的麻丝,"请陛下看看这个。"

始皇帝一看,脸色大变:"这是为谁挂孝?"

美妇清：“为民女的夫君。”

始皇帝的情绪一下子滑落到了脚踝，进而全没了。一个男人在这个时候听见自己心爱的女人提及另外一个男人，会是什么心情？但美妇清实在是太可爱太漂亮太能理解始皇帝了，始皇帝一是有了先前不能沾她唾沫的心理暗示，二是的确不忍心加以伤害。他完全冷静下来，耐着性子道："为夫君守孝，说明我的美妇清深明大义，情意昭然，快把实情给我讲来。"

美妇清悲怆地道："半年前，民女与夫君巫桂一同前往丹矿场视察，突然有人行刺，夫君巫桂奋不顾身勇而向前，挡住刺客，救下民女，自己却冤死于血泊之中。民女今日面见陛下，也是一往情深，本应与陛下双宿双栖，怎奈孝期未至，仍然重孝在身，实难从命。按照祖制，民女至少要为夫君挂孝整整三年才能入房，望我主始皇帝恕罪。"

始皇帝一听巫桂不但是清的夫君，还是以身家性命奋力解救她的救命恩人，对这样的人是不可抛情的，又一想自己实在难以割舍这个知书识礼、善解人意的美貌人儿，便慌慌张张地连连道："不不不，不不不，别人必须按秦律守孝三年，你就大可不必，朕赐你挂孝一年，便可与朕共享人间美妙绝伦之乐。"

美妇清倒头便拜："谢始皇帝隆恩！"

始皇帝："你我之间不必这般客气拘礼，快快请起，快快请起，让我仔细看看。"说罢，上前几步，把美妇清扶起端详，而后道："确实漂亮，肌软如酥，果然是下凡的仙女……"话没说完就开始拉扯美妇清的衣袍。

美妇清大惊道："你不是说，让我挂孝一年么，怎么不到半晌就反悔了哩，作为帝王，一言九鼎，一语既出，驷马难追，怎么能朝令夕改说变就变，言而无信出尔反尔呢？陛下如此，可不招天下人笑话？"

话到这个份上，始皇帝不得不停止撕扯，自嘲道："美妇清实在勾我魂魄，让我想入非非，一时心中痒痒，不得安稳，朕也是一时荒唐的无奈之举，让清见笑了。"

这倒也是实话，任何一个有血性的男人，见到美妇清这般漂亮的女人，如果不动心是绝对不正常。始皇帝说罢稍稍整理了一下自己的着装，换了个话题，锋头一转："朕听说这次来咸阳，历经千辛万苦，为朕九死一生，险些丢命,着实令我十分感动。"

美妇清:"这不算什么,动荡的年代司空见惯的事情,不足为奇。只要六国余孽没有肃清,这样的事随时还会发生,经历了这番事情,让清感到能与陛下相识是清这辈子的荣幸。"

始皇帝发自内心地钦佩道:"这就好!真是个深明大义的女人!"他当时就在内心已经认定了这个女人。始皇帝话锋一转,换了个自认为更轻松但又不乏担忧的话题:"今日朕在朝堂之上,让尔在丹砂中为朕提炼水银,能办到么,可有困难否?"

美妇清顺势退了一步,与始皇帝有了些距离,一边整理自己的衣袍一边道:"始皇帝让我办的事,民女一定竭尽全力去做,就是肝脑涂地也在所不辞。不过从丹砂中提炼水银不是简单的一蹴而就的事情,它的技术成分很高。我的家乡巴郡大娄山有的是丹砂,只听说可以提炼出水银,却从来没见有人真的提炼出来过,我还需组织工匠反复试验,探寻规律,摸索经验,直至真的出水银,方不辜负我皇一番企望。"

始皇帝:"我会安排在咸阳挑选最好的工匠,即日赶往巴郡大娄山,帮助你提炼水银。"

美妇清:"我也不想耽误,须尽快回到巴郡早做安排,以保我皇成事。"

始皇帝:"这也行,有什么困难直接找我,我会下旨让巴郡郡守全力关照坞堡,支持正常采矿炼水银,一有风吹草动,郡守可以调用守军,保清和坞堡万无一失。"

美妇清:"有我皇细致入微的关照,提炼水银必能事成,只是时间问题,您就静等捷报吧。"

始皇帝:"实不相瞒,朕是每时每刻都想与尔厮守一起,但尔身戴重孝,又怕时日长了朕会忍耐不住,做出不仁不义之事毁了名声,迫不得已,只好忍痛割爱,暂时让尔分离一段时间。朕同意你先回巴郡长寿山乐温镇,一边守孝,一边组织人手提炼水银,你我之间来日方长,不在乎朝朝暮暮,一时一刻。"始皇帝进一步说,"咱俩之间有一个约定,朕要是想清了,清须在十八日之内赶到。"

美妇清:"巴郡长寿山乐温镇远离咸阳千里之遥,原楚国出于自身利益,防备他国入侵,有意缩小车辙距离,使楚国的车道小于秦道,车行缓慢,不能加快速度。我此次来咸阳,是入秦地界后才换成大车,提高车速,换车转货这一折腾就是两三天,下次要还这样,怕会增添始皇帝思念之情了。"

始皇帝:"你所说甚是。原六国车轨各不相同,今天下一统,再频频换车折腾,诸多不便。朕也早已有改革之意,只是天下初定,此事所费甚多,心中一直谋划不决。不日倒可让文武大臣廷议。全国三十六郡,都要有统一的章法,先从修改车辙开始。首先,车要同轨,以小改大,与秦国现有的车轨一般大小,今后就不会再有换车的折腾了。他日,我也需去各地巡察,了解情况,问计民众,督导官员,有了改大的驰道,行动方便,加速省时,提高工作效率。再则三十六郡中某郡有事,我军亦可杀去,一路畅通无阻。"他深情地望了美妇清一眼。

美妇清:"陛下为天下百姓殚精竭虑,实为百姓之福。"她情不自禁地纳头跪地。

始皇帝:"哎,刚才不是说了么,尔与朕独处时,可以不必拘于这些礼节嘛,怎么对朕之言还有彷徨之处?"

美妇清惊恐地道:"不不不,不不不,是民女对我皇的尊重使然,绝无……"

始皇帝微笑着打断美妇清的话头:"我就开个玩笑,看把我的清急得。"他略有思索后又道,"回到巴郡长寿山乐温镇后,要常与朕通信报息,免得朕挂念。"

美妇清道:"谢始皇帝隆恩。"这次她只操手做了个万福,没有用纳头便拜的礼节。

始皇帝甚感高兴的样子:"这就对了嘛,以后不要动不动就拜,这不就很好么,这样让我更有亲近感。我们还要有个约定,尔要经常与我通报平安,我也会与尔并叙相思之情。"

美妇清抿嘴笑了笑,继而道:"这有困难。"

始皇帝不解地道:"这难在何处?"

美妇清:"始皇帝让我常写信,楚字楚文与秦字秦文是有区别的,我皇您看不懂楚字,我又不识秦文。再者,你我二人信中的一些秘密,能让第三者分享么？我看还是少写信，多见面谈更好。"

始皇帝心中不觉又是一喜：这真是个不一般的女人，心思极细密。

始皇帝道："所言甚是。"遂陷入沉思："李斯创制的小篆文体就很有特色，在先代文字的基础上颇有改进，进行了很大简化，既好写，也好认……今后诏书发往全国各地就用不着翻章译文了，既方便了官衙，也便宜了民众，节省时间，节省人力物力，一举几得。"

美妇清道："陛下圣明！"

始皇帝方回过神来，不禁一笑。

今天发生的这些事情，让美妇清觉得与始皇帝十分投缘，改变了美妇清对始皇帝的一些看法，她觉得他是一个有血有肉的正常人，有七情六欲、喜怒哀乐，并不是像民间传言所述，是一个蛮不讲理、喜怒无常、十恶不赦的"暴君"。在美妇清的眼里他就是一个蛮有人情味的"大男孩"。

与心仪之人交谈彼此有兴趣的话题是不知道累的，时间过得飞快。

秦宫外，天已大亮。

八

美妇清要从丹砂中提炼水银了!

水银也是银,在当时是非常珍贵的东西。有人说巫清被始皇帝封了个"美妇",就要把长寿山的"钱"尽数掏出去了。这可惹恼了大坞堡那些大管事,他们从来都没熄灭过复国的梦想。表面上他们对秦国装作很顺从的样子,内心里从来就没有臣服,一旦认为有机可乘便会蠢蠢欲动,从明处或暗处钻出来捣乱。

一场水银争夺战就要开场了。

这次跟随美妇清去咸阳的路途中跳出来的形形色色的人,发生的形形色色的事,让杜辛看到了大秦帝国社会的复杂性,也感觉到一个女人要成就一番事业的艰难困苦,尤其是一个漂亮守寡的女人要成就一番事业的千难万难。

这天,杜辛若有所思地靠在二楼的墙上,警戒着从远处过来的那群人,心中预想这些人的来意。

近段时间,美妇清把所有的心思都放在了从丹砂中提炼水银的研制中,其他事情无暇顾及。这便给人以有机可乘的空子,有人暗中鼓动一些有怨气的人要闹事。

那群人走近了,是大管事。杜辛觉得,那就是自己的敌人了!

那群人来到小坞堡前,向下面的门岗通报,门岗放进了几位大管事,把随行人员留在门外。留在外面的那些人应该是大管事的护卫,从他们身上也看不出什么明显的问题,他们只是围在那里闲聊,甚至都懒得往这边看一眼。

杜辛紧紧地盯着他们,盯久了,还是能看出一些端倪,相对于外面那些

美妇清

人的轻松,这边的守卫都戒备着。围墙上面,原本应该休息的守卫也直起身子警惕地站岗。几名善射者把弓箭都拿出来放在了自己的脚边。

"不对,这边如此戒备,外面怎么可能若无其事?"杜辛突然心中一惊,想起了最不合理的地方,"面对这边的敌意,对方是否觉得自己有绝对优势,才不在意,还是有意为之,为了麻痹对手,而不想打草惊蛇?"

杜辛忍不住抬头看了看高楼,美妇清就在里面,现在该是在和那几个身为大管事的老头说话吧?对于她的安全杜辛并不担心,要是主家在自己的小坞堡被几个老头子杀害,这就太离奇了,这样的笨蛋保护她还有何用?

时间已经过了好一阵子,那些大管事还没出来,对方到底准备干什么,虽然明显地知道大坞堡的人对美妇清不甘心,但表面上他们表现出是顺从始皇帝的,双方没有挑明,所以有太多的手段可以用,也有太多的手段不能用。

难道是对方组织的护卫、奴仆、矿工来围攻主家,通过找主家要工钱等琐事让主家无法分身,延缓水银提炼的研制,从而达到激怒始皇帝,让始皇帝不再信任美妇清的目的?甚至借始皇帝之手除了主家,借刀杀人?这帮人真是毒蛇心肠,主家想方设法保住了巫氏家族的现有财产,还通过始皇帝扩大增殖了巫氏家族的财产,这是何乐而不为的好事,而这些人把主家的好心当成驴肝肺,还要卸磨杀驴,真是顽固不化。他又一想,毕竟美妇清是主人,大权在握,身边一定还有不少像他一样忠于她的人,谅那几个老弱病残的大管事翻不起大浪。

过了一会儿,那几个老头趾高气扬地走了出来,从表情上看,他们很高兴、很满意。

主家就是主家,不愧为始皇帝看上的女人,三下五除二,快刀斩乱麻就把她的对手收拾得服服帖帖,还让他们兴高采烈地满意而归,真是不简单。

那几个在外面等待的护卫,见他们的主子满意地出了门,蜂拥着快步而去。

小坞堡这边放松了警戒,大坞堡那边却突然热闹起来。有人往来奔走,有人高声争辩,甚至是骂骂咧咧,想必是要做出什么决断,大管事们边走边转告公众,公众似乎发出了呼啸声。

那边紧张压抑的情绪很快感染了这边的每一个人,过了一会儿,几名奴仆从大坞堡跑了出来,分别把守卫的伍长们叫走了。

赵离回来后,神色凝重,招手把众人聚集起来道:"明天我们要出去一趟,有批重要货物要运过来。为防止路上大群土匪抢劫,我们这边要抽调三个伍,加上外面大坞堡的人,一起去接货护卫。"他所说的重要货物,就是提炼水银所用的添加剂,丹砂没有这玩意儿是出不了水银的,而这种东西在提炼水银时用量较大,本地没有,是始皇帝从别处专程调运而来的,所以要让坞堡的人去接,这是一个冠冕堂皇的理由。

果然是要调虎离山了!想到这里,杜辛忙问:"要去多久?"

赵离想了想道:"我等轻装简发疾行,两日便可到达会合处。回来有车队拖累走得慢些,恐怕要用三四日。"

"看来,对方是想调走小坞堡里的护卫,再派人来纠缠主家。现在还不知道大管事对我们这些被调走的护卫是想消灭,还是想收编?"杜辛对自己的安全并不担心,他推断,对方不可能聚集太多的人手。所以不可能将调出的护卫全困在野外,一个不剩地全部灭口。

从上次去咸阳的情况看,美妇清颇得始皇帝器重,在这样的情况下对方还敢下手,自然就不是等闲之辈。其实真相已经无关紧要,有没有幸存者也无所谓,既然敢在太岁头上动土,抢始皇帝的物资,就说明那帮家伙的后台很硬,是不容易扳倒的。

其他护卫听说要离开坞堡去野地接货,多少有点寒栗。从表面就可看出各有各的心事,为了遣除自己的不安,又不至于被别人看出来,有的就不停地练习,有的一遍又一遍地检查自己带在身上的东西。

这些行为是杜辛看不起的!经过上次的咸阳之行,杜辛觉得自己成熟了许多。此时他却如同闲得发霉的样子,能够坐着就绝不站着,能够靠着就绝对不让自己的脊背悬空,镇定自若。

赵离心照不宣地拍着杜辛的肩膀赞扬了一通,还告诫其他人,战前一定要休息好。

晚上,杜辛躺在床上,却没好好休息。他对明天可能发生的战斗并不担心,脑海里满是那双即使是在面纱后面,也显得很清亮的眼睛。杜辛以前从

美妇清

没见过像她那样的女人,大事面前如此沉稳,如此果决,他相信,这一次她一定也能大难不死,一定会战胜那帮家伙。但目前有些情况,她未必知晓。

杜辛得把想法告诉美妇清。

他从床上爬了起来,站在屋檐下练了一会儿剑。这几天他每天都这样,围墙上的护卫虽然看见,只要他不接近高楼,他们也不管。

杜辛看见围墙上的守卫转过身去,觉得机会来了,便偷偷摸摸跑进厨房,拿了块烧黑的木炭,将自己的旧衣撕下一截,他要在上面写字。

他马上就停了下来,因为他从来没读过书认过字,根本就不会写字。杜辛皱眉想了一阵,借着月光在布上画了一座高楼。这个简单,几个方块叠在一起,画了几柄剑尖对外的长剑,表示护卫,然后是许多剑,剑尖对着里面,表示防备敌人的进攻。

如何表示调虎离山呢? 反复地想着表达的方式,都觉得不合适,真是一片布难倒了英雄汉。最后,杜辛在布片角落画了两个轮子和几柄对外的剑和许多对内的剑。

艰难的创作一完成,杜辛长长地出了口气,自己画得这么简单明了,美妇清应该一看就会明白吧? 自己这样做,就是抱定在这次较量中必死的决心,不想留下什么遗憾。

杜辛找了块石头,把布片包好,对准小坞堡高楼的最顶层用力扔去。

听得一声闷响,那石头击穿窗户掉了进去。杜辛不敢再看,急忙回屋钻进被窝睡觉了。他之所以要把那包裹扔到最顶层,因为他觉得,如果自己有这样一栋高楼,肯定会住在最上面。

第二天起床后,所有人脸色严肃。杜辛本来还好奇自己扔石头会不会起到什么作用,现在被这临战前的气氛感染,只好默默地做着出发前的准备。

出发了,天还没全亮。杜辛担心,按照大坞堡那些守卫的懈怠,恐怕现在还没起床。当众人来到吊桥外的时候,却发现他们也到了。小坞堡的护卫有三十人,大坞堡的护卫有五六十人。虽然人数相差一倍,但按照他的估计,大坞堡应该不是小坞堡的对手,关键是谁先接到运货的车队。

按惯例,大家都带着自己的干粮清水,考虑到车队的缓慢行进,杜辛他们带了五日的干粮。大坞堡那些护卫,却只带了三日的干粮,显然,他们是不需要等到车队的。

"已经如此明显了?看来他们是有了胜算的绝对把握,他们认定这次一定能成功,没有添加剂,水银是绝对提炼不出来的。他们是三岁儿子讨婆娘——高兴得太早了吧!"杜辛暗自摇头,大家泾渭分明地站在路的两端,略加整顿,就闹哄哄地出发了。

聚在一起时还有些人多势众的气势,一开步,就显得零散了。小坞堡这边要好些,重新进行了编队,每十人为一伍,由伍长带队,一共三个伍,全队由赵离统领。

大坞堡也是一样的编制,虽然多三个伍,但他们走得歪歪扭扭,有时还两三个人聚在一起,有的六七个人一伙,真正按伍整齐有序前进的很少。

这样松散的护卫就算再多又有啥战斗力?只要死几人,一见血,恐惧就会填满每个人的胸膛。

当晚月落星稀,夜深人静。紧走了一天都累了,各自找地方住下。

果然不出所料,半夜时分,大坞堡的护卫从四面八方向杜辛他们的宿营地发起了猖狂进攻,他们的头领高喊着:"双层包围,不能留下一个活口。"那些护卫迅速地合拢,嚷嚷着耀武扬威地挥刀一阵乱砍。

由于早有准备,杜辛他们事前猫在外围的树林,宿营地里只放了一些成捆的稻草,没有一个活人。因为大坞堡是双层包围,里层的人发现砍的是稻草捆,赶紧转身向外冲杀,又因为天黑,外面的人以为杀出来的是小坞堡的漏网之鱼,不问青红皂白接着就是一顿乱剁,结果可想而知,自相残杀,自相践踏,死伤无数,残酷的刀光剑影持续了好一阵子,大坞堡的人居然没有发现。

小坞堡的人事先在两个手臂扎了记号,在大坞堡人自相残杀正酣时,赵离指挥着他们,从周围的林子冲出来,瓮中杀鳖,见到臂上没记号的人就剁,一阵鬼哭狼嚎之后,大地恢复了平静。

天亮一看,小坞堡大获全胜,除了几个受了点轻伤之外,没死一个人。而大坞堡的人回过来拼命往外冲杀时虽然留下一些活口,但也伤势不轻,其他人如鸟兽散,已经跑得无影无踪了。这番夺命的厮杀,又是以少胜多。大家显然使出了吃奶的力气,有几个人累得躺在地上不想起来了。

小坞堡的几个伍长来不及指挥人打扫战场,便聚在一起商量。杜辛提醒赵离:"既然对方想到了在路上对付我们,当然也不会放过主家那边。现在他们恐怕已经调集人马在围攻主家的碉楼了吧?"

赵离急迫道:"你的意思是我们应该立即回援小坞堡,解主家于危难之中?"

杜辛略有思考后道:"我们这样回去不是给敌人送菜么,我看我们仍然应该去迎接车队,完成护送添加剂回山的任务。"

"车队那边的人要是也有异心怎么办?"赵离有些犹豫,他是被这突如其来的变故整聪明了,一下子变得复杂起来。

杜辛道:"现在不管那么多,应该赶紧过去,如果车队那边的押运者真的被大管事收买,我们过去拿下领头的,遣散护车的,剩下车夫,由我们坐车押送。如果还有空余也可以把他们装上。"杜辛指了指那边躺了一地的大坞堡那些伤兵。显然,在杜辛的心里押运的人不可能很多。

"这些人能干什么……"赵离毫不掩饰自己的鄙视。

杜辛道:"他们未必是铁了心要叛乱,我们应该压得住这些人。多些人回去,可以壮壮声势吧。"

赵离也拿不出更好的办法,只好按照杜辛的计划行事。夺车的事情办得很顺利,虽然车队头领大喊大叫,却没人真的拔剑反抗。骚动了一小会儿,那些人并没别的意思,都愿意继续当押运。

小坞堡人逼着那些押车的人下车徒步而行,保护好货物,他们的护卫和伤兵全部上车,向来路进发。

一听说有车坐,那些躺在地上的人来了精神,翻身起来,勇往直前。为了防止车夫们做些不应该的事情,均一一搜身,确信没有武器后,才把他们捆在位置上。这样一折腾,又是一天,夜色像罩子一样从天上渐渐降落下来,天已经完全黑了,大家点起火把赶路,小坞堡的护卫们经过一天的厮杀确实累了,这时坐在车上才渐渐地恢复体力。

赵离听从杜辛的建议,拾回了大坞堡那些人的兵器,押车往回走,在赶车人"驾驾驾"的口令中,在马蹄的嘚嘚声中,在车子的上下颠簸下,像个大将军在驱赶这些人冲锋陷阵。

一路上没人说话，车轮轴承转动的声音不小，却仍给人莫名的寂静，杜辛喝口水都觉得声音巨大。

在这两天一夜的行动中，杜辛是立了大功的，奇怪的是赵离竟然没有问自己为何要这样做。毕竟他担任美妇清的护卫时间不长，他这个护卫在这支队伍中，还算个新"毛头儿"，而这样的行动是力挽狂澜的大胆识，大智慧，不是一般人能够做到的，他的胆识从何而来，他的魄力智慧又是从何而来？

也许赵离认为，除了那些狼子野心的家伙，正常人本来就应该对美妇清忠诚，主家管吃管住，还给"银子"作为俸禄让你养家糊口，有这样的好事，对人家还不忠诚，在哪里都说不过去。

杜辛自己清楚，他对美妇清根本就谈不上什么感情，谈不上亲情，更不可能是男女之情，一个是高高在上，享尽荣华富贵的主家，始皇帝的"美妇清"、始皇帝的"后宫行走"；一个是主家的奴才，是没有社会地位的社会底层，这不是一般的差别，简直就是扯地补天，从各个层面来说都相差太远，有天壤之别。

这也不是，那也不是，这些都不是，那又是什么原因呢？在杜辛看来只是一种莫名其妙的更奇特的感觉。比如，见到某个人顺眼，就实心实意，尽其所能地帮助，也叫倾囊相助，就是帮个"忙"。杜辛的囊是那一身使不完用不尽的力气，至少他自己这样认为。当然，最近发生的事情，这个忙帮得不一般，帮得大了点。

杜辛得意洋洋地想着，当美妇清的丈夫倒在血泊之中时，突然从天降下一个勇士，奋不顾身地救她，她当时的惊讶难以言说。

周边的昆虫喁喁的求偶声，车轮艰涩的嘎吱声不断，却听不见一个人说话。在这不算寂静的寂静中，车队默默前行，不知道走了多久，途中就着山泉吃了几顿干粮，天又从黄昏渐入深夜。

突然前面隐隐传来鼓声，黑暗的远处出现火光，杜辛感觉快到坞堡了。

赵离"呼"地从车上站起来，扯长身子，踮着脚眺望。

杜辛也站了起来，一边瞭望一边低声说："红了半边天，好像不是失火燃烧,我估计是许多个小火把集中在一起的火炬。"

赵离点点头,却没再坐下去。

护卫们骚动起来,赵离沉声道:"都别慌,镇定点,任何人不得擅自行动。"然后派了几个体力恢复得好的人,摸索向前去探虚实,以防中埋伏。杜辛自告奋勇也要前去,被赵离按住:"你莫动,不到关键时候不要出击。"杜辛道:"无妨,我还不觉得太累,闲着没用,去一趟不碍事。"

赵离没办法,给他拨了几个人带着一同前行。刚才为了稳住赵离,不至于乱了军心,杜辛有话没说出来,其实,他看见高楼上是有火光的,赵离也许与他看到同样的情况,都有担心,但心照不宣,为的是一个目的,这就是默契。

杜辛心里明白,刚才看到的火势应该是整栋楼烧起来的规模。现在离得近了,展现在眼前的,那楼烧得并不剧烈,这让他实在想不明白。

赵离继续掌管着车队,杜辛领人去探路。

他们没走大路,带着几个人从屋后绕道进入村落。

村子里家家户户都紧闭房门,杜辛感觉得到在门后面,所有的窗户后面,都有人头在晃动。他们沿着房根溜边而行。

同行的护卫凝神戒备,有的还在颤抖,杜辛不以为然地说:"不要太紧张,要让村子所有的屋子都装满伏兵,得用多少人?他们如果有这么多人手,早就该强攻了。这说明他们人数太少,分散躲藏起不了多大作用,门后窗后应该是手无寸铁的村民。"

大家放松了些,便顺着房屋、草垛的阴影往前走。

大坞堡里灯火通明。巨大的喧闹声从屋里传出,围墙上却只有寥寥的人游动,其他人有可能集中到小坞堡那边去了。

小坞堡有没有被攻下?躲在暗处的杜辛看到,吊桥是拉上去的,里面传出的声音响亮、嘈杂,根本听不清内容。

杜辛默默地带着人在围墙外走了个来回,又悄悄退回到出发时的地点观察等待。

车队已接近村口了。杜辛跑上去对赵离讲了侦察的情况,赵离疑惑道:"就是说,我们根本不知道里面发生了什么事,我们与里面失去联系了?"杜辛道："确实如此,我们总不能就这样离开吧,至少要想办法进去看看。"

赵离豪气顿生："说得对,我等回来不是看热闹的,这是向主家献忠心的时候了,要杀进去。"两人商议一阵,先让所有人下车,聚在一起成"品"字形缓步前行。另外几辆车的马被解了套,把物资转运集中装在几辆车上,推着空车跟在后面慢慢前进,千万不能损失了那些用生命和鲜血换来的宝贝一样的添加剂。

眼看接近城头,赵离叫几名箭手站出来,拈箭搭弦做好发射准备。一名目力颇好的弓手往城头看了看,转头对赵离道："上边的几个人都脸朝小坞堡,还没有发现我们,杀不杀?"赵离转头看看杜辛,杜辛低声道："先不杀,要防止被上面的人发现,要尽量拖,能拖多久是多久,先要找人偷偷把吊桥放下来。"

赵离对那箭手点了点头,杜辛突然弯腰抓起一辆空车,丢开大步,猛地往前冲去,速度极快。他一口气来到护城河前,将车沉入水中,这护城河虽然宽,一辆车还是能占一定的位置。他连续将几辆空车沉进水里,搭成一条淹在水底下的"木"桥。

杜辛涉水而过,护城河水仅齐腰左右。直到现在,围墙上的守卫都没转过头来。杜辛扭头向来路看了看,大家都躲在阴影中,车沉在水下面,一切还是那样了无声息。

杜辛沿着墙根走,摸到吊桥边上,吊桥被拉上去完全挡住门,几乎垂直于地面。杜辛拿出两把匕首,一手一把"喳喳"插进吊桥的原木,身体随之向上。这点细微的声音在里面喧闹的背景下,并不引人注意。没多久,杜辛就到了吊桥顶端,他蹲在木板边缘,迟疑了一下,想沿着拉桥的绳索往上爬。

忽然一张脸在火光下出现在杜辛面前,就在前面几尺远的地方,那肯定是个守卫。杜辛清清楚楚地看到那人脸上的惊愕,嘴也张开了,下一刻就要用尖利或洪亮的声音大叫。杜辛身后的箭手可能是被挡住了,没听见箭响。

说时迟那时快,杜辛没有犹豫,往前一跃,如同猫一般飞身而上。等他感觉脚踏实地时,手中的匕首已经插进那守卫的心脏,那守卫没发出任何声音,就软软地倒在地上了。杜辛在那人身上擦了擦匕首的血迹,把匕首叼在嘴上,腾出双手,将尸体拖到角落,然后钻进城楼。

美妇清

这里是吊桥的起降控制中心,里面却没人把守,真是时来运转做事无人管,这让他有了放手大干的空间。但拉桥的两根粗大绳索分开较远,至少要两个人同时操作才能放下吊桥。他想了想,还是先将城楼另一边的守卫杀了。还好,那人似乎只关心小坞堡的厮杀,只顾看热闹,在毫无防备之下就做了杜辛的刀下鬼魂。解决了障碍,杜辛才回到垛口往下面招招手。

下面的人没有贸然放箭。

过了一会儿,城下黑暗中跑过来几个人,沿着杜辛上来的路线聚到吊桥下面,杜辛心中好一阵高兴,这赵离一点不傻,随时都盯着吊桥上面。但奇怪的事情发生了,那几个人却裹足不前停在那里,是他们没有那么强的臂力,还是没带足匕首?杜辛来不及多想,急中生智,剥了上面两具尸体的衣服,把衣服、腰带接成一条绳子扔下去,拉了两人上来,再让他们接应后面的人,自己趴在地上看着里面的小坞堡。

情况复杂了,小坞堡好像已经被攻破。大门开着,很多人站在围墙下,没有攻击,只传出阵阵人喊马嘶。他竖起耳朵仔细分辨了好一阵子,才发现那的确是喊杀声,而不是胜利者的欢呼。

按一般情况,围墙被攻破就没悬念了,基本上不会再有意外。不过从现在喊杀的声音分析,却不像围墙被攻破,似乎激战正酣的样子。

奇怪的是,小坞堡顶楼屋檐下,用棍子外挑着的四个巨大铜盆里燃烧的熊熊烈火没有异样,仍然是用来照明,这说明有人能够在正常时间里添加桐油,顶楼上的人工作秩序还保持正常。

鼓声一阵紧似一阵。"怎样了?"耳边传来赵离的声音,他也是最先上来的几个人之一,杜辛心里一阵发热,有点感动地道:"你来得好快!里面的情况我不清楚,估计应该是在里面厮杀,不知道他们能坚持多久。"他说的是美妇清的近身警卫,那群人虽然武艺高强,但人数有限。

赵离头一抬,就要爬起来:"还等什么?赶紧杀进去啊,拼了!"杜辛把他一按,摇头道:"我觉得没那么简单,你看这火光,听听这鼓声,应该是在召唤援兵。附近哪来援军?有什么调动能够瞒得过大管事们?"

"等你理顺这些花花肠子,小坞堡早就被破了!"赵离一跃而起,径直进了城楼。没多久,吱吱嘎嘎的声音传来,吊桥被缓缓放下。外面的人一拥而入,举着火把冲到小坞堡跟前。

放吊桥的声音很大,惊动了里面的人,但他们正忙着调整人手冲击有坚强抵抗的小坞堡高楼。赵离的人冲进来让他们突然腹背受敌,措手不及,许多人乱了分寸到处乱窜。

赵离大喊:"尔等阴谋早被主家识破,内奸已被诛杀,各处援兵已到,此时不投降,后悔不及!"

人群一阵骚动,赵离又大喊:"都给我趴下,凡跪地投降者不杀,抵抗者格杀勿论!"说着,带头冲杀过去,里面那些被裹胁的人原本就没多少战斗力,见阴谋败露,又不知道有多少人杀过来,便一个劲地往后退。

由于退得太快,相互推搡,还没交手,对方就被压缩成一堆。一些人魂飞魄散,一些人咬牙切齿。杜辛很讨厌这样的拖拉战斗,时长生变,这是兵家的大忌,狗急了会跳墙,兔子急了会咬人,这样下去让失败者有喘息而东山再起的机会,胜利者也会付出高昂的代价,要尽快想法子不战而屈人之兵。

突然高楼上的鼓声变得紧密起来,让人不由得又把心提了起来。

鼓声一停,高楼响起一个清亮的女声:"各位听好,只诛首恶,胁从不杀。"

"哐当"一声,有人扔下手中的剑,接着扔剑的声音连续不停,许多人缴械投降了,还有几个人握剑顽抗的,在一阵拳打脚踢之下,就被按在了地上。

杜辛长长地出了一口气,似乎解脱了,轻松了,他觉得这一天太漫长。

此时有人禀报,说有许多附近乡里的人听到鼓声,看到火光,纷纷拿了农具前来支持。

杜辛脑中灵光一闪,顿时明白了其中的关键。自己以前一直想着小坞堡的围墙被突破,一定损失惨重。现在看来,恐怕是美妇清早有布局。她知道自己大规模调动人手瞒不了人,干脆另辟蹊径,联络附近乡村、庄园。没准儿还偷偷买了装备,帮他们训练。这些人不一定要十分精锐,只要能在关键时候前来雪中送炭就行。

事情的确这样,在大管事们想用劫货车队调虎离山的时候,美妇清将计就计,调人出去。在遭遇大管事卫队进攻时,放弃围墙的防守,严守高楼,给

美妇清

人以伏兵假象,拖延那些人进攻的时间。

因为有了准备,没在撤守时损失人手,高楼也有特别坚固的防御,所以坚守到天亮是没有问题的,援军一到就可自动解围,美妇清并不惊慌。唯一需要提防的是火攻。不过高楼里那些珠宝、账簿、名册、水银配方什么的,大管事们才舍不得烧毁呢。在这个计划中,让杜辛最不满的是自己这队人被当成了弃子。

他们实际是充当诱饵,迫使大管事们调动更多的人手,减轻小坞堡的压力,这就叫以调虎离山对付调虎离山的连环计。防守高楼就不用多少人手了。具有讽刺意义的是,在这个过程中有可能会把对美妇清最忠实的人牺牲掉,而让美妇清损失惨重,最后解决问题的可能是毫无忠诚可言的外围援军,结果仅仅是险胜。这是一个大胆的冒险行动,实际结果却不是"最坏的打算"。大管事们的力量如预料之中地被消灭了,美妇清的实力却没有削弱。足以说明美妇清不是等闲之辈,对今天的行动早已胸有成竹,胜券在握。

杜辛暗自庆幸,幸亏自己当机立断,提前解决了问题,巧妙而恰到好处地领会了美妇清的意图。他的心情变得愉快起来,他对美妇清一下子就没有了恨意。他仔细想过,凭自己这身本事回车救援,只要按照平时的水平发挥,留得一条性命是没有问题的,这也许就是美妇清的自信。

回过头来一想,最危险的地方,反而是高楼这里。美妇清用自己作饵,刻意暴露破绽,引诱大管事们公然反叛。如果其中一步不慎,比如援军不来,或她自己外调的护卫回援迟滞,或大管事们识破外围所设的空城计,或他们恼羞成怒,乱砍乱杀,放火烧楼,美妇清都会死无葬身之地。

从这点看,这个女人真够狠的,说得委婉一点,那就叫果断!说得直接点,那是蛮干!也许军事家就是因了这样的远见卓识,才最终脱颖而出,成为众星所拱的"月亮"。

杜辛现在很期待自己会得到什么奖赏。

杜辛得到的奖赏,就是成为小坞堡里面的护卫,这说明美妇清对他的信任又加深了一步。他从此不用再守围墙了,训练也全凭自觉,但每天必须待在高楼里,美妇清出门就跟着。

当随身护卫由坞堡提供衣服、伙食,还有肉呢,这些让杜辛很满意,每当有跟主家出行任务时都要先洗澡,这让杜辛有些不习惯,过去十天半月洗一次澡是常事,现在不行了,每次出行都要洗。

小坞堡的碉楼对杜辛已不再神秘,他完全弄清楚了,这座五层高的楼,底层是客厅,第二层是护卫、亲信,第三层堆放比较重要的东西,比如账簿、书简之类。第四层是女佣,芳秋就在第四层。芳秋是季叔的独生女,美妇清一进巫家她就被选中侍奉左右,那也是一个看一眼就让人终生难忘的漂亮女人。最上层才是美妇清的居所。

九

始皇帝的确是个急性子。美妇清走后第二天，他一改前段时间的慵懒，天不亮就早早醒来，急不可待地要去主持早朝。

今天廷议的内容就是"车同轨、书同文"之事。

阶下群臣望见始皇帝有不错的心情，也是异常兴奋，情绪昂扬，看来今天进行廷议恰逢其时，费时也不会太长，还一定会有一个好结果。在始皇帝示意下，中车府令赵高那不男不女、尖柔相济的声音响起来，拉开了今天廷议的序幕。

赵高唱道："承天旨意始皇帝圣宣，诏丞相王绾着百官廷议我朝诸车同轨事宜。"他讲的诸车包括原六国的车和秦国的各种车辆。

左丞相王绾跨出班列，先面对始皇帝叩首："臣领旨。"然后转身面对群臣道，"恭请各卿发表高议，充分讨论我大秦帝国诸车同轨的利弊得失，凡予廷议者须畅所欲言，言无不尽。"说完避让在一侧，聆听各位发言，掌握廷议进程。

对于廷议的第一个内容，他没做过多解释，看来此事事前已有通气。

将军王贲首先出班，向前跨一步面对始皇帝举臂拱手并掌道："黄帝时期奚仲造车以来，车便成为陆上运输、载人送物的主要交通工具，让人从肩挑背磨中解脱出来，节省了劳力，方便了出行，降低了成本，大大提高了工作效率。今我大秦疆域广大，原六国大道不少却又车轨不一，走行不便，实不能受，臣赞同将车辙改造，实现车同轨，提升效率。"说完退回班列之中。他开了个好头，从宏观上讲了统一车辙的意义，实现车同轨的重要性。

将军蒙武："王将军讲得在理，自从战国群雄蜂起，礼崩乐坏，各国各自为政，掠夺土地、人口、财富，让这种有轮子，凭借轮轴旋转的机械装置与战争相连,充当了战神杀人掠货的帮凶,车成为争战各方的重要工具,各国大力使用战车,两轮间的距离却大相径庭,虽避免了别国的直接入侵,也给国与国交往带来诸多不便。今我大秦一统江山迫切需要统一车轨,臣建议此次改造六国道路,应放眼未来,加大投入,建成驰道。"说完退回班列之中。他从战争的实用性和国家建设的长远利益上议论了车同轨的必要性。

左丞相王绾道:"原六国中许多地方山高壑深,比如巴楚之地,乃秦巴山脉、武陵山脉、大娄山脉交错而生,绵延不断,如何修筑驰道?"

王贲道:"如若盘山而筑或绕水而搭,便不难修得。"王贲毕竟在南方征战多年,熟悉地形地貌。

古时的道路都是在原始土地上拔去草根,劈开顽石夯牢就修建而成了便道土路,车轮直接在上面反复碾压之后,会形成稍大于车轮宽度的两条"沟"状车辙,成为恒久的车道,修桥筑路相对简单,不像今天修高速路,逢山开路,遇水搭桥,需要动用大型机械。马车长年累月在固定的车道上行驶会使道沟越来越深,人们就不停地填放平整的石条,车轮放在硬石条铺成的车道上,能够显著减小摩擦阻力,减少畜力消耗,降低车轴磨损,还能保持平稳,保证安全,如同现代车辆走在柏油马路上一样。

那时为啥道路要有沟状轨道呢?如果把全国所有路面都铺上石板当然最好,但造价太高国力不支。另一方面,谁的车都能在上面行驶,就无所谓国家安全了,如果只有几条沟状道路,不但节省成本,如遇刮风下雨道路泥泞,没轨的路不好驾车,从客观上阻止了战争的速度。

古代车轮不像现在车轮有胎,较宽,外胎裹有胶皮,里胎有内囊,囊中充气,降低缓冲和减震。古代哪有这样的条件?车轮是硬质的,一般百姓用木质,贵族或官员的车轮在木质外面包一层铜皮或铁皮,算是"豪华"了。为减少摩擦阻力,就尽量把车轮做得很窄,车行驶在交通要道上肯定会留下深深的"轨"。相同轮距的车能在同一条深"轨"中快速行驶,不同轮距的车,不能进入同一条"轨",如果强行进入,半边轮子掉进深轨,就无法行驶,这是很麻烦的事情。许多国家为了安全,故意把自己的轮距与别人的搞得不一样。同时还设置了许多"窄门"的关口,阻止不用车轨的战、商车辆。

上卿姚贾出班拱手道:"我皇神威,一统四方,破除列国边界。现我大秦地广人多，来年四方来朝来贡，运送粮物特产，或天有不测，我皇赈灾舍粮，需要大量运输。如若各国车辙宽之乃宽，窄之乃窄，中央与地方互为运输，皆需途中换乘车辆，劳神费力，十分不便，臣奏请皇上统一车辙。"说完退回班列之内。他从行政管理和国家的长治久安的角度议论了车同轨的意义。

左丞相王绾马上问道："卿以为多宽为宜？"

姚贾道："臣以为应修筑驰道（整个道路的总宽）50步，主车轨道宽6尺（秦时每尺23.1厘米）为宜。'五'字谐音为'我'，取唯我皇独尊，统一车轨，又建盖世奇功。'六'为六六大顺，流芳百世，取天长地久之意。"

群臣一听，好家伙，真够宽的，至少双向十车道，你姚贾真是想得出来，慷国家之慨，一点都不珍惜土地森林。那时的人有这样的远见卓识，真是不易。但也有人便在心里嘀咕，这件事情有点悬。

始皇帝嘴角挂上了一丝微笑，他倒不担心工程的难度。原以为战乱初停，各方待整，需要人力物力投资的地方很多，现又要大兴土木，劳民伤财，群臣是否愿意开辟新的工地，此项廷议能否得以通过？现在看来，大家对车同轨一事都有迫切要求，到此还没有听到不同意见，一致赞成把各国的轮距统一到秦国的已有轮距上来。他心里高兴哩，他没有想到现在办事这么方便。回想自己当秦王的时候，吕不韦作相邦，大凡自己提出的要办的事，十有八九都被否掉，让他很不舒服，现在多好，一呼百应，高度统一。他在心里掂量着，这当皇帝与当王还真是不一样哈。他抬头看了看阶下，发现李斯、顿弱这两个"高手"尚未发言，他的心不免又提到了嗓子眼。

原本，周朝形成统一国家时候，曾经建立了一整套行之有效的机制和规章制度，文字、车轨距、道德规范都有统一的标准。这套制度施行了数百年，已经成为国家的大政方针和人民相对固定的风俗习尚，并为中原各诸侯国家普遍尊崇膜拜和施行。后来，经过春秋、战国的分裂和混战，天下大乱，各自为政。各国在自己的土地区域内依照自己的国情独立发展，或多或少地偏离了周朝订立的各种盟约和各项制度，一时"礼崩乐坏"，战争频仍，生灵涂炭，民不聊生。

现在天下统一，社稷需要大治，人心渴望安定，社会需要去除浮躁，维护和谐，静心养国，大搞建设。但凡事都要讲个轻重缓急，讲个有先有后，先近后远,先易后难,渐次发展,有序推进。然而,始皇帝等不得了,也等不起了,必须加大发展力度,必须征集民工,大兴土木。

左丞相王绾真会来事,他看此议程的讨论已经符合始皇帝的心意,便及时刹车,马上转向始皇帝问道:"启禀我皇,臣等建议修建驰道,统一轮距,使诸车同轨。驰道宽50步,主轨宽6尺,是否妥当?"

李斯、顿弱终究没有提出异议。

始皇帝虽然内心觉得机不可失,心急火燎地等到了他需要的结果,但他要保持皇帝的威严和矜持,冷静坦然地轻言道:"准奏!此项工程由上将军蒙武办理。"

中车府令赵高离始皇帝最近,早已看穿始皇帝心事,急不可耐地面对群臣大声宣唱:"承天旨意始皇帝圣宣,'准奏!此项工程由上将军蒙武办理。'"

将军蒙武再度跨出班列仆身叩首道:"臣蒙武领旨。"

当时国力并不丰厚,百废待举,在这样的条件下,始皇帝还要修筑这么宽的"国道",这多少有些出乎群臣的意料。

大家都知道始皇帝的脾气,一旦宣旨就皇命难收,一个个也别无他意,仆身下地叩首道:"始皇帝万年!万年!万万年!"

他日,蒙武将军遵从始皇帝旨令,带领数十万士兵,拆除了原先七国的那些关塞、堡垒,修建驰道,统一轮距。

从秦始皇二年起,秦朝首先修建了以咸阳为中心的两条驰道:一条向东延伸,接通过去的燕国、齐国地区直指大海边;一条向南延伸直达美妇清的家乡巴、楚地区,直抵"交趾国"今越南的边界。

几年以后,驰道拓展为六条,形成了以咸阳为中心的四通八达的快速交通网络。如东方大道,从咸阳出函谷关,沿黄河岸边经山东定陶、临淄到成山角;西北大道,从咸阳到甘肃临洮地区;秦楚大道,从咸阳经过陕西武关、河南南阳到达湖北江陵地区;川陕大道,从咸阳到达巴蜀等地。此外还有江南新道,南通蜀广、西南直达广西桂林;北方大道,从今天的包头,沿长城东行到达河北碣石地区等等。

1974年,在内蒙古伊克昭盟发现了长约100米的直道遗址,路面残宽约22米,断面明显可见,现存路面高为1~1.5米,用红砂岩土填筑。从直道遗址可以看到南北四个豁口遥遥相对,连成一线。这同《史记·蒙恬传》中"堑山堙谷,通直道"的记载完全吻合。由此可见驰道工程的庞大和艰巨。

此外,秦朝还在今天的云南、贵州地区修筑了"五尺道",在今天的湖南、江西、广东、广西之间修筑了攀越五岭的新道。通过拆除壁垒、平整关口,修建驰道,形成了从咸阳出发,不消十日便可抵达秦国的任何一个郡地,把全国各地联系在一起,使我国今日长城以南、以西的地区,除青海、新疆之外,都包括在这个庞大的交通网络之内,这可谓是秦始皇的远见卓识。

统一轨距是非常有战略意义的,它既有利于军事也有利于民间运输,便利了交通往来,有力地促进了经济的交流和社会的发展。

史书上说,在公元前212至公元前210年,秦始皇为了加强北方,防御匈奴入侵,命令蒙恬又监修了一条秦直道,这是一条重要的军事要道。这条秦直道南起京都咸阳军事要地云阳林光宫(今陕西省淳化县梁武帝村),北至九原郡(今内蒙古包头市西南孟家湾村),穿越14个县,700多公里。路面最宽处约60米,一般亦有20米。

也有可能驰道并没有《汉书》中说那么宽,应该窄于直道,根据"高速双轨理论"估计,驰道一般在14~18米。驰道朝外的路基夯得非常结实,其内铺以像金属一样坚硬的碎石,是国家的专用车道,道路两边每隔三丈栽一棵青松,用明显的标志把它标识出来,远远都能看见。道两旁用金属夯筑厚实,路中间为专供皇帝出巡车行的部分,在那个年代,大臣、百姓甚至皇亲国戚都没有权利走中间,一般人更不允许行走中间,只能溜边而行。

几年前,在河南南阳地区的大山里,考古专家惊奇地发现了一条古代的"轨路"。经科学测定,这种"轨路"是2200多年前秦朝秦始皇时期建造的。"轨路"的原理和现代铁路没啥区别。南阳发现的轨路还是复线,不过当时没有蒸汽机,恐怕不能用机车牵引,而是用马拉动。

现代铁路轧制的是钢轨,秦始皇的"轨路"是用木材铺设而成的。做"轨"的木材质地坚硬,是"青杠"之类的杂木并经过固化防腐处理,至今基本完好,损坏不大。枕木已经朽烂不堪,损坏严重,说明没有经过特殊的固化防腐处理,枕木的材质不如"轨"道的材质坚硬,尽管历经两千多年日晒夜露、风霜雪雨,已经"粉"了,但还是可以看出个大致模样来。

秦时"轨路"的路基夯筑得非常结实,是用糯米浆混黏土灌填片石缝隙,枕木铺设在路基上。专家们认为枕木的材质为软质,就是一般的"松""杉"等大众木材,因为硬质木材生长周期长,软质木材生长周期短。"轨路"以软质木材做枕木,不仅可以减少工程大量采伐优质硬性木材,节省原材料,还可减少运途,节省成本。当时我国广袤的土地上植被茂密,到处都是密布的森林,尤其软质林木成熟良好,品种繁多,为修建"轨路"提供了丰厚的物质条件。"轨路"如有损缺,随时随地就地取材便可及时修复,这是秦朝"轨路"网络生存的物质条件。

专家们认为刚柔相济的"轨路"设计,是有意而为之的明智的选择。因为比较软的枕木可以和夯筑得非常坚硬的路基密切结合,有减震作用,使轨路平稳,车子在上面可以快速稳定地行驶。

秦朝的轨路设计,还有一件让后人惊叹之处。大凡在我国现代铁路中间枕木上行走过的人都有这样的体会:两根枕木间的距离非常欺负人的步子。一次跨一根显得步子太小,跨两根又太大,在枕木上走路既慢又不习惯。经专家测定后惊奇地发现,秦时的"轨路",很好地解决了这个问题,枕木之间的距离竟然正好适合马的步子,并对马有激扬作用。马匹一旦拉车进入"轨路",就会不由自主地不用扬鞭自奋蹄,自我激励奔跑,不由自主地发生"自激振荡",似乎不使劲奔跑就对不住主人,几乎没法停顿下来。这样就可以达到很快的速度。由于使用轨道,摩擦力大大减小,马也可以一次拉很多货物,是一种效率极高的方法。

始皇帝还首创驿站制度,并修驿道。"修驿道,设郡县"。驿站是古代供传递官府文书和军事情报的人或来往官员途中食宿、换马的场所。专家们研究后认为:专门的车站,车站上枕木与枕木之间的空当被泥土填充平整,马车到了车站受到阻挡自然减速,便可在人的驾驭中平稳停下。

作为动力的马在驿站可吃料饮水,得到休息。一旦需要继续赶路时,套上车又可马不停蹄,飞驰而行。如果需要连续前进,可以歇马不歇车,到了下一车站,换上一匹吃饱喝好、休息好的马儿,就可再次飞驰前进。这样就可以缩短时间。专家们公认的"轨路"速度,一天一夜至少应该达到六百公里至七百公里,比八百里加急还高一倍多。所以,秦始皇摒弃了周朝的分封制,照样能有效地管理庞大的秦帝国,并且经常动辄就是几十万人的大规模行动,还能整齐出动快速反应。

始皇帝制定车同轨,使全国各地的道路在几年之内被修筑成宽度一致的硬地车道,不仅减少了商品和旅客运输过程的成本,而且有利于帝国军队带着物资快速机动到全国任何郡县平暴平乱,促进了原七国在实质上的融合和统一,对于中华文明的形成和发展产生了无可比拟的影响。

这项廷议已告段落,下面又是新内容。

赵高的声音再次响起:"承天旨意始皇帝圣宣,诏丞相王绾着百官廷议我朝如何统一文字事宜。"

左丞相王绾跨出班列,先面对始皇帝叩首:"臣王绾领旨。"转身面对群臣道,"恭请各卿发表高议,充分讨论我大秦帝国诸文同一的利弊得失。"

始皇帝又说了点什么。

赵高大声宣唱:"承天旨意始皇帝圣宣,诏丞相王绾带头廷议文字革弊。"

王绾道:"臣王绾领旨。"然后第一个发言,"文字乃我人类用来交流的书面符号系统,是记录思想和事件的书写形式,历经数千年,其重要性不言而喻。有了文字,既可继承我先祖的优秀传统,也可书写我朝的辉煌未来,意义重大深远。望我在朝百官知无不言,言无不尽,充分廷议。"

这是一个非常渊博的命题,他似觉意犹未尽,又作了一番启迪式补充发言:"文字,以书面语言的'看得见'形式在语言表述中展现,先祖把独体字叫'文',把合体字叫'字',我朝把文与字联合起来叫做'文字',目前'文字'花样百出,辨认困难,如何删繁就简,定笔定画的下步发展,确需我等认真讨论。"说完他退到一旁。

右丞相李斯跨出班列,他因前段的出谋划策受到始皇帝的欣赏,在最近得到了提拔,由廷尉提成了丞相。李斯奏道:"文字的确具有独特魅力,口语通过声音说出来,让大家明白其意,但声音不能直接传布到更远的地方,覆盖范围窄小,有极大局限。要明确表达我皇的圣意,让更多的人遵从圣意还得借助文字,倘若把圣意用字标写出来,不管传递多远,只要识字的人,都会理解我皇圣意,可见文字是何等重要。"

他继续道:"人类有了语言,可以把有用的知识积累起来,传递出去,供大家尊崇,形成文化。有了文字,就可以记录语言、交流信息。先祖在长期的进化中只用口语,口口相传变异很大,容易走样,所以出现了文字。文字用简单的视觉图案再现口语的声音,使声音更加清晰、明了、减少误差,可以反复辨读。但用文字承载口语形成书面用语的历史不长,同一文字种类繁多,写法不一,比较零星碎乱。但是文字都有自己严密的体系,不可简单地望文生义,革弊时尤需慎重,否则将动一毫发而牵引全身,造成新的混乱。"

李斯很会说话,他肯定了文字改革的正确性和可能性,坚定了始皇帝对文字改革的信心,让始皇帝心里非常舒服。同时,他以思辨的思维指出,文字改革要遵循规律,不可盲目行事,提醒大家改革要稳慎,切不可盲目莽撞。李斯的聪明、审慎、"不越矩",是始皇帝最为欣赏的。

上卿姚贾跨出班列奏道:"从结绳记事、八卦演字、河图洛书、仓颉造字,到图画说字,文字历经万年。文字的发生发展原本就是一锅煮的大杂烩,没有来龙,只有去脉。到我朝,文字已是纷繁众多,花样不断,不利阅读,臣赞同对文字革弊。"

姚贾所奏结绳记事,说的是原始部落的上古时代,人类祖先在文字发明之前,以系绳结记录事件的典故。那时人们为了加强记忆,得到提醒,他们把战争、猎获、会盟、选举、庆典、联姻、生育、疾病和灾害等大大小小事件用系绳结的方式记录下来。所谓"大事打大结、小事打小结,诸事打多结,相连的事打连环结"。人类先祖用草绳做结帮助记忆事情的前后、大小、多少。后来由于简单社会变为复杂社会,人与人之间交际或发生的事情多了,结绳占用了许多房屋,又不易分辨,就采用刻契记事的方法,用尖锐的石、骨在树皮、骨头、泥板、石块上刻道道或其他符号,帮助记忆。结绳记事或刻契记事为文字的诞生奠定了一定的社会条件,但它们还不是文字。随着历史发展,文明渐进,事情越来越繁杂,名物越来越众多,用系绳结和刻木的方式加起来,也远远不能适应需要,这才有了创造文字的迫切要求。

姚贾所奏八卦演字,说的是古代有个叫庖牺氏的部落首领,演绎八卦创造书契，取代结绳记事，从此有了部分文字。在西汉时期编著的《易纬·乾·凿度》认为：乾卦，是"天"字的古文；坤卦，是"地"字的古文；离卦，是"火"字的古文；坎卦，是"水"字的古文；巽卦，是"风"字的古文；震卦，是"雷"字的古文；艮卦，是"山"字的古文；兑卦，是"泽"字的古文。由此，易经中的64卦，就是最早的64个文字的起源。

姚贾所奏河图洛书，是指"河出图，洛出书，圣人则之"。相传，在上古伏羲氏作部落首领的那个时代，洛阳东北孟津县境内的黄河内浮出一只龙马，背着"河图"献给伏羲。伏羲以此而演算成八卦，这就是《周易》的来源。又传，大禹时代，洛阳西洛宁县洛河中浮出一只千年神龟，驮着"洛书"献给大禹。大禹熟读"洛书"，并按"洛书"指导的方法治水成功，然后把天下分划为九州，依照九州制定九章大法，治理人类社会获得了显著效果。

姚贾所奏仓颉造字，是指古代有个叫仓颉的人，曾经把流传于民间交际的契刻符号，就是早期的文字雏形加以搜集整理、推广使用，在汉字创造过程中起到了重要作用。仓颉是黄帝的史官，黄帝是古代中原部落联盟的领袖，在他统治下社会进入了较大规模的部落结盟阶段。联盟间的频繁交往，内政外交方面的事务不断增多，已有的数十个交际契刻符号根本不能满足需要，就出现了仓颉造字。黄帝时期是上古一个社会昌明荣盛的时代，也是创造发明的黄金时代。这一时期不仅发明了养蚕、舟、车、弓弩、镜子，还发明了煮饭的锅和甑子等，在这些创造发明的影响下，仓颉创造出了更多的交际符号。

仓颉造字不是无中生有，而是受到自然万物的影响，触景生情而为之。有一年，仓颉到南方巡狩，登上阳虚山俯瞰玄扈洛汭之水，忽见水面浮出一只大乌龟，龟背上呈显出许多青色花纹。仓颉觉得稀奇，就把神龟打捞上岸细细研究，看来看去，发现龟背的花纹竟是无规律排列的，每一个花纹都能表达出相通的意义。他想，如果定下一个规则，那些不同的花纹岂不能让人人都可用来传达心意，记载事情么？受此启发，仓颉打开了思路。他用心观察，看出了天上星宿的分布情况，地上山川脉络的样子，鸟兽虫鱼的痕迹，草木器具的形状，通过日思夜想，考察沉淀之后描摹绘写，造出种种不同的符号，并且定下每个符号所代表的意义。他按照自己的心意用符号拼凑成几段图画,刻在白桦树皮上,抹以黑土显影,拿给人看,别人看到了桦树皮上花鸟鱼虫,兽山河木的轮廓,再经他解说,倒也明白好记。仓颉就把这种显影符号叫作"字"。

姚贾所奏图画说字,是指汉字起源于原始社会人类在岩石上凿刻的各种图画。从现代一些出土文物上刻画的图形来看,很可能与文字有着渊源关系。

比如,陕西华县泉护村遗址出土的公元前4000年左右新石器时代仰韶文化的彩陶盆上有四个鸟形图案,与古汉字中的"鸟"和"隹"进行对照,十分相似。西安半坡遗址出土的仰韶文化彩陶盆上,和晚商青铜器上的"鱼"形图案形态逼真,栩栩如生。拿它们与古汉字中的"鱼"进行比较,其相似程度十分相近,上述这些图案足以使人确信汉字是从原始图画中演变出来的。

从姚贾所奏的内容我们知道了文字的起源有多种多样的说法,到底哪一种是真正的起源,各执己见,莫衷一是。所以规范文字的使命,历史地落在了秦朝大臣的肩上。

上卿顿弱终于耐不住寂寞要发言了,他跨出班列奏道:"文字的演变经历了漫长历程,从岩凿石刻图画、甲骨文、金文到篆书,经夏商周春秋战国上千年,数十国演绎,十分杂乱。我朝始皇帝扫平最后六国一统华夏奇功盖世,但六国地域差异极大,六国文字地域色彩重、背景复杂,言语异声,文字异形,一样的文字,也有几种写法。兵器、陶文、帛书、简书等民间文字,更是存在区域中的重大差别,这种状况严重妨碍了各地经济、文化的交流,也影响了中央政府政策法令的有效推行。文字亟待整理统一,改革除弊势在必行。臣以为,列国的文字必须回归到我大秦帝国的主流文字上来,文字的改革应以我大秦文字为基础。"

甲骨文是现存我国最古老的一种成熟文字。甲骨文又称契文、龟甲文或龟甲兽骨文。现今绝大部分甲骨文发现于殷墟。殷墟是殷商时代遗址,在河南省安阳市西北小屯村、花园庄、侯家庄等地,那些甲骨文基本上是商王朝统治者的占卜纪录。商代统治者非常迷信,例如十天之内会不会有灾祸,天会不会下雨,农作物是不是有好收成,打仗能不能胜,应该对哪些鬼神进行哪些祭祀,以至于生育、疾病、做梦等等事情发生后都要进行占卜,以了解鬼神的意志和事情的吉凶。占卜所用的材料主要是乌龟的腹甲、背甲和牛的肩胛骨。通常先在准备用来占卜的甲骨背面挖出或钻出一些小坑。占卜时在这些小坑上加热使甲骨表面产生叫"兆"的裂痕。

甲骨文里占卜的"卜"字,就像兆的样子。占卜人根据卜兆的各种形状判断吉凶。从殷商的甲骨文看,当时的汉字已经发展成为比较完整的文字体系了。在已发现的殷墟甲骨文里,出现的单字数量达4000个左右。其中既有大量指事字、象形字、会意字,也有很多形声字。这些文字和我们现在使用的文字,在外形上有巨大的差别。但是从构字方法来看,二者基本上是一致的。

金文是指铸刻在殷周青铜器上的文字,也叫钟鼎文。商周是青铜器的时代,青铜礼器以鼎为代表,乐器以钟为代表,"钟鼎"是青铜器的代名词。所以,钟鼎文或金文就是指铸或刻在青铜器上的铭文。青铜是铜和锡的合金,中国在夏代进入青铜时代,铜的冶炼和铜器制造十分发达。因为周以前把铜叫金,所以铜器上的铭文就叫做"金文"或"吉金文字"。金文应用的年代,上自商代早期,下至秦灭六国,约1200多年。

"大篆相传为夏朝伯益所创,是西周时期普遍采用的字体。以周宣王时期的太史籀所书而得名。籀在原有文字的基础上进行了改革,因刻于石鼓之上而流传至今,是最早的刻石文字,为石刻之祖。西周后期,汉字发展演变为大篆,发展结果产生了两个特点:一是线条化,使早期文字笔画的粗细不匀变得线条均匀柔和,它们随实物画出的线条十分简练生动;二是规范化,字形结构趋向整齐,逐渐离开了图画的原形,奠定了方块字的基础。广义的大篆包括甲骨文、金文和六国文字,笔画复杂,刻写麻烦,表达范围有限,已不能完全适应我朝文字表达的需要。臣以为,无论什么文字,都是为了记录口语的声音和意义,要便于交际流传,所以应尽力扩大文字表达的范围,尽量减少刻写笔画。臣以为,书同文的改革,要使文字集形象、声音和辞义三者于一体。臣建议,我朝文字革弊应在这些基本框架下进行,删繁就简,不宜做大刀阔斧推倒重建,而宜补充完善,查漏补缺,循序渐进,逐步推广,否则会引起混乱。"赵高的确不是花拳绣腿凑热闹,而是对文字有深入的研究并且达到一定造诣,几句话就道明了秦朝文字改革的目标和任务,看来这个人果然不可小看。

此时始皇帝发话了,显得中气不是十分充足,声音也比较小,看来长时间廷议的确伤神。好在廷议的效果让他欣慰,达到了他预期的企望。

赵高这个传声筒有使不完的充沛精力,始皇帝话音一落,赵高立即高声宣唱:"承天旨意始皇帝圣宣,各位爱卿发言极是,寡人一概允准。诏右丞相李斯、中车府令赵高、太史令胡毋敬主持文字整理,以原秦国文字为指导,以大篆为基础多修边幅,少动结构,制定出简便易刻的文字,这种文字定名为大秦'小篆',作为标准字体,通令全国普遍使用。"

李斯、胡毋敬跨出班列仆地叩首,赵高就近仆地叩首,三人齐唱:"谢始皇帝隆恩,臣李斯、赵高、胡毋敬领旨!"

始皇帝起身道:"退朝。"

群臣惯性使然仆地高唱:"我皇万年!万年!万万年!"

李斯等人不孚重望,在不是太长的时间内,就制定出小篆体文字,也称为"秦篆"体,迅速通行于全国。这种文字以周宣王太史籀大篆字体为基础,删繁就简,衍变而成,自此秦朝实现了"书同文"。

小篆体文字,形体偏长,匀圆齐整。李斯所作《仓颉篇》,赵高所作《爱历篇》,胡毋敬所作《博学篇》和现今存留下来的《琅琊台刻石》《泰山刻石》残石,都是小篆文体的代表作。小篆体文字一直在中国流行到西汉末年,才逐渐被隶书取代。由于其字体优美,始终被书法家青睐。又因为其笔画形式奇古,而且可以随意添加曲折,在印章刻制,尤其是需要防伪的官方印章上,一直被广为采用。

十

自从挫败了那场借接货为名企图发动的内乱后,美妇清的事情更多了。表面看她似乎没有去牵连更多的人,一心闷在水银的提炼上,心无旁骛。实际上她越这样,越让人捉摸不透,谁知道她的内心是不是一点都不记恨哩?那些大管事越来越谨小慎微,精心行事,大事小事都要来请示报告。

杜辛看着每天抬上楼的竹简就头晕,美妇清却要认真地一一阅看,还要根据那些竹简提供的情况做出重要决定,再命人刻在竹简上抬下楼,让各方去办理。

美妇清似乎自己也在提炼水银,在这栋楼的底层,有一间工房,经常有人锁在里面鼓捣着什么东西。有一次杜辛亲眼看到有人将一个盒子送到楼上去,忍不住问美妇清那是准备干什么。

"当然是做金疮药了,这是最近的发明。丹砂这种东西不能吃,不能喝,过去只知道是炼丹的原料和做颜料用于建造房屋和化妆。现在知道丹砂不但可以提炼水银,还可以做出上好的金疮药,受伤溃烂,一涂就好,可灵了。这给我们卖丹砂的人更大的赚头,可养活你们更多的人。"美妇清倒是很坦率,神清气爽地讲了这么一大堆话。

杜辛知道丹砂可治疗创伤溃烂、脓包炎症,他在丹穴时有人受了伤,抓一把丹砂在两块石头中间磨细,把粉末敷上伤口,即刻就能改善鲜血长流的状况,效果很不错,只消几天工夫,就会好得没有疤印儿。他不知道金疮药居然在美妇清的生意中占有这么重要的地位,不但可以用它来减轻军队伤兵的死亡率,而且还可挣钱养家。

"前些时候听说秦国的军队伤兵用的那种特效药就是我们的金疮药吧?"杜辛有点明白了,当初有人说始皇帝知道巫清是十巫余孽,仍以礼相待,这其实是始皇帝的策略。

看来,始皇帝摄住了巫清这个人的心。女人就是这样,一旦她对你产生了感情,就会对你死心塌地。巫清也是这样,不一定在意"美妇清"的封号,"领巴郡农商事"的职责,她在乎与始皇帝之间的那份情。始皇帝并没有让她研发金疮药,她却自觉自愿地研制了,下一步她还要为始皇帝精炼出不死药呢。能想着为始皇帝延长生命的人,这能算是一般意义上的死心塌地么?

杜辛当时就觉得不对头,长生不死这种事情,只是听说,有谁见过,有谁真的就凭空能够精炼出药物来保持生命的不息?许多人是嘴上信了,心底里其实是不信的,看来长生不死药不是谁都想得到的。

炼制不死药是要占用很多资源的,现在天下刚定,如果把那些资源全部拿去炼丹,而不用于休整武备,说不定丹药没炼成,刚刚形成的一统大业又会名存实亡,继而会战争重开,全国混乱。

始皇帝喜欢美妇清的原因很多,有一个原因是不容忽视的。杜辛现在知道了,那就是美妇清主动为大秦帝国研制金疮药。现在六国的余孽经常发动复辟的战争,摩擦更是从来没有断过。打仗就会有伤亡,当场死去也就罢了,还有很多人其实是在负伤后伤口感染累及脏器死去的,这是战争减员的间接因素,也是最不划算的因素。

虽然每支秦国的队伍都设有方士、巫医,但用药很重要。不同的配方,会产生不同的效果。有些药只能暂时缓解一些症状,有些药是真能救人命的。秦兵善战,勇敢,作战时不顾一切,每次打仗如果对伤者不进行救治就会死上一大批,一方面不人性,今后没人愿意当兵,同时大量的伤亡对兵源来讲,生得赢,长不赢,很快就会无人可用。显然,美妇清造出的金疮药效果极佳,能够挽救大批秦兵的生命,为大秦国保住了一批已有的士兵。这简直就是为国家增加了一支军队,任何一个有雄心的君王,都不得不考虑这样的事情,他始皇帝能例外么。

新兵上过战场,就算老兵了。特别是受过伤的士兵,伤愈后回到部队,那可是部队的宝贵财富,打仗有经验,防御有措施,就是新兵天然的教练,他们的一招一式就是新兵的榜样,既能很好地保护自己,还能有效地消灭敌人。

美妇清

　　杜辛相信,美妇清肯定把金疮药的配方记得滚瓜烂熟,甚至自己都可以配制出来,别人是拿不去的,始皇帝对她是非常放心的。秦国需要大量的金疮药,所以,始皇帝就把天下制造金疮药的重要原料丹砂基地都赐给了美妇清,让她统筹,这更说明美妇清在始皇帝心中无与伦比的崇高地位。

　　杜辛怀疑这次挫败大管事的阴谋,会不会是得到了始皇帝的暗中支持。

　　杜辛的猜测一点没错,始皇帝曾经许诺,如果发生不测,小坞堡兵力不够,美妇清可以动用当地守军。

　　这次就是这样,美妇清发现大管事们的阴谋后,给巴郡郡守送去了一封加急的鸡毛信,郡守不敢怠慢,立即派出军队,兵分两路,一路驰援提炼水银所需添加剂的车队护卫队,一路支援小坞堡守卫队。否则,哪有这么容易就战胜大管事们,那些押车的军士哪有那么听话,束手以待规规矩矩。后来,郡守派出的军队看见美妇清那边获胜已成定局,就及时撤回了,撤得不显山露水,就连杜辛们都没有知晓。

　　这件事却没有瞒过那些大管事,他们发现了问题的严重性,不得不马上收手规矩老实下来,承认了失败。内心仍然十分恐惧,美妇清越是不过问这件事,他们就越是诚惶诚恐,心里没底,不知道什么时候在什么地点被人收拾。

　　这也是美妇清的精明强干之处,我不跟你来硬的,我让你自己去想,让你自己去吓自己,玩这种阴软招比玩硬显招还强数倍。

　　当然杜辛们也有不明就里的认识,他们并不知道顶层是怎么设计的,他们并不知道实际情况,也没有留心过程中的一些细节,在他们眼里还以为大管事们的阴谋是得到了更上层人物的某种承诺,才动手的,否则他们哪来那么大的胆子。当初大管事们的党羽几乎被一网打尽,偏偏大管事们没有得到追究。他们甚至认为是美妇清不敢追究,还担心不是除恶务尽,没准今后还会闹出什么麻烦来。

　　其实,美妇清没有深入追究那些人是有原因的,张良等还没有抓获,那些六国的余孽还在四处串联,贸然追究大管事们的责任会打草惊蛇或物极必反惹出更大娄子,毕竟大管事们只是地下活动,还没有与美妇清大张旗鼓地公开对立,进攻小坞堡的事大管事们把它安在了土匪的名头上,他们当时也是贼喊捉贼,混淆视听搅浑一塘水。

所以,美妇清这个时候宣布要再去咸阳,杜辛吃了一惊:难道不怕后方未稳,让人乘了空子?

所有的人都显得很轻松的样子,即使是刚刚经历了大管事的叛乱,也没有人担心去了咸阳,后方会不会有什么乱子,但护卫队的人与那些所谓的"所有的人"却判若异类,他们思想中的弦一直绷得紧紧的,不敢丝毫放松。

这是对的,也许大可不必,但小心能成天下事。始皇帝不愧为始皇帝,他让巴郡郡守协助美妇清平息了大管事们的内乱,他给巴郡郡守下达了死命令:密切注视坞堡的动向,大管事们一有风吹草动,坚决镇压,绝不手软。

此后,巴郡郡守的大秦军队,对坞堡加强了明里暗里的巡逻、戒备,这件事,大管事们是知道的,至少在眼下,他们是不敢拿鸡蛋往石头上碰。

杜辛忍不住去问赵离,他虽然现在的地位比赵离高,但他觉得在这些护卫中还是和赵离谈得来。赵离淡定地说:"主家经常去咸阳啊,咸阳城大大小小的官吏对我们都很客气,当然我们也不是住在咸阳城里,城外有主家的庄园、坞堡。"

杜辛以为马上就要出发,美妇清做事从来不会拖拖拉拉。但是过了好一段时间却并没出发的信息,坞堡却隔三差五赶到一拨军队,每一拨军队都押来十多车武陵山的稻米或大巴山区出产的小麦还有畜牧的板皮,这倒使杜辛觉得莫名其妙,不知这些装备是来干什么的,拉来这么多的稻米、小麦和畜牧板皮又不下车,让坞堡都放不下了。

杜辛忽略了一个问题,上次与巫清去咸阳的时候是秦国大将军王贲护卫,兵力不少,还发生了那么多的不愉快,这一次没有了大将军的人,美妇清她不得不调集她自己所有的护卫队,稻米、小麦和畜牧板皮是美妇清拉到咸阳送给始皇帝的礼物。

美妇清的护卫并不全部集中在坞堡,家大业大,各处丹穴都需要守卫,在城里的产业也要人保护,所以散得很开。单算人数的话,坞堡的守卫其实很少。正是如此,当初大管事们叛乱时,美妇清不敢调动其他地方的护卫。一是时间急迫,远水救不了近火;二是从各地调人回援动静太大,容易走漏风声,一旦被大管事们发现,整个剿灭计划必然流产;三是美妇清也码不实

美妇清

在各地的守卫中哪些人已被大管事们收买，背叛了她，如果贸然回调，那不是成事不足败事有余么？后来，经过她派人明察暗访周密细致调查，果然不出所料，在各地的护卫中已有一些人变成"红皮黑心"了，各地给她上报了一个名单，那个名单标明了在那场生死攸关的平叛中，每一个护卫的实际表现。

眼下，大管事们的势力被完全削弱，时机已经成熟，是清理门户的时候了，美妇清也有能力腾出手来清理门户了。

杜辛看着一队队护卫开到坞堡下面，季叔指挥着奴仆腾出一些居民房子给外地来的护卫住，这还不够，还有人在搭帐篷。没过几天，杜辛发现围墙下灰扑扑的帐篷，像雨后春笋般又长出好大一片。

每到一批护卫，都会被带进坞堡，然后从高楼上传下命令，如何安排食宿及杀或者赏。杜辛知道这是要清除大管事们的影响，斩断他们在各地的爪牙。他的任务不是传递命令，也不是负责动手，而是严格地保护好美妇清的安全，防止有人狗急跳墙，或钻空子行刺。他冷眼看着有人被解除武装，在赵离卫队的押解下匆匆下楼，然后传来惨叫、求饶、挣扎的呼喊，或者下楼后什么声音都没有。

美妇清这种赏罚分明的做法是皆大欢喜的，那些不声不响得到奖赏的人，就是下了楼也不高声喧哗，内心却有止不住的激动："苍天有眼，主家英明"，回到营地就到处买酒庆贺。

这种事情近卫们都睁一只眼闭一只眼，多一事不如少一事，谁也不愿意主动去多事。有些自作聪明的外地护卫试图贿赂坞堡守卫，通常整几坛酒，包点下酒的"货"给巡逻的那些守卫分着吃喝，以图得些信息。

巡逻的守卫也不吃独食，往往会送些给近卫，打探更确切的信息。吃人嘴软，用人家的手短，受人"好处"替人消灾嘛。杜辛不喜欢喝酒，他把自己那份存起来，从小罐子倒腾到大罐子，然后卖给其他护卫。

美妇清终于决定出发的时候，杜辛还有点舍不得呢，他这段时间也算小赚了一笔，存了大大的一坛子酒。当杜辛看到周围随行人员的时候，不觉吃惊得有些眩晕。

这次出行，光护卫就有一千多人，还有奴仆、侍女、车夫等等，加起来差不多三四千人了,马车、牛车数以千计。这些都是美妇清对始皇帝的贡献,光稻米、小麦就够咸阳宫里的人吃几个月。

"主家每次单独出门都这样浩浩荡荡么?我记得巡视丹穴的时候,没有这么大的排场。"

赵离不屑地说:"那怎么能比?丹穴所在地是在原来的巴蜀两地,都是自己人。过去巫桂在时,我们这些护卫也可以轻轻松松节制任何一处丹穴的守卫。这次不一样了,主家现在是有身份的人了,去咸阳是要给始皇帝挣面子的事,主家是丢不起人的,加之咸阳的达官显贵喜欢说三道四,在咸阳置奴仆多了要被怀疑居心叵测。所以主家没办法在咸阳安排足够的人手,只好在出行时带上,以保证安全。"

千多人的护卫赵离还不满意呢!从巴郡到咸阳路途遥远,危机四伏,千多人的护卫算得了什么,加之许多人不是真正的护卫,而是车夫。

赵离多虑了。始皇帝得知了美妇清的启程时间后,早已命令沿途各郡,实行"属地管理",到了谁的界上就自动接防,务必全力保证美妇清的安全。如若在谁的地盘上出事,就拿谁是问,绝不留情。

始皇帝下了圣旨谁敢说二话?沿途各郡的郡守们没有一个不精心准备的,一个个脚趾都抓紧了,他们是知道美妇清身份的。只要美妇清的车队进入辖区,他们就会在方圆大约50公里范围实行移动式警戒,直至车队离开辖区,移交给下一个郡,还要送上一程。

这些事情都是在秘密情况下进行的,杜辛他们不可能知道。他们知道的是每天都有郡县的人到驿站来送吃的喝的,每到这时也是他们最紧张、最辛苦的时候,谁知道这些人里面有没有刺客,每每看见郡县来人,他们就显得格外地小心,不但要对美妇清增派警力,而且还要多些心眼,多放几个流动哨。

不过,大秦国的江山经过又一年的全面"整治",路途清净多了。六国的余孽们也改变了进攻策略,对其他人已经不感兴趣,他们要集中全部力量来对付秦始皇本人。鉴于此,近年来大规模的进犯减少了,小股的盗匪明知自己自不量力,也就没了那个胆,路途上相对比较安全。

如果说杜辛先前对美妇清的地位了解得不够的话,现在应该是深刻多了。有始皇帝光环罩着，还有数以万计的人靠她养家糊口，生老病死，她就如同是一方之主。

不同的是，美妇清丈夫死得早，上次去咸阳与皇帝又没"入房"，至今没有子嗣，也没有明确的继承人。这一点很要命，如果她出个意外，手下人就会成为一盘散沙，坞堡也会四分五裂。

杜辛听人说，按照秦国的律法，男女成年后是一定要结婚的，超过年龄不结婚则由国家指定婚配，当鳏夫寡妇是不行的，这是为了保证国家要有足够的人口。

美妇清要是想生儿育子，愿意与她结合的男人一大把，可她是始皇帝的"美妇"，谁还敢动，谁不怕自己脖子上那个吃饭的东西搬家？再说了，美妇清已经与始皇帝一见钟情，并且死心塌地地效忠于始皇帝，其他人有那个非分之想也只是癞蛤蟆想吃天鹅肉，靠不上边。不过咸阳离巴郡数以千里，加上美妇清还要为始皇帝把持一方产业，要想鹊桥相会也不可能随时随地，这还真是为难了这天各一方的一对人儿。

大千世界无所不在，无奇不有。也有些愚蠢的人，梦想着愚蠢的事。美妇清没有明确的继承人，让许多人有了许多想法。坞堡的大管事中就有这样的人，都觉得自己有机会，从而忠心耿耿地为美妇清努力工作，以获得她的好感进而成为坞堡新的男主人。

美妇清也来个装聋作哑，将计就计。这对坞堡管理的好处是显而易见的，让护卫们为难的是美妇清的安全得不到保障，他们多出了许多事情。

正是这些人尽皆知的原因，所以美妇清出行多带护卫就理所当然了。

杜辛和这一大群人出发了。

秦始皇做事真有效率，今年果然实现了"车同轨"。从巴郡出发的路宽了许多许多，行进起来舒畅快速多了，真正体现了"驰道"，是驰骋之道。这是目前全国第一条驰道，路很平展，也没有去年去咸阳那么颠簸，他们那个心旷神怡的劲儿，简直甭提有多高兴，他们发自内心地佩服始皇帝。

马车和牛车行进在路的中间，有身份的人坐上面。剩下的车用来装粮食、金疮药和第一批提炼出来的水银。绝大多数人步行，还有少量骑马的护卫，他们有的是探路，有的负责传递消息，有的负责警戒，有的担任快速出击,还有的执行临时任务。

作为近身护卫,杜辛主要是徒步拱卫美妇清的马车,队伍先前走得很快,结果后面传出话来,徒步行走的侍女跟不上,车队的速度被迫减了下来,为了照顾整体,杜辛们只好锻炼耐心。

杜辛羡慕地看着持戈骑马的护卫来来往往,转头对赵离道:"主家那么多钱,为啥不多准备些马呢?"

"再多的钱也弄不到很多马的。"速度慢了赵离着急,走得心烦意乱,当下乐得有人找他说说话。他往美妇清的马车看了一眼,低声道,"天下战乱初定,各地都缺壮丁、缺粮食、缺马匹。若不是主家现在的身份,其他商人可没有这么多的马匹。你就知足吧,至少我们这些护卫的帐篷和辎重都放在车上,要是为其他商人做保镖,就只能自己把行李背在背上。"

杜辛伸长脖子望着远处骑马巡逻的护卫,低声咕哝道:"我就喜欢骑马,长这么大,还没骑过马呢。一定要弄一匹高大骏壮的马,最好能骑一整天。"

杜辛这种孩子般的想法,让赵离笑了笑,敷衍道:"那就等着到了咸阳,始皇帝对主家的奖赏吧。"

杜辛道:"奖赏中会有好马?"

赵离:"有时是会有的,这得看始皇帝的情绪,万一始皇帝高兴了,把胡人进贡的汗血宝马奖赏给主家一匹,那不就有了么。"

杜辛知道,这是赵离在逗他玩,即使是主家有机会得到那么贵重的马,他也不可能有机会骑。但他真的是想骑马,便不放弃地再问赵离:"除了主家得奖赏,就没有其他渠道有马了么?"

赵离道:"其他渠道,其他什么渠道?哦,有哇,或者等着始皇帝对天下的治理吧,治安治安,先治后安,只要天下安宁了,太平了,没有大规模的战争了,肯定不需那么多的骑兵,那些马不就没人争了么。你就多攒点钱,说不定那时可以买一匹马呢。"

这倒是个办法,不过又有个时间问题了,谁知道这样等下去要等到猴年马月哟,说不定人都等老了还没有等到。看来这些都不是理想的办法。杜辛陷入了纠结之中,最后还是觉得应该找机会骑骑骑兵护卫的马,不需要拥有,只要能先过过瘾也心满意足。

133

美妇清

　　这个机会很快来了,在队伍停下吃饭的时候,他瞅准了一个空子,决定去找骑马护卫。

　　那些人都是在车队周边的高处流动巡逻的,登高望远,大股的伏兵,不可能瞒得住他们。如果对方实力很强,他们就会发出信号让车队早做准备。

　　停下吃饭如同扎营,是不能到处乱跑的。不过这里离昨晚宿营的驿站还不算很远,一旦有事当地郡县来接应也用不了许多时间,这是一个相对安全的地段,正因为这样大家就不怎么在意。

　　赵离的岗刚好被换下来,只要他不紧跟在美妇清的车驾近旁,杜辛就有机会悄悄地跑到离队伍远一点的地方等待骑马护卫。

　　杜辛开始有些犹豫,看见赵离换岗后,终于下定决心,溜出了大队伍,他偷偷来到一个小土包,平躺在上面,躲避了车队其他人的注意。附近警戒的护卫奇怪地看着他,却没人来过问,因为杜辛把自己四肢摊开,虽然有佩剑,但穿的也是与护卫相同的衣服,又一副懒洋洋地晒太阳的模样。关键是这副模样是很能麻痹人的,一个人孤零零的对任何人都不会构成威胁。

　　杜辛背靠柔软的草地,阳光透过眼帘,在眼前投下一片红色,不是那种让人感觉眼睛被灼伤的艳红,而是如同朝霞般的润红。车队那边传来的声音被小土包挡住了不少,还是有声音穿过耳膜,也就不足为烦的嗡嗡,就像是当年在丹穴做工累了,自由自在地临时休息一会儿一样。

　　车队那边偶尔有人尖叫嬉闹,高调一起,忽地落下,马上就没了声音,他们是怕惊扰了美妇清,自己觉得在此时此刻不合适尖叫嬉闹,就自觉地闭了嘴。这一点和丹穴不一样,丹穴的那些家伙精力充沛,管事只监督每天的产量,从来不管声音,更不会计较这种小事,那些人打打闹闹,都是肆无忌惮。

　　杜辛知道现在不是丹穴,迷迷糊糊之间又觉得是在丹穴,在这虚实交错之中,在这相对安静的旷野,他不由自主地梳理起自己近段时间的经历。

　　仔细想来,就是杀人这件事让他印象深刻,也仅仅是印象深刻而已,他既不会为杀了那些人感到愧疚,也不会想在今后的日子里大杀特杀。现在想来,杜辛对美妇清没有什么需要为之效死的想法,他觉得上次救她纯属偶然,自己一身力气,不管在什么地方干力气活都能换口饭吃,而不是谁赏他一口饭,他是可以选择主子的,高兴了多干几天,不高兴了拍屁股走人,拿今天的话说,炒你老板的鱿鱼。当然他是不会轻易背叛美妇清的,那种事杜辛做不出来。有了这样的想法,杜辛显得很自然很轻松。

当然美妇清这个奇特的女人也很重要,可惜到现在,杜辛都没能够看到她的脸。每次外出见她的时候,脸上都垂着面纱。在高楼里面见面的机会还少些,虽然同住在一幢楼,有事都是由侍女传话。

杜辛感觉这个女人和自己之间有一种奇特的默契,估计和各自的经历有关。自己是个挖丹砂的,经过彭叔这个败落家庭出身的"知识分子"不遗余力地调教,脱去了类似出身者的粗鲁。又因为自身性格的缘故,没有必要伪装得战战兢兢地去讨好美妇清。

美妇清的过去,杜辛也从下人嘴里知道一二。她小时候过得并不好,长大后,嫁了个好老公,却没有机会很好地享受。好人命不长,恩恩爱爱的时间太短,短得连子嗣都没来得及留下。夫君死后,家族的重担落在了她一人肩上,虽然手握大权,却前途未卜,时常遇上各种内忧外患。美妇清在吃穿和受教育方面肯定比杜辛强,但杜辛从小可没人想着法儿去谋害他。这样想来美妇清似乎还不如自己,至少自己还没有遇到过谋害。唉,真是一个可怜的人儿。

杜辛怎么会傻到觉得美妇清的生活还不如自己,真是笑话。

杜辛认为美妇清在众多护卫中,唯独对自己另眼相看,出门的时候她想说几句话,也会习惯性地对着他说,这里面有救命之恩的原因,也许还有看着顺眼或其他别的原因。杜辛感到特别幸福。

正胡思乱想,突然传来马蹄声。

杜辛翻身坐起,看到一名骑马护卫从旁边的灌木丛绕过来。杜辛挥着手,一路小跑迎上前去。那骑马护卫不明就里,以为是来给他传达命令的,便勒马等待。

"我是杜辛,主家的近身护卫。"杜辛介绍说。

那护卫肃然起敬:"主家对我有什么指示?"

杜辛道:"嘿嘿,是我找你有点事。"

那护卫问:"什么事,只要我能办到的但说无妨!"

杜辛道:"这马能让我骑一下吗?"

那护卫犹豫了一下，似觉不妥，这个事情肯定是他能办到的，尽管不是很情愿，但自己承诺在前，不好反悔，只得下意识地道："好吧。"然后翻身下马。

杜辛大喜，双手把马鞍一吊，按住马背，纵身一跳，那护卫还给他搭了一把力。他为了骑马已经观察这些骑兵许多天了，他们上马都是翻身而上，所以他的这个观摩来的动作一试就成。

杜辛个子比较高，所以只是踮脚一跳，虽然用力有些过猛，胯下高出马背许多，动作有些夸张，成半环式下落，但也没有过头，总算稳稳地骑了上去。马背上是一张毯子，捆得很牢，初次骑马不得要领，不是十分稳当，他调整了一下坐姿，感觉到了那张毯子的妙处，至少比骑在光着脊梁的马背上要好受些。

杜辛也有难受的时候，就是自己那双腿，就那样垂在马腹两边，感觉不舒服。他学着别人的样子，轻轻一夹马腹，提了一下缰绳。这马懒洋洋地朝前走了几步，然后仿佛承受不住重量一般，摇头晃脑地在原地打转。

杜辛大惊，不由自主地用力一夹马腹，马猛力往前一窜，昂首迈步跑了起来。杜辛有些紧张，抖动着缰绳，试图控制马的方向。但不是用力过猛，导致马转圈，就是用力太小，让马无拘无束地往前奔跑。

手忙脚乱的杜辛没有发觉，耳边的叫声越来越大。一群人跟在马屁股后面追上来了，还有人想要抓住马缰，杜辛骑在马上胡乱挥动手脚，那马一纵高扬前蹄，那些人赶紧向后退得远远的。

正当杜辛惊慌失措六神无主时，猛地感到头晕目眩，一股巨大的力道迎头传来，他腾空飞起，又重重地落下，狠狠地撞在什么东西上面。耳边传来女子的尖叫，这个叫声压过了撞击的声音。

他悻悻地从地上爬起来时，赫然发现自己刚才撞在马车上了，人靠在车轮上。还好，不幸中的万幸，虽然屁股生疼却是没有受伤，转头看马，那畜生却安安静静地站在一旁吃草。这家伙肯定是给他来了个下马威，急跑之后突然刹住，把他甩到车队里去了。

"主家问，是怎么回事？"前方传来女人的声音，杜辛抬头望去，发现一名怒气冲冲的侍女，头发有些散乱，圆眼盯着，等他的回话。他知道这就是那个叫做芳秋的姑娘,是美妇清的贴身侍女。让她看见自己这副狼狈不堪的样子,真是倒霉透了。

看来自己刚才是撞上美妇清的车子了。杜辛有些沮丧,车队里最好的几辆车是完全一样的,从外表分不出哪辆更高贵。这不但利于坏了及时换车,也可有效地迷惑刺客。

杜辛觉得,如果再骑一次,自己应该能把马往相反方向驾。话说回来,如果自己真能够驾驭得住的话,就不会出现这种事情了。经过这件事,杜辛发现骑马不是好玩的。

杜辛很诚恳地认了错。杜辛平时本不是个啰唆的人,也许是在芳秋面前,这时倒是口舌灵便,娓娓道来,直说得口干舌燥。

芳秋听得入迷,脸上全无怒容。周围的护卫也靠过来竖起耳朵听,地位高点的奴仆假装若无其事地过来凑热闹,在这前不着村后不着店的荒郊野外,通过这种方式找乐子,也不失为这些天来枯燥无味生活的一种消遣方式。

那些人的神色就复杂多了,刚才杜辛横冲直撞虽然没有闹出人命,也弄得不少人惊慌失措,鸡飞狗跳,大家自然不高兴。那些心地宽宏的人,或缺心眼木讷的人倒没什么,还不断打着圆场;那些自以为是的人和自作聪明的人听杜辛喋喋不休地解释,其实这哪是解释,分明就是狡辩,心里可不是滋味,内心在狠狠地合计着呢:这次可别让这小子蒙混过去,最好是美妇清一怒之下,把这小子赶走,他们脸上的表情都是恶狠狠的。

杜辛终于讲完了,车里传来细微的声音,芳秋撩开布帘一角钻了进去,一小会儿又出来大声说:"杜辛必须赔偿被撞坏的东西!"

杜辛连忙点头,如果这就是处罚,那简直太宽松了。芳秋又道:"杜辛必须在到达咸阳前学会骑马,买马的钱从工钱中扣,在凑足马钱之前,不得发给工钱。"

说到杜辛可以得到一匹马的时候,众人哗然。又听说杜辛在相当长时间得不到工钱,许多人脸上露出了心满意足的笑容。

杜辛只得苦笑,这样的处罚真是恰到好处。那些被撞又心怀不满的人,一想到杜辛没一文钱可拿,觉得算是出了一口恶气。对杜辛而言,他原本就用钱不多,无论酒色,还是赌博,都不沾。今后日子是要苦些,却没有其他人想象的那样惨。

　　给出这种处罚的美妇清果然厉害,既惩前毖后,以儆效尤,堵了那些心存芥蒂,胸怀不满之人的口,也顺了当事人的一个心愿,笼络了人心。这个结果似乎所有人表面上都满意,就连被重罚的杜辛都一样服服帖帖。

十一

虽然杜辛受的处罚并不重,也没罚款,顶多算个提前消费,也还不到让他今后勒紧裤带的程度。一些人却幸灾乐祸暗中偷着乐,心想宠物也有挨打的时候。人这个东西就是奇特,总有那么一部分是盼着别人倒霉。面对这些人的嘴脸,如果杜辛表现出云淡风轻满不在乎的样子,美妇清煞费苦心做的这档子事儿就会前功尽弃,它的本意就会来个180度大转弯翻个个儿,一个美人儿一番情意切切的心机就白费了,他杜辛也就太不争气了。

所以当杜辛表现出垂头丧气的神情去挑选马匹时,一些人毫不掩饰地露出高兴而欢快的表情,有的还趾高气扬的样子;另有一些人则发自内心地带有同情之色,说话压低了声音,做事放慢了速度。这些表情靠伪装不行,装是装不到位的,装的总是装的,不管多么严谨,一定会露出马脚,只是个时间问题。杜辛认为这些人是真同情,对他们有好感。不管怎么同情和怜悯,由于此前的教训,骑马护卫们还是远远地躲开了。杜辛暗暗想着,在这件事上确实对不住那个借马给他的护卫,要是能再见他时,一定要额外补偿一笔钱为他压惊或者是赔礼道歉。

马是分等级的,马的好与坏要看先天的性子,后天的调教和马与人之间的配合默契程度。这样一来,马们吃的饲料,喝的水都要分等级。传说中的名马,比如汗血宝马之类太昂贵,杜辛不敢奢望,这种马通灵性,日行千里夜走八百,在战场上不会轻易受惊,完全服从于骑手驾驭,即便是主人迷了路,它也能顺利地把主人从原路驮回家,这当然是最好的马。如果马先天的性子有缺陷,过于暴躁或温顺过头,都是不适合人骑的。人骑的马必须要顺人意,突击的时候提得起速度,稳步的时候不霍然乱跑,否则麻烦就多了。人不能骑的马,通常适合于用作驮物资或驾车。

美妇清

美妇清护卫骑的马是比普通驮马好一点的马,也不是民间随处都能找得到的,骑手们都有自己固定的坐骑,朝夕相处,人关心马,马服从人,驾驭起来顺手顺心得心应手,这样的马有谁舍得让出来呢?

因为车队行进在路上,杜辛能够挑的只有驮马,他跑到队伍的最前面,站在那里,看着车队的每人每马每车慢慢地从自己眼前经过,直到车队接近扫尾,他都还没挑上一匹理想的马。

车队里所有人都知道杜辛受到了惩罚,此时见他还阴沉着脸站在那里,知道是气还未消,就没人做冤大头去招惹他。

杜辛虽然是主家的近卫,在外人眼里是高人一等的,但他还是学会了矮檐低头的处事方法,他看到有人看他的眼神不对,便马上改变态度,对过往的人群主动打招呼,还微微鞠躬,同时尽量放松脸上的肌肉,咧开嘴觑着眼,保持着微笑的表情。即使对方愤怒地看着他,或干脆转过头去不理睬,他也并不计较。这种强颜欢笑打动了不少人,许多人都觉得杜辛确实犯了错,但没造成严重后果,被处罚赔了钱。他们看来,杜辛通过那个骑马事件吸取了教训,而且态度是诚恳的,行为是收敛的,人家已经做到这样了,没必要再对人家横眉冷对,吃五谷杂粮喝山泉河水的人,谁没有过走神失手的时候,如果这样的事都不能原谅,就会是超乎寻常的小气和不可理喻的咄咄逼人。

杜辛也有所感觉,人群中的有些情绪不对劲是明显冲着他来的。扪心自问,确实是自己的不对,自己缺乏思忖,办事不妥。是自己在晕头转向中撞倒了不少人,不过这些人相对于整个车队而言,也是少数。如果是朋友被撞,有人出来打抱不平,是可以理解的。然而他面对的却是个别的冷漠,那种憎恶的形于色让他感觉不舒服,看来,并不是朋友之间同进同退那么简单。

很快,杜辛感受到了一丝温暖——有一个人含着笑向他点点头。

杜辛一愣,马上反应过来,那人是吴让。当初就是他陪着杜辛在坞堡里熟悉环境的。此人的态度一直比较阴,倒是提醒过杜辛要小心。虽然那提醒能起到多大作用很难说,对初来乍到的他,有人提醒总比没有提醒要强许多,杜辛还是把这人归于良心未泯的一类。

杜辛曾怀疑吴让与大管事是一伙的,前一段平叛以后,美妇清曾对大管事以下人员进行过一次大清洗,大管事的党羽几乎被一扫而空,吴让却能安然无恙,现在又出现在车队中,显然是通过清洗之后剩下的中坚分子。

杜辛本来想上去与吴让叙叙旧,但看到他周围的人对自己有敌意,要是过去打招呼,恐怕会让吴让被别人小看而孤立。他只得先压制住自己内心的冲动,把这件事情记在心里。直到尾队来到杜辛面前的时候,他才选到了心目中的良驹,这是一匹单独被人牵着的马,似乎就是专门为他准备的。

"这马的脾气很暴躁,一直作为备用不敢套车。"牵马的仆人认真地说着,"并且吃得又多还懒,要是轻挥它一鞭,就乱跳乱跑,上次用这马替补拉车,仅此一次还把车掀翻了。"

仆人突然停止唠叨,他意识到自己说漏嘴了,既然这么难伺候的牲畜带来过那么大的麻烦,为什么要留它呢,换个人恐怕早就把它推出去了。别人想要,就是一个好机会,再继续讲缺点,就别想摆脱这个大麻烦,于是转而飞快地说:"不过这马的力气特别大,多驮点东西没问题。你看这马多高多大,就凭这个头,一般的马很难赶得上,只有这样的马,才配得上你这样的勇士啊!"

杜辛赞同地点点头,非常认可仆人的眼光:"不错,我看上的就是这点,既然做坐骑,矮马实在力小难看。这马高大,毛色也漂亮,看起来很威风!"

仆人诧异地看了看牵着的马,它确实与"漂亮"一词扯不上关系。这马的毛是一种难看的黄杂色,是那种分不清道不明的毛色,而不是醒目的黑、白。

杜辛愉快地接过缰绳,用手摸了摸马脖子上的杂毛,再用拳头擂了擂马的前颊,口中连连称赞:"好马,好马。"还给马取名为"谷子"。他觉得这马的毛色有点像稻田里谷子的颜色。

当然马的这个名字遭到了赵离等人的嘲笑,赵离直截了当地说:"我还以为你会叫它黄金呢,毕竟你现在最缺的就是钱。"

这样低级的嘲笑,杜辛是不会放在心里的,他要早点结束没钱的日子就非得尽快学会骑马。

在丹穴的时候,彭叔是很鄙视骑兵的,觉得他们干点骚扰侦察之类还行,正面对决不如步兵方便灵活,毕竟骑在马上摇摇晃晃,全靠双腿夹住马腹，双手挥动武器时很容易掉下来。那时很多骑兵是骑马赶到战场，下马加入战斗。

实际上骑兵的宝贵之处，在于他们的快速反应，特别是追杀残敌表现出来的优越性，在合适的时候，合适的地点投入战斗会取得意想不到的效果。

杜辛虽然不是军人，但他能够预感，在美妇清身边的日子不可能平静。刺杀这种事情已经发生过就不说了，再遇上作乱之类的事情，骑马的护卫一定会赋予更多更重要的任务，论功行赏的机会更多，还怕得不到更多的赏钱么。

杜辛的马被允许和其他马一起喂养、钉掌，这是美妇清考虑到杜辛根本就没有钱买草料，否则，过不了几天这马就会"不小心"断了腿。当然，杜辛明白这是美妇清对自己的照顾。

时近黄昏，车队扎营，杜辛牵着马来到营地外。他双手略用力，按了按马背。谷子纹丝不动，不耐烦地转过头来看看杜辛，尾巴扫了一下，打在杜辛的脸上。

杜辛跃上马背，双腿夹紧马腹，谷子似乎一愣，然后尥了个蹶子。这一下突如其来，杜辛差点被抛在地上，他赶紧弯腰，上身贴近马脖，紧紧抓住缰绳。谷子阴谋没有得逞，很不服气地耍起脾气，在原地不停地连蹦带跳。

这次杜辛已有准备，虽然在马上不时被抛得有些歪歪倒倒，但心中十分淡定，胸有成竹，依旧没被甩下。

谷子见奈何不得，突然把头一昂加速奔跑起来，途中时不时地来个急停，腾跃，杜辛虽然有些狼狈，但始终能够粘在马背上。

又过了一会儿，谷子冷静地调转马头，居然对着营地冲过去，杜辛急忙拉住缰绳。谷子的脖子都快成九十度了，还是没有停下，依旧顽强向前奔跑。杜辛紧急往旁边拉缰绳，要让谷子转向。这下干扰了谷子的情绪，稍有一顿，它很快又更加猛烈地歪着脖子直往营地冲去。

上次骑马冲撞了车队，刚刚受到严重处罚，再冲营地那还了得？杜辛情急之下干脆放弃缰绳，双手抱住谷子的脑袋，人顿时悬到空中，他顾不了那么多了，吊着身子用力将马头向旁边扳。

杜辛的双手挡住了谷子的视线，它的步伐越来越乱，依旧不服输地猛跑猛尥蹶子。马蹄声惊动了一些护卫,他们跑过来,远远看见一人一马在折腾。

杜辛见人越靠越近,担心这犟马不小心撞人,便干脆用足力气双手把谷子的头往它的胸腹之间压去。

谷子无法再前进了,强力回过头来张口就咬,杜辛一甩头,向谷子眼旁重重地撞了一下,撞得它连打几个响鼻。

这畜生冥顽不化,杜辛再一次双手发力,只听得"嘭"的一声大响,杜辛将高大的谷子扳倒在地,扬起好大一片灰尘。

周围的护卫看得目瞪口呆,情不自禁大声赞道:"好力气,好力气!"

杜辛得意了,向四周拱手致意。谷子挣扎着要爬起来,杜辛往它身上连打几拳,那畜生终于老实下来,乖乖地侧卧在地上。杜辛见谷子规矩了,便趁热打铁,一拉缰绳把它拖起来,跃身上马。谷子虽然还有些别扭,但尥蹶子之类的事情却不做了。慢慢走了几步,还没停下,忽然旁观的护卫中有人过来。谷子瞥见,冲着那边叫,不停地甩脑袋。杜辛握拳又向谷子脖子上打了几拳,它才安静下来。

那护卫笑盈盈地来到跟前,杜辛连忙翻身下马问:"大哥有何贵干?"

"说什么贵不贵,你是主家的近身护卫,身份可是比我们高贵得多!"那人说这话没有恶意,笑笑又说,"我叫陈布,是骑马护卫,论力气,论武艺都比不过你。但在调教马匹方面,倒有些心得。"

杜辛大喜:"那就劳烦大哥指点,只要能制服了这个畜生,将来一定多送大哥几坛老酒。"

秦国是禁酒的,因为酿酒需用三五斤粮食才能烤出一斤白酒,喝酒是糟蹋粮食。通常只在特殊庆典场合,才允许喝酒。正如禁止其他东西一样,要想完全杜绝,也不可能。私自酿酒的人还是不少,离咸阳越远,或社会地位越高的人,违禁的越多,原本对他们的管理也要松些。

凭美妇清在秦国的特殊地位,还有那远离咸阳的地理之便,这里的酒储量比其他地方更多。当然像杜辛这种近身护卫有酒的可能性,比骑马护卫的机会要多得多。

杜辛话一出口,又来了几个骑马护卫过来指点驾驭技术,他始终笑脸相迎,这几个人说的都是骑马诀窍、经验、注意事项。杜辛虚心笑纳,一一记牢。

陈布显得谦恭有礼,其他骑马护卫很信任他、服他。

此后,只要杜辛不值守,他就牵着马到营地外学骑术。那些骑马护卫和杜辛混熟了,时常碰到,都会诚心诚意过来指点几下。

他的骑术突飞猛进,是一件高兴的事情,更高兴的是认识了陈布这些骑马护卫。据说他们驻扎在坞堡附近,对这支可以迅速投入战斗的力量,各方面盯得都很紧,因此他们极少与小坞堡的人联系。

"怪不得当时大管事们叛乱,根本就没看到骑马护卫。"杜辛若有所思地说,此时他正牵着马闲庭信步地返回营地。

与他并列而行的是陈布,闻言后苦笑:"我们骑马护卫里面很复杂。有忠于主家的,有忠于大管事们的,还有忠于六国余孽的,也有忠心于始皇帝的。所以没有一个人,能够顺利地指挥所有人,基本上是以伍为单位,由伍长控制手下。我们很难能顺顺当当出动,每次行动都要先做很久的统一工作,把要做的事情说得清楚明白,征得大多数人同意后才能出动,人心不齐根本就不能产生很强的战斗力,主家好像也习惯了,不怎么在乎。"

杜辛这下明白了,美妇清为啥乐意让他买马,还给时间让他努力提高骑马术,他不便把明白的事理说出来,想了想道:"我觉得可以理解,这样复杂的局面不是一天两天形成的,成立骑兵护卫那会儿,主家还没继承这个位置吧。"

陈布点点头道:"我听说以前也这样,骑马护卫在私下里各行其是,表面上保持着勉强的统一,实际上各干各的,就差没把自己旗号打出来。"

"所以在当前形势下,主家的任何措施都可能打草惊蛇。"杜辛拍了拍陈布的肩膀,安慰道,"大管事作乱的时候,你们能够待在营地里,而不是旗帜鲜明地支持大管事,就已经很不错了。"

陈布道:"那晚的情境其实很微妙,我们还没来得及出动,就被许多骑兵像铁桶般地围住了,谁还敢动?"

杜辛大惊:"主家在其他地方没有骑兵呀,那些骑兵是从哪里来的呢,居然会有这样的事情?"

陈布道："奇怪的事情还在后头呢,那晚那几个在暗中蠢蠢欲动的家伙,在后来的大清理中被主家轻而易举地解决了,你说,还有什么事能瞒得过主家?"

杜辛的嘴巴张得更大了,他知道了美妇清的后台很硬,耳目众多,这是一个了不得的女人,这是一个惹不起的女人。他接着说:"现在大管事们输了,他们的残渣余孽自然会被清理。大管事们虽然表面上没事,实际是因为他们的权力已经削减得差不多了,虽然还会有一些冥顽不化的人心存幻想,那已经无关大局,大管事在那样的时候都没能成事,主家仍让大管事们活着,他们已大权旁落,苟延残喘,还会有什么作为?"

陈布皱眉道："应该……是这样吧。不过我总觉得,在一支队伍里没有号令统一,实在好笑,夜长会梦多,长则思变,终究不是长久之计。"

杜辛摇头："并非如此,比如忠于始皇帝的那些人,是不能动的。他们是皇帝的眼线,不动他们,即使主家有点什么出格,也说明没有谋反的意思,大家就可相安无事。要是清理了,恐怕秦国的大军就会开来。如果主家的行为没有损害秦国的利益,他们也很配合。这次去咸阳难道他们不是很好的帮手？他们还能给我们担负巡逻任务,这不一举两得么。"杜辛这个层次的护卫是根本不会知道美妇清与始皇帝的关系到底"铁"到哪一步,有他这种各为其主的想法已经很不错了。

杜辛相信在美妇清的身边应该有不少始皇帝的人,美妇清也就睁一只眼闭一只眼。他甚至怀疑陈布对自己说那番话的意图,也许是想婉转地表明自己是忠于美妇清的,毕竟杜辛是美妇清的近身护卫,向他表达这个意思,就有机会把这个信息传给美妇清。

杜辛不好多嘴,他不知道陈布是不是表里如一真的忠于美妇清,重要的是,他觉得像美妇清这样的主家应该是心里有数,能够直接驾驭数万人的女人,怎么可能分不清谁忠谁奸,还需要她的护卫提醒么？

杜辛没想到,第二天自己就遇上了忠奸难辨的问题。吴让主动来找他,他正在练习骑术。这一点整个营地都知道,只要车队驻营,杜辛就会抓住一切时间训练。很多人曾经亲眼所见杜辛将那匹高大的烈马扳倒在地。那些人回去又对其他人神吹,现在很多保持中立的人对杜辛都增加了不少好感,毕竟勇士更容易受到人们崇敬。

虽然杜辛在大管事们叛乱一事中表现出色，但很多人是从传言中得知的，当时亲身经历那件事的人并不多，也就小坞堡的有些护卫们对他推崇。现在营地里的人，绝大多数都不是从小坞堡出来的。

杜辛在营地外表现的神力，却很容易成为人们茶余饭后的演讲佐料，一传十，十传百，毕竟稀奇古怪事情的传播能力很大，再由那些身边熟悉的人来讲述，大家就更容易相信。

这些天也有些不顾舟车劳顿的人，只要驻营下来，就跑过去看杜辛练习骑术。那天，当营地那边有人由远而近走过来的时候，杜辛开始以为又是一个好奇者，近了才发现原来是个熟人。

来的人是吴让，他愧疚地对杜辛说："当时我受人挑拨，怠慢了杜兄。现在才知道，自己误信人言，是何等可笑，还望杜兄不要和我一般见识。"

杜辛把一大堆宽慰的话砸过去，他停下训练，两人聊了起来，这才知道吴让的真名叫田方。

田方只是一个一般跟班，早先住在大坞堡，后来才被选拔到小坞堡给季叔当跟班的。自从那次见面后，两人见面很少。田方不好意思地承认，自己心中有愧，所以故意躲着杜辛。

杜辛关心地问："那个……当初挑拨你我关系的人是怎么回事？"

"我当时瞎了眼，看错了人，竟然相信那奸贼的话。"田方不堪回首的样子，摇了摇头道，"后来那人死了，他是个跟大管事们犯上作乱的人。"

看见田方不愿多说，杜辛安慰道："何必内疚？反正我也没受什么损失，以前的那些事，不用再提了。"

田方一副感激涕零的样子，东拉西扯地又说了几句闲话，才告辞。此后田方似乎解开了心结，出现在杜辛面前的时间多了，遇上也要聊上几句。杜辛不知道他们的见面是巧合，还是吴让有意来巴结，不由得猜测下一个出现在自己面前的会是谁。

车队不知不觉间到达了咸阳，却没入城。虽然上次随巫清来过咸阳，但那次巫清被大秦的军士前呼后拥着进了咸阳宫，杜辛他们却在离咸阳城还有几十里的地方就停下驻营了，连咸阳城是个啥样都没见过。后来回巴郡的时候,也是大秦的军士相送,杜辛们只是在驻地打转随行。

今天才第一次远远看见那气势恢弘的高大围墙,杜辛不禁问道:"那里就是咸阳城吧?"旁边的护卫道:"算你说对了,那就是咸阳城。"

车队被分成了两支队伍,拉稻米、小麦、金疮药、水银的货车被大秦武士接管押进了咸阳城。

拉稻米、小麦、金疮药、水银的货车为啥就直接进了咸阳城?问得好!那是咸阳宫那些人等不得了。说起来大家可能不信,始皇帝咸阳宫的人就像是中了邪似的奇了怪了。自从上次吃了美妇清从巴郡带来的武陵山稻米、乐温镇小麦,特别是吃了巴郡长寿山下乐温镇的稻米,便改不了口了。当然,那香喷喷又营养的米饭的确诱人,再加上与长寿二字紧密地联系在一起,更是让人乐不可支。长寿不单是始皇帝追求的目标,也是人类共同追求的目标,还有什么人不喜欢呢?

这也难怪,秦国战争初定,百废待兴,许多方面还没有从战争的创伤中缓过劲来,绝大多数地方还浸润在悲伤或恐惧的情感之中,甚至一些地方被战火践踏涂炭,达到无法生存的地步,更别说全心于种植。长寿山下乐温镇是个偏远僻静的小地方,远离主战场,加之有巫氏家族私人武装的守护,受到战争洗礼的程度小得多,农业生产没有受到多大影响。

说起来咸阳宫的人真有运气,不但这两次吃上长寿山下乐温镇的稻米、小麦,而且随着始皇帝对美妇清的恩宠不断,咸阳宫的主要开销基本上由美妇清的巴郡基地供给。这也是美妇清自愿的,人就是这样,只要感情对了头,做什么事都无所谓,尤其是女人,来了感情,她会不惜一切,不顾一切。

一方水土养一方人,长寿山下乐温镇人的确长寿。一千多年以后发生的一件事情证实了这里长寿确然不虚。

据说在明朝年间,首辅大臣戴渠亨一次下乡巡察,船到长寿山下乐温镇境内。突然天上乌云密布,瞬间电闪雷鸣,滂沱大雨由天而注,不到半个时辰江水猛烈上涨,官船无法再行,只好上岸到乐温镇一家酒店歇息躲雨。事有凑巧,酒店对面一个人家张灯结彩,鼓乐齐鸣,笙歌燕舞,门廷内外人们熙来攘往,进进出出,好生热闹,明显感到这家人是在做一件大事。

首辅大臣戴渠亨正要派人打听究竟,却见一位满头白发,银须齐胸的老翁,外表看去年龄起码超过九十。那老翁手提一壶,来酒店买酒,说是给爷爷做寿。

九十老翁打酒给爷爷做寿,这本身就是一个吸引人的话题。戴渠亨听后,好奇之心油然而生,便上前问道:"老人家祖父贵庚几何?"

老翁满脸喜庆,笑盈盈地答道:"我爷爷今日做一百五十岁寿辰。"

戴渠亨越发惊奇,要向老翁打听详细情况,却见一个六十多岁的壮年人来到老翁面前,口称:"爷爷,雨又下大了,父亲让我给您送伞来。"

老翁接过雨伞正欲离店,又有一个儿童蹦蹦跳跳欢天喜地来到送伞者面前道:"爷爷,我父亲让您回去拜寿行礼。"

首辅大臣戴渠亨在酒店里按捺不住了,带人亲自来到寿翁家表示祝贺,主人见有外人祝贺很是热情,一阵寒暄之后,主人察言观色,觉得戴渠亨谈吐不凡,让家人奉出文房四宝,请客人题词留念。

戴渠亨也不推诿,接过笔来,龙飞凤舞欣然写下"花眼偶文"四个大字。

主人端详半天不解其意,抱拳请教。

首辅大臣便以每个字为题头句首,写下四句诗:"花甲两轮半,眼观七代孙;偶遇风雨阻,文星拜寿星。"落款是:"天子门生门生天子。"老翁一家老小才恍然大悟,方知客人是当朝首辅大臣,又是皇帝的老师,不由得一个个肃然起敬。

戴渠亨通过察访,了解到乐温镇土地肥沃,物产丰富,山清水秀,景色宜人,民风淳朴,这里的人热爱劳动,长年耕耘,百岁老人随处可见。便回朝奏明天子,从第二年九月开始,便将乐温镇改名为后来的长寿县。

虽然这是一个故事,也足可说明乐温的稻米、小麦养人。

再说,拉人的车队却没有进城门而是通过浮桥过了渭水,一路往北。

杜辛莫名其妙,想找人问问。

赵离直接作了解答:"稻米、小麦、金疮药、水银等货车是送给咸阳宫的,始皇帝的皇宫家眷吃惯了主家送的东西,已经不能改口了。"

杜辛道:"今后怎么办?"

赵离道:"源源不断地送呗。"

杜辛道:"主家对始皇帝这么周到,为啥还不让我们进城?"

赵离道："不是始皇帝不让主家进城，是主家在这边有地方啊，在咸阳城的北面，那地方颇大。前一段车队分离出的一批人，他们日夜兼程加快脚步，就是去那里打前站，现在应该已经把房子收拾好了吧。"

"这样一来，我们就真的不进咸阳城了？"杜辛有些沮丧，"一国之都，来了两次我还没见过呢，回到巴郡要是别人问我咸阳是什么样子，我只能说见到的城墙很高。"

赵离嘲笑道："其他护卫以前都来过，像你这样没进过城的才是少数。你也不用担心，机会有着呢，主家安排好大家后，应该是要住进咸阳宫的。"

"那就更糟了，皇宫里面规矩应该更大吧？我们这些护卫能随便出入么？跟着主家才会有上街的机会吧？平时我们也没机会慢慢逛啊。"杜辛愁眉苦脸，唉声叹气。

赵离见不得他这没出息的样子，推他一把："咸阳有什么好？就是房子大点，人多点，街景热闹点吧。麻烦大，规矩又多，走路都有规矩，你要是一个人上街，说不定哪里没弄好，还会被执勤的纠察抓走呢。"

杜辛惊奇地道："纠察，什么纠察？"

赵离平和地道："专门维护城市秩序的军人。"

杜辛早就听说秦国律法严苛，以前一直在楚国没机会接触，上次来又没捞上进城，在驻地被秦军兵士看守在院子里不让出门。这次他是抱着见见世面的愿望来的，如果被抓，那真是天大的笑话。杜辛还在患得患失，车队已经抵达了预定的地点。

这里是泾阳，咸阳是个横跨渭水的大城市，泾阳也是始皇帝的居所，绝对不是荒山野岭。路修得很宽很直，走在上面觉得脚步轻快。

踏上一条支路，两边是农田和村庄，目的地就在眼前，那是一个看起来规模比巴郡那个坞堡大得多的地方。也许是巴郡那边的护卫都分散在周围，这边的护卫必须集中居住，所以修得更大。

房屋不一样，巴郡那边坞堡下的房屋，如同自然村庄一样分散。这边以集中为主，好像从设计开始就为更多的仆役、护卫准备了房屋，样子像是营房。

美妇清的队伍散开，虽有些吵闹却不混乱，杜辛跟着美妇清的车驾一直往里走，谷子也得到了院子后面马厩的一个位置，它的待遇并不比其他骑士的坐骑差。

咸阳城不允许外地来城的护卫骑马，谷子这几天可以轻松愉快地在这里养膘。

十二

第二天美妇清去咸阳,她非常明白这次入宫以后等着她的将会是什么事。

之前,咸阳宫里传过话来,询问美妇清是否"挂红",如果挂红可缓日进宫。在得到确切的回答后,才宣美妇清进宫。

一大早起床,她把自己认真地梳理打扮了一番,还把去年以来平时一直穿在身上为巫桂挂孝的素服,换成了较为鲜艳的常袍,她已按照始皇帝的圣旨要求,为巫桂戴孝整整一年有余了。

杜辛果然被安排随行,还是离美妇清很近的位置,这样的安排说明,他已经进入美妇清的内卫行列,这对他是一个意外的收获,想来也在预料之中,他的任务看似简单又责任重大。

美妇清坐车时,他就走在车辕旁;美妇清步行时,他就走在她的侧后;美妇清停下与人打招呼,他就离她几米远左右警戒。

美妇清仍然戴着面纱,仍然只能看到她面纱下的脸部轮廓,看不见脸的真实模样。

今天去咸阳城的随行人员少多了,也就几十人的样子,还是形成了车队,除美妇清乘车外,其他人都是徒步,几辆车都装上礼品。

美妇清进城的消息应该是提前泄露出去了,出得大门,一路上都有人在路边围观车队。看来好奇是人类的通病,咸阳虽然是当时的都城,人们见多识广,也抑制不住猎奇的习惯。刚进城时,杜辛觉得咸阳人大惊小怪,区区几十人的车队嘛,这边的人还啧啧称奇,真是少见多怪,要是见到美妇清从巴郡出发时那几千人车随行的阵仗,岂不是会把这些人吓得半死?

后来杜辛见到其他车队,随从也是几十人。这样的车队还不止一支,来

美妇清

来往往看起来也不像美妇清这种远道而来风尘仆仆的样子,跟班们一个个精神饱满有些趾高气扬,耀武扬威的样子,应该就是咸阳城的达官显贵。他关注了几支车队之后,得出一个结论,贵人进咸阳城,跟班多少是有规定的,他很庆幸自己能被框在规定内。再细看,这些车队与美妇清相比形式上差不多,内容上却差不少,作为外地来的车队能与皇城根的大员们媲美,百姓们觉得奇怪,这就好理解了。

其实,咸阳人对车队的确司空见惯,怎么还会有许多人惊奇于美妇清的车队? 答案很简单,他们是想看看美妇清,而不是车队。美妇清作为"后宫行走"已是广为人知了。

美妇清在车里,大家是看不到的,只能看个车的外壳和她的跟班护卫,人们依旧站在街边伸长脖子观望,凭空想象着美妇清那博得始皇帝欢心的清新可人样子,满足一下自己的好奇心。

杜辛一路走去,沿途围观者绵延不绝,尽是这样的场面,人们把他们当马戏团的表演家,争先恐后"欣赏",到了有些地段,还有些人山人海的势头,不禁让他对美妇清在咸阳人,或者在秦国人心中的地位有了新的认识,还为自己能跟班美妇清而沾沾自喜。

来到咸阳宫前,其他人都被留下,装礼品的车进了另外的偏门。只有十几个人跟美妇清从侧门进宫。

杜辛又在其中,而且位次还向前递进了一些,紧跟在美妇清身边。进门时,他们的武器都被收缴。杜辛内心激动,知道自己马上就要见到人们传颂之中威武无比的一国之君了。

他们被人带着东弯西拐在宫殿中穿行,好像走了很久,也说不出到底走了多久,觉得时间长得没个尽头,一直到杜辛不耐烦了有些头晕目眩时才停下。

杜辛发现他们的人越走越少,过了一阵,只剩下美妇清和她带来的几个最贴近的人,他没弄明白其他人上哪去了,到底是怎么回事。

他们停在一个地方,这是咸阳宫的一个部分,周围有房屋,有围墙,中间有小花园、假山、水塘、林木和花草,房屋之间用木质长廊连接,其他方面看不出有什么生机,唯有假山上奉拉而下藤蔓上的花果开得格外招惹人。这个地方死气沉沉，算不上景色宜人，但在高墙衬托下，有这点景色，已经难能可贵了。这就是始皇帝的后花园，一般人是到不了这里的，因为来的人少，所以不免分外庄严。

美妇清是"后宫行走"，在大秦宫内，她可以自由自在地到处走，没有她到不了的地方，但她却表现得非常矜持，没有人带领时，她不乱走。杜辛想要找个人问问情况，却不知该找谁。

这里没有杜辛熟悉的赵离、陈布等人，他们身份都不够，不能进到这里。管家季叔的身份倒是够了，不过他要坐镇城外，没有办法分身跟来。并且季叔看起来一直是很威严的样子，杜辛也没与他说过几次话，就算季叔在这里，他也不敢贸然过去闲扯。和杜辛同为近身护卫的几个人，大家的关系一直不咸不淡，若即若离，倒不是敌对、恶意什么的，因为那些人坚持认为，主家最信任的近身护卫只能是一个人，在他们之中谁都有成为的可能，所以有点争宠。杜辛没来的时候，他们之间就这样。杜辛来后，他们不但继续相争，还有点联手抵制的意思，杜辛懒得加入这种愚蠢的争斗，所以大家平时说话就少，此时，还真让他抓耳挠腮。

突然眼前一亮，发现一个熟人，就是那个过去叫田方现在叫吴让的人。杜辛这下明白了，吴让也不是一般人物，一般人物能让他上这儿来么，这样的禁地可不是一般人物随随便便能来的，看来要找知音，只能在这次进秦宫的人中找，才放心又放胆，还要有所顾忌。

吴让的态度还是那样，看起来亲切，却始终给人一种距离感。对此杜辛不以为意，他认为跟班和武夫原本不一样，跟班要心细如丝，谨慎，万事以忍为先；武夫讲究威严，果断，突发事件时要能挺身而出，扯得出来，扑得上去，稳、准、狠地打击敌人。

一晃眼，不知从什么地方冒出几个侍女来，杜辛看见美妇清在她们陪伴下，走到花园中间坐下，那些侍女一个个亭亭玉立，很有风采，绝对是宫中的可人儿。

芳秋把美妇清的面纱揭开了，遗憾的是她们背对着这边，与护卫之间隔了个比较大的花台，距离还不近。所以，杜辛们空高兴了一回，还是没有一睹美妇清真实容貌的机会。

美妇清

　　杜辛望了望周边的环境，没有人注意他们，便悄悄挪到吴让身边，用胳膊碰碰他道："这是怎么回事，把我们扔在这里等吃饭吗？"

　　吴让没想到杜辛到了这里都不消停，还是一副热络的样子，愣了一下，他心里想，真是无知便可无畏，无有学识便就不知天有多高，地有多厚。他没有计较，习惯地笑了笑道："自从上次主家进了咸阳宫，她的身份在秦国提高了许多倍，除了上门觐见始皇帝外，也就是相邦那边了。其他人见主家上门拜访，非得吓住不可。所以，没有多少要去的地方，这几天我们就住这里。"

　　杜辛道："那我们应该去安顿行李呀，现在这样待着没事岂不无聊。我们来了几十人呢，他们就这样留在外面耗着了？"他与坞堡里的其他人确实不一样，毕竟是从丹砂基地出来的，处处体现出一种在其他人身上难得一见的团队精神。

　　吴让解释道："现在天还早，陛下应该在上朝，即使不是上朝也要处理政务，正忙着呢。如果主家来了，就扔下一切，必定有人会说闲话。我们要先等着，等陛下下朝见过主家，我们才可以去安顿，这是基本规矩。留在外面的那些人，也不会傻等着，主家在咸阳城也有府邸，他们应该已经过去了。"

　　杜辛似懂非懂地点点头，感激道："多谢多谢，若不是你告诉，我还一头雾水。"说完话锋一转，有点不好意思地对吴让说，"当初大管事作乱，我紧张得见到谁都像是奸细的样子。一时间怠慢了你，请你莫怪莫怪，多多包涵，多多包涵。"

　　吴让见杜辛如此直白，脸上的肌肉抽搐了几下，似笑非笑地道："理当如此，理当如此，怎么能怪你呢，当时人人自危，人心惶惶，谁也分不清阵线，谁也顾不上谁。我说句实话你莫放心上，当时我也是在特意躲着你，还以为你是他们的卧底呢。"他讲的他们显然是指大管事。

　　"我如此相貌堂堂，哪里像奸细了？"杜辛有些不悦地道。

　　两人相视一笑，有点心结尽消的意思。

　　杜辛觉得这人有趣，很想跟他多说几句，突然门口那边传来喧哗声，动静不小。杜辛突然警觉起来习惯地摸剑，才想起剑已被收缴了，他一时紧张起来。这里是皇宫，谁敢在这里来闹事，谁会来行刺？

门那边人头晃动,一队队甲士小跑着进来,占据了整个院子。杜辛附近也站了几个甲士,似乎是见他身高体壮,他附近的甲士竟然多些。

紧接着,进来一位将军,杜辛瞅瞅觉得眼熟,便悄悄对吴让道:"你看他,像是去年护送主家来咸阳的那位将军?"

吴让悄悄道:"是他,王贲将军,他是禁军的首领!"

杜辛道:"啥叫禁军?"

吴让道:"是专门保卫皇宫和皇帝的。"

身旁的一位甲士头目压低嗓音严肃地道:"不许喧哗!"

吴让伸了伸舌头。

杜辛老实地点点头。

过了一会儿,门口那边好像有人喊着什么,所有人都跪伏在地上,吴让扯了扯杜辛的袖子也跪下,院子里顿时鸦雀无声,静得每个人都能听见自己的心跳。

将要发生什么情况,杜辛有些莫名其妙,过了一会儿,那样子好像是有人来,那人似乎马上就要进这个院子的大门了,是谁?这么大的派头。

咸阳宫里还会有谁?肯定是始皇帝嘛。杜辛低着头,感觉一股巨大的力量压向自己的全身,这力量无形无质,却又实实在在,这力量取决于权力。一句话,他是一个眼神就可改变一人命运的"人"。面对天威,普通人实在无能为力,但他称自己是"天之骄子"敢冒犯天威,他可以取代天威。也许这就是帝王与百姓的区别,也许这就是百姓敬畏的缘由吧。

杜辛虽然第一次经历这样的场合,但他不是笨蛋,自然知道在这种时候不可轻举妄动。

当初,他在美妇清去丹穴时表现得没肝没肺,很洒脱,那是因为他生活在丹穴,熟门熟路自信闭着眼睛都能逃走。现在在这深宫大内高墙之中,他晕头了,转向了,怎么进来的都记不清,怎么能逃。

这时,他突然想起,刚才芳秋给美妇清摘掉了面纱。这与他又有什么关系呢,的确没什么关系。但他想到马上就要进来的这个始皇帝"有幸"见到美妇清的真实面目,而他却再一次没有这个福分。他也太天真了,他怎么能去与始皇帝相比呢,真是自不量力,普天之下莫非王土,率土之滨莫非王臣,

美妇清

什么都是皇帝的,莫说对一个女人看一看,就是占有她美妇清也是没有话说,不但不能生气发怒,还只能山呼"荣幸"。

可怜杜辛在美妇清手下这么久,离得那么近,经常都有见面的机会,甚至还与美妇清谈过心,却从来没有见过她的脸长什么样子。

这时,杜辛听到那边有人在喊着什么,吴让拉了拉杜辛的袖子,两人一起抬头站了起来。杜辛感激地对吴让笑了笑,转过头去看美妇清那边。

美妇清站在始皇帝前面,几乎完全挡住了始皇帝,杜辛看不见始皇帝,只能见到他的衣角。他反应过来了,始皇帝应该是没有很高很壮的身体,所以,高大的美妇清能够把他挡住,杜辛所在的这个角度看不见始皇帝的脸。

在始皇帝侧后几步远的地方站着一个衣着华贵,手持拂尘,胖乎乎的人,一脸的笑意,眼光穿过始皇帝和美妇清的侧身望着这边。他感觉真是奇了怪了,无缘无故地微笑什么呀?其实这一点都不奇怪,那人是大内总管赵高,他那和蔼可亲的微笑,是太监职业的标准形象;凭着这样的形象,历朝历代的太监才能获得主子的恩宠。

杜辛看见身边的甲士向前面移了移,与他们扯开了一段距离,中间隔着树枝和廊柱。他瞅准时机微微转头,小声问吴让:"秦……那个,陛下亲政的时候是多少岁?"

吴让吃惊地看着杜辛,想不到这小子胆大包天,始皇帝还在现场,居然敢问始皇帝的年龄。也许因为他们两人的位置不至于引起危及安全的事端,护卫有些疏忽他们,他们也就没有那么大的压力。

吴让想了想,还是答道:"应该是二十二岁吧。"

杜辛忍不住道:"岂不和我现在一样大?也就是说,始皇帝只比我大二十岁。真是……"他一下子明白了,人与人之间天生就有不同,所以,民间有龙生龙,凤生凤,老鼠生儿打地洞的说法。

杜辛话没说完留了半截,也许他不知道该说什么了。他突然想起当初在丹穴时,有人在家教训孩子时骂过:看看别人家的孩子,跟你年龄一般大,现在如何如何……

当然那别人家的孩子往往力气特别大,特别孝顺,特别能生孩子……杜辛想,如果让那些人来见见始皇帝这个"别人家的孩子",不知该做何感想。

杜辛突然有一种无法抑制的笑意。

吴让狠狠地盯了他一眼,让他总算记住了这是什么样的威严场合,赶忙低头,身体还不停地微微颤抖着。

吴让吃惊地看着他,以为他是被吓得哭了,忙安慰道:"莫怕,陛下也不是像坊间所说的那么残暴,动不动就会杀人,你没违法犯罪他怎么会杀你呢,加之陛下与主家关系极好,也不会无缘无故地对她的下人撒气。"

吴让微偏着头,见到杜辛满脸憋得通红,表情扭曲的样子吓了一跳,急促地问:"这是怎么了?你内伤发了?"

"实在忍不住,刚才想到一点好笑的事情,忍得太难受,就笑了,又不敢笑出声来。"杜辛艰难地说。吴让不明就里地点点头,心里想,这小子真是搞笑,在这样严肃的场合居然也没个正经的样子,危险啊,谁要是与他搅在一起一定会倒霉,便悄悄与杜辛保持了一点距离。

始皇帝依旧站在那里跟美妇清说话,他们之间有说不完的话。始皇帝倒是站得稳当,好像一点都不累似的。

杜辛百无聊赖地想着,始皇帝这种人,在宫里都这么大的排场,怎么会有耐心站着说话呢?这必定是美妇清让他欢喜得糊涂了。不管这种在大庭广众之下的态度是不是装出来的,始皇帝的这种态度,绝对是对美妇清的抬举,单凭始皇帝这次接见美妇清的地点、方式、态度、时间,至少在相当一段时间里,美妇清的地位无可动摇。

那两人的话似乎还没有说够,始皇帝不时发出开心的笑,笑得忘记了找个地方坐下来慢慢说。杜辛站在这边觉得自己像个傻蛋,开始计划自己游览咸阳的日程。他问吴让:"我们这次来大约会待多长时间?是很快就走还是会长住?"

也许先前说那些话时,再没引起甲士注意,也许是杜辛的熊样对甲士来讲司空见惯,原本就不算什么,也许是他们心里受到压制动作很小很轻,不足以引起甲士的在意,总之,并无大碍。

吴让也放松多了,他朝杜辛这边动了动,尽可能让廊柱和树枝挡住自己,低声答道:"你还不知道?这次主家是来参加陛下的农耕仪式的,他们怕是在商量一些事情的具体细节吧。"

美妇情

杜辛吃惊地:"什么农耕仪式?"他过去从来没听说过这个词,也不知道这是个啥事。他出生成长在那个"五谷不分"的丹矿基地,真是孤陋寡闻,这次来咸阳是第一次真正地见世面。

吴让轻声道:"国家为了指导农夫从事农业,把每年分为二十四个节气,第一个节气叫'立春',万事首为大,既然立春为二十四节之首,所以每年这个节的民间活动是最最热闹的,皇室要亲自参与农耕仪式。"

杜辛道:"过去怎么没听说过?"

吴让道:"前些年始皇帝致力于统一六国的战争,无暇顾及国内的其他事情,加之强壮的农夫都充军打仗了,搞农耕仪式也没实际意义。现在不同了,六国归秦,天下基本太平,百姓要求生活。'生活''生活',生下来,活下去,农耕是何等重要?所以,要安定民心,始皇帝又要拾起和平年代治国安邦的方略了。"

杜辛懵懵懂懂地"哦——"了一声,接着问:"今年的'立春'是哪天?"

吴让道:"立春也叫'打春'、'咬春',又叫'报春'。立春的'立'表示开始,'春'表示季节。说的就是春这个节气开始了。'立春'是个系列节气,从每年二月的初一到十五才结束。今年的首日好像还有七八天吧。"

杜辛:"哦,原来这样。"他似乎懂了,却又没有完全懂。

中国古代把立春的十五天分为三次迎接:一迎春风解冻,二迎蛰虫醒眠,三迎鱼游破冰。说是立春的一日至五日,要迎接从东方吹来的温暖海风,大地在温风抚摸下开始解冻;立春中的五日便有了生机,冬眠了一季的各类昆虫慢慢从洞中苏醒,一个个发出求偶的喧鸣,跃跃欲试引起异性的注意,从而抛弃寂寞,迎来全新的生活;后五日更是大有风景,岸边的柳枝吐出翠绿芽苞,河里的冰封开始融化,鱼儿游到水面,此时水面上还有没完全融解的碎冰碴,被鱼儿如同破冰船一样,划起一条条水路,让人感到冰消雪化又是一年春草绿的来到。

自秦代以后,中国就一直以立春作为春季的开始。

"立春"只是从天文定义来划分的,在自然界、在人们心目中,春是温暖、鸟语花香的时节;春是生长、耕耘播种的季节。

每到立春时节,人们会明显地感到白天拉长了,太阳有了热烘烘的气息,温暖了。大地的气温升高了,天上的日照多了,降雨频繁了,这个时节是一年的转折,大自然明显趋于上升或增多。

人们行进中常常寻觅着"春"的信息:看,那柳树的枝条上"嫩于金色软于丝";观,那泥土中跃跃欲出的小草,等待着"春风吹又生"的机遇;而为夺取新丰收在田野中辛勤劳动的人们,正在用双手创造真正的春天。

杜辛正埋头想着"春"事,转眼间,身边的甲士了无声息地没了,抬头看看刚才美妇清所在的位置,也不见再有人影子。

杜辛慌了:"他们这是……"

吴让一脸镇静地:"始皇帝走了,主家已被侍女接进后宫居住,我们今天的任务算是完成,应该到该去的地方歇息了。"

杜辛一行只得乖乖地跟随着吴让,出了咸阳宫后花园,到栈房歇息,还不能解甲换衣,随时等待美妇清的召唤。

美妇清的确被宫中侍女接走了,接下来她要吃饭,淋浴,撒香粉,换睡袍,等待始皇帝的临幸。

美妇清被宫女送进了始皇帝的寝宫,就是上次面见始皇帝的地方,那个地方她不陌生,也不十分熟悉,她想到上次的情景,不禁有些微微脸红。

劳累了一天的始皇帝,换下朝服,身着便装,已经先她而入寝宫,此时正满面春风地等待着美妇清。他一直盯着寝宫的大门,过了一会儿,还不见美妇清的到来,就显得有些坐立不安,焦躁难耐,觉得时间像生锈的铁圈皮尺,艰难地一点一点往外拉,很不顺溜,太慢太慢了,慢得无法忍受。他焦躁地拿起一卷竹简,心绪不宁地看起来,却怎么也看不入神,只好放在一边,百无聊赖地再等。

宫女终于把美妇清带进来了。由于下午始皇帝已经与美妇清见过,并且谈得很愉快,此时少了许多的拘束,始皇帝笑容可掬地迎上去,宫女见状,知趣地及时退到大门外。

始皇帝微笑道:"没想到我的清清,为朕带来这么多上好的稻米、小麦,更没想到清清这么快就炼出了水银,让朕非常高兴,真难为你了。"

这显然是无话找话,下午在后花园的时候,难道这样的客套话没讲么?

始皇帝是过来人,他知道要是美妇清激情没有燃烧,身子没有准备好,

美妇清

对他将意味着什么,他还要继续铺垫。

始皇帝:"听说我的清清还研制出了金疮药,这可是利国利民,平战皆宜的好东西。"

美妇清:"可惜金疮药出来得太晚,统一六国的战事已经结束,没能在急需之时派上用场。"

始皇帝摇摇头看着美妇清:"不不不,谁说派不上用场呢,会有用场的,还会大有用场。战争对金疮药的用量会大增,但我内心并不希望战争,前些年迫不得已,在那样的情况下,不得不进行天下一统的战争,战争久了也疲劳,厌烦了。你看现在多好,和平安宁。百姓在平静休养生息的日子里,还是免不了有磕磕碰碰,照样需要金疮药。"

美妇清脸有些红了:"哦,民女明白了。"

始皇帝目不转睛地盯着美妇清:"据说你炼制的金疮药止血效果特别好,你可是我大秦百姓的有功之臣。"

美妇清:"哪是我的功劳?那是陛下派来的咸阳城里能工巧匠的功劳呢,我只是陛下您在巴郡的一个后勤部。"她被始皇帝盯得有些不好意思了,脸上爬满了红晕。

始皇帝看在眼里,心里想应该是火候了,但他仍然说:"在朕心里,这个功劳是记在我的清清账上的。"边说着边走上前来拉美妇清的手。

美妇清心存感激,顺从地把手递过去,那手鲜嫩柔软,富有弹性。始皇帝一边抚摸一边把她引到睡榻之上,坐在自己腿上。美妇清款款道:"民女能为陛下做事,是我毕生的荣幸,来日民女会更加勤勉。"

始皇帝含情脉脉望着美妇清的脸蛋。他越看越觉得她就是梦中所见的灵山神女,一点不假,越看越觉得这是他梦寐以求的最为完美的女人。

此时美妇清只套了件略为宽大的玄青色低领睡袍,她扬起脸,神情专注地望着始皇帝。

始皇帝着慌了,嘴里喃喃道:"朕真没想到,在这么短的时间里,你能为朕提炼出水银,而且这一次送来了那么多车货真价实的水银,真不知道朕该与你说些什么。"

美妇清受不了始皇帝火辣辣的眼神,羞涩地低下头道:"只要陛下需要,小女子愿为陛下做出一切。"

始皇帝开始宽衣解带,褪去衣袍,然后为美妇清褪去衣袍,把美妇清拥进睡榻。

始皇帝尝到了甜头,一发而不可收,与美妇清在后宫的睡榻上缠绵了三天三夜,每日颠鸾倒凤,把美妇清折腾得死去活来,不死不休。始皇帝也史无前例地亢奋、骁勇。

始皇帝终于累了,他躺在睡榻上,拥着美妇清,充满感情地道:"朕要立你为后,让你母仪天下,坐拥后宫。"他抬起头,两眼平视前方,向远处望去,似乎要洞穿这秦宫的高墙,看到大秦国广袤山川、沟壑、戈壁、草地,及时地把这个决定圣诏全国,让百姓们家喻户晓,尽人皆知。

美妇清柔情地道:"陛下,您错了。"美妇清对他的想法并不买账。

始皇帝愕然一惊:"朕错了?皇后是一国之尊,与朕珠联璧合实为一体,上承祖宗训导,下辅百姓为天下之母,只有清清这样的有才有德之人才能担当。"

美妇清:"这就对了,陛下讲得极是,我一个山野女子怎么能够载承祖宗训导,母仪天下,坐拥后宫呢?这不是授人以柄么?"

美妇清讲到了问题的实质,她不能让心爱的始皇帝被人说三道四。

始皇帝转过头来,无比爱怜地看着美妇清道:"你太过自谦了。我的清清虽在巴郡一隅,但做我大秦皇后何尝不可?即使有人嚼舌,就让他们嚼去,朕才不管这些呢,只要朕能与清每日相守,别的朕都不在乎,朕已经习惯了长舌们的伎俩,让他们说去吧。"

美妇清动情地道:"皇后需得保持尊严,民女怕做不好,给陛下惹下不快。"

始皇帝:"朕每日都能与你相见,厮守在一起能有不快么?"

美妇清:"这正是民女所担心的,每时每刻都厮守一起,会影响陛下上朝议事,我也会受不了,我现在就有些腰痛。"

始皇帝听出了美妇清的幽默,忙不迭地道:"不会的不会的,朕要是在朝上想你了,可以即刻回后宫呀,清要是腰痛了有御医呀。"他终于说漏嘴了,其实这实实在在就是他的真实想法。

161

美妇清

美妇清:"民女就更不敢留下了。"

始皇帝:"你必须为朕留下!"

美妇清:"容民女再想一想好么?"

始皇帝:"好吧,给你几天时间。"

美妇清:"谢陛下隆恩。"

始皇帝紧紧地抱住美妇清道:"你真是朕的知音。朕现在很忙,全国的大事小事还真的不少。你说得很对,战争结束了,朕的主要精力应该放在国家治理、百姓安居乐业上面。朝廷也有这方面的打算。从今年开始,今后每年开春都要搞一个盛大的农耕仪式,过几天你要与朕一同参加大秦国的首次农耕仪式。"

美妇清:"民女一切听从陛下安排。"

十三

　　古代北方有个狄族,狄族人的祖先是西北大漠的荒民,这个民族是一个叫做封峻的神仙偷偷从天界下凡与人间女子交媾诞生的后裔,传说他们是太古时期神裔中的巨神。由于他们是神与人杂交的产物,所以他们是人似神,身体硕壮,思维怪异,驾驭动物的能力很强,有神的勇猛和人的灵动,具有超乎凡人的生存能力。

　　据说封峻巨神从天上下凡的时候没有土地,是靠作战勇敢才得到北方广袤的土地;没有牛羊,是靠作战得到的大群牛羊。要想活得更加的惬意,要想获得丰富的资源和土地,唯一的办法就是英勇作战,赶走其他人类,夺得别人的利益,所以,这是一个好斗好战的民族。但别人也是为生存而争,为了土地这个生存的资源谁都可以拼命。那时狄人的力量还比较弱小,还不足以通过拼命就能赶走别人,只能继承老祖宗的产业坐吃山空。

　　狄人一直居住在山海世界的北面,那里漫长的冬季冰天雪地和少土的沙石戈壁,近乎寸草不生,恶劣的环境只能允许少数生物存活,人畜得以延续必须与大自然进行艰苦的抗争。数百年的生存中,他们终于知道在南面,有一个"风调雨顺","丰衣足食",有山有水的世界,他们称为山海世界,十分羡慕生活在那里的人们,十分渴望自己也能拥有那样的环境,他们对山海世界虎视眈眈,垂涎欲滴窥视已久。

　　巨神的基因和北方荒蛮的环境造就了狄人的坚韧野蛮。长辈的教育,眼前的现实,使他们的眼界狭窄到只相信自己,不信任所有的外族部落。由此,他们与所有的异族都结下不共戴天的仇恨,无法相处,一旦碰面就心生敌意顿起械杀之心。他们不满足自己已有的地盘和生存环境,要获取环境优良的山海世界。

狄人以杀戮、好战及冷兵器铸造闻名于世,大漠良驹是上天赐予他们得天独厚的运载工具,快速灵活的"战车";冷兵器的制造技术铸造了狄人后天的智慧,他们用漫山遍野的矿石冶炼成金属打造的武器,锋利而坚实;多次残忍械斗,大量的人员伤亡,狄人的部落推进到与他紧密相邻的中原,不断地进行抢劫骚扰,闹得中原人仰马翻、鸡犬不宁。

当时,中原地区最为强大的部落是"商",历代商王出于对自身民族的保卫和土地的捍卫,每年都要集中优秀力量,向北开展一次主动出击屠杀北方游牧狄人的战争,尽杀狄族男人,俘获妇女儿童作为奴婢或性工具,把侥幸活下来的狄人,撵到大漠的深处,让他们远离中原。

狄人并不甘心,只要缓过劲来,就会毫不犹豫地重新组织力量报仇雪恨,不断侵扰,让中原百姓备受其苦。

商王每次大胜后便会大宴数日,摆酒庆功,进而变得居功自傲、荒淫无度。周而复始的以恶治恶,酿成嗜杀成性、残忍无道的恶性循环,社会的不稳造成人心撕裂,使他的部落也渐渐日薄西山,民不聊生,怨声载道。

瘦死的骆驼比马大,在民族存亡的关键时刻,抱团抵抗才是唯一出路。每当狄人入侵时,只要商王一声令下,民众尚能同仇敌忾,齐心协力把敌人赶出自己的家园。商狄之战"殃及池鱼",狄人打不过商人,避其锋芒,制订了新的作战计划,迂回而行,侵扰商人周边的中原部落,这些弱小的部落成为狄人的刀板菜,经常遭遇狄人的滥杀之灾。

商王结下的怨恨无法了断,狄人的凶残更是变本加厉,越来越频繁地骚扰中原。特别是离狄人最近的轩辕部落更是首当其冲,打不过躲不脱,人口锐减,地盘大失,每遇战事必深受其害;狄人不断袭击,打仗屠城,血腥杀人,连年战争,轩辕部落不堪其扰。

游牧的狄族人再次侵犯时,轩辕部落的首领古公亶父作出了一个大胆的决定,惹不起,躲得起,带领部落人众一步几回头,无可奈何恋恋不舍地离开故土长途迁徙。

历尽千辛万苦,千难万险。他们越过漆地、沮地和梁山,迁徙到渭河岐山以南的"周原"地区,算是远远地摆脱了狄人的追杀,初步获得了安宁,从此定居下来,生衍繁殖于渭河两岸。这一时期的历史记载,以地缘为国,由此产生了"周"朝。"周"字的最初写法是：上田下口，两部合成，是田地养活人口的意思。经过数千年逐渐演变之后，才定型为今天的"周"字。

周原地区物产丰富，举目望去满眼都是肥沃的土地，高山流水自然落差，引水浇灌稼禾方便，农耕条件优越，经济发展快速，是天造地设的开荒种植、圈栏养殖的好地方。

古公亶父亲力亲为，身先士卒，带头组织众人就地造田，建设居舍，修筑城池，经过数十年与世无争，韬光养晦，部落的人口逐步增长起来，经济实力迅速壮大，很快成为商朝属下第一强大部落。

为了安全，为了能在稳定环境下发展壮大，轩辕部落勇攀高枝，与中原最强大的盟主商接上联系，古公亶父派出使者，通过谈判与商朝建立起稳定同盟，成为商的属下。后来周作为商王武乙的属国，在商保护下积聚力量，逐步发展壮大。

周朝天子认为，种植五谷果蔬庄稼得以风调雨顺，全仗上天的心情好恶，全凭苍天脸色，把天侍候好，天高兴了就给你笑脸，你便能五谷丰登稼禾富足；没把天侍候到位，或者把天得罪，天生气了变脸发怒，你就得遭受各种灾害，稼禾无收，人畜失旺，瘟疫遍野。所以每年开春的第一件大事就是举行轰轰烈烈的农耕祭天仪式，以此迎接春天的到来。

战国后期，秦国忙于统一六国战事，无暇顾及农业生产，停止了农耕仪式。而今平定天下，秦国的主要任务是治理国家安抚苍生，又要拾起顺应民意，聚集民心的农耕仪式。

老百姓听说始皇帝要举行农耕仪式，一个个奔走相告，兴高采烈欢天喜地，寻着老辈们的记忆，有些人就先把民间的活动搞起来了。美妇清也有意趁此机会看看民风民俗。

那时的秦国，城里小贩原本不多，就是咸阳这样的大城市，交易的主要物品也是从农村运送而来的农副土特产品，商贩主要是往返于城市与农家之间的穿穿儿，他们的家、他们的根在农村，所以，城里人大都对农事有极大的兴趣。

美妇清戴了头纱，带着芳秋、杜辛、吴让等，来到街头一处众人围观的地方，挤进人群。圈子中央一老者正比画着指挥几个年轻人扎制一个竹篾器物。

杜辛走上前去好奇地问:"老人家,您老在这里领着后生干什么呀?"

那老者转过头来笑吟吟地道:"听说始皇帝今年要亲自举行农耕仪式,我们高兴呀,提前准备迎春活动。这不,我正指挥他们糊春牛呢!"

杜辛不解地问:"糊啥春牛?"

老者认真地道:"糊春牛就是迎接春天呀,这个制作方法还是从我老辈那里听来的呢,我老辈也是从他的老辈那里听说的,糊春牛是我们大秦国的风俗,已经有百十年没做过了,这不,我们边想边做呢。"

吴让来了兴致,若有所思地问:"老人家能不能给我们讲讲这糊春牛的事?"

杜辛忙附和:"对对对,请您老给我们讲讲,让我们也长长见识。"

老者瞅了瞅这一行人,打扮气度均不同常人,微笑道:"这是在立春前开始进行的一项风俗活动,按传统做法,过去由官府聘请竹扎能手巧匠,精心制作春牛图像,用竹篾绑成牛的骨架,用春木做腿,披上白色锦缎,扎实豁口,一个春牛的基本形象就成了。再把赤橙黄绿青蓝紫黑各色涂料一字排列摆好,让人蒙着眼睛拿麻丝笔一笔一笔向春牛身上涂颜料,如果涂上的红黄色多,当年就'五谷丰收';糊上的青黑色多,当年收成就不好。所以官府有意多安排红黄涂料,以得民心。春牛糊好后,要举行开光点睛仪式,设立香案,待到立春当天组织人群顶礼朝拜。今年,始皇帝要亲自参加农耕仪式,官府必定很忙,顾不上糊春牛,我就让后生先做了一个。"

杜辛:"这一个春牛要扎多少天?"

老者道:"熟手也得两三天。几十年都没人扎过,现在已经没熟手了,全是生手。我也没做过,也是边做边想边琢磨,按照想象的春牛来做。所以,从破竹节、划竹篾、起竹肉都难以到位,刚才还说呢,反反复复做了些冤枉活。这样下去,怎么也得四五天,才能完工。"老者在话语中表示出他的无奈。

杜辛吴让客气地连连打躬作揖道:"哦哦,晓得了,晓得了,谢老伯指教,让我们听了新鲜,见了实在,开了眼界,开了眼界。"

美妇清一行人继续在咸阳城闲逛,今天城里人真多,熙熙攘攘,热闹非凡。没走多远,又发现一处被众人围着的地方,他们挤进人群来看,这里也是在做迎春活动准备。一老太太满面春风指挥着,几个年轻人挥汗如雨地干着泥水活儿。他们中有的做木活,有的浇水,有的在和泥,一个以桑木为材料的牛形骨架已初步做成,有人正往骨架上抹稀泥。

美妇清示意杜辛去一问究竟,杜辛却用胳膊肘儿碰了碰吴让,意思很明显:还是你去问问。

吴让微微一笑,那意思也很明显:懂了,你不就是想长见识,自己又不好意思问么?他心想,真是小地方来的,没见识,又放不开架子,还死撑面子。想归想,也不耽误正事。他十分谦虚地上前打躬道:"老大妈,您这是在干啥呢?"

老太太见有人来讨教,一下子来了精气神儿,那样子似乎早就等着有人来问,又一直没找到懂事的人,这一下终于逮住了个机会,非常自豪地大声说:"我正带着他们做打春的牛哩。"

吴让搞不懂了:"什么打春的牛,春牛还要打,怎么个打法,为啥要打呀?"

老太太一副洋洋自得的样子:"这事儿也几十年没做过了,我这个年纪的人生下来没做过,也没见过,是小时候从我祖辈那里听来的故事,我祖辈说,是她祖辈小时候悄悄做过这样的活儿,今天我指挥着晚辈边想边看边做,还行,做出来的这个,还是我想象的那个样子。"

美妇清认真地看了老太一眼,满脸皱纹,耷拉着嘴,驼着背,那样子恐怕也有六七十岁了吧,她都没见过,还是她祖辈的祖辈小时候悄悄做过的事,就算她的祖辈只活六十岁,说明农耕仪式至少也有百多年没做了,怪不得,这咸阳的百姓对这事儿这么看重。

吴让继续问:"老人家,春牛糊好了,是不是明天就打?"

老太太微笑着,脑袋摇摆得跟货郎鼓似的:"不不不,不不不,不是你想的那样。这春牛糊上泥,要让它自然烘干,如果在过程中出现裂隙,要修补再糊,再干,再修补,再糊,直糊到泥巴牛不再发生裂隙,那时这牛哇就油光水滑,胖胖乎乎啦。然后在牛的身上,画出四时八节,三百六十日十二时辰的图纹。"

杜辛忍不住好奇地问:"画上图纹干啥呀?"

老太太微笑着,耐心解释:"画上图纹的春牛才有灵性,我们才能诚心实意地把这样的春牛送给老天爷,老天爷才会高兴呢。老天爷高兴了,事情就好办了,他就会管住天上的雷公电母和海里的龙王,让它们不敢欺辱百姓,把好四时,风调雨顺,来年人间才能五谷丰登喔!"

杜辛还是非常不解地道:"天那么远,遥不可及,这泥巴牛怎么送呀?"

老太太严肃起来:"小伙子,可不能乱讲,这天离我们近着呢,什么事能瞒得过天?关键看你是不是诚心。你要是诚心,无意中做了错事,天会宽容你。你要是不诚心,做坏事,老天就会惩罚你,老天随时随地都看着呢。这种天大的事可不能乱讲,乱讲是会遭报应的哟。"老太太一个劲摇头,弄得杜辛不敢随便发话了。

这时那位和稀泥巴的年轻人开腔说话了,瓮声瓮气地道:"怎么送,办法很简单,打呗,狠狠地打呗,把泥巴牛打成碎片,老天爷不但知道了你的虔诚,还会享受了春牛的身体。"

连芳秋都不禁自言自语轻声道:"打春牛还这么讲究哇?"

说者无意,听者有心,话虽讲得很轻声,还是被老太太听到了。

老太太又来劲了,得意地说:"这还算讲究么?真真的讲究还在后头呢。"

吴让见老太太谈兴很浓,便紧追不舍地问:"请大妈讲给我们听听。"

老太太眉飞色舞地道:"首先,打春牛有时间讲究。"

众人不解,近乎异口同声地问:"时间讲究?"

老太太:"对呀,春牛只能在立春前一天打。不光是时间,打春牛的地点也有讲究。"

吴让好奇地问:"地点讲究?"

老太太:"对呀,春牛只能在我们本族官民约定的农坛上祭祀之后才能打。"

有了之前的教训,碰上这类问题杜辛再不敢提问了。吴让赶紧虚心地问道:"请老人家明示,怎么个农坛祭祀?"

老太太:"就是先在城郊选择一片风水宝地,搭起'春棚'准备迎春。春棚要搭在车行人往的要道,便于族人集中的地方,四周插彩旗,表现气氛浓烈。立春的前一天把春牛抬进棚里,所以,你看我们是把春牛做在架子上的。"

杜辛吴让低头一看,果然那泥牛下垫着张用几块木板拼起比一般门板还要长些宽些的平板。

老太太继续说:"人员上也要讲究。"

吴让:"人员上也要讲究?"

老太太:"对呀,第一鞭只能由族人中德高望重的族长亲手扶犁执鞭打'春牛',他这一鞭下去,就表示春耕开始啦。接着才是我们部族的其他人作扶犁耕地的样子,边耕边打'春牛',还要嘴上念着口词。"

吴让:"口词有说法么?"

老太太:"口词的内容也有讲究。"

吴让更加吃惊:"口词的内容上也有讲究?"

老太太:"对呀,所有的人一边打'春牛'要一边高喊:一打'风调雨顺',二打'国泰民安',三打'五谷丰登'。还可根据你自己的想法现场编出一些吉祥如意的口词大声喊出来。"杜辛实在忍不住又开始问:"大娘,为啥要这般复杂地打春牛哩?"

老太太:"听老辈说打春牛有送寒气,促春耕,获取吉祥的意义。届时不但要把土牛打碎,参与打牛的人还要争抢春牛的土,这就是抢春,谁抢的土多,谁抢到牛头的土最为吉利。"

那时打春牛的确有程序:参与的人们要依次向春牛叩头,拜毕之后才能由部落选出优秀的"打手",按照先头后尾的顺序将春牛打碎,然后,大家高喊着自己认为最吉祥的口词,一拥而上,前去争抢糊在春牛骨架上的泥土。

当时有这样的说法,多抢春牛土,多子又多福。由此看出,打春牛也是一种繁殖巫术,把抢到的春牛泥土,撒在自家牛栏内就可以促进牛的繁殖,撒得越多来年繁殖的小牛崽就越多,添牛添福。

老太太好像早就想作这番介绍,却又一直没有机会,这番言语窝在她心里很长时间了。现在她巧妙地用回答别人提问的方式,把她从老辈子那里得来的有关春的知识,加上自己的想法都说出来了,既没人嫌她唠叨,也起到了宣传效果，真是一举几得。

老太太舒了口气，显得十分平静、安详，脸上洋溢着喜悦，明眼人都能看出，她抑制住内心的激动。

"这打春牛的活动还真讲究。"杜辛的赞美让老太太更加美滋滋的。

美妇清一行人也因此知道了打春牛的渊源，更知咸阳的民风民俗与巴郡大有不同，受益匪浅，开眼界长见识，各得其所。

始皇帝首次发起的农耕仪式，在秦国民间可谓隆重热闹，王公大臣与农家院里都高挂"春幡"，许多人家的门框上刻写着"一门欢笑春风暖"、"四季祥和淑景新"，或"瑞雪丰年，八方献福"、"春风得意，六合同春"等联语。

许多院子内、屋内墙上也挂满"迎春"、"宜春"以及"福"字，庭院一片朱红景色，显得春意浓浓，喜庆吉祥。

不管是城里还是城外，不管是公家衙门还是私家小院，大人孩子都换上洁净的新装，妇女们脸上涂抹着脂粉，头上插写着春字福字的红绒花，或用彩色绫罗，剪出象征春天已到的春燕花鸟簪在发髻上。

有的人家在木门上刻个红色雄鸡，因鸡与"吉"谐音，取吉祥如意的意思。"剪绮裁红妙春色，宫梅殿柳识天情。瑶筐彩燕先呈瑞，金缕晨鸡未学鸣。"这首后来的古诗写出了当年春色满院，欢乐迎春的情景。

在秦国的大城小镇，那几天能看到抬上"春官"游行显威的仪式。

这种仪式的形式是，在民间选择一个立春那天出生的人，如没那么多立春出生的人，就选择在春天出生的人，前后越靠近立春越抢手。四个"力夫"用敞篷轿子把那个洗梳干净，穿戴整洁的"春官"从家里抬出，组成浩浩荡荡的仪仗队伍。这支"扛春"的队伍，前拥后挤，威风无比。队伍中有"报春子"，一个接近"春官"前出生的一人；马弁，由族人伴成春官的跟班。这些人身着长袍马褂，或各样奇装异服，坐在二人抬的独木杠子上。他们也不白白让人抬着，在行进中要做戏，打诨逗趣，引围观者发笑。

迎春的队伍由四面八方拥向家族的祠堂，集中整理后涌向县衙报喜迎春，之后开始游春。

大姓家族的锣鼓队、仪仗队走在前边，四人或八人抬着的巨大"春牛"走在后边，再后是装扮成各种人兽鬼神的表演团队。

游行队伍边走边舞,浩浩荡荡,鞭炮阵阵,锣鼓喧天,十分壮观。游遍周围村庄的大街小巷,队伍进入春场,就是今天的检阅场,绕场两圈,然后各自列队站在安排的场地位置,那样子像今天召开运动会的入场式,参加表演的人一个个提振精气,神威十足。

司仪恭请县大老爷上主席台入祭坛安坐,观看群众报春仪式。

身着奇装异服的"报春子",登上报春台,手执红黄各色彩旗,每人大声向县太爷高喊一句话,不得重复。上场的第一人高声呼喊——"一报风调雨顺",下面场子里的群众同声呼应;第二人高声呼喊——"二报五谷丰登",群众同样同声呼应;第三人高声呼喊——"三报国泰民安",群众再同声呼应。依次往下,直到词穷声尽。越往后越考人,不时报出一些笑料,活跃现场气氛。

每个上台来报春的人,县太爷都要打赏。那些口齿伶俐,能说会道的人可是派上了用场,他们可以反复上场,得到不少赏钱。

咸阳城立春前几天,也有人搞起"闻鸡起舞",象征催人勤劳的戴春鸡活动。一些妇女用土布制作成相当于今天几厘米长的雄健公鸡,缝在自己孩子帽子的顶端昂扬向上,表示祝愿"春吉(鸡)",欢迎立春日。

也有妇女用麻线穿一串豆子挂在牛角上,或用麻豆撒在牛身上。这样做,可以使幼儿免患麻疹,避免将来孩子脸上留凹坑成为"麻子"。一串豆子挂上牛角称为"禳儿疹";用麻豆撒在牛身上称为"散疹",说白了就是要赶走妖孽和作怪的邪气,保自己后代无灾无病,谁都不愿意自己的子女患麻疹,成为麻子。

还有人摆"咬春宴"哩!

什么是咬春宴?也就是当时,战争结束了,六国统一了,天下回归太平,百姓安居乐业。中原地区的人喜欢热闹、讲究舌尖品味,进补适合春天抗病的食物,即为"咬春宴"。

大家知道由始皇帝亲自主持第一个农耕仪式,"立春"仪式将从此被固定下来传承下去。为此,有人对立春进行专门研究。

立春是一年中的第一节气,这个节一过,大地的温度逐渐升高,天气由寒转暖,人体腠理变得疏松,对寒邪恶气的抵抗能力有所减弱,这是常规年份的情况。但世事难料,气候就像三岁孩童的颜面,说哭就哭说笑就笑变化无常,也许乍暖长暖,也许乍暖还寒,特别是在北方地区更是冷暖不定。

所以,初春时节不管北方南方,年老体弱的人换装尤其需要审慎,不可骤减。老人亦云:"春冻半泮,下体宁过于暖,上体无妨略减,亦养阳之生气。"另一方面,立春之后人的内阳之气会一步步向上升发,机体里的气血需要舒展畅达,人们宜夜间早卧清晨早起,免冠披发,松缓衣带,舒展形体,多做户外室外活动,克服倦懒思眠无精打采状态,要使自己的精神情志与大自然的勃勃生机相适应,力求身心和谐,精力充沛。

同时也要知道,此时各种致病细菌、病毒随着阳暖天气生长繁殖,温热毒邪开始苏醒活动身姿,现代医学所说的流感、流脑、麻疹、猩红热、肺炎也在此时多有发生和流行。

秦代没像今人这样有预防措施。那时人们唯一的方法是进补。一些有钱的大户人家,从老辈那里学来选定具有辛甘发散特质的食物进补,让身体顺应天时。

那些人明白了春季养生顺应春天阳气生发,万物始生的特点,就要想方设法保住阳气。所以,他们着眼于一个"生"字。

按自然界属性,春属木,与肝相应。这是五行学说,以五行特性来说明五脏的生理特点,如肝主疏泄,有疏泄功能,在志为怒,恶抑郁而喜调达。自然界中木有生发特性,故以肝属"木"。春季精神养生要力戒暴怒,更忌情怀忧郁,做到心胸开阔,乐观向上,保持心境恬愉的好心态。

秦人已知充分利用、珍惜春季大自然"发陈"的大好时机,借阳气上升,万物萌生,人体新陈代谢旺盛之时,通过适当调摄吸进,使春阳之气得到宣达,代谢机能得以正常通运。

春天适宜进补一些辛甘发散之品,不宜食用酸收之味。有中医老郎中告诫说:"肝主春,……肝苦急,急食甘以缓之,……肝欲散,急食辛以散之,用辛补之,酸泄之。"在五脏与五味关系中,酸味入肝,具收敛作用,不利于阳气的生发和肝气的疏泄。

饮食调养要投脏腑所好,如违背脏腑本性就会受苦而苦不堪言。欲者,为本脏之神所好也,可以进补。苦者为本脏之神所恶也,就不宜进补。

明确了上述关系,秦时民间闲人就有目的地选择一些柔肝养肝、疏肝力理肝气的草药和食品,如枸杞、郁金、丹参、元胡等,选择辛温发散的大枣、豆豉、葱、香菜、花生等进行灵活配方膳用,一些家中殷实或有钱有势的大户人家就能有效地选择春食。

平头百姓普通人家的"咬春宴",主要是吃春蚕、萝卜、五辛盘。

五辛盘是由五种辛辣食物组成的佐料,用葱、蒜、椒、姜、芥等调和而成,作为就餐的调味品。

春天为啥要多吃萝卜?

普遍的说法是萝卜可以解春困。

什么叫春困? 俗话说"二月桃花天,男人走路妇人牵"。由于立春以后的那些天,大地形成一个渐暖回阳的温室效应,不冷不热的普遍环境,容易让人发困,随时随地瞌睡,就是"春困"。咬春吃萝卜并不仅仅局限于解除春困,用现代医学研究的成果来解释,常吃萝卜还有助于软化血管,降血脂、稳血压、解酒、理气,具有营养、健身、祛病作用。萝卜还有通气,使人保持青春不老的作用呢。这就是古人提倡在立春时节众人嚼吃萝卜的本来用意。

那时候的立春前,咸阳城卖萝卜的小贩挑着担子走街串巷叫卖:"水萝卜哎,又脆又甜哟,吃进嘴里,心头甜哟!"

主妇们听到喊声,慌慌忙忙出院门挑好萝卜,小贩用小块刀先嘎巴一刀,将水萝卜去顶,再飞快几刀开去萝卜皮,不切断,让它与芯成"苞"状,再将红萝卜芯按方样儿横竖几刀切成条状,整个萝卜成了一朵盛开的"红牡丹",非常好看。拿回家去全家人掰开嘎巴、嘎巴咬着吃,真是又脆又甜又有点辣的极水灵的春令食品。

"春蚕"在今天就很普遍了,是大家都知道的"春卷"。春蚕,是古代迎春时装在春盘里的传统节令食品,是用干面皮包椿树嫩芽、卷心菜、胡萝卜、猪肉丝、羊肉丝、香菇丝、豆芽、韭菜、韭黄等馅心,经煎、炸而成的食品,形似"蚕"状。后来有人在书中写到,"京师富贵人家制造面蚕,以肉或素做馅……名曰探官蚕。又因立春日做此,故称探春蚕"。再后来,"蚕"字音谐转化为卷,就成为当今"春卷"了。春卷外焦内香,是很好的春令上口食品。

那时候,在咸阳街市就出现了不少叫卖春卷的小贩。

十四

大秦朝的农耕仪式就要举行了,仪式安排在立春当日。

老百姓奔走相告,把它当成当年生活中最大的喜事,高兴劲儿就甭提了。

到了那个日子,几乎整个咸阳城的人都来到了街上。秦皇宫内一派繁忙,作为一统天下后的第一个农耕仪式,始皇帝将亲自主祭,他要前往高高的祭坛,演绎大秦帝国对体民农耕的看重,诏告天下,从此罢兵,休养生息,过安稳日子。他张扬以农为重的理念,是要让天下人树立生活的信心,活好的勇气。他要这次浩大的农耕仪式,引起天下瞩目。

始皇帝出巡的排场是很大的,虽然在半夜三更,也要派出军队沿途警戒,还有人仔细检查道路,保证始皇帝的车驾顺畅前进,要是路上遇到塌方、倒下的树木堵塞道路情况,就会被视为不祥之兆。如果不及时清理,朝廷追究起来,说不定又要处死不少人。就算是为了自己的小命,下面办事的人也不敢怠慢。在仪式开始的前几天,已经有不少人到处检查道路了。

今夜的出驾非常顺利,这肯定与大批士兵沿始皇帝出行的路线布防警戒分不开。

始皇帝的大型车队慢慢出城而去。

杜辛眼里是人山人海。他们正在出城的路上。美妇清的车驾和其他贵妇的车驾混在一起,紧跟在始皇帝车驾的后面,杜辛随美妇清车驾右侧护驾行走。他感觉到许多目光聚集在自己身上,这一刻他才真正领会跟着"大人物"当差是多么的神气。

街道中间当然是车队行走,两边是举着火把的士兵,再远一点,才是看热闹的普通老百姓。这些老百姓是离始皇帝最近的普通人,他们实际上什么都看不到。在他们面前摆着香案,表明对始皇帝的遵从,也是对神灵的态度。他们跪伏在地上,只有在车队经过以后,才能起来。要是有人桀骜不驯不肯跪地,或是偷偷摸摸想抬起头来观望,多半是要被当成刺客,所以,没有人去无事找事,所有人都很顺从。离得远一点的地方,估计弩箭射不到的位置,普通百姓才能够站立。

原本秦始皇也可不用亲自主持农耕仪式,毕竟天下初定,要忙的事情很多,但事情不能这么看。在秦国统一天下以后,如何让这个大国强起来,这是最重要的事情。

现在整个国家以休养生息为主。让人口得到繁衍,首先就得有粮食。在战国七雄相争的时候,粮食不够了,可以向别国高价购买,或者勒索弱国。

现在不行了,全天下都是秦始皇的子民,又能够找谁去买、去勒索呢?总不能在同一个国家把人分成三六九等,继续加重原来六国旧地的负担,来养活关中人吧,那样岂不是逼着人造反,把刚刚一统的国家搞破产么?与大秦国相邻的国家,发展程度都很低。他们骚扰秦国边疆,其中一个重要原因,就是抢粮食。俗话说得好,只有千日做贼,没有千日防贼。那些所谓的敌国实际上只是以部落形式存在的蛮夷之地,抢粮食的人有时甚至是临时喊上一些乌合之众,根本就不是秦国军队的对手。现在秦国这么大,自己的人吃粮都成问题,哪里还会有被抢的粮食?说白了,大秦国这些年的战争创伤,土地荒芜,无人耕种,已经无粮可抢了。

农耕仪式的举行,代表朝廷认定的春天就开始了,这件事对老百姓是一个给力的信号,在政治上意味着从此不会再有大规模的战争,不再有大规模的血腥杀戮,百姓从此可以自由自在地生活。从这件事上看,始皇帝的确称得上一个有心有眼的皇帝。

立春在季节上揭开了春天的序幕,表示万物复苏的季节开始了。对当时的大秦国也预示着"百废始兴"和稳定的经济社会从头开始,老百姓有了真正意义上的生活。

立春的到来,人们明显地感觉白天逐渐延长,太阳也会越来越暖和,气温、日照、降雨明显改变,趋于上升和增多。

农谚说得好:立春雨水到,早起晚睡觉。备耕、理肥、整地等各种农事拉开序幕,城里人也会借着明媚阳光,走出门户踏青寻春,体会那最细微最神妙最心旷神怡的春意,充分享受人生。

高耸的祭坛是蒙武将军事前带领士兵修筑的,地点在咸阳城东郊外的一大平原上,周围一望无涯,放马平川,平原的尽头才是郁郁葱葱的华山山根。

有人要问,为什么要把祭坛设在首都的东郊,而不是西郊、北郊、南郊?

这次仪式祭拜的对象是春神句芒,据说他居在东方极乐世界,祭拜就是为了把他请出来,让他保佑民间顺畅。民间凡人要与神仙说说"悄悄话",祭坛设在东郊可让神仙少走路,不使他劳累。再说啦,太阳从东方出来,最先照亮大地的第一缕霞光来自东方,顺着日出方向,使神仙不至于因光亮不足而摔跟头。

祭坛第一级台案主案供奉着泥塑的句芒大仙骑春牛,今年大秦帝国的农耕第一祭为"神祭",就是直接祭祀神仙。

古时,讲究五行,有金、木、水、火、土五种神仙:金神叫"蓐收",木神叫"句芒",水神叫"玄冥",火神叫"祝融",土神叫"句龙",农耕仪式敬祭句芒神,所以也叫敬木神。

句芒是少昊的后代,伏羲的谋臣。他鸟身人面,落地能行走,展翅能飞翔。死后封为木神,主管树木的发芽生长,而树木和各种植物发芽生长在春天来临之际。所以,人们把木神刻画成春天骑牛的牧童。他头有双髻,手执柳鞭,又被称为"芒童"。

祭坛上的句芒身高三尺六寸五分,代表农历一年三百六十五天,他手上的柳鞭长二尺四寸,象征一年有二十四节气。木神掌管农作物及草木的生死大权,因而他是历朝历代农耕仪式被祭神仙的主要代表。

祭坛上春牛的筑造和刻画也是非常讲究的。

古代祭春神,塑造的牛角、牛耳、牛尾的颜色是随着祭祀那年立春的具体时日所决定的。比如,甲乙日为青色,丙丁日为红色,戊己日为黄色,庚辛日为白色,壬癸日为黑色。牛胫的颜色与年号相关:亥子年为黑色,寅卯年为青色,巳午年为红色,申酉年为白色,辰戌丑未年为黄色。

公元前221年是始皇元年,为庚辰年(龙年),祭坛上供奉的那头牛的角、胫、耳、尾皆为浅黄色;牛蹄颜色随五行而定:金为白色,木为青色,水为黑色,火为红色,土为黄色,牛蹄自然是青色。

这一年在五行中属金,所以牛蹄为白色。牛尾朝向,牛口开合是按阴年阳年确定,阳年牛尾左缴,阴年牛尾右缴,阳年口开,阴年口合,公元前221年是阴年,牛尾朝右,牛口闭合。

牛笼头拘子用桑拓木做成,牛笼头拘绳要以"立春日干支"而定。子午卯酉日用苎绳,寅申巳亥日用麻绳,辰戌丑未日用丝绳。绳子的颜色也有讲究:甲乙日为白色,丙丁日为黑色,戊己日为青色,庚辛日为红色,壬癸日为黄色。牛踏板以"阴、阳年"而定:阳年用悬门左扇,阴年用悬门右扇。那祭坛上牛的形象色彩都是按要求一丝不苟地塑造出来的。

祭坛第二级台案是上贡品的地方,摆有用于祭祀,叫做"牺牲"的食草动物新鲜宰杀的尸体,全是真家伙。案几上有马、牛、羊、鸡、犬、豕等牲畜,后人称为"六畜",这种祭祀方法叫"食祭"。神仙也怕饿肚子,也是膳用五谷杂粮,照样一日三餐,照样馋了要打"牙祭"吃肉食,解解馋。

祭品中还有不少玉帛,都是真金白银的上等货,神仙与凡人一样也讲究穿着打扮,也需要用饰品把自己装扮得光鲜靓丽。

公元前221年2月9日是农历立春的日子。

提前三天,始皇帝便开始按照仪式礼节要求准备:禁欲,就是不行房事;淋浴,每天洗澡两次,早晚各一次;淡膳,不吃荤菜了。

朝廷还发出"承天旨意始皇帝圣宣",要求不管是官是民所有参加祭祀和参观祭祀活动的人都要净身,象征洁净;淡膳,不吃荤菜表示虔诚。

公元前221年2月9日凌晨,天还没亮,始皇帝便亲自带领三公九卿诸位大夫,参加祭祀。拥簇在他身边的人,除了美妇清外,少不了左丞相王绾,右丞相李斯,中车府令赵高,上卿姚贾,上卿顿弱,大将军王贲,大将军蒙武等一干人马。这群人臣随着车轮滚滚,浮尘飞扬,跑步去咸阳东郊八里之外的祭坛。

早上四点四十六分零四秒,当祭坛值星官报出"天放亮了"的信号后,这个信息从东方经过一个一个的"中间人"传到祭坛,坐在祭坛外的人们顿时轰动,他们都知道自己应该做什么了。

李斯着手整理宫中百官到指定的地点站队。

王贲、蒙武着手整理参加祭祀队伍的队列队形。

五点十六分零二秒,值星官报出"太阳出来了。"

这个信息告诉大家,他已经看到第一缕阳光射出云层。他的声音同样通过一个又一个的"中间人",毫无悬念地从东方一站又一站地报向祭坛:"太阳出来了"。

人们紧张起来,这既是他们盼望已久的信息,也是他们抑制不住内心亢奋的信息,下面的节目必然精彩纷呈。

当日的司仪官为左丞相王绾,他素服加身,手握"指挥棍",神色凝重,表情严肃,只听他高声道:"擂鼓!"

由百名士兵组成的擂鼓方队在"咚,咚"两声引鼓的导令下,如疾风暴雨般欢快地轰鸣起来,足足击打了三通,逐渐衰减。

内行人一听便知,这开场打的是起点鼓,由慢到快;中间打的是丰收鼓,其中包括"葵花朵朵向阳开","六畜兴旺人发财","喜庆新年迎丰收";最后打的是退场鼓"苍天献春万福来"。

鼓声刚落,司仪官左丞相王绾高声道:"鸣钟三阵——!"所谓鸣钟三阵就是撞击三声钟响。

早已做好准备的几十名士兵协调一致,"嗡——嗡——嗡——!"撞击着挂在祭坛两边大木架上的两尊青铜大钟,每撞一次要相隔数十秒,让回声结束才撞第二次。

大钟三声铿锵悠远的轰鸣在大地上久久回旋。

这三声钟响可有说法:第一声表示团结一致,第二声表示齐心协力,第三声表示民心凝聚。

钟声初定,司仪官左丞相王绾高声道:"奏大乐——!"

祭坛前面的那排24乐的编钟便响起了叮叮当当的韵律,清脆、悦耳,令人凝神静气。

编钟是祭祀风师、雨师和雷神的,这些人神大师的喜怒哀乐,一颦一笑,一举一动,都与农耕经济直接相关,紧密联系,他们在天上打个喷嚏,人间就会患感冒。所以那些敲打编钟的人格外认真,编钟发出的韵律悠扬回味,要让神仙着迷,充分享受……

你听,它们时而激越,时而婉转,或似洪峰中流,或似高山流水,或似溪流潺潺,跌宕起伏,错落有致。

待到编钟回味无穷的声音完全安静下来,王绾才指挥进行下一个程序。

这个程序是执事者各司其事。

中车府令赵高,带领宫廷人员整整齐齐步入祭场,美妇清站在宫廷人员的"1号位"。这肯定是始皇帝的安排,可见美妇清在始皇帝心中已经到了无人替代的位置。

右丞相李斯,带领各位封疆大吏、地方大员熙熙攘攘步入祭场;

上卿姚贾、顿弱带领朝廷机关大员拥拥挤挤涌入祭场;

大将军王贲、蒙武一阵队列口令,带领军界将领整整齐齐跨步进入祭场;

最后是主祭者始皇帝就位。

他披散着头发,穿一袭宽敞厚重的玄色大披风,在春风的吹拂下,迈着方步不紧不慢健步入场,肃穆而立。那宽广的主祭场上空旷、宁静,始皇帝的中等身材,格外醒目。

王绾高声道:"净手——!"

始皇帝走到右侧,两名兵士抬着的青铜鼎让他洗了洗手。

王绾高声道:"复位——!"

始皇帝有板有眼地回到祭坛下中间的位置。

王绾高声道:"燃香——!"

一名军士从旁边走出,给始皇帝献上一炷粗大的高香,另一名军士马上举着火把来到始皇帝跟前。

始皇帝双手接过高香,在火把上点燃,走向香案把高香端端正正地插在香案的正中央。

王绾高声道:"复位——!"

始皇帝退回到敬香前的位置。

王绾高声道:"承愿——!"然后,他引一句,始皇帝及其所有参加祭祀的人跟一句。

王绾高声道：一年之计在于春，一生之计在于勤。

大众：一年之计在于春，一生之计在于勤。

王绾：人勤地不懒，秋后粮仓满。

大众：人勤地不懒，秋后粮仓满。

王绾：春打六九头，七九、八九就使牛。

大众：春打六九头，七九、八九就使牛。

王绾：人误地一天，地误人一年。

大众：人误地一天，地误人一年。

王绾：立春雨水到，早起晚睡觉。

大众：立春雨水到，早起晚睡觉。

王绾：立春雪水化一丈，打得麦子无处放。

大众：立春雪水化一丈，打得麦子无处放。

王绾：土地是个聚宝盆，又出金来又出银。

大众：土地是个聚宝盆，又出金来又出银。

王绾：也收早，也收晚，也收深，也收浅，也收勤来也收懒；该早就早，该晚就晚，该深就深，该浅就浅，勤动脑筋不停闲。

大众：也收早，也收晚，也收深，也收浅，也收勤来也收懒；该早就早，该晚就晚，该深就深，该浅就浅，勤动脑筋不停闲。

王绾：农业兴，百业旺，粮棉无收断百行。

大众：农业兴，百业旺，粮棉无收断百行。

王绾：地是刮金板，人勤地不懒。

大众：地是刮金板，人勤地不懒。

王绾：人勤地生宝，人懒地长草。

大众：人勤地生宝，人懒地长草。

王绾的声音高亢，回长而有尾音。

大众的声音轰轰隆隆，虽不怎么整齐，但却都是发自肺腑，有祝愿也有提醒，有鞭策也有激励。

王绾："承愿毕——！"

王绾静等了一会儿，高声道："在皇帝带领下立姿向春神鞠躬。一揖——！再揖——！三揖——！礼毕。"

始皇帝带领众人,虔诚地向祭坛上的春神三鞠躬。

王绾又高声道:"在皇帝带领下跪姿向春神叩首,一叩首——！再叩首——！三叩首……九叩首——！复位。"

始皇帝带领众人一连叩了九个响头才站起身来。

繁琐的祭坛仪式总算结束。

看到这里,客官您总算可以松一口气了。但是,始皇帝还不能松气,因为农耕仪式的其他活动还没有结束。

啥活动?

下地开犁,这是今天仪式的重头戏。

啥叫"开犁"？就是到皇家园地去犁地。这是男人们的活计,女人是不得参与的。

司仪官王绾高声道:"女眷退场——！"

始皇帝侧身向美妇清点点头,美妇清便随那些女眷回避,她们可以回宫回府休息了。

王绾和赵高把始皇帝扶上六骏大车,车夫扬鞭,骏马展蹄,带着男人们呼呼隆隆去皇家园地。

大家让始皇帝只有十多岁的大儿子扶苏穿上宽袍大袖官服,戴上很大的官帽,脚蹬大号码子的官鞋,扮作一个十分夸张的官老爷样子,骑上一头大青牛,让四人抬着,跟在始皇帝的马车后面,向着皇家园地而行。带领百官祈祷保佑风调雨顺,五谷丰登。

那些民间的鼓吹大班、抬阁队、高跷队、地戏队、秧歌队紧跟在朝廷队伍的后面,蜂拥向前,以示全民响应。

祭祀队伍所经沿途,百姓敲锣打鼓,放竹仗炮夹道观看,以表示人人都在迎接春天到来。

队伍来到皇家园地,远远看到只有几岁的始皇帝的小儿子胡亥早已穿着青衣,戴着青帽,站在皇家园地田野正中。

王绾指挥百官,在人们大敲锣鼓,大扭秧歌,高喊"春语"的热闹场景中,从田野里将小胡亥拜迎出来,这叫"迎春到"。

美妇清

接下来出场的是始皇帝。

始皇帝这一辈子做过很多事,就是不懂耕田。他已经先行练习,还找来乡间的本分老农指教呢。

人们让开一条道路,始皇帝从车辇中下来,走到园地中央一架牛拉的犁头面前,捡起地上的铁犁,拉去犁把上的红绸准备开犁。

赵高赶紧绕到前面牵牛绳。

李斯摘了一枝柳条做牛鞭,来到牛身旁。

王绾从太监手中接过装满种子的盒子,抱在身上。

姚贾、顿弱手握木锨跟在王绾身后。

始皇帝见大家都准备好了,一声高喊:"驾——!"

李斯一鞭打向牛腚,赵高牵牛前走,始皇帝扶正了犁紧跟牛步,一条"白沟"即刻展现在脚下,王绾丢上种子,姚贾、顿弱手握木锨盖上浮土,进行一条龙服务,君臣之间配合得非常默契,给天下人演绎了一场团结互助、齐心协力、奋勇向前的大戏。

他们走走停停,停后又走,艰难地耕完一垄地。一个个在春阳之下已是饥肠辘辘,口干舌燥,都觉得四肢无力,累得坐在地上,真正体会了一把农夫的辛苦。

始皇帝其实就是做个样子而已,但这个样子也很重要,它体现了始皇帝对农耕的重视。很多时候,做做样子比空口说白话要好很多;倡导性地讲讲话和亲自下田耕地完全是两个概念,这下子,大秦帝国那些下级官吏知道该做什么,怎么做了。

过了一会儿,大家有些倦意,懒散地坐在那里,没人说话,没有响动,大地安静了。

迷迷糊糊之中,对面突然传来一个女音高喊:"喝粥喽——!喝粥喽——!"

美妇清带着几个宫女从车上取下器皿,有的端着,有的抬着,向始皇帝他们走来。

真是久旱逢甘雨,雪中送热炭。

始皇帝的困顿一扫而光,高兴的心情难于言状。他此时看美妇清就像落水者在茫茫大海中遇到一艘帆船，像失足者从山巅下坠之中忽然抓住一丛灌木。这一刻，这一幕不但在现场打动了许多人，也深深打动了许多后来文人骚客的心。元代史学家费著，在整理历史文献资料时，从文库中看到这里，心潮澎湃，赞叹不已。要知道，自从始皇帝重开农耕仪式以来，直到宋朝都未中断，农耕持续了一千多年，成为华夏文明的主要社会形态。费著联想到自己所处的这个时代，当政者是不重视农耕的马背民族。举目望去，原野荒芜，杂草丛生，他不禁黯然神伤。不过，他并没有忘记史官公正写史的职责，在编撰《岁华纪丽谱》一书时，还是怀着高兴的心情，形象地写下了这样的文字：二月九，龙抬头，天子耕地臣赶牛；正宫娘娘来送饭，当朝丞相把种丢。春耕夏耘率天下，五谷丰登太平秋。他大加称赞始皇帝开了个好头，让后世都有了遵循。他把美妇清写成了始皇帝的正宫，看来美妇清虽然坚辞皇后的名分却已经做了皇后该做的事情，不是皇后，却胜似皇后。

那晚回到宫中，褪去一袭脏袍，洗净了一身尘土，坐上睡榻，始皇帝还情不自禁地着实把美妇清好好夸耀了一番。

始皇帝："今天，当我犁完一垄地的时候，真是又累又饿，都懒得动弹了，农夫实在太辛苦。"

美妇清："圣上您一年才犁一垄地，农夫每天要犁多少垄呀，他们的劳动强度不知要大多少倍。所以嘛，今后您这个万众之尊的皇帝出圣宣政策时，要多想想老百姓的苦日子。"

始皇帝："这倒是，前些年一直打仗，没有把农耕放在心上，今天有了亲身体验，今后是忘不了的。"

美妇清："这就好，您这么做是我们大秦百姓的福分，大秦老百姓有奔头了，我要感谢圣上，我还要代表大秦的老百姓感谢圣上。"说着就要叩拜。

始皇帝："别别别，别别别，咱俩不是说好么，怎么又记不住了？"

美妇清微笑着："谢圣上隆恩。"没有再往下叩拜。

始皇帝很快把话扯到他与美妇清之间的话题上："今天晌午，当我犁地犁到口干舌燥，浑身无力时就想，要是有人送点水来多好啊。结果，你就及时出现了，在那边高喊喝粥。你真是我的及时雨，你猜我当时是个什么样的心情？"

美妇清

美妇清:"我才没想那么多哩,今天天不亮圣上就去了祭坛,巳时过了还不见回宫,我只想谁也难熬这么长久的时间啊。我知道,圣上是一国之君,加之又是首个农耕节,绝不能半途而废,就安排御厨做粥了。"

始皇帝:"你是越来越懂我,我也越来越舍不得离开你了。"

美妇清:"这本是我应该做的,民女为圣上做点小事,仅仅是表达点心愿,何需挂齿。"

始皇帝:"这不是小事,这是心中有我,是真感情。"说着就要去脱美妇清的衣服。

这一回,美妇清倒是主动,她自己脱去衣服,顺从无比。

始皇帝感到十分满足,又一次提出要让美妇清主持后宫母仪天下的事。

始皇帝道:"大秦国的后宫长期没个主持很不合适,如果后院乱了,我要花精力安定后宫,还有什么心思主持国家大事呢?"

美妇清:"圣上应该从您的帝妃中选出一个贤能的皇后。"

始皇帝:"这个皇后非清莫属!"

美妇清颇为感动地侧着身子搂着始皇帝道:"秦国刚刚结束战乱,六国余孽心有不甘,还时不时地进行骚扰,百姓们盼望国家安定,人心思稳,休养生息。朝廷也急需大量物力财力作为机动,尽快医治各地战乱制造的创伤。巴郡乃丰腴之地,鱼米之乡,我在那里可以组织百姓为陛下生产大量稻米、小麦、皮革、夏布、药材,还可做金疮药,提炼水银,以备朝廷公用,减轻百姓负担,这也是大事,有人说手里有粮才会心里不慌,踏踏实实喜气洋洋。"

始皇帝:"这也是个理由,但清在咸阳照样能利国利民。"

美妇清道:"民女还要为陛下炼出长生不老药呢。"

始皇帝不舍地道:"这倒是一项无人可以取代的工作。"

老实说,始皇帝身边不缺乏女人,也不缺乏漂亮女人。人言道,后宫一千,佳丽八百。那时每过三五年都要进行一次全国性选秀。选出来的全国美人儿,主要供皇帝一人独享。始皇帝可说是应有尽有,毫不或缺。但能让始皇帝真正倾心和钟情的女人却不多,特别是能以事业相托的就更是微乎其微。

要让始皇帝倾心和钟情至少基于三个方面,一是能使他身体愉悦,这一点比较好办,许多女人都有这个看家本事;二是家财富余扎实还要有利于国家,这一点比较难办,那时战乱频仍,公子王孙已耗尽财力,也可能不乏漏网之鱼,但少之又少;三是要关注他的长生不老,这一点一般人根本做不到。

美妇清能满足始皇帝这三个要求,而且深明大义,所以她能让始皇帝倾心和钟情。

始皇帝一时没了言语,沉思起来。

美妇清似乎看出些什么,问道:"圣上有心事?"

始皇帝抬起头来:"我在想,不打仗了,秦国现在最缺什么?"

美妇清一语道破:"当然是人口了。"

始皇帝惊奇地问:"为什么?"

美妇清:"虽然战争需要人口,和平建设照样需要人口,今后圣上要在建设中大展宏图,更需要大量人口来医治战争带来的创伤哩。"

始皇帝算服了眼前这个漂亮女人了,她能把他的心事看得清清楚楚,透透彻彻。

始皇帝盯着美妇清,口气柔和地问:"怎样才能快速增加人口呢?"

美妇清:"只要有了吃的,用不了多少年,人口会骤然增长起来。"

始皇帝:"这个道理我明白,我今天不是带头去祭祀'句芒'大神了吗?"

美妇清:"圣上今天的确做出了表率,带了好头,但这只能代表皇家的心愿,还不能说明百姓的心愿,即使百姓有了心愿,还要全力调动积极性,才能真正多打粮食。"

始皇帝:"调动老百姓的积极性?"

美妇清:"对。"

始皇帝:"怎么个调动法?"

美妇清胸有成竹地道:"第一,圣上可以下圣旨,从今年开始在全国评选'轩农'。"

始皇帝:"就是评选农耕技术很好,打粮食多的优秀农民?"

美妇清:"正是。"

始皇帝:"这好办,让司农草拟几条标准,达到标准就自然评选出来了,这些人评来干什么?"

美妇清

美妇清:"圣上可以从'轩农'中挑选一批诚实醇厚、乐于助人的农人为师,就近分配到各郡各县,常年指导农业,下一年还怕不能多打粮食么?"

始皇帝:"这是个好主意,即日就可办理。"

美妇清:"第二,今后每年播种时节,各地要注意帮助解决'工本艰难'问题,对那些缺乏种子的困难农户,官府可从府库中借出种子,让困难农民先种上,秋后再还,不可耽误农时。"

始皇帝:"先借后还,全国种粮的多,打粮食就自然多,也是一个好办法。"

美妇清:"第三,每年秋收后,各地要认真发现各郡各县中精耕细作、辛勤劳动、农耕技术一流的能人,逐级上报朝廷,在全国通报表彰,当地郡县还要给他们披红挂彩,敲锣打鼓抬着这些能人巡街游市,让他们风光满面、光宗耀祖,以便更多的农民羡慕他们、学习他们。"

始皇帝:"这样就能调动更多人的积极性,把土地收拾好了,就能多打粮食,先进得到表彰,种粮的人就会越来越多。好主意,好主意,都是好主意!"

美妇清:"圣上坚持一二十年,大秦国就会人丁兴旺。"

美妇清出的这三个主意确实是高招,这样一来,始皇帝更加离不开美妇清了。他再一次提出要让清留咸阳,母仪天下。

美妇清思考了一会儿,仍旧没有答应。

始皇帝看出清是真心实意,他不愿强迫清做不情愿的事,便难以割舍地说:"好吧,让我想想,如果你执意要回巴郡,我放你回去,但你要经常回咸阳,朕想你的时候,要随叫随到!"

美妇清:"嗯,现在巴郡到咸阳的驿道已有所拓宽,来咸阳比较方便,快马快车,十几天就能赶到。民女正在学习秦国统一的文字,今后陛下也可鸿雁传书。"

始皇帝:"这就好,你要尽快学会秦国的文字。不过十几日才到咸阳还是太慢,我要想办法提高车辆运行速度,我要更早地见到我的清。"

美妇清笑着:"那就更好了。"进而她话锋一转,满脸严肃道,"我可听说,仓颉在造字之后,有鬼夜哭。"

始皇帝一惊道:"为什么?"

美妇清:"自从有了文字,便蕴含被泄露的天机,饱蘸着地府的神秘。"

始皇帝笑逐颜开,他看重美妇清的地方多着呢,无意中的一个调侃,就能让他身心愉悦。他认真地道:"我才不管这些呢,鸿雁传书的文字,可解我对美妇清的思念之情。"

美妇清:"那好吧,我就加紧学习秦文。"

始皇帝:"不过朕以为你来咸阳更直接!"这句话又拉开了始皇帝的感情闸门,他无法控制,美妇清顺从了他。

十五

农耕仪式是向世人宣示罢兵息武的一种形式,它的正面影响很快就传遍大秦帝国的每一个角落。为了让大秦国的子民真正能够安居乐业,朝廷还想了一些别的办法。比如,为与咸阳城盛大的农耕仪式相呼应,始皇帝"圣宣"的另一项重大工程开工了,这就是修筑长城。

始皇帝真是个急性子。那时,国家初定,国库不盈,始皇帝就急急火火、大刀阔斧上马大工程,大手笔绘制大蓝图,这是常人比较忌讳的。

不过,这项浩大的工程,却没有举行农耕仪式那么大得人心,在当时就褒贬不一。

始皇帝修筑长城不是另起炉灶,而是将原来七国争雄时各国在北边修筑的长城连接起来组成整体。北方的长城,主要是战国时期秦、赵、燕三个国家修筑的。

有人会问,修长城得从很远的地方运石运泥,累死了那么多人,那么费劲,劳民伤财,这些国家的"当家人"是不是吃饱了撑的,没事干,为啥子要修哪门子长城呀?

实际情况不是我们想象的那么简单。

古人类是傍水而居,世界各国的文明都毫不例外地诞生于"河流两岸"。战国时期,我国两条母亲河——黄河长江流域中下游地区由奴隶制社会向封建制社会转型。

在奴隶制社会中,奴隶主通过战争让战俘和被占领地区原住民、负债者和罪犯沦为奴隶,充当部落首领奴隶主的劳动力,奴隶是为奴隶主免费生产劳动的工具,并且没有人身自由。封建制也称分封制,是由共同的主人或中央王朝给王室成员、贵族和功臣分封领地形成一个个诸侯国,这些诸侯治理的国家承担一些共同义务,维护一个大国朝廷。

我国春秋时期周朝的分封制规定,诸侯必须服从周天子的号令,有为周天子镇守疆土的责任和义务,有随从作战、交纳贡赋和朝觐述职的责任和义务。诸侯治理诸侯国。同时,诸侯在自己的封疆内,对卿大夫也可以实行再分封。卿大夫还可以再将土地和人民分赐给士。卿大夫和士同样要向上一级管理机构承担责任和履行作战义务等。这样层层分封下去,形成了一个贵族统治阶级内部等级森严的层级:天子—诸侯—卿大夫—士。

到了战国,奴隶制逐步解体,分封制促进了华夏大地其他民族文化与当时较为强盛的秦国、楚国、吴国、越国文化的频繁交流与融合,分久必合,久合必分,这是历史发展的必然,整个华夏大地又有了形成统一的趋势。

后来进行了封建改革之后的魏、赵、韩、楚、齐、秦、燕七国在封建制管理中脱颖而出,逐渐强大起来,随后它们各自发动了就近兼并其他小国的战争,实现以武力征服黄河、长江中下游地区的雄心。这一时期,在今天的陕北、晋北、冀北和内蒙古草原上的少数民族主要是匈奴(喜欢以马征战与结盟的混合游牧民族),变得强大起来,不断掳掠秦、赵、燕三国北部的边境。

秦国北方有义渠国和匈奴国,赵国西北有林胡、楼烦两国,北有襜褴国、匈奴国,燕国北界是东胡国。从战国中期开始,这些北方少数民族国家不断掳掠,闹得秦、赵、燕三国北部地区长年累月不得清静。由于游牧民族善于骑射,特别能耐野战的艰苦,每日可以奔驰数百里,常常采取突然袭击,来去飘忽,难于捉摸的战术,出奇制胜,显示出很强的战斗力。而秦、赵、燕在战国中期的作战部队主要靠步兵和战车,士兵穿着宽衣大袖,行动迟缓,每日只能行进三五十里,进退缓慢,自然不能阻止匈奴、东胡的突然袭击和掳掠。这不仅使秦、燕、赵三国北部人民的生命财产受到严重威胁,生产遭到严重破坏,而且大大影响了秦、燕、赵三国的统一事业,国民常常人心惶惶。针对这种被动局面,秦、燕、赵三国便先后进行兵制改革和在北疆修筑长城。

秦国从商鞅开始变法,推行富国强兵策略。把军队逐渐改变成步兵和骑兵,并且"英雄不问出处",以军功大小论赏和升迁,使军人有了极想立功受奖的积极性,军队的战斗力大大提升,形成所向无敌之势。到了秦惠文王时期,秦国打败魏国,夺取魏国的西河郡和上郡,就是今天陕西洛河流域、今陕西省东北部地区。秦昭王时期,为了防止匈奴南下掳掠,昭王下令在陇西、北地、上郡北部边境修筑长城,并派军驻守,防范匈奴骚扰。

赵国于武灵王时期,开始改革兵制,仿照北方游牧民族的做法,士兵脱下长衫,换上短袖紧衣,学习骑马射箭。从此兵强马壮,军队的战斗力增强。赵武灵王把握时机,率军从西面出击先后攻占林胡、中山两国,使赵国的疆域在北部与燕、代两国连在一起。后来武灵王又从西北出击占领云中、九原就是今天内蒙古林格尔县至乌加河地区,得到了新的领地,赵武灵王下令筑长城把疆土围起来。从代国、阴山今天内蒙古大青山、乌拉特山地区向西,直抵大河今内蒙古乌加河地区,在长城内的地区设立代郡、雁门郡、云中郡,驻扎军队,防止匈奴南下掳掠。为了专门经营西北,第二年,赵武灵王让位给儿子赵惠文王何,赵武灵王自称"主父",专司带兵打仗,防范外敌入侵。

燕国是战国七雄中最弱的一个,南边与强大的齐国,新近崛起的赵国相邻,北边被东胡国所逼。燕昭王即位后,发愤图强,招纳各国贤能,实行改革,使燕国也逐步强盛起来。当时东胡国十分强大,经常南下掠夺燕国北部地区的人畜牲口。燕君为了保持北部安宁,被迫向东胡国王讲和,把大将派往东胡作为坚守诚信的人质。燕昭王时,秦国也把开作为抵押在东胡的人质。开智勇双全,很有心计,善于拿捏,没过多久就取得了东胡王的信任,把东胡王哄得团团转,东胡王解除了对开的软禁,开获得了行动自由。开是个有心人,在作质期间,把东胡南部的山川险要、布防情况与军队的活动规律了解得清清楚楚,明明白白。回国之后,马上率领大军袭击东胡而获大胜,占领东胡疆域千余里。转而率领大军又"渡辽东而攻朝鲜"拓地至浿水今朝鲜清川江。于是,燕国修筑长城把新夺得的领域围起来。燕长城从造阳今天河北康保县与内蒙古太仆寺旗地区一直延伸到襄平,今辽宁省中部的辽阳市;在燕长城内设置上谷、渔阳、右北平、辽西、辽东五个郡,以抗拒胡人的入侵。

大秦帝国虽然统一了中原六国,但边境地区常有战况,仍然不得安宁。北边的匈奴人一直不老实,自以为是,三天两头在大秦国的边关不断骚扰,百姓生存艰难。

始皇帝派将军蒙恬统率三十万大军主动出击,很快就捷报频传,直捣匈奴老巢,占领了河套地区。消息传到咸阳,始皇帝听了非常高兴,掌灯在地图前仔细查看了整整一个晚上,第二天就让王绾组织廷议,达成共识。然后,始皇帝下了一道圣旨,让蒙恬的三十万大军不再回咸阳,直接屯垦北疆,不解甲要归田,战时为兵,平时为民。同时要求把原秦、赵、魏、燕各国修筑的旧城墙连接起来,从临洮到辽东绵延万里。同时,要求蒙将军把原诸侯国间用以"互防"的城墙全部拆毁。

长城这个建筑物,不是简简单单的一堵墙,而是一个完整的防御体系。进攻追击敌酋时,这里是出发的起始点,可以让军队精神饱满粮草充足地出征;防守时,这里是屏障,军队可以依托城墙抵御攻击,以逸待劳,得到充分的休息。七国争雄时,长城各自为政,断断续续,作用大大降低,现在把长城连接起来了,作用就充分显现出来了。加上大军屯垦的政策,匈奴再来攻击时,长城内军民以长城为屏障团结一致奋力反击,匈奴基本上可被长城挡住。匈奴败退大漠之后,起码要休养生息一年才能再战。长城内的军民,可以开垦农耕,安心种地。秦长城对于抵御匈奴的骚扰,保障中原生产生活的安定和垦殖北方土地,起了重要的作用。

大秦国的长城分为西、北两段。西段的起点在今甘肃省岷县,沿着洮河北边延伸到临洮县,经过定西县向东北方向到今宁夏回族自治区的固原县、甘肃省的环县、陕西省的靖边、横山、榆林、神木,然后向北折到今天内蒙古自治区的托克托南,到达黄河南岸。北段是黄河以北的长城,沿着阴山西部的狼山,向东到大青山北部,再逶迤向东经今天内蒙古自治区的集宁、兴和至河北尚义,再向东北经今河北张北、围场,再向东经抚顺、本溪后向东南,终止于朝鲜清川江入海处。

长城从远处看外表就是顺顺溜溜的一堵墙,走近细看却能发现有些机关端倪,长长的城墙体系中每隔一定的距离设置有一个高出墙体类似岗楼一样的建筑,那烽火台,是一个传递信息的系统工具。

长城在冷兵器时期既是农耕民族防御外敌入侵的一线阵地,也是向游牧民族发动反击进攻的前沿基地。长城后面或侧面纵深配备机动的军事力量,配合长城守军应对战事。有了长城,古代中国人似乎觉得心里踏实多了,精神振奋多了,那时能够抵御敌人的进攻,底气就足了。这说明,长城也是一个防御外敌入侵的精神防线。

据专家考证,烽火台的建造要比长城早得多,但是自从长城建立起来后,长城沿线的烽火台就融到了长城的身体里,成为长城防御体系的一个重要组成部分。在古代,游牧骑兵有优良的机动能力和强大的攻击能力,但是对于城垣防御体系却无能为力,因此长城的修建的确起到了有效地抵御北方民族侵扰的作用。

根据有关历史资料,万里长城沿线的烽火台数量众多,一直延伸到了长城以外很远的地方,那些地方虽然是独立的单个状烽火台,但它们直接与长城相关联。由此看来,长城还不是防御的最前线,而是攻击的起始线和后勤保障的交通线。据后人考察,在长城前方部署的观察哨很可能深入到大漠的极远处,甚至会到长城以北1000公里以上的地方。

按照配置的位置和功能,烽火台可以分成四种:大漠深处的烽火台是最先发出警示的地方,沿长城两侧设置的烽火台向沿线传递情报,由长城通往京师的系列烽火台与中央朝廷联系,还有一组烽火台负责与长城附近的地方政府和驻军联系。烽火台放烟放炮是有讲究的,按照后来明朝制定的规矩,放一炷烟鸣一次炮表示有敌100人左右;放两炷烟鸣两次炮,表示有敌500人左右;放三炷烟鸣三次炮,表示来敌在1000人以上。后来有人发现在50公里远的长城沿线,一共有80余座烽火台,大约每隔3000米左右就是一个,最远不超过5000米就一定会有一个。"烽火"是古代边防报警的信号,分两种情况,白天放烟叫"烽",晚上放火叫"燧"。一旦发现敌人来袭击,守卫士兵立即在台上燃起烽火,邻台的士兵见到后也会燃起烽火,这样依次向前递进,敌情便可迅速传递到国家军事中枢部门。

长城体系中除了传递情报的烽火台系统外,还建有以城防障碍设施为主的纵深防御体系。秦朝时期在前六国的基础上,各种设施得到完善,并且在长城内外修建了"营房城"作为驻扎重兵的地方,而且还向纵深发展,形成网络。在城墙、城堡的外面,设置有障碍物,如僵落(立死枯僵的堕落者)、虎落(古代用以遮护城邑或营寨的竹篱)、雷石、滚木等。大秦国时,始皇帝让蒙恬在河套地区的长城一带,种植了许多榆树用以阻挡匈奴骑兵,后人称之为"榆关"。

现在在甘肃省定西市西部的临洮县,横亘于内蒙古自治区的中部的阴山、大青山一线地区,还残存有大秦朝长城的遗迹。

始皇帝为了修筑长城动用30万人。这一巨大繁重的土建修筑工程,也给当时的人们带来了极大的痛苦。有人记述过孟姜女哭长城的民间故事。

大秦朝时候,原齐国的一个地方,孟老汉和姜老汉两个家庭都很殷实,相伴而居相互为邻,家人之间要好融洽,他们的住房仅隔一堵共用墙。

有一年春天,孟老汉在自家院中种了一颗葫芦籽,经过浇水、施肥精心培育,葫芦籽肥苞发芽了,再由大叶秧苗长成大叶藤蔓,沿着墙壁爬到姜家老汉的院中,姜老汉非常高兴,专门搭起木头架子让藤蔓攀爬。

不多久,藤蔓长出花蕾,喇叭式的花儿凋谢之后,只结了一个果,这果也奇怪,长得慢慢腾腾,逐渐长成了一个几十斤重的大葫芦。

姜老汉把成熟的葫芦摘下来双手捧给孟老汉,孟老汉十分客气,坚辞不收,他们你推我让,谁也不愿独享其果,最后达成共识,一家一半。当姜老汉拿刀把葫芦剖开时,两个老汉傻眼了,只见里边躺着一个又白又胖、非常可爱的小女孩。姜老汉喜出望外,坚持要一个人抚养这个女孩。孟老汉却不干了,争抢着,也要单独抚养这个女孩。两人甚至大声吵闹起来,吵得不可开交。

村里人听说后,纷纷前来观看稀奇。

孟老汉满脸涨红,非常坚定地说:"这葫芦是我种的,女孩该归我。"姜老汉也不相让,固执地说:"葫芦结在我院子里,小女娃娃该是我的。"他们吵了三天三夜,难解难分,毫无结果。后经村人出面调解:小女孩属于两家共有,轮流居住,一起抚养。因为孟老汉种瓜在前,姜老汉结果在后,就给小女孩取了个名字叫"孟姜女"。

一眨眼十多年过去了。

孟姜女出落成为非常漂亮的大姑娘,她勤奋好学,天资聪明能干,一说就明,一听就懂,一教就会。方圆十里八乡的人,谁都知道这是个好闺女。她心地善良、针线活好、聪明伶俐,两个老汉更是喜得合不上嘴,成天美滋滋的,把她当成掌上明珠。

这时，始皇帝下圣旨修长城，朝廷开始到处抓夫。

有一天，孟姜女在家煮饭，抱开后院的柴草堆，发现里面藏了个人。孟姜女大吃一惊，刚要叫喊来人，那人却赶紧上前打躬施礼哀求道："小姐姐，小姐姐，别喊，别喊，我是逃役的，救我一命吧！"

那人告诉孟姜女自己叫万喜良，是个读书人，为躲避官兵抓人修长城才躲到她家柴草堆里面的。孟姜女一看，万喜良果然白面书生模样，长得挺俊秀，对他便没了防备之心。后来，万喜良住进了孟姜女家里，帮助孟姜女做些农活，拾掇一些家务。

天长日久，两个孤男寡女经常在一起，渐渐地生出感情，万喜良便向孟姜两家长辈求婚。

两个老汉也中意万喜良，经过一番商量，择了个吉日良辰，请来亲戚朋友。摆了两桌酒席，欢欢喜喜地闹了一天，俩人就拜堂结成了夫妻。

天有不测风云，人有旦夕祸福。万喜良与孟姜女成亲才三天，突然闯来一伙衙役，说是大秦青年男子一律要充军一年，生拉活扯把万公子抓走了。

没过多久，万喜良写信回来，说他被发配到北边蒙恬将军手下充当修筑长城的民夫。

孟姜女数着日子，好不容易一年终于熬到了头，万喜良除了被抓走之初寄回过的那封信，就音信杳无。孟姜女实在不放心，急得吃不下饭，睡不着觉，怀着悲愤心情，一连几夜为丈夫赶制寒衣。她跟两家老人商量，决定亲自去长城寻夫，发誓找不到丈夫绝不回家。两家老人看她执拗的样子，知道拦不住，就答应了。

孟姜女打点了行装，辞别二老，带上干粮和给丈夫的冬衣，踏上行程。她一直奔正北行走，翻过一座座山，越过一道道水。餐风露宿，饿了，啃口凉饽饽；渴了，喝口山泉水；累了，坐在路边石头上稍稍歇歇脚儿。

有一天，她遇到一位砍柴的老伯伯便问："这儿离长城还有多远？"

老伯看看她，不解地给她向前指了指说："长城，远着呢，从这里一直往前还要走很远很远的地方才是幽州，长城还在幽州北面。"

孟姜女点点头，心里说："就是长城在天边，我也要走到那儿找到我的丈夫！"

不管刮风下雨都挡不住孟姜女的行程。

这天,她走到一个前不着村、后不着店的荒郊野外。天黑了,人也乏了,奔一破屋暂避风雨。她孤苦伶仃一个年轻女子,害怕得不得了。实在是太累了,找了个旮旯倒头就睡。夜里她做了个梦,梦见她坐在桌前,丈夫正手把手地教她写字,甜甜地看着她一笔一画地学。忽听一阵砸门声,一群衙役闯进屋来抓人。她一下子惊醒了,全身冷汗。砸门的声音一直响着,定神看看四周,没有发现异样。原来是风吹得破败的门窗哗哗作响。她叹了口气,看看天色将明,又背起包裹上路了。

一路上,风吹雨淋,日晒风寒,饥寒交迫,步履艰难,经过千难万险的跋涉,她终于来到修筑长城的北方,来到了工地。

孟姜女向修长城的民工打听:您知道万喜良在哪里吗?人家说不知道。再打听,人家还是摇头,她就一个一个地往下问,不知道跑了多少个工地,也不知打听了多少人,几番周折才打听到一个邻村修长城的民工。

民工默默地把她领到和万喜良一块修长城的民工面前:"万喜良就是在这个工地上。"

孟姜女问:"各位大哥,你们是和万喜良一块修长城的吗?"

大伙闷声闷气地说:"是。"

孟姜女:"万喜良呢?"

大伙你瞅瞅我,我瞅瞅你,含着泪花谁也不吭声。

见到这个情景孟姜女似乎明白了。她瞪大眼睛急着追问:"我丈夫万喜良呢?"

大伙瞒不过,只好吞吞吐吐地说:"万喜良上个月就……就……累……累……累饿而死了!"

"尸首呢?"

大伙说:"工地上死的人太多,埋不过来,监工叫都填到长城里头,现在尸骨都找不到了!"

这一消息如同晴天霹雳!

大伙话音一落,孟姜女打开为丈夫特制的御寒冬衣,双手拍打着长城,失声痛哭起来,眼泪如泉,哭声如雷,哭得惊天动地,天昏地暗。她哭哇,哭

美妇清

哇,哭得成千上万的民工,停下手里的活儿,个个低头掉泪;她哭得日月无光,秋风悲号,海水扬波。正哭着,忽然"哗啦啦"一连排的巨响,长城一段段倒塌了,她沿着倒塌的长城边哭边走,哭到哪里长城就塌到哪里。当她哭到角山时,足足塌了八百里,长城里露出许多白骨。

此时,始皇帝正带着大队人马,巡查边防,路过这里,听说孟姜女哭倒了八百里城墙,火冒三丈,暴跳起来。他率领三军来到角山之下,准备亲自处置孟姜女。可是当他见到年轻漂亮、眉清目秀、如花似玉的孟姜女时,又不忍心下手了,生出邪念,要封她为妃。

孟姜女哪里肯依!

始皇帝派了几个婆婆过来劝说,孟姜女死也不从。最后,始皇帝亲自出面。孟姜女一见,恨不得一头撞死这个杀夫之人。但她转念一想,就这么死了不划算,丈夫的怨仇未报,黎民的怨仇没申,怎能白白死去,她灵机一动,何不将计就计?她要压住心头仇恨,从长计议,便不哭不闹强忍愤怒一声不吭地站在那里。

始皇帝以为她为荣华富贵而动心,顺从了,就眉飞色舞地上了劲:"你开口吧!只要依从我,要什么我给什么,金山银山都行!"

孟姜女说:"金山银山我不要,要我依从,可以。只要你答应三件事!"

始皇帝说:"莫说三件,就是三十件也依你。你说,这头一件是啥?"

孟姜女抹了抹泪水说:"头一件,把这些白骨用棺椁装殓、立碑、修坟。"

始皇帝说:"好说,好说,应你。快说第二件!"

"第二件,举行国葬,你要披麻戴孝,打幡抱罐,跟在灵车后面,率领文武百官哭着送葬。"

始皇帝一听,这怎么能行!我堂堂一个皇帝,岂能给小民送葬呀!"这事不行,你说第三件吧!"

孟姜女坚定地说:"第二件不行,就没有第三件!"

始皇帝一看这架势,不答应吧,到嘴的肥肉吃不着;答应吧,岂不让天下人耻笑。又一想:管他耻笑不耻笑,先应付下来再说。想到这儿他说:"好!我答应。快说第三件吧!"

孟姜女说:"第三件,我要逛三天大海。"

始皇帝说:"这个容易！好,三件事都依你!"始皇帝办完前两件事,赶紧要与孟姜女去办第三件事。做完第三件,他才好把孟姜女收为妃子。孟姜女见宿愿已偿,就顺从地说:"好吧,咱们游海去吧,游完成亲。"

始皇帝乐坏了,赶紧让赵高准备车驾。

他们来到海边,正美得不知如何是好,孟姜女面对滚滚的波涛,纵身一跃,"扑通"一声,投海自尽了。

这只是一个传说故事,也说明对修长城的认识是有分歧,有不同看法的。

孟姜女哭长城的故事,说明修筑长城也给人民群众带来了与战争创伤相同的灾难,但这个故事从另一个侧面也反映了作为统治者的始皇帝要作出这样的决策需要多么大的勇气和魄力,需要顶住多么大的压力。

修筑万里长城是华夏的先祖们创造的一个人间奇迹,确实不易。传说,当初修筑嘉峪关长城时,需要成千上万块石条,工匠们在黑山将石条备好,却因石条太大,人抬不起,车拉不动,山高路远,无法运输。大伙儿边备石条边发愁,眼看隆冬将到,石条还全部待在山里一块也没有运出,这可怎么办呢？若是耽误工期,没有工钱是小事,按照秦律,脑袋都难保。大家正在长吁短叹,无计可施时,忽然山顶响起一声闷雷,从白云中飘下一幅锦绸,工匠们赶紧叩头接住,锦绸上面若隐若现写有几行小字,大家看后恍然大悟,原来是老天给他们出了主意,他们决定按计行事。等到冬季来到,众人从山里往关城修了一条路,在路面上反复泼水,让其自然结冰,形成一条厚厚的冰道,然后把石条放在道上滑行,结果非常顺利地把石条全部运到了嘉峪关城下。不但没有延误工期,反而节省了不少时间。众工匠为了感谢上苍的指引护佑,在关城附近修建庙宇,供奉神位,成为后世工匠出师时必须参拜之地。

"山羊驮砖"也是说修长城的故事。

传说修长城嘉峪关时,城墙很高,要达到9米,还要在城墙上修建数十座大小不同的楼阁和众多垛墙,需要惊人数量的大秦砖。当时,施工条件差,没有吊运设备,全靠人工搬运。犯难的是,修关城所用的砖,都是在40

里以外的地方烧制而成。砖烧好后,用牛车拉到关城之下,再用人力往上背。由于城高,只有唯一的一条道路能上下,坡度特别大,单行队列行走都很困难,尽管派了许多人往城墙上背砖,个个累得要死,背上去的砖仍然供不应求,工程进展受到严重影响。有一天,一个放羊的孩子来这里玩耍,看到背砖的人群一步一步艰难地往上爬,非常吃力,灵机一动,解下腰带,两头各捆上一块砖,搭在山羊身上,然后,用手拍了一下羊背,身子轻巧的山羊,从看似没路的陡坡而上,驮着砖一溜小跑很快就爬上了城墙。人们看后又惊又喜,纷纷仿效,大量的砖头就这样很快运上城墙。

"击石燕鸣"又是一个关于长城的故事。相传,古时有一对燕子把巢筑在嘉峪关柔远门内。一天清早,两只燕子比翼飞出关去。天将暮时,雌燕子先飞回来。等到雄燕子回飞时,关门已经关闭,不能进了,它在关门外飞了几个来回,确实找不到进关的通道,就悲鸣着触墙而死。雌燕见状,悲痛欲绝,不时发出"啾啾"的燕鸣,几天几夜守着雄燕的尸体不走,一直悲鸣到死。死后灵魂不散,每当有人以石击墙,就会发出"啾啾"的燕鸣声,似向人倾诉悲痛。古时候,人们把在嘉峪关内能听到燕鸣声看成是吉祥的兆头,将军出关征战,夫人要到嘉峪关柔远门击墙祈祷祝愿,后来发展到只要将士出关,都会带着眷属子女,一起到嘉峪关柔远门墙角击墙祈祷祝愿,从而形成一种风俗。

还有一个"万年灰与燕京城"的传说,也是说长城的。早在始皇帝之前的春秋战国时期,有个燕王,他的国土小、兵马少、力量弱,随时都有被邻国吃掉的危险。为了保住国土,燕王征用大量民夫,在他的国土边界山顶上筑起绵延不断的高高城墙,以防外敌入侵,就是早期的燕长城。

因为那时还没石灰,他筑的城墙,石和砖的黏合是用泥抹的。为了抢时间,早日修好城墙,他下令冬天也不准停工。天冷了,和泥得用热水,否则冰碴儿是无法黏合的。民夫们就把大铁锅抬到工地,用三块坚硬的石头支起来,添柴烧沸水。天长日久,轮回不歇地烧水,有一天把铁锅烧了个大窟窿,满锅的水全被漏光,锅下的火也被水浇灭了。民夫们十分泄气,思考着怎样弥补损失,却意外发现,水洒在支锅的石头上,热石头遇到水炸开了,炸出许多白面面,民夫们瞅着、想着,好生奇怪,他们把它叫石灰。有个人生气地把这些白面面石灰用水和着玩，越和越觉得有黏性，比泥还滋润，就把它抹在石条和砖缝里。

第二天，奇迹发生了。民夫发现，用这白面面抹的石条和砖缝不但没掉，而且比用泥抹的结实得多。燕国人受到启发，从此，就有意烧石灰来抹城墙的缝隙。

后来，始皇帝统一了中国，为了防止匈奴的侵扰，也仿照燕王的办法大兴工匠修万里长城。动工时，他下了一道旨令，让原来的燕国人包揽烧石灰这项技术活儿。因此，后来修长城所用的石灰，全是燕国人烧的。长城修到哪儿，燕人就就近捡鹅卵石砍柴烧灰，而且烧的石灰质量非常好，被称为万年灰，意思是万年都不变质。

长城修完后，别的民夫都被放回各自的家乡。燕国人因烧灰有功，始皇帝拨下金银，建了个城镇，专为燕人居住，这城镇取名"燕京"，就是今天的北京城。燕人烧灰用过石头的山统称为燕山山脉。

以上这些得以流传千百年的传说故事，表达的都是一个意思，修筑长城影响很大，长城在中国老百姓心中占据了挥之不去的地位，也说明始皇帝修筑长城所下的功夫很不简单。

十六

　　始皇帝要去雍宫了,近段时间车同轨、书同文改革推进顺利,其他方面的改革也取得了理想的效果。始皇帝要去雍宫拜见尊放在那里的列祖列宗的牌位,告慰他的列祖列宗。

　　此时又是始皇帝宠幸美妇清的时候。

　　拜见祖宗牌位的前三天,是绝对碰不得女人的,否则就是亵渎祖宗神灵,那是一定要遭报应的。

　　始皇帝怕在咸阳宫里与美妇清朝夕相见控制不住,就让美妇清暂时离开几天,但还有些要事需要她帮助,不能让她走得太远,便让她出城暂住泾阳。

　　雍城是我国春秋时代秦国的国都,位于今陕西省宝鸡市凤翔县以南,公元前677年,始皇帝的第26代先祖秦德公即位后就定都这里,直到始皇帝的第20代先祖秦献公二年即公元前383年才迁都到秦国东部,靠近河西的栎阳,雍城作都的历史长达294年,是秦国定都最久的城市。雍城是秦国的发端之地,有19位秦国国君在这里执政,多位国君的苦心经营为后来秦始皇统一全国奠定了雄厚的基础。

　　作为国都,雍城筑起了规模巨大的城垣,修建了壮丽宏伟的宫殿。秦献公东迁后,雍城虽然失去了政治中心地位,但作为故都,列祖列宗的陵寝及秦人宗庙仍在此地,许多重要祀典还在雍城举行。

　　这天,有人来报说几位妇人要见美妇清。

　　"让她们进堂屋。"美妇清吩咐道。

　　杜辛站在美妇清的身边,警惕地看着面前这些人。这次刚到咸阳,就有很多人已经想接近美妇清了。当然在这种场合来的都是贵妇人,杜辛还是感觉到,这些人有些微妙的不同。

"你们原本都是六国贵族啊。"美妇清幽幽地叹息道。

那些贵妇惊奇地望着她,弄不明白她话里的意思,她们像是有着很高的企望来求助,结果"救星"却不明确自己的态度,说些不痛不痒、不冷不热的话,让企望者捉摸不透,一下子从高山之巅跌落进深谷。

当真是美妇清不谙世事么?才不是呢,她完全知道她们此行的目的,她心里明镜似的。

杜辛心里疑惑:"遗民不知道自己默不作声才是最好的保命方式吗?本来就被陛下忌惮,还要到处结交重臣贵人,你们到底想做什么?是想害人又害己,拉人一起跳岩么?"他在心里还说,你们这样明目张胆地从咸阳跑到泾阳来见美妇清,就没有人怀疑么,难道会没有人盯梢?有,肯定会有!他怕这些人连累自己的主人,为主人抱不平。

众人不咸不淡地坐了一会儿,美妇清微微道:"这样吧,你们先回,我知道了。"她没有说明原委,没有许诺,她已有了解决问题的方式。

那些人只得悻悻地离开,原本想说的话一句话也没有说出来。

美妇清马上去咸阳宫求见始皇帝,她虽然什么也没说,但杜辛们却心知肚明。

回来的时候,她的脸上多了神色凝重,更见悲悯。

看来始皇帝喜欢美妇清是一个方面,但在原则立场上不让步,这是始皇帝做人的另一方面。

很多人都看到了士兵们在咸阳与雍城之间的路上检查。那些士兵非常认真,非常仔细,不放过任何蛛丝马迹。如果说始皇帝亲自进行农耕仪式,得到的民间评价普遍是正面积极的,那么这次,看那情景,虽然大家算不上是噤若寒蝉,也让人感到气氛诡异。

雍城对于大秦国,是一个有着特殊意义的地方。正是在那里,始皇帝进行了亲政大典,名正言顺地掌握了秦国的权力。同样是在那里,始皇帝的亲生母亲发动过一场叛乱。

当然,如果那场叛乱成功了,就没有现在的始皇帝了,中国的历史必然改写。所以后来太后被关了起来,虽然始皇帝努力地注意自己的形象,表面

美妇清

上与太后和好了,但实际怎么样,即使是普通人也能够想象得到。前几年,太后死了,虽然有一些不好的流言,更多的人却宁愿相信她是郁郁而终。

现在始皇帝又要到雍宫去,引起很多人注意。

又过了几天,更详细的消息出来了,据说始皇帝是要去雍城祭拜秦国的列代先王。这就解释得通了,虽然现在秦国的都城是咸阳,这是新城,毕竟雍城才是历史上建都时间最长的城市,大秦帝国的陵寝和宗庙是搬不走的,始皇帝也没打算搬。

当然这种仪式不像农耕仪式,是能够让普通老百姓看得到的。普通老百姓只是对于最近一个接一个的典礼很兴奋,没有更多的想法,十分朴素的想法就是:天下真的太平了,再也不会有战争,可以平平安安地过日子了。

杜辛却感觉有些不对劲。

这事还得从前几天说起,始皇帝传圣旨过来,要美妇清带着护卫住进宫去。本来皇宫只准美妇清带十几个仆从,这一点杜辛完全可以理解,天子城内嘛,内卫已经够多了。他们进出都要检查,这也正常。

这两天杜辛发现和自己同行的人总在变化,他每天都要出宫,到美妇清的府邸去一趟。这是为了交流信息,能够理解。毕竟美妇清在咸阳城外的泾阳有府邸。为了避免不必要的事情发生,一定要随时保持联系。奇怪的是往往出宫的时候带的那几个人,回来的时候就成了另外的人,人员全变了。杜辛虽然有疑问,人家领头的都没有说什么,他也不便多问。

杜辛亲眼看见,那些家伙一进宫就被美妇清召唤过去了,显然这件事就是美妇清直接命令的。他本来想去问问吴让,不过吴让前些天随队离开皇宫以后,就再也没有回来。

杜辛百思不得其解,却意外地在这次进宫的人中,发现了陈布。就是那个骑马护卫的头领,在那次来咸阳的路上与杜辛相识,两人言谈甚欢。大家急着赶路,没空说话。回到住处,陈布果然又被美妇清叫去了。

此时杜辛不是值守,就等在外面。

大家出门的时候,他迎上去道:"真是巧啊,想不到大哥也来了。"陈布也面露笑容道:"确实意想不到,只是这次恐怕没有并肩作战的机会了。"

"并肩作战?这是什么意思?"杜辛疑惑地问。

陈布犹豫了一下,看了看周围没人,才拉着杜辛走到一边道:"看来主家还没告诉你,也难怪,本来说不说都一样的。"

"为何大哥却先知道了?"杜辛有些狐疑。

"因为我是骑马护卫的头啊,虽然上次对你说过,那个时候我没办法控制所有的骑士,但这次应该没有问题了。"陈布有些得意地说。

杜辛失笑道:"怪不得,我见那些骑马护卫对大哥很是拥戴的样子,人数可不止原来那么多。大哥何必瞒我?莫非是嫌我高攀不起?"

"哪里哪里,实在没脸见人。"陈布惭愧地摇摇头道,"当时你已经知道,这些骑马护卫来路不一,支离破碎,这个头目当起来实在没什么光彩。兄弟你可不一样,主家的近身护卫啊,说起来还是我在高攀呢。"

杜辛挥了挥手道:"既然如此,我们就别高攀来高攀去的了。这些日子,这些事情真是弄得我头晕目眩,刚好遇上大哥你了,给我说说吧。"

陈布点头道:"我也正有此意。不过这事我也所知不多,主要是前两天,主家的命令传到泾阳,让我们这些护卫的头目穿上普通仆役的衣服,在咸阳城里主家的府邸待命。这命令虽然奇怪,但季叔确认过了千真万确。他对主家忠心耿耿,绝对不会乱传命令。所以我们就来了,昨天是其他头目离开。今天我才知道,竟然是要我们入宫。"

"入宫干什么?难道是皇宫危险,要加强保护?"杜辛更觉得奇怪,真要是皇宫里有了危险,这么几个护卫能顶什么用?

陈布摇头,指了指门口道:"刚才主家说了,让我们明天熟悉一下皇宫的防卫,会有人带着我们去熟悉。"

"让你们熟悉皇宫的防卫?这……又是从何说起?"杜辛越发惊讶,"难道皇宫防卫要交给你们?原本的护卫呢?咦,难道是那些六国贵族终于要反了?"

杜辛恍然大悟说道:"陛下的决断真是惊人啊,竟然能够下达这样的命令。"

"你明白了?我也是刚猜出来的。虽然主家没有说出理由,我想应该就是这样。"陈布缓缓点头道,"明日陛下就要去雍城进行祭拜典礼。我觉得,陛下必定要带上身边最信任的军队,就是皇宫禁军。陛下离开后,皇宫空虚,他就用主家的护卫来维持皇宫的秩序。"

杜辛接话道:"再想得仔细一点,即使陛下对对手的军事力量不太了解,真的出事,只要他带去的军队能够防守雍宫一段时间,朝廷就会组织不计其数的军队前去护驾。现在天下刚刚平定,心向六国的人还不少,出事的可能性是蛮大的,普通军队里面肯定渗透有六国的余孽,调动起来就会打草惊蛇。皇宫护卫里面即使有奸细,毕竟不可能太多,加强监管是可以预防的。"

说到兴头处,杜辛继续推断道:"按常理,陛下的安全不容闪失,一定会有人保护好。但皇宫如果出了意外,影响到一些贵人,说不定事情还会出现转机。比如,我是手握兵权的将军,或者是有很多门客的贵人,突然看到皇宫大火,又有重臣派人来告诉我,陛下驾崩了,反贼占据了皇宫,让我去攻打。我明知其中可能有诈,说不定也还是真的去了。毕竟皇宫乃是一国之象征,如果皇宫被烧了,陛下自然凶多吉少。这样的人多了,即使陛下在雍宫那边能顺利消除叛乱,有些人说不定还是会一条路走到黑的。"

陈布在他说完后轻声道:"不过陛下有可能是故意将皇宫的禁军全部带走,让主家帮助守卫皇宫。这样一来,不管哪边,兵力都足够使用了。"

"陛下还真放心啊,把一个没有防备的皇宫放在我们面前。"杜辛忧心忡忡地说。

陈布苦笑道:"还能怎样呢?除非是主家铁了心要反,但这有可能么?否则我们只有老老实实地守卫皇宫了。不过要是有人手脚不干净,拿了什么东西,陛下应该是两害相权取其轻,不会怪罪这样的小事吧?"陈布有些幸灾乐祸地展开想象的翅膀。

杜辛竟然认真跟着陈布的思路想了一会儿道:"嗯,有点困难,如果我没猜错的话,明天他们一定会指给你们几条固定的巡逻路线,不会让你们随心所欲的,你们的任务是能够快速增援,并不是让你们去守卫宫殿的每个小门。宫中只是缺少护卫,宦官可不少。要是他们把守住要道,谁都没有偷鸡摸狗的机会。除非拿了东西再灭口,不过动手的人越多,泄露的可能性就越大,再加上……"

"停下!你怎么越想越奇怪了,这种事说说就罢了,怎么能够认真呢。不对,连说都不该。我知道你缺钱,但是也不能打皇宫的主意啊。实在撑不住,我借你些钱也是可以的。"陈布态度坚决认真起来了,顿了顿又说道,"如果那些人不来进攻自然最好,要是真的来了,必定是孤注一掷,有决死之心,到时一定凶险万分,小命都悬在一线,哪还有心思去干那些事情。"

杜辛叹息道:"怪不得你刚才说没有并肩作战的机会,因为我作为主家的近身护卫,应该是跟着主家去雍城的。两边距离虽然算不上遥远,但一时半会儿也是没法相互支援的。"

陈布既不解又吃惊地道:"不是说祭祖是爷们儿的事,女人不得介入么,你刚才不是说着玩的?主家真的要去雍城?"

杜辛道:"规矩都是人兴的。这次始皇帝允许主家一人去,这下你们肩上的担子更重了。"

"让我们独立守宫,这可能是始皇帝对主家的试探吧,如果我们反了,主家不就成人质了么?真是想得出来!"陈布似是而非地说。

杜辛道:"这是始皇帝对主家的绝对信任呢。对了,这皇宫是在渭水北岸,咸阳城中其他建筑多是在南岸。如果你们这里遭到进攻,敌军必定会切断浮桥,使得南北不能相互呼应。"

"那说不定也是件好事。"陈布突然说道,"刚才你也说过了,说不定还会有意料之外的人来攻打皇宫。把浮桥毁掉,就可以切断那些人的妄想,我们这边的压力就能够减少点了。"

杜辛也赞同他的想法道:"你说得也对,来的可能是援军,也可能是敌军。好在你统领的是骑兵,行动迅捷。要是发现什么不对的苗头,就马上烧掉浮桥吧。明日大哥要多准备点引火的东西了,好在雍城、泾阳、皇宫全部都是在渭水以北,不用考虑过河的问题。"

"你莫管我,无论如何,我这里也有宫墙阻隔。明日你们去雍城,虽说是陛下有自作诱饵、引蛇出洞的准备,但只要六国贵族余孽真的敢反叛,肯定是有一定的把握,你们这次随主家是入虎狼之穴啊。"陈布进而忧虑地说,"他们如果敢向皇宫发动进攻,凭我们的实力应该还是可以一战的。"

杜辛却不同意他的看法:"不过那边可是陛下的精锐啊,守卫皇宫的禁军,武器装备还有人员配备,无论如何都应该胜我们一筹,应该要厉害些吧。这样算起来,我们到底谁更危险,还难说呢。"

美妇清

陈布默然片刻，失笑道："确实如此，现在还说不准到底谁更倒霉一些呢。"说着，他抓住杜辛的胳膊，神色严肃地说道："当心点，努力活下来吧。"

"努力活下来吧。"这个简单的祝福或者说告诫，在这里再一次体现了它的价值，这天晚上让杜辛带着一种虔诚心理安然入睡。

第二天，果然如同预料的那样，美妇清只带了几个人，随同始皇帝的车队出发了。但杜辛没有预料到的是，他突然得了个惊喜。在宫门口一名骑兵给他牵来了一匹马，正是养在泾阳府上的谷子。杜辛感激地看了看美妇清的车驾，这显然是她的意思。

惊喜之余，杜辛忍不住想，美妇清这是什么意思。难道是她觉得此去必有凶险，让自己有匹马终究安全些？杜辛握缰绳的手不由得紧了紧，说不定到时候就要靠这匹马逃生了。

始皇帝出行，终究和美妇清不一样。简单地讲，就是提不起速度。这就有了些多余的时间，杜辛却没办法做别的事情。他所说的别的事情无非就是进行骑术训练，提高自己的技能，但只要他想脱离车队，就会被始皇帝的护卫甲士坚决地挡回来。

当然杜辛清楚，这么短短几天也不可能就让自己的骑术突飞猛进，其实现在自己的骑术也算不错了。练剑术不像练骑术需要很大的场地，所以杜辛只要条件许可，也不忘抓住机会练习练习剑术。

这天晚上，杜辛正在月色下练剑，侍候美妇清的那几名侍女在芳秋的带领下突然走出屋来，在地上铺好毯子桌子，放好瓜果点心和酒。美妇清走了出来，仍然戴着面纱，坐好后示意站在那里发呆的杜辛继续操练。

杜辛很不理解，若是壮士要以剑术下酒倒还说得过去，美妇清这是凑什么热闹啊。杜辛不敢废话，就当美妇清不在，继续练起剑来。

不一会儿，门口传来一个声音道："好壮士，赏酒。"杜辛一惊，扭头一看，竟然是始皇帝。他带着大队甲士站在门口，见杜辛停下，才走了进来。

杜辛没弄清是怎么回事，有宦官碎步跑过来，往他手里塞了一爵酒，把他拉到了一边去。虽然杜辛不怎么喝酒，但还是很开心。

始皇帝与美妇清并排坐着，为美妇清取下面纱。杜辛和一大群宦官、侍女站在背后几步远的地方，更远一点的则是甲士。没有人说话，始皇帝侧过脸来默默地看着美妇清,美妇清也侧过脸看着始皇帝,两人似乎在交流着什么。天上虽有半个月亮,但夜还是较暗,杜辛看不清他们的模样。

其实始皇帝是在给美妇清讲身世呢,他要进一步做工作让美妇清留下,为他主持后宫。过了一会儿,始皇帝抬起头来看了看月亮道:"当年朕在邯郸的时候,父王当时还是质子。就因为这个,朕除了父母外,根本就没有见过其他的亲人。"

美妇清不答话,默默地听,她知道始皇帝需要倾诉。

"他们说为了防止各国相互攻打,就将王室血脉送往别国做人质,这是一件很正常的事情。质子也不应该有怨言,因为一人为质是为了两国安稳,天下太平。"始皇帝的手指敲了敲桌子,冷笑道,"父王有没有怨言朕不知道,朕只知道,质子如果真的有用,天下就没有这么多的战乱了。"

杜辛隐约听清了始皇帝的话语,在一边暗自点头。始皇帝确实说得有道理,如果对方真的做好准备要打仗,质子又怎么可能阻止这样的事发生?对于国君来说,有了天下,就有了一切。死个儿子又算得了什么?如果一个儿子能够换一个国家,他们一定会毫不犹豫地要国家,不惜牺牲自己的儿子。

"后来我大秦军队围攻邯郸,赵王就要杀父王。质子嘛,就是在这种时候拿来祭刀的。幸好有吕相相助,终于逃了出去。再后来赵王又想杀朕母子,也是幸得吕相保护,才逃过一劫。"始皇帝长叹道,"当时吕相想方设法不让朕母子遇害,母后也是尽心尽力,使得朕没有惶惶不可终日之感。现在想起来,真是恍然如梦。"始皇帝讲这些话,不外乎是对人的依恋,特别是对女人的依恋,他想用情来打动美妇清。

杜辛也觉得有些唏嘘,吕不韦当初是个商人,他是如同做生意一样资助现在的始皇帝及先王。太后的情况复杂些,她保护始皇帝,是有母子亲情,舐犊之情。但她肯定想过,自己后半辈子的荣华富贵全在这儿了。

始皇帝又说:"朕当时在邯郸时,一开始只是自怨自艾,觉得命苦。后来突然想明白了,若是天下归一,自然就不用打仗,也就没有什么质子了。当然,这个天下,应该是以秦国为主的。所以朕就在邯郸城里,盼着有一天秦国能够攻下城池。结果邯郸没攻下,过了几年,先王成了太子。那也是吕相

美妇清

贿赂重臣，对赵王说太子登基后，若是另立王后，另选太子，朕母子就一点用都没有了。现在放回朕母子，必定可以得到秦国的感激和原谅。"

"其实这样的说法还是很有道理的，除了最后一条。"始皇帝长长地舒了口气道，"朕母子终于离开邯郸，在得知先王成为太子后，朕就想自己会不会成为太子。最后突然明白过来，吕相是不会做亏本生意的，尤其是下了那么大的本钱。如果只将先王送回秦国，这样的功劳可以保住吕相一世富贵。等到大秦统一天下，自然不会亏他。后来他又把朕母子救了回来，这样的功劳，只有给他一人之下万人之上的相位才能算是报答谢恩。"

始皇帝看着美妇清，缓缓道："后来的事情，天下人都知道了。无论如何，朕统一了天下，虽然还没有完全消除战乱，比起当年不知道好了多少倍。现在一些六国遗民，竟然还想复辟，倒行逆施，真是可怜可笑。不过你放心，此去雍城，朕自然可以保你平安。"

美妇清柔顺地微微点了点头道："多谢陛下关心。"

两人言笑晏晏，又说了些闲话，始皇帝起身离开。毕竟这里是在旅途中，又是去祭祀祖先之地，做事还不能太随心所欲，看得出来，始皇帝虽然舍不得，也不得不走。他温柔地给美妇清把面纱戴上。

有些伤感，也有些甜蜜，杜辛的感觉很不好，他怀疑始皇帝的用心。始皇帝的皇宫护卫是天下一等一的精锐，如果美妇清留在泾阳，护卫们可以保护她没有大碍，会更加周全。既然如此，如果始皇帝真的担心美妇清的安全，为什么不让美妇清留在泾阳？

这就是杜辛的不是了，他怎么能理解情人如胶似漆的时候是个什么样的心情，是一日不见就觉得似隔三秋一样的心情，难舍难分啊！

杜辛又想起了始皇帝让美妇清的护卫去守卫皇宫，是不是对美妇清的试探，当然杜辛不相信美妇清会背叛始皇帝。反过来始皇帝会不会相信呢，特别是在他经历了太多的背叛之后，很难说还能够无条件地相信别人。也许美妇清在始皇帝的心目中很是特殊，但也不至于到生死相许的地步吧。

在杜辛心里，美妇清也是人质。

杜辛觉得自己想通了因果，一股愤怒涌上心头。他手中拿着酒爵，不由自主地用力握紧。突然他感觉有人在扯酒爵，原来是那个给酒的宦官。始皇帝要走了，他可不管杜辛有没有把酒喝下，他要把酒爵拿走。没想到杜辛竟然抓住不放，那宦官经手的赐酒也不是一回两回，却还第一次遇到杜辛这种蛮子。他心中一慌，用力去拉扯，宦官的力气怎么比得过杜辛，两人拉拉扯扯，引起了旁人的注意力。

始皇帝走到门口，听到身后有声音，转头看到了这一幕，他还没说话，美妇清就抢先道："我这护卫见到陛下赐酒，都欢喜得不想一口喝干，还请陛下见谅。"

"既然如此，就留着慢慢喝吧，朕让人再送一坛过来。"始皇帝似乎心情颇好，爽快地承诺再赐，说完转身离开了。

杜辛握着那个酒爵，深深地呼吸了几次，才平静下来要转身回房。

"来，过来。"美妇清突然叫住了杜辛，指了指面前的毯子。杜辛走了过去，站在那里。

美妇清仔细地看着杜辛道："好像你也想过来了。"

"嗯。"杜辛闷闷地应了一声，小心地把酒爵放在桌子上。他虽然不喜欢始皇帝，但不讨厌他的酒。虽然自己不喝酒，却应该可以卖个好价钱。特别是这酒爵看起来漂亮，应该比酒卖得更好才对。

美妇清见杜辛闷闷不乐的样子，没有想到这个人在心中生气之余，还想着赚钱，便对他说："当初始皇帝、太后、相国三家相争，贵人们各有选择，我一开始就说服夫君选择始皇帝，你可知道其中原因？"

"哦？"杜辛一下子来了精神，急忙摇头。

"这三家之中，太后最为混乱。名义上是太后，实际掌权的是长信侯。既然已经争到了你死我活的地步，就要先想一想，若是大获全胜，立谁为王？本来以太后为首，还可以在王室子弟中找人出来即位。但传言太后已经为长信侯生下两个孩子，长信侯必定想立其一子为王的。这样一来，太后就是与秦国的将军们为敌了。争斗各凭实力，大义也很重要。长信侯名不正言不顺，纵然一时得势，最后终究败落。"

杜辛点了点头，这些事情他是初次听闻，以前巫桂掌权时，丹穴生意也能够得到秦国的照顾，显然是因有正确的选择。杜辛不知道，美妇清在其中起了这么重要的作用。

美妇清

对面的美妇清又说:"再说吕相,此人确实了不起,一个商人能够把生意做到这样的地步,再上一步,就更是天大的生意了。不过这一步恐怕他永远跨不出去,他毕竟是外人。到秦国这么多年,培植了自己的不少势力,但那些贵人的关系盘根错节,恐怕即使国亡了,势力都不会消散。这些人是不会允许他自立为王的。"

这个说法也对,杜辛有些明白不过来,犹豫地说:"我怎么觉得这些人都是败在名分上? 那些贵人势力如此庞大,当年岂不是和我们也有冲突?"

美妇清摇头叹道:"就是因为有冲突,我们好在保持中立,只做丹砂生意,其他事情一概不管,这就叫韬光养晦。慢慢地,那些贵人也就默认了,实际上大家的冲突没多严重。如果大家实力差不多,名分自然就重要起来。我们做生意是这样,贵人争斗也是这样。陛下最大的优势就是他的魄力与自信,那两方远远不能和他相比。我所以支持陛下,还因为他有统一天下的雄心。陛下曾经表示他一定要统一天下,我觉得在这几方势力中,他机会最大。若支持其他两方,秦国恐怕马上又要陷入内乱,可能东方六国趁火打劫……"她这个生意人就是为了求稳。

杜辛悠悠地道:"主家为何一定要支持统一天下呢。我听人说,很多商人是支持天下分裂的,他们在各国倒卖,就可以赚到更多的钱。主家是因为心怀天下,不愿意看到战乱?"

"蝇头小利,目光短浅。"美妇清不屑地说,"天下纷乱,各国攻伐,虽然倒卖各种物资的商人大受欢迎,却也使得成本上升。别的不说,当初有人当盗匪,商人运货,必有大量护卫,这就必定增加成本。若天下一统,军队剿匪,商人自然就不需养那么多护卫,自然减少成本。并且那时太多人服兵役,种田人少了,粮价上升,固然对粮商有利,也会导致平民百姓没办法养更多孩子,缺少人手,能做什么事? 如此循环,大家只能越来越穷。"

美妇清为了改善自己人从内心与始皇帝的关系,消除隔阂,她没有用"祖国"、"民族"、"人民"、"精神"、"物质"等等大而全的空话、废话,没用圣人似的说教言语,直截了当地从做生意角度廓清了统一与分裂之间的关系。这样的话语虽然让她身上少了些光辉,但却让杜辛们感觉更真实实在。

杜辛和那些护卫、侍女们打心眼佩服美妇清,美妇清平时不言不语,有些迟滞的样子,其实她心里明镜似的,亮堂得很呢!

"原来如此,所以主家觉得受这点委屈无所谓?"杜辛有点不好意思地说。

"这个……倒也不是完全无所谓,否则,也不会让你带着马来了。"说完这话,美妇清起立转身离开,不给杜辛继续说话的机会。

明天就到雍城了,杜辛把酒和酒爵都保存好,然后睡觉了。明天的事情至关重要,始皇帝祭祖的仪式圆满成功的话,就可以保证很长一段时间的太平。

雍宫是一个笼统的称呼,凡是在雍城的宫殿,都可以叫雍宫。始皇帝进入的是蕲年宫。士兵们早就开始大清理。这个清理当然不光是扫地擦灰做清洁,如果始皇帝到了才扫地,那管事人的脑袋瓜子恐怕已经不知道吃饭是什么味道了。

士兵们把所有留在蕲年宫里的宫女宦官都赶了出来,要确保那里面全是"自己人"。同时一些士兵还在到处敲敲打打,杜辛估计他们是想找出可能存在的暗道。更多的士兵登上了宫墙,在门口也布置了许多人。还扔了几根原木在大门附近,应该是准备用来抵门的。从车上卸下一些箭矢,现在正在分发,确保大家够用。

到了现在这种程度,那些温情脉脉的伪装都不需要了。

蕲年宫里面存储了大量清水和粮食,这都是车队到达后卸下来的。如果提前准备,谁都不放心,还是看着一桶一袋的卸,才少了许多猜疑,省了许多不必要的麻烦。大家都尽量不出门,必须出去的,至少要跟一队士兵。

大家虽然内心很着急,但越是在这个时候,越要守规矩。在各方面紧锣密鼓地紧赶慢赶中,终于有了尽头,始皇帝可以进行典礼了。

禁军的首领王贲将军把士兵绝大部分安排在宫墙附近,一部分人守卫宫墙,一部分人等着轮换,还有一部分人在合适的时候冲出宫去解决突然出现的问题。他们已经检查过了,确认宫内没有暗道,所以宫里面是安全的。

现在宫里面的这些人是可以信赖的,全是从咸阳带过来的,即使有不可信赖者,留在大殿附近的士兵也可以解决他们。毕竟参加仪式的,观礼的都不是什么勇士。

杜辛们没有放松警惕，王贲手下的一个将军让他把谷子牵到附近藏好，准备随时行动。

仪式在中堂大殿进行，杜辛们等在主殿堂院子的外面。他先是站着等候，时间长了觉得可能会空耗体力，就干脆坐在了台阶上。现在已经没有人来纠正他了，所有人都各就各位，附近空荡荡。杜辛到处乱看，也看不出个眉目，静得可怕。不知过了多久，从中堂大殿方向传来鼓号声，祭祀正式开始了。

是真的开始了吗？杜辛站了起来，往宫墙那边看去，什么都看不到，距离还是远了点。他转头看了看守卫大殿的士兵，那边有些骚动，好像马上又平息了下来。

外面传来了喊杀声，声音越来越响亮，想必是六国贵族的军队真的如意料之中地发动进攻了。

始皇帝的车队进入蕲年宫时，没有遮遮掩掩，对方应该清楚那里面有多少人。在明知对方实力的情况下还要进攻，想必是他们觉得很有把握。

杜辛感觉情况可能比较严重，干脆过去把谷子牵了过来，在大殿前面严阵以待。守卫大殿的士兵瞪着他，杜辛觉得他待在现在这个位置不合适，知趣地牵着谷子退到大殿右侧转角的墙后，选了个他能看到外面，外面却看不到他的地方隐蔽起来。

十七

　　过了一会儿,那边的喊杀声依旧没有停下,杜辛却发现附近有些异样,不对头。他用眼睛一直警惕地往周围扫视着,虽然眼里没有看见什么动静,但心里一直惶恐不安。今天王贲将军布置他守在这里的目的是明确的,就是迎击敌军,敌军却没有出现,也不知道敌军从哪个方位出现。杜辛定了定神,停下搜索的目光,集中眼神看着殿前的广场。那棵树动了一下,完全正确,就是那棵树在动,却不是风吹树叶的那种动法,而是如同一个人一样抖动着全身。广场非常安静,虽然是白天,也让杜辛觉得毛骨悚然。

　　那树又动了两下,忽然间轰然倒下,露出一个黑沉沉的洞口。杜辛还没想明白怎么回事,洞口挤出一个脑袋,机警地往周围看了看,敏捷地往外一跳,竟然是一名全副武装的士兵。

　　接着又一个,再一个,那洞口源源不断地涌出士兵,杜辛断定这就是六国贵族的阴谋叛乱。他们派出一部分士兵围攻蕲年宫,虚张声势,麻痹王贲,另一部分士兵却走这里的暗道直接进入。这个计划很冒险,成功的几率也会很大,只要这些人从侧后冲进中堂大殿,杀了始皇帝,事情就结束了。

　　这个出口谋划得很讲究,竟然伪装在一棵树下面。这也难为六国的贵族们,不知反复研究过多少次,演练过多少遍。也就是在这个很不容易发现的兵力部署的薄弱环节。这地方隐蔽,不易引起人们注意。如果在其他地方,恐怕早就被发觉了,哪里还会不断地涌出兵来。估计是之前士兵清场敲击地面时太大意。如地下面空洞,回声是不一样的,话说回来,这一招很具欺骗性,士兵不可能去敲击树下的泥土。也许这里面有谁都说不清楚的东西,为什么没人敲击,有没有内线也不一定。

　　地下的通道应该是早挖好的,只留上面一截没挖。等到确定行动了,再

213

美妇清

挖掉树下面的土。这确是有预谋,万一等的时间太长,树就要枯死,阴谋岂不就暴露了,真是些大有心机的人。他们行动的第一步可以说是成功了,就差全部人员出洞的最后搏杀。

杜辛对始皇帝的死活并不关心,又不是他管我的吃喝拉撒。美妇清就不一样了,他必须全力保护。他赞同美妇清关于天下统一的看法,又觉得离自己太远。不过此时此刻敌方士兵源源不断地从地下涌来,一旦攻入中堂大殿,美妇清显然不能避开。所以,他必须有所行动。他心中一喜,原来那些敌军士兵似乎都没有带弓弩。这为骑士发动偷袭无疑创造了绝佳的机会。

自己这边的防卫力量并不强,而地道里不知还有多少兵,杜辛的第一个感觉就是只能靠自己与守大殿的几个士兵对付这个突发情况,指望宫墙那边派人过来救援怕是来不及,而这里的守备不多,只能趁敌兵尚不能形成气候,立足未稳之时发动拼死的攻击,把他们扼杀在洞口。这是一场你死我活的战斗,以少战多,更多地需要斗智。

马已经牵过来了,杜辛一跃而上,骑稳了,从鞍袋下面抽出铜剑,转身对守卫大殿的士兵喊:"跟我来,堵住那个洞口!"便双腿一夹马腹,谷子疾奔起来,冲了过去。平时的骑术训练没有白费,关键的时刻正好用上,因了与杜辛的长期相处,谷子此时很乖,没有闹别扭,马人同心配合默契,猛攻洞口的敌兵。

杜辛耍了个花招,没有直接冲上去,而是冲了几步后略带一下缰绳,微绕了个圈,避开向大殿冲去的敌兵,直奔洞口。这看似想跑却又直奔主题的方法还真的扰乱了视线,那些人在骑士的干扰下虽有迟疑,还是向大殿冲去了。毕竟无论杜辛是逃跑,还是去报信,他们都会少个劲敌,这是好事。他们有意地放过杜辛,是因为即便等到守卫宫墙的人过来支援,这边说不定都结束战斗了。

杜辛才不上当哩,只是绕了个圈,驾驭着谷子笔直去冲洞口,并没有离开的意思。绕圈时,他还压制谷子的速度,这一下突然放松马缰,谷子爆发起来,敌军还没来得及反应,杜辛就到了他们面前。敌军被冲得七零八落,溃不成军。他微微弯腰,瞄准一个刚刚爬出来的敌军,剑刃往旁一横。谷子从那人身边掠过，杜辛只感觉手上的剑微微一滞，就有什么东西落到了地上。敌兵蜂拥而上，杜辛马快，已跃出圈子，结果敌兵互相残杀，死了几个。

杜辛转头看去，刚才那人半截身体倒在外面，下半截身子还在洞里。那人的脖子已经被砍断了，身体还在诡异地动着，鲜血像喷泉似的冲天而出。这显然是下面的人觉得尸体挡路了，要把他顶出来。已经出来的一个士兵犹豫了一下，低下头想把那尸体拖出来。

可不能让他们出来，杜辛驾着谷子再次返冲回来，从那人身边掠过。这次是往下一戳，那人的身体就重重地栽倒在地，和其他尸体叠在一起，完全堵住了洞口。

那些已经出来的士兵不知所措，他们根本没想过会遇上这样的情况。犹豫了一下，有的士兵迎上冲过来的大殿守卫，搏命厮杀；有些士兵则往洞口跑，要搬开尸体让出口通畅；居然还有士兵往杜辛这边逼，似乎想解决他。

杜辛骑着谷子，绕过那些朝自己跑过来的士兵，冲上前去驱散在洞口的敌兵。杜辛吸引住了部分敌兵，减轻了压力，大殿守卫已经占了上风，里面的其他守卫也在赶过来，"大事已定"。在这场战斗中，这棵独苗骑兵可是派上大的用场。杜辛也领略了当骑兵的绝顶好处。

战事在杜辛堵住地洞的那一刻就已经注定了结局，剩下最多也是有惊无险。如果再给对方一次机会，他们可能会多弄几个地洞，或者是把出口弄得大些。至少在现在，他们已经是只有想法而没有办法了。

没等到宫墙那边的守军来支援，这边的战斗就结束了。守卫大殿的秦军在杀光从洞口钻出来的敌军同时，自己也有很大伤亡。杜辛杀敌不少，自己却毫发无损，那些秦国的守卫士兵，对骑兵羡慕死了。

为防万一，秦军在地洞口架起柴火。烈焰和浓烟笼罩了周围区域，引来大批秦军拿着家什前来救火，必然是虚惊一场，误会消除后各自又马不停蹄地跑步回到自己的岗位，离岗太久是不行的，残敌未除，敌人会乘虚而入，岗位不保将出大事。

皮肉烧焦的味道很恶心，特别是明知道烧的是同类，几个时辰前还活蹦乱跳，现在就被烧了，谁的心里会有滋有味？杜辛抚摸着谷子，等在大殿下面，看着那烈焰，这里是他的岗位，他不能擅自离开。他呆呆地看着烈焰，甚至还能隐约听到宫墙那边传来的惨叫,在他眼前的火光幻影中那堵在地洞口的尸体还惊悚地动了几下,显然下面的人还拼命在推。很快就没有了动静,那若有若无的惨叫声也渐渐消失了。

宫墙那边有一队骑兵奔驰过来,显然是解决了那边的问题过来驰援。看到这边的情形,带队的将军一脸轻松,向这边传达了中堂大殿的情况。这是一场非常漂亮的配合阻击战,始皇帝没有受到任何伤害,甚至连典礼的程序都没有打断,典礼仍在继续进行。

士兵们欢呼雀跃:"秦国万年!万年!万万年!始皇帝万年!万年!万万年!"

杜辛忍不住皱了皱眉头,看了看那个将军。他认识王贲将军,但那人不是,杜辛觉得奇怪,王贲为什么没有亲自出马。这个傻帽,将军是分级别的,像这种在第一线游击的将军级别能高么?王贲是大将军,能出来游击么,此时他正保护着始皇帝,在王绾的司仪中认认真真做祭祀呢!

从昨天布置任务杜辛就看到,始皇帝不简单。几乎所有的士兵都在中堂大殿靠近宫墙的地方做实力雄厚的防卫,这边出了情况他们即刻过来增援。现在这边的情况已经清楚,不用增援了,部队应该返身回去,在敌人崩溃的时候迅速合围给予最后一击,敌人就会被彻底打散,再也无法组织起来。

眼前的情况并不如杜辛所料,原本留着准备突击的士兵被调到这边来"保卫"大殿,这些人在杜辛眼里就像是过来看看战后的热闹,或者躲避战场厮杀。看热闹分散了兵力,应该不会导致宫墙那边的防御崩溃,敌人冲进中堂大殿吧,毕竟敌军是有战斗力的。

从敌方的部署看,他们应该是把主要的力量放在大殿这个突然的"惊喜"上的——从地洞进军。没想到他们的精心安排,这么快就被秦军堵住,让杜辛意外收获,一展雄风。而在那边的骑兵调过来后,守卫蕲年宫的士兵就没有办法迅速发起反击了。

杜辛相信,如果是始皇帝本人,根本就不会下这样糟糕的命令,明明是千载难逢的消灭敌人的大好时机,现在却合而不围,放虎归山。这哪里是在打仗,哪里是在抓住机会消灭敌人的有生力量,置敌于死地,倒像是小孩子玩过家家,这样的战法杜辛完全弄不懂,他不认为自己的想法是操之过急。

此时,始皇帝还在中堂大殿,典礼不能被打断。负责保卫始皇帝的将领真的只知道维持原计划,只是把敌军挡在门外吗?其实,杜辛有点咸吃萝卜淡操心,此时,始皇帝正在进行的仪式是最为重要的,能不打扰就应该尽量不去打扰,如果被打断,那是很不吉利的,维持中堂大殿的宁静是各位将军的首职。否则,惊扰了祖宗,祖宗怪罪下来,谁都承担不起。

那位将领和几名手下站在离杜辛不远的地方朝着杜辛微笑,也许刚才有士兵报告了杜辛的英勇行为,所以杜辛不但没被这群骑兵驱赶开,还博得了他们的好感。

现在他能够听到他们在讨论接下来该怎么办,他们没有回避他,说明他们的相处是友好的。

有人焦躁地说:"现在敌军疲态已显,我军只要突然打开宫门,以骑兵突击,步卒相继,便可将敌全歼。如此天大的功劳,将军还犹豫什么?陛下这边已经没有危险了,应该把所有兵力都调过去才对。"这人跟杜辛有同样的想法。

"荒谬!有什么功劳能够比得上保卫陛下的平安更大,什么样的过错能够大过将陛下置于危险之中的过错?这里既然有一个地洞,就可能还有第二个、第三个。要是把士卒调走,此地防卫空虚,有了闪失怎么办?"这人怎么这等保守呢?

听到这人的话,杜辛觉得是在扯淡,如果真的另外还有地洞的话,敌人早用上了,战斗择的是时机,不在敌方慌乱之中出奇制胜,要让对方充分准备就绪后才出击,这是个什么兵法?何苦要在等待对方准备的过程中把自己的士兵在地道里面闷死?

也有人貌似沉稳地说:"还是歼灭叛军要紧,敌军眼见获胜无望,必定会散入乡野,将来再要集中剿灭就麻烦了。要是贼首还能约束手下,说不定会转攻其他地方。如果因为我等谨慎畏缩不前而放跑叛军,恐怕陛下是会降罪的,届时将有口难辩。"

"那倒不必担心,此战之后,叛军恐怕再也无力组织更多人手了,我们随时都可消灭掉他们。陛下的安全才是最重要的,陛下若得知我等以他的安危为重,即使有些不悦,也不会处罚。"

大家沉默了。

过了一会儿有人说:"若是真把士兵都调去追击敌军,事后陛下说不定……"这人没说下文。

当然是怕始皇帝处罚那位将军了,这样的事情杜辛能够想明白,凭着这些将领的聪明才干就更不用说。

他们商量了一阵,最后这队骑兵还是放弃了全歼叛军的机会,他们觉得敌军的攻势已经缓下来,溃不成军了,这时从宫墙那边又过来几队人马,还有必要去痛打落水狗么。

敌军必定撤退,也许还保存了不小的实力,就是不知撤到哪里了,反正杜辛不相信他们能够撤到巴郡。最大的可能,是去攻打在咸阳的皇宫,慌乱中浑水摸鱼,泄一把愤。从现在情况看,始皇帝像是把自己大部分的士兵都带了过来,咸阳宫自然空虚。

这种情况,始皇帝应该是早有预料的,否则不会让美妇清的护卫去守皇宫。不过这一点杜辛却没看出来,那只是虚晃一枪、回马便走的事。

战事一起,死伤是难免的,始皇帝的士兵不管死多少,杜辛都不关心。然而,对于美妇清的那些护卫,死一个也让他心疼,说不定就是自己认识的人呢。他现在也不能做其他事情,他的任务是在大殿这边职守,他希望皇宫那边的守备工作做得足够充分,以保存实力为主,抓到机会才能进击,千万不可贸然行事,至少要减少不必要的伤亡。

冗长的祭祀典礼终于结束,王绾、赵高一干人也长长地舒了口气,他们实在比始皇帝还要紧张。

始皇帝竟然在雍宫又待了一天,才不慌不忙地下令回咸阳。也许现在对他来说,已经没有什么好慌乱的了。武将们仍然严阵以待,不敢有丝毫放松,他们要防止叛军中途袭击,其他文官好像不关心这些事。这又是杜辛看走了眼,那叫文官的城府,此时显得那么慌慌张张又有什么用,只能招惹别人的白眼,他根本不懂。

美妇清也担心防守皇宫那边人的安危,毕竟是自己从巴郡带来的守卫,不管怎么着急,队伍依旧是按照自己的节奏,不紧不慢地推进。根据沿途敌军留下的种种痕迹判断，叛军确实是向咸阳城去了，前后也就相隔一两日的路程，如果走得快些，可能几天后就会首尾相接。

始皇帝却不忙着赶路，他不但没有发令提高前进速度，甚至还有意让队伍与敌人保持着两天的路程，大有欲擒故纵、关门打狗的架势。杜辛猜测他一方面是担心伏兵，另一方面是期望那些人去攻打皇宫，自己可以在关键时刻从背后突击包抄，定然达到他所需要的结果，全歼敌军。

终于，在走了几天后，始皇帝下令全军紧急行军。大家察觉到始皇帝要发动进攻了，那些随行的贵人们一个个都自告奋勇，愿意带着自己的私家护卫为始皇帝防守后路。他们全部获得始皇帝首肯被留了下来，唯独美妇清带着仆从紧跟始皇帝与百官一起前行。

杜辛看了看那些要求留守后路的笨蛋，心中冷笑。是那些贵人胆怯害怕了，这一点都不奇怪，人在最后的时刻最大的欲望是逃生，所以他们死活要留在后面。现在最安全的地方在哪里？显然应该是在始皇帝身边。他即使要攻打叛军，也必定会注重身边的保卫。

留守在后面也不会有大的危险，最多遇上几个被打散的残兵败将，或溃退下来的散兵，数量不会太多，可以轻松应付。不过，在这样的时候，有一个和始皇帝共进退的姿态相当重要。实话相告，那些贵人尽管这几天拍了不少马屁，都比不上此时能站在始皇帝身边加分，此时的同进退就是生死相依了。

杜辛紧跟美妇清的车，随始皇帝车驾，一起登上了小山包。百官让开道路，始皇帝打开车驾的帘子，他在车里就可以望到咸阳宫的围墙，他似乎觉得胜券在握，所以要亲眼见证胜利。

广袤的咸阳城一览无余，满地像蚂蚁一样的人群川流不息。杜辛第一次看到这样大规模的战斗，还有些胆怯和不安，相比之下，当初大管事的谋反真是小打小闹的小儿科。

叛军的确在攻打咸阳城，他们可能也是仓皇应对的权宜之计，没有太多时间来打造攻城器械，以至于主要是梯子，还有原木，用来撞城门。看起来气势汹汹，人数也不少。服装穿得很杂，有些是正规士兵，有些则是平民百姓装扮，有的在外面套件皮甲，有的直接就是布衣。显然六国贵族余孽还算

美妇清

处心积虑,控制了一些人员和队伍,也有一些人装成普通百姓潜伏进了咸阳城,城内有几处在冒烟。

杜辛突然想起,美妇清手下的护卫中,射手并不多,没有射手必然是近身作战。从护卫主家角度,已经够用了,如果从防守城池角度说,那些护卫就太少了。杜辛哪里知道,偌大个咸阳城哪有可能只是陈布们在守护,主要力量还是蒙毅将军的大部队。

此时叛军已经把部分梯子平放在护城河上,人踏着梯子过了护城河。已经过去一半了,地上的尸体并不多,说明伤亡不大。

咸阳宫里的各种器械很多,许多地方都堆着码着,此时宫女宦官们的主要任务是烧开水,来来往往地支持城楼上的坚守者。他们做好了充分准备,一旦敌人攻上城楼,冲进咸阳宫,他们就要拼命,随地就可以拿起武器与敌人进行你死我活的殊死搏斗。

杜辛隔那么远都能够看见宫墙那边一片蒸汽升腾。

杜辛看到城墙上面的守卫在不停地往下泼水,那盆盆水下去,一团团蒸汽上升。开水这东西可不是好玩的货,泼到脸上,就会皮开肉绽,眼睛即使不被烫瞎,也要暂时失明;烫到手即使不死人,剧烈的疼痛也足以使人无法抓稳梯子和武器。这是古代战争中最见效的防守武器之一。

对付这种情况,攻城方面用弓弩压制是再好不过的,偏偏叛军里面的弓弩手也不多,现在正和城墙上的射手对射,掩护步卒攻城,双方互有伤亡,远远谈不上占据优势,也就不能抽出人手来对付"开水兵"。

某些地段确有叛军一度攻上墙头,很快就被赶了下来。这样的情况令人担忧,毕竟攻城的叛军是经过训练的,守城的却以百姓为主。继续下去的话,胜负很难说清。

僵持之中,王贲的军队出现在叛军的后方。围墙上响起震耳欲聋的欢呼声,城门突然打开,一彪人马冲出来打着"蒙"字玄武旗。秦军要实行前后夹击了,叛军的末日不远了。

攻城的叛军明显有些迟疑,他们已经被护城河分割成了两半,无法快速聚集增援。到底是集结士兵,一鼓作气攻下城墙,还是转身一战,趁机逃跑,叛军的首领还决心不定。

此时,战场的局势又有了新变化。

杜辛看到渭河对面人影晃动,似有大队人马正在企图通过浮桥。那些过桥的人没有旗号,乌合着冲向浮桥,是敌是友,谁也弄不明白。如果是来支援始皇帝的,可让战事结束得更快;要是与叛军一伙,战场的情况就可能急转直下,麻烦就大了。

始皇帝似乎也意识到这一点,一改刚才稳重平静隔岸观火的样子,拔剑一挥,命令加紧攻击。顿弱带着禁卫军真的冲了下去。这场战斗到底能不能在那支不明身份的军队加入前结束,还很难说。

突然,咸阳城对着渭河那面的城门打开了,一队骑兵举着冒烟的火炬快速从里面冲出来,打着玄武"陈"字旗,直奔渭水上的浮桥。

杜辛眼睛一亮,脱口而出:"是陈布,他带队伍去烧浮桥了。"杜辛的声音很大,始皇帝诧异地看了他一眼,却全无不悦之色,转过头去再看那边的时候,脸上甚至还有了几分期待。

因为叛军人数有限,不足以将整个咸阳城全部围困起来,所以在面对渭水这一面,因天然屏障的阻隔而没有叛军攻城。骑兵队毫无干扰地出门,笔直对着浮桥冲过去。渭河对岸的队伍事先对这边发生的事情一无所知,当浮桥燃烧起来、烟雾腾上半空的时候才慌乱地往后退,自相残杀,落水的不计其数。

始皇帝轻轻地舒了口气,转头不再关注浮桥那边,那里已没悬念。那支身份不明的队伍眼见实在无法过河,也退到渭河岸边,还一直往后退去,隐入到山林之中。

后来听人说,那支企图越过渭水搞突然袭击的叛军,是张良的又一"杰作",这一次与以前一样,他看到大事不妙,便不敢恋战。

咸阳城这边的情况有些奇妙,在蒙毅将军和王贲将军的部队包抄追杀下,叛军有些犹豫不决。在渭河对岸的那支队伍出现后,叛军似乎认准那支队伍是来支援他们的,神勇起来,全部放弃攻打咸阳城,转过身分别迎头攻击蒙、王的军队。

现在他们明明人数很少,却是一副赴汤蹈火视死如归的架势,显然是以为对岸张良的那支队伍完全能够解救他们脱离战场苦海。浮桥被烧掉后,

美妇清

张良那支正在前进的叛军竟然就那样如鸟兽散地垮掉了,快速隐没了,这完全出乎许多人意料。有的叛军愣住了,站在原地不动,有些叛军依旧在拼杀,还有人往战场边缘移动。

大势已去,这都无所谓了。到现在,可以真正说是大局已定。始皇帝不再关注战场,他轻松地和美妇清谈笑起来,看样子,似乎对美妇清的表现非常满意。当然,连杜辛都能看得出来,美妇清一直都是支持始皇帝的,在这次平定叛乱的战事中,又起到了极其重要的作用。在这样的情况下,越发让始皇帝爱怜。

百官们都很知趣,只要有美妇清在场,他们一般不插话,免得惹始皇帝不高兴。

美妇清只是微笑道:"陛下想说什么民女明白。我反复仔细想过,陛下的厚爱,实在不是民女待在深宫之中就能够报答得了的。通过这次镇叛,我大秦国应当从此安宁了,民女发自内心祝我皇万年万年万万年!若是无损国力,还请陛下留意一些东西。"说着,就递过去一张布帛,始皇帝接过看了看,脸上露出吃惊的神色道:"这些东西……朕好像听人说过一些。"那是一张炼制长生不老药的原料清单。

"陛下自然是耳闻目睹过的,方士炼丹,许多东西是异常的相通。"美妇清温和地说,"不过配方不同,火候不同,手法不同,炼出来的东西也不同。有些人只能炼出毒物,有些人可以炼出金疮药,有的人却可以炼出不死丹。"

这是一个始皇帝最敏感的话题,他聚精会神地听着,美妇清也想早日脱身回巴郡做些自己想做的事情,来报答始皇帝的知遇之恩。

瞬间,周围的所有人几乎都屏住了呼吸。不死丹,光听这个名字,似乎就有一种奇特的魔力,让人目眩神迷。在这群惊异的人群中,仅有两个人显得平淡安静毫无异常,一个是杜辛,一个是美妇清。

杜辛根本就不相信世间有这种东西。虽然美妇清与这些东西扯上了关系,杜辛觉得,应该是她也上当受骗了。

美妇清却坚定地认为,事在人为,世界上应该是有这些东西的,大千世界各种物质可以组合成人们想要的物质,只是每种物质所占的分量需要人们探索排列规律,而规律的寻找在于不断地比较,比较需要耐心,这就是心诚不诚,心不诚的人是无法得到的。作为神女的后代,从小就受到那样的巫术教育,信这些东西是正常的,坚决不信,才真是奇怪了。

始皇帝愣了一下,然后大笑道:"这种东西真的存在?从古至今,仙人在传说中多有,却无人见过。若是真的有长生不老的仙人,他们应该就在人间,或者往来于人间,那他们会藏在哪里?何时能与朕见面?"

对于这一点,杜辛也很赞同,仙人在哪里,为什么没有人看见?他只是有些奇怪,按理说美妇清的神女身份始皇帝早就知道才对,按照彭叔的说法,神女们就是因为有可能炼出不死药来,才没有遭到秦国的坚决打击。难道历代先王把这么大的事情都忘记了么,没有往下传?据彭叔说,以前没有人逼着神女家族炼制不死药,理由是炼制不死药耗费太大,非得统一天下不可。现在美妇清提出此事,到底是什么意思?

美妇清柔声道:"长生不老的仙人自然是有的,陛下可以想一想,陛下贵为一国之君,底下那些百姓,难道就能够轻易地看到陛下么?长生之事,不知多少人求之不得。若是长生不老的仙人,漂在市面上,众人得知,定会前往拜访,他能应接得下么。如果某些贵人肆无忌惮,不定还会有不忍言之事。故长生不老者必定时常搬家,脱离原来的环境,周围的人没有亲眼见到此人青春常驻,自然就不知道了。"

始皇帝道:"这样说……好像也有道理。"他想了想,"不对,这样只是有可能而已,并非必定如此。长生不死实在是匪夷所思,朕不敢相信。"他虽然嘴上说不敢相信,心里却是非常地向往,他以期待的眼神看着美妇清,显然是希望美妇清能够拿出有力的证据来。

美妇清慢慢地掀起面纱道:"陛下常见到我这容貌,可觉得还堪入眼?"始皇帝笑道:"岂止入眼?堪称倾国倾城,沉鱼落雁。"

"陛下可知我的实际年龄?"

"嗯?那倒不知。"

"算起来,应该是四十多了吧。"美妇清笑着,又放下了面纱。古时人四十的面容一般与今天六十岁的不相上下。

"四十?"始皇帝猛地伸出手去,似乎想再次掀开美妇清的面纱,却终究只是把手停在空中。对于这张曾经多次"欣赏"过,抚摸过,亲过的脸,始皇帝是万万没有想到那脸皮的下面还会有这么耐人寻味的故事,他骇然道:"这……难道就是长生不死……"

"只是当初留下的一点药渣而已,可惜那是最后一点了。"美妇清道,"所以没法长生不老,只是老得慢点而已。"美妇清越说越起劲了,她已经定下心来,注定要为始皇帝炼制长生不老药的,她坚信自己能够为始皇帝炼出长生不老药,她想尽快回到巴郡去实施她的计划,才使出了这种欲擒故纵的不地道的方法。

始皇帝大惊,在他眼里已经不只是老得慢一点而已,简直就是返老还童,鹤龄童颜了。美妇清这一招十分管用,马上吸引了始皇帝的注意力。

炼不死药并不是美妇清一个简单的脱身之策,她的确是为始皇帝的健康着想,的确是想为始皇帝做点事,她也相信通过自己的努力是能够炼出不死药,因为神女家族从小就是这么教育的。

良久,不死的诱惑战胜了始皇帝对美妇清不舍的感情,他神色坚毅地说:"朕记得,以前似乎说炼制不死药耗费巨大?现在朕虽然统一天下,却百废待兴,炼制不死药恐怕有损国力吧?"这是试探,是最后的不舍,还是正话反说?

这就是始皇帝的过人之处,在外人眼里,天下太平和长生不死之间,始皇帝毅然选择了前者。当然外人眼里,也会产生这样的想法,有可能是怀疑美妇清的用心,毕竟曾经有过郑国渠的事情在前面,始皇帝有时也需要搞些掩人耳目的小把戏。

那是在始皇帝登基的时候,韩国派了个叫郑国的人来秦国,说是要为秦国修渠,渠成可浇灌大量良田使粮食增产若干。此时战争频仍各国缺粮,同样的人手,如果在良田上可以得到更多粮食,何乐而不为?所以秦国就答应了,调配了大量的人力物力修渠,让郑国去折腾。

后来查出郑国是韩国派来的卧底,秦国要杀这人,这人承认后说:"我起先确实是为了消耗秦国的国力,来迟滞秦国对韩国的战争攻击。经过几年努力,我现在对正在修的这条渠有了真感情,我请求秦王让我加快进度把这条渠修成后,再杀。"

秦王两策相衡取其优,就让这条渠继续修下去,完工后,这条渠在秦国的人工抗旱中起到了巨大的作用,确实让秦国增加了不少粮食。秦王不但没有杀郑国,还让他专门负责秦国的水利。这条渠后来让秦国万世得利。大家用主持建渠的人命名,把这条渠称之为郑国渠。

那是一个变坏事为好事的故事,与今天美妇清死心塌地为始皇帝卖力,死心塌地要让始皇帝长生不老,是两码子事,坏故事和好事完全不搭界。

美妇清指着布帛道:"若是在所有的事业都完成以后再炼制不死药,恐怕就晚了,事情是做不完的。我想了个法子,事业、炼药两促进,两不误。先试着炼制延寿的药。这种药耗费少,繁琐点,不用等那么多年。"

始皇帝想了想道:"此事可有把握?"

"已经很多年没有人能够炼制出不死药了,谁都不敢说有把握。"美妇清诚实地说,"不过我还是要为始皇帝尽这份心,延寿药的原料无关军国大事,不会消耗秦国的国力。"

这些话听起来都很舒服,始皇帝心存感激,笑道:"既然如此,朕就允了。"

说完,始皇帝转过头去再度关注战场。那边的战事已经停歇下来了,秦军正忙着打扫战场,辨认死者,押送俘虏。过了一会儿,有人禀报说没有找到那支抢占渭河的军队。张良这小子真是腿长,眨眼工夫就无影无踪了。

过来的这个人躲躲闪闪,战战兢兢,显然是被同伴们推出来报告这个坏消息的替死鬼。始皇帝与美妇清谈得心舒面爽,展颜一笑道:"无妨,他们还能成什么事?加紧查访,赵高传令,进咸阳宫。"说完车驾已动。

这次平叛也暴露出许多问题,需要及时梳理和总结。始皇帝带着一干大臣议事去了。

十八

始皇帝的军队全面接管了皇宫的防守,美妇清的护卫也没闲着,他们有的在照料伤员,有的在收殓死者。

一个个战死的人被抬过来,整整齐齐放在宫廷的院坝,美妇清默默地看着,对旁边人说:"用棺木装好,送回巴郡安葬。"

旁边是季叔,马上答道:"车不够,我再派人去找。实在不够就先把这些运回去,回头再来接我们。"

美妇清点了点头,没话了。杜辛从一个一个尸体旁边走过,他在寻找自己认识的人。还好,赵离、陈布这些熟悉的面孔都没在眼前的死尸中出现,想必他们都还活着。

这次战斗,美妇清的卫队都是好样的,是个顶个的好手,他们作为诱饵,麻痹叛军,引蛇出洞,起到了很大的作用,减少了秦军的伤亡。这一点始皇帝很满意。特别是陈布,在十分危急的关键时刻,率领骑马护卫冲出咸阳城,烧掉浮桥,他这出其不意的一冲,阻隔了对岸那支可疑的队伍,起到了四两拨千斤的制胜作用,立了一大功。但陈布因为没有弄清那支队伍的底细,还不知道浮桥烧得对与不对,一直有担心。他怕那支队伍万一是来援助始皇帝的,那就尴尬了。他的表情变化很怪异,有时装蒜,有时支支吾吾,多数时候待在营房,必须出门时溜边,怕人看见,很低调。

赵离没有什么耀眼的表现,也没犯错,他带的那些人按照蒙将军的要求一直守在城墙上。因为训练有素,进了咸阳城又补充了装备。所以,还能在消灭敌人时有效地保护自己,没有太大的损失。有些人受了点轻伤,无大碍,他显得很安静,没有得意之色。

杜辛围着院坝走了一圈,还是在遗体中找到几个自己认识的人,有的人是当初跟着他们一起平定大管事叛乱的勇士。遇到这种事情，他确实高兴不起来，毕竟相处一场，前些天还活蹦乱跳的，几天不见就躺在这里了，怎么不令人难受。更何况美妇清还主动要求为始皇帝炼制不死药。这种八字没有一撇的事，主家乐此不疲，这不是自找罪受么？杜辛依旧不相信有这种东西，奇怪的是，美妇清在他们眼里是有勇有谋的大英雄，为啥一见始皇帝就安静了，服软了？在这次平叛中明明始皇帝承了美妇清一个很大的人情，美妇清不但不弄点什么回来，却还要送东西出去。

"这是不得不送的啊，我是要脱身。"美妇清曾经对人说起她的想法。

美妇清叹息着，她倒海翻江的心情和相见难离别更难的感情纠葛，是旁人不可知晓的。

"陛下要把我收入后宫，他……是个大英雄。但我也不是普普通通的民女啊，我的一举一动，关系到许多人。若是我真的进了后宫，丹穴的人怎么办？还有后宫的吃穿用怎么办？那些人已经改不了口了，非巴郡生产的不吃，还有水银、金疮药、长生丹这些东西，难道都要陛下亲自来担心么？我是想让他多活几年。秦国只有他才能镇得住，理得顺。"美妇清这话说得非常正确，后来的事实果然被她言中。秦国的走向就是这样，始皇帝死了，大秦国就完了。当然这是后话，这里暂且不表。

"我要是留在宫中，别人就要说始皇帝的闲话，我不想听伤害始皇帝的话呢。还有，要知道远香近臭的道理，啥事都应留有念想。"美妇清的这句话才是问题的实质，也是她的聪明之处。没有远虑必有近忧，人做到这个份上，简直就太精妙了。

"所以主家才说要炼制不死药？难道这个药不是为陛下炼制的吗？"

美妇清道："怎么会不是为了陛下哩，我都已经对陛下说了，我吃过一点不死药的残渣，就可以保持青春。任何一个正常人，面对这样的诱惑，都会想着要吃下真正的不死药吧。陛下应该很清楚，我想要的，自然是完全的不死药。炼制出来不管是几份，肯定先满足陛下，如果有两份就一份归陛下，一份归我。所以陛下认为我急于回巴郡，是情有可原，还是为了他，替他着想。"美妇清的确是为始皇帝尽心尽力，义无反顾。

在这件事情上不管他明不明白，杜辛都感觉美妇清真英明，摆脱了始皇

美妇清

帝的纠缠,有了返回巴郡的机会。在咸阳有什么好,每天忙于应酬,没啥正事干还累得慌。不过杜辛没有问美妇清,她真的四十多岁了,还是在诳始皇帝？明明看起来就二十多岁的样子。当然她的温柔和身上的气质,让人不由自主地想到了"母"性的成熟美。这一点很奇怪,面貌看起来年轻,做事却让人感觉她的老到,不怒自威,还让人很愿意亲近。

现在咸阳城的士兵还有很多事情要做,最重要的打扫垃圾,再就是修复损坏的各种设施等等,事情还多着呢。

下游的浮桥没有受到损坏,士兵们很快把上游浮桥建好了再移到下游和下游的浮桥并在一起,这样桥面就宽阔了,进咸阳城更加方便。

美妇清这边要运送战死者回巴郡,还在渭水南岸的贵人们要急着进自己的官邸,商贾农人也要过桥做生意,浮桥上来来往往,整天人欢马嘶川流不息,很繁忙,似乎要夺回战斗造成的损失。

季叔指挥着佣人们收拾回程的东西,保护咸阳宫的护卫们除了回巴郡的外,其他的撤回来驻守泾阳。美妇清带着身边十来个人又被始皇帝召进了咸阳宫,通过这次合作,美妇清的地位更高了,赵高专门给美妇清辟了宫殿,名曰"美妇宫"。这几天始皇帝虽然很忙,照样来得很频繁。

这天,始皇帝来见美妇清,脸带怒容,也有些快慰,见面就说:"这次的叛贼抓了不少,果然是六国遗民,朕以前竟然还想不宜屠戮过多,指望这些人能够忘记故国。结果大有纵容之嫌。现在看来,不杀不行啊,朕已经决定,将这些人及其亲属全部处死。"

全部处死？加上家眷至少有几万人。美妇清沉吟道:"陛下的愤怒,清感同身受,不过既然要处死,何不让他们死得有点价值？"

始皇帝愕然:"这是何意？"

"自古以来,巴郡便是荒僻之地,人烟稀少,何不将这些人发配过去,让他们日出而作,日落而息呢？开采丹砂的人手总是不够,种粮食也是人越多越好嘛。并且这些人都是东方六国的人,说起来人不少,一旦分散开来,严加看管,也就不易造成什么危害。过几代,这些人就会成为真正的秦国人了。"

始皇帝想了想,就答应了。也许他是真的觉得美妇清那里需要人手,也许他是想让这些人去充实边疆,反正这些人逃过了一劫。

诸事已定,美妇清终于离开咸阳了。与她来时相比,带走的人虽然少了些,但车队的规模反而扩大了。那是始皇帝送的一些炼不死药的材料,还有礼物。咸阳城里的权贵们也送了不少礼物,美妇清全部收下,运回巴郡。

杜辛成功地卖掉了始皇帝赏赐的酒和酒爵,大赚了一笔。他拍了拍鼓鼓囊囊的包袱,一副志得意满的样子,其他人也各有所得,比较满意。

巴郡的生活一如既往,闲适而平淡。虽然参与了那么重要的事情,但事情过了也就过了,没有人唠唠叨叨,反复地评功摆好,大家依旧和往常一样。当初从各地集中起来的护卫回去了,从外围庄园抽调的奴仆侍女,也被送了回去。

美妇清对待这些人是不错的,赐了不少东西,还把几个表现特别突出的提拔了。就连那些战死者的亲属也得到了补偿,以保证他们家中在失去男丁的情况下,生活无忧。

边境上还有些零星的战争,但毕竟七国合一,更多人的日子过得比较安宁了。

刚从咸阳回来的那些天,美妇清成天醉心于研读《神农丹经》,这是一部神女家族代代相传的炼丹奇书,祖宗要求在神女家族中传女不传男,外人是不可能知道个中秘诀的。看来美妇清自告奋勇承接为始皇帝炼制长生不老药绝非空穴来风,也不是一时兴起,她是有些把握的。

炼丹的工作严肃认真,一丝不苟。

首先是丹炉的建造。丹炉就是用来炼丹的"灶"。美妇清根据《神农丹经》的提示,用青砖建造了一个长着三只腿的葫芦形大丹炉,用青铜制成内胆又称为"神室",就是我们今天所说的反应室,反应室留有观察孔,平时用青铜片遮住。神室分为三层,悬放在灶中,不着地。神室的上面安置了一根用白银制成的"水海",水海直接与神室外圈的空心盘相连,空心盘盛水,能降温。神室的下部是桶形"甘埚",容量较大,用以装丹砂。炼丹的原理是丹炉下的柴火把"甘埚"内的丹砂熔化,通过白银"水海"加水冷却,形成水银蒸气,蒸气冲入神室,气中的金属质在神室中从无到有,积少成多,再加入催化剂反复熔化,使其升华,最后形成"丹"。

美妇清

其次是准备药物。炼丹所用的药物总共有一百多种,单从金石类药物看,也在六十种以上。始皇帝送来了许多物资。

炼丹的活动或过程是极其神秘诡异的。比如炼丹处所的选择,许多方士认为应在荒无人烟、有仙来人往的名山胜景,否则一旦邪气进去,丹药就会受到污染,炼不成了。美妇清没有把炼丹搞得那么神秘。一方面她是一个漂亮的年轻女人,到那些人迹罕至的地方不安全。另一方面,《神农丹经》上也没说神女家族炼丹必须到那些荒郊野外。她认为炼丹的关键在于内容,而不在于形式,必要的程序化形式不可少,为了形式而去做形式不可取。炼丹主要看是否心诚,只要具有坚定不移的信念,矢志不渝地从事炼丹实践,一些物质通过烧炼就有可能变成珍贵的仙丹。

所以,她在坞堡里面建起八卦炉炼丹。这样就不会因那些荒野之地而缺人手,也不会因为美妇清长期在外而耽误农耕。当然,坞堡里的那只八卦炉只是制作的作坊。在美妇清居住的高楼上,还有一座极小的丹炉,那里才是最后合成的关键部分,当然需要绝对保密。

建炉之前,美妇清选了个黄道吉日的吉祥良辰,沐浴斋戒,筑了个高高的祭坛,在坛上烧符画箓,然后在建炉的位置插上一方宝剑上系一古镜,虔心等到太阳直射宝剑与古镜都没了影子,才开工承建八卦炉和屋子。开炉点火那天,美妇清也是斋戒洁顶冠披道纱,跪捧药炉典,面对南方祷请大道天尊,再开炉入炼。

难得始皇帝的好耐性,炼不死丹这么久了,竟然从没有派人来催过。就连美妇清几次应诏去咸阳城,始皇帝也不曾问起这事。只是反复提起让美妇清当皇后的事情,每次都被美妇清以温柔的理由和坚决的态度拒绝了。

杜辛一直担心失火。高楼虽是以厚实的砖块砌成,但中间安设木质楼板。在这样的环境里,即使只是一个很小的丹炉,也有可能引发火灾,好在南方比较潮湿,不比北方的夏天,干燥得见火星就着。

美妇清就是要把丹炉安在楼上,以示她对炼丹的专注执着虔诚和心无旁骛,她在丹炉下面铺了厚厚的沙子,不能说是保险,也能看出她对火灾的防备。

最近几次,她去咸阳看到始皇帝脸上不断爬上的皱纹,更加深了她对炼丹的迫切着迷和一心一意。她与侍女奴仆交流炼丹的体会,共同讨论炼制过程中的各种变化。

正因为美妇清丹炉放在坞堡,小坞堡的那些侍女奴仆们,特别是芳秋,变得更加勤快,更加的懂得事理,为的就是去凑个热闹,享受享受先睹为快的兴奋。虽然已有明确的分工,轮流值守,许多人还觉得不过瘾,愿意有事无事地来帮帮忙,协助当班的人值守。不过炼丹是一个复杂的过程,需要耐心、枯燥无味的等待和重复地添加。谁也没有见过真正的炼丹,所以大家的工作是试探性的,美妇清一直在试验,消耗了大量的时间和材料。

美妇清与侍女奴仆们忙着炼丹,护卫们却清闲下来。经常有人在小坞堡的护卫面前献殷勤,有些人是来打探炼丹的进展情况的。杜辛倒是比较警惕,他不知道这其中有多少人是出于好奇。

比如吴让的行为就让杜辛看不懂,这人先是受人挑拨对付杜辛,后又对他示好。通过几次同随美妇清去咸阳,与杜辛并肩为美妇清服务后,他们成了比较亲近的关系,时常见面聊一聊。

现在很多人和小坞堡的人说话通常都会集中到一个主题——炼丹,小坞堡中没有参加炼丹的人也会关心这事。

这些过分的关心让护卫们警觉,也让那些炼丹的侍女奴仆们感到压力。许多天了,炼丹毫无效果,可说是一事无成。美妇清看上去是哑巴吃元宵,心中有数,从来不管这些流言,大大方方该做什么做什么,一副不惊不乍、不慌不忙的样子。也许她认为流言中可能有些有用的信息,也许她认为让护卫们警惕,让炼丹侍女奴仆们感到压力更有利于炼丹,没有压力哪来动力呢?

吴让却从不说这样的话。现在他就站在杜辛面前,正好杜辛从外面遛马回来。美妇清的近身护卫现在也不是常常跟在她身边了,只有出门时才跟。大家虽然不知道她什么时候出门,却基本上知道她什么时候不出门。比如说从外面刚刚回到坞堡,她准会一头扎进丹房,认真听取炼丹侍女奴仆的汇报,然后接着观察。再回到高楼继续她的配方研究,这一弄,至少就是两三个时辰,或者一天两天,已经成为雷打不动的规律,趁这个空隙,近身护卫们就可轮流放松自由活动了。

美妇清

杜辛在蕲年宫能够一枝独秀击败敌人,封死那个洞口,主要是靠了谷子。如果当时没有谷子,敌军会很轻松地拿下自己,可以说谷子是杜辛的"恩马",他一直没有放松自己的骑术训练,也是为了更多地亲近谷子,朝夕相处,培养感情。

光阴荏苒,日月如梭。转年,谷子已经老了,杜辛不敢骑上去了。马是有灵性的,谷子常常有意站得笔挺笔挺,用眼睛深情地望着杜辛,似乎在证明它还不老。所以杜辛的心软了,不时想起谷子在蕲年宫平叛时的表现,仍然时常牵着谷子到外面去遛一遛,尽力延长它的生命。

杜辛是在回坞堡的路上见到吴让的,吴让现在是主家的监视农耕,经常要到田边地头转转,了解和掌握农业生产情况。他亲切地打着招呼,然后陪杜辛慢慢回坞堡。几句寒暄过后,吴让笑道:"你这样经常出门,主家寻找不到该如何是好?这些年主家对你越发信任,大家都看在眼里,今后遛马这种小事,就交给属下去办吧。"吴让变了,今非昔比,习惯用指挥下人的口气。

"遛马虽是小事,这马很重要。"杜辛拍了拍谷子道,"当年若是没这马,后果不堪设想。做人不可忘本,就让这马开开心心走完最后一程吧。"杜辛有感而发,说得直截了当。吴让也就不好再说什么了,一时沉默下来,两人无言,自顾自地走路。

突然身后传来马蹄声。两人几乎同时转身看去,竟是一队骑兵疾驰而来,速度虽快,骑兵却是一副轻松的样子。出于一种职业本能,杜辛心头一紧,不会带来什么坏消息吧?秦军出现在这个地方原本就奇怪,方圆几十公里是始皇帝赐给美妇清的属地,莫说秦军,就连巴郡的官吏都很少出现。大家都知道美妇清是始皇帝的"后宫行走",谁想去自找麻烦?

现在突然出现秦军骑兵,两人都猜不透到底发生了什么事,他们停住了,让过骑兵,目送他们远去,才继续走。过了一会儿,身后又传来声音,这次是大队人马。像是运输什么的车队,人很多。奇怪呀,始皇帝给美妇清提供物资都没派这么多兵马押送,眼前这支队伍里明显是车少人多,士兵成伍成列前进,这些兵有如此纪律,应该是上过战场的。

那些士兵不怒自威的肃杀之气使吴让有些哆哆嗦嗦。谷子与吴让正好相反,它显出了少有的兴奋,还引颈长嘶一声,一副跃跃欲试准备出征的样子。杜辛拍了一把发傻的吴让,把谷子牵下了路的边坡,立在旁边,免得惹出什么不必要的事情。

吴让转身也让了道。

那些人径直向坞堡而去,杜辛与吴让大惊,却又不敢贸然而为,眼睁睁地看着他们全部走过了吊桥。

回到坞堡,杜辛才知道,当年巴国与楚国相争,大片国土沦陷,一些文献资料被楚军带走。由于楚国早被灭,很多档案资料流落民间,有些关于长生不死的资料甚至被带进了大山深处。那些士兵押运的车队,就是来向坞堡护送有关十巫、神女资料的。也许始皇帝觉得这些东西对美妇清炼丹有用,就全部送过来了。

美妇清当然高兴,这不是单纯挣面子的事,而是这些资料正是她所急需的,其中完全有可能记载着炼丹的秘密。美妇清自然是对大军好酒好肉地慰劳一番。

在随后一段时间,美妇清把大量精力投入到整理资料中,出门的时间变得更短,次数更少,近身护卫的自由活动时间增多了。杜辛对谷子还是一往情深,而且变过去几天一次遛马为天天遛马,直到有一天谷子再也站不起来了。

杜辛找了块青山绿水的地方,把谷子埋了。美妇清准备再给杜辛配一匹马,杜辛拒绝了,他还走不出对谷子的感情。美妇清也不强求,宣布只要需要杜辛可以骑任何一匹马。现在坞堡的马厩里有了许多好马。

吴让倒是经常跑过来安慰杜辛,他也很怀念那匹脾气很坏的马,谈起来总是那么没完没了,有时还眉飞色舞。杜辛觉得吴让每次过来,都要提谷子的事情。也许他本意是安慰,却使杜辛更加伤感,总是更加不能忘怀那匹马。根本就不是什么安慰啊,越这样越使人留念往事。

杜辛曾委婉地多次告诉他,在自己面前不要再提谷子的往事,或东扯西拉地谈些盐咸醋酸的事情。可是吴让并没听懂劝告,依旧像只青蛙,见面就呱呱呱呱叫个不停。杜辛没办法了,由厌恶开始佩服,佩服他的耐心和恒心。

美妇清对炼丹原料的配制进行了大胆改进,现在已经不用许多种物质,

美妇清

像大杂烩一样混合炼丹了,只用单一的朱砂由微火到逐步升温。她在想,如果再不成功,她将以人体为炉,炼内丹,虽然炼内丹的危险性很大,但为了始皇帝,她什么都可以舍去。

那天,职守炼丹的芳秋急匆匆地上楼来告诉美妇清一个消息。美妇清惊讶地立马放下手中的活儿,跑下楼去。她小心地拉开青铜片掩盖的观察窗,认真细致地观看,发现神室最下层的内胆中有一颗金色荣光灿烂的半固体小珠,其形体圆转流动,十分诱人。她激动得心都差点跳出来了,成功了!终于成功了!

炼丹在众人眼里是件诡异神秘的事情,天上地下都要有所感应,事实上不是人们所想象的那样。美妇清炼成丹药的那天,杜辛记得很清楚,当时绝对没有电闪雷鸣,也没有鬼神出没,而是红火大太阳,万里空高万里云,晚上也是八千里月色照八千里路,像平常一样毫无特色毫无悬念。结果,一不小心就炼成了。

这是多少个日日夜夜的煎熬,是多少双稚嫩手儿时时刻刻的艰辛。大山乐了,江河笑了,沟壑感动了,美妇清心中的石头落地,脸上的青春回归了,大家都抑制不住内心的激动,又不敢过分声张。坞堡人低调的祝贺在内心释放,没有人回顾这些天的酸甜苦辣,没有人述说千辛万苦,一切艰难困苦都被"成功"二字取代,他们高兴,他们兴奋,却又不张扬。

美妇清是在上次秦军送来的那些东西中,发现了几样很珍稀的原料,她不动声色地在高楼的小丹炉试验,然后悄悄地试探性加入朱砂原矿,外人看不出来,还以为她减少了原料,独独只留了丹砂,其实真正的炼丹学问对外人是保密的,外人不可能知道。

金丹炼出来了,按照《神农丹经》要求,要将丹药放在树林的祭坛上,经过七天七夜的日晒夜露才能去毒进行精制。很多人怀疑,这样奇怪的步骤是否真有意义。美妇清说:"难道露天放上七天七夜会有坏处吗?不放怎么排除毒素?"然后派人去搭建祭坛。这就跟我们今天煮野生菌不能捂盖子,采摘下来的新鲜柿子做柿饼需要在室外裸露一段时间是一个道理。

诸事完备,美妇清亲自带人,去完成这个步骤。走着走着,走上了一条杜辛感觉熟悉的路,是的,越走他越觉得熟悉,脸上产生了疑惑,这个不经意的表情被坐在车上的美妇清警惕地捕捉到了。她悄悄问:"有什么不对的情况吗?"她以为杜辛是发现了埋伏之类的事情,杜辛却迷惑地又似是而非地摇了摇头,又走了几步,杜辛突然一个惊颤,恍然大悟说:"我说呢,感觉来过似的。我想起来了,我把谷子埋在附近了。"

听到这样的呼声,美妇清觉得虚惊一场,也不好呵斥。又走了一段,美妇清若有所思地吩咐:"既然到这里了,我们去看看谷子的坟墓吧,当初在蕲年宫,它可是立了很大战功的。"

谷子坟墓的新土已经披满了草木,在风中显得苍凉、悲壮。美妇清下车,在谷子坟前非常严肃认真地默哀一阵,没说一句话,神情十分专注。她这一行为是杜辛没有料到的,把随行的这些人感动得一个个泪水涟涟,杜辛尤其感到心中发堵,像是打倒了五味瓶,倒海翻江一般,又无法排遣,要不是随美妇清来为长生丹设祭坛,连自己都把"老朋友"忘了,而主家没忘。相比之下,自己枉与谷子主仆一场。可想,主家对一个牲口都能这样,何况他们这一群跟随她鞍前马后的人!下人们能不感动么,心中的那一份感恩戴德之情不言自明,还有必要说出来么。

从谷子坟地折回来,一行人又走了一段路,就看到了祭坛。这是在一片有小溪的树林之中,正应了绿水青山好风景的兆头,周围的树木被砍伐了,露出一块空地。

祭坛用土垒成台子,然后在上面覆盖雕琢过的石头,插上七色旗帜。祭坛中央,有一根柱子,约一人高。赵离把金鼎架在柱子上,美妇清从怀里掏出个金属盒子,打开拿出那颗丹药,放入柱子顶端的金鼎中。

当美妇清打开盒子的时候,一股奇特的香味直往众人鼻子里钻,众人吸吸鼻子充分受用。那香味,有点像花蕊的香,还有草木清香,也有略显浓重的某种金属的香味,那是杜辛没有闻过的。与这种让人心旷神怡的味道相比,那丹药的颜色更是让人羡慕:金黄色、天蓝色、银白色交杂一起,冷光艳丽。

这群人都贪婪地盯着这颗丹药,好一会儿才恢复原有的神态。祭祀以后还会"伏火"再次去毒。所谓伏火,是按照《神农丹经》要求,丹药还需要进一步除毒的程序:把沙罐或销银锅埋进土里,罐口或锅口与地面齐平,周

美妇清

围用土夯实,把硝、硫两种物质放进去。用火烧皂角子成炭,再一个个放入罐或锅中。这时,刚刚烧过的皂角子带着余火与硝和硫接触,硝和硫就会自动燃烧起来,再把丹药放在其上,让火焰充分煅烧丹药,待焰烟冒完,用火炭堆到罐口加热、拔出。再次冷却后,丹药毒素除尽,才算成功。然后才送到咸阳去。

在祭坛周围是几圈帐篷,内卫们留在这里要等待七天七夜,直到这个步骤完成。外围是巡逻护卫,再外面是骑马护卫。看守的总人数不多,但个个神勇,似乎每一个守卫者都已经吃过一颗那样的药丸,精神抖擞。他们必须严防死守,全身心护卫,防止心怀叵测的人混进来。

这边的仪式已经开始,美妇清将丹药放上祭坛,进行了冗长繁琐的祈祷。然后是各种跪拜、舞蹈。美妇清跳的舞很好看,她此时去掉了面纱,许多人都第一次看到她的真面目,惊呆了,的确光彩照人,身材姣好。她脸上的神色极其肃穆虔诚,看起来也不像四十多岁的人。她已经换上了彩色衣服,手持宝剑,散发垂胸。杜辛一边看着,恍惚间感觉自己似乎真的看到了山间的神灵,那是有血有肉有情的神灵,又是与世俗若即若离的神灵。杜辛越发觉得当初美妇清对始皇帝说的那个年龄是假话,不需要证明,看看她的脸看看她的腰肢就知道。在这七天七夜中,这个仪式是每天都要进行的。

神灵是伟大的,是拿来敬重的。在远古时代,洪水、大火、干旱、地震这些自然灾害,以及危害人类的疾病瘟疫造成恶劣环境,使原始先民心中充满了恐惧与困惑。他们把一切的一切都归结为神灵的作用。人们对神灵敬畏崇拜,把天地日月、石木水火、山川河流都加以神化,向其敬拜求告。

为了预知神灵的意志,需要有人在神与人之间搭建出桥梁、沟通的渠道来传递消息。人们幻想借助某种神秘的超自然的空间力量讨好神灵进而控制和影响神灵,于是产生了巫和巫术。

古人认为巫作为鬼神和人之间的中介,扮演者极为重要。鬼神极喜欢唱歌跳舞,而唱歌跳舞是巫的专长,也是巫术的主要内容。直到后来的《说文解字》还解释"巫"是:"女能事无形,以舞降神者也。"由此可见,舞蹈对巫是很重要的。

传说治水的大禹,就是一名巫。因为在治水中劳累过度受了伤,只能用小碎步走路,摇摇摆摆,手舞足蹈,由此发明了舞蹈。他在治水中累得说不出话来,便用肢体语言来指挥随他治水的力士,舞蹈又成为表情达意的工具,为人们广泛运用。大禹跳巫舞的步伐,被称为禹步。直到现在,专业舞蹈工作者依旧使用这个名称。坞堡的人们已经把美妇清当成神灵了,神灵是不能碰的。她的模样性感和她的舞姿撩心招人爱慕,但她是神灵,任何人不敢有非分之想。

每天仪式结束,已近黄昏。在天黑前的最后一段时间里,许多人都还有些神不守舍。无论是为美妇清打水的侍女,还是巡逻的护卫,都不由自主地要往祭坛方向瞟上几眼。他们不一定能够看得清楚丹药,内心却有一种感觉,似乎看上几眼,就能够多活几天。这就是人们对生命的敬畏或是对生命的珍惜爱戴。

这样也好,在这么多双眼睛注视下,没有人能够偷走丹药。已经是第六个晚上了,明天太阳一出就可以回坞堡了,今夜非常关键,警戒更加重要,杜辛却感觉不到紧张的气氛,他的心还停留在谷子坟前的那一幕。美妇清说过,回去前还要去看看谷子。杜辛有些犹豫,按照他的本意,为了不耽误明天的行程是要借着月色去看。如果美妇清要去的话,当然要改在白天才妥当。

杜辛去美妇清帐篷前问芳秋,还没让他见到芳秋,美妇清已经素装打扮地走出来了。杜辛愕然道:"现在是晚上,主家出去方便吗?"

美妇清:"那里离这里有多远?"

杜辛默默地想了一下:"在外围警戒范围内,估计不会惊动外围护卫。"

美妇清道:"那就可以,快去快回吧。"

杜辛虽然想不明白美妇清为何突然对这件事这么上心,也不便问,毕竟有主仆之隔,不敢造事,只能依言带路。美妇清轻车简从只带了两名侍女随行,留下芳秋看管帐篷。杜辛走在前面,沿着帐篷的边缘往对面走。

美妇清走出几步低声说:"我小时候,就喜欢晚上出门,特别是在有月亮的夜里,感觉和白天完全不一样,宁静的夜晚有说不出的味道。那时是偷偷的,每次出门不久,都毫无例外地被抓了回去。到后来,家里看管得越来越紧,就完全没有机会了。我大一些,没人能管住我出门时,却再也没了这个兴趣。当初……"

美妇清

"等等,莫做声!"杜辛突然蛮横地一挥手,打断了美妇清的回忆,顺势躲进一棵大树的树干后面。美妇清也机灵,当即拉着两名侍女,弓着腰藏在杜辛身后。

祭坛周围的那些帐篷都是门对祭坛的,杜辛刚才从帐篷的缝隙间,好像看到祭坛那边有动静。

杜辛不想打搅已经睡下了的人,他猫着腰借着帐篷的掩护认真观察,确实看见有人鬼鬼祟祟接近祭坛。如果那人大摇大摆或正大光明地走近祭坛,杜辛也不至于如此关注了。偏偏那家伙走几步停下来看看周围,又蹑手蹑脚,十足的小偷模样。

杜辛现在拿不稳小贼有多少人,守卫上哪里去了?守卫会不会与小贼同流合污?杜辛一想到这个问题,血液都感觉有些发冷。如果自己现在高声呼救,会不会引来小贼的同伙,帐篷里钻出来的是敌人还是友人?他身后有主家,主家的安危不得不考虑。当然美妇清的护卫不可能全部都叛变,这种想法实在匪夷所思,但在利益诱惑面前有几个人能抵挡得住?

时间在一分一秒地过去,那人在一步一步接近丹药,来不及细想,杜辛准备孤注一掷,转身对美妇清低声道:"你们藏起来!"

来参加祭祀的人应该是美妇清选了又选,挑了又挑的,没想到会发生这样的事情。杜辛的佩剑放在了帐篷内,这可是一个护卫少而又少的情况,过去佩剑从来都不离身。今晚,他想到是去看谷子,怕带上武器会对"老朋友"不敬。一个护卫没了武器,就等于向敌人拱手投降了。他焦躁地后悔着,可世界上哪里会有后悔药,已经别无他法了,便在地上顺手抓了把泥土,在手指间捏了捏,弄成一个泥球。他弯着腰尽量去接近那个小贼。小贼确实做贼心虚,左顾右盼转过头去,这是千载难逢的时机。他突然往前一窜,转眼间就冲出一段距离。可惜小贼转过头来的速度更快,看见杜辛,脸上露出惊骇的神色,张口就要大喊。

说时迟,那时快,杜辛一扬手,泥球脱手而出,端端正正打进那人嘴里,使他的呼喊变成了呜咽。杜辛上前几步,抬手去抓那人的脖子。那人从腰上拔出匕首,横在胸前,杜辛脚一踮,足尖踢在那人膝上。骨骼碎裂的声音传出,那人干吐了几口,发出撕心裂肺的惨叫。

十九

  周围的帐篷很快就有了动静。杜辛不由得紧张起来,若是周围的奴仆和护卫都与小贼一伙,自己被包在重围之中,恐怕在劫难逃,凶多吉少。如果只是部分人叛变,还有希望。当然也有可能这小贼孤身一人见财起意,是真有本事,没有惊动铁壁铜墙般的外围护卫,是从外面溜进来的。不过这种可能太小。

  已经有人掀开帐篷跑出来了,此时月色不算明亮,稍远一点的地方都看不清楚。特别是后排帐篷的人,甚至许多都不知道祭坛这边发生了什么事。突然有人在后面高喊:"外围有敌人袭击,快来帮助抵挡!"

  听到这话,不明就里的人们,仿佛被人从梦中提醒,什么都明白了,其实什么都没明白,就抓起武器往外面跑。杜辛脸色一变,知道有人使坏,是要实施调虎离山之计,他不能让坏人的阴谋得逞,必须立即制止,于是急忙大喊了几句。可惜此时人声嘈杂,那些从帐篷跑出来的人,已被人误导在先,下意识地跑出,加之他的声音完全被那些嘈杂的声音盖住,人们已经乱跑起来,竟然没有人理会杜辛。有些人看样子是有所警惕的,一开始是往祭坛这边跑,但很快也被人流裹挟着调头往外跑。

  美妇清一定会很骄傲吧,毕竟这些人听说有危险,都能勇敢地迎上去,可惜方向错了,手下人有个明确的姿态也是检验人心的好事,难能可贵。杜辛想着,看见几名持剑者往他这边逼来。那些人默不作声,难道是来帮助自己的?杜辛振了振精神,觉得没弄清原委之前还是不要自作多情,那几人能来保护自己自然好,万一不是也要提前有所防备。还没让杜辛想清楚,就觉到身后有异,难道敌人包抄了后路?他迅速转身,看见是美妇清。

  "你……主家这是要干什么?"杜辛万万没有想到,美妇清竟然在这么

美妇清

危急的情况下还跑来凑热闹,"不是让你躲好吗?"

美妇清抬起手来,杜辛看清楚了她手里的东西。"你手无寸铁,我身上的匕首给你!"杜辛接过武器,感激地冲美妇清一笑,算是答谢。

杜辛弯下腰去,从那个还抱着膝盖呼疼的贼人身边拿起匕首,对着美妇清挥了挥,意思是让她离远点。美妇清不以为意地说:"我让侍女搬救兵去了。"杜辛想这么乱七八糟的,谁是好人谁是坏人都分不清,搬来的救兵能不能施救还是个未知数。

那几个持剑者已经靠近,杜辛突然弯腰提起在兀自呐喊的那个贼人,用力往前一扔,正好落在几个持剑者脚下,那几人急忙闪开。趁着他们乱了方寸,杜辛扬声高叫:"主家待你们不薄,为何要反?当年大管事谋反,许多人死无葬身之地,你们要步后尘,以为能够成功吗?"

那几人愣了一下,站住了,传了个声音过来:"误会了,我们是来保护丹药的。"杜辛将信将疑道:"既然如此,我是护卫杜辛,你等不可靠近,站在那里。"杜辛公开亮出旗号,以探虚实。

"荒谬,我们还信不过你呢,谁知道你是好人还是坏人?"那几人冷笑着靠了过来,杜辛无奈,只得侧身把后面的美妇清让出来道:"仔细看看这人是谁,有主家在此,你们还要放肆么?"

美妇清站直了身体,月光照在她脸上。虽然戴着面纱,但身体的线条是明显的。那几人迟疑了一下,又说:"黑灯瞎火,我们看不清,谁知道是不是真的主家?"说着还是不停步地往前靠。

明明有月亮,怎么黑灯瞎火?到了这个时候,对方的身份已经清楚了。杜辛再次稳了稳神,还是不愿放弃可能的帮手。他又说:"既然大家都信不过,不如我们都停在现在位置。我若是取了丹药,你们自然能够看到。你们若胆敢上前取药,就别怪我不客气了!"

那边的人又说:"谁知道你在使什么阴谋诡计,休要花言巧语浪费时间。"又对美妇清高声道:"那边的女人听着,我们不知你是谁,如果你已经被骗,一定要当心。这个黑大汉心有不轨,不怀好意,我们是主家的护卫,凭什么不许我们保护丹药?分明是这小子居心不良,想要独吞!"

若换个人,美妇清说不定真要怀疑,不过美妇清对杜辛的信任不是一天两天,当即对杜辛低声道:"有些不太对劲,动手吧。"

那几个人又向前逼了几步,杜辛转头苦笑道:"你真以为他们认不出是你?就算我能够杀了他们,也护不住你。"话完,不等美妇清答话,伸手,一把将美妇清夹在腋下,转身就跑,他来到祭坛木桩下,伸手在那鼎里抓了一把,却什么也没抓着。杜辛大惊:"丹药不见了?"情况十分危急,那些手持利刃的人已经奔到眼前,由不得他迟疑了,美妇清大喊:"逃命要紧,丹药不要了!"杜辛还是迟疑了一下,对着树林拔腿飞奔。

那几个人兴高采烈地从木桩上取下铜鼎,仔细观看,的确什么也没有,不觉大呼大喊:"丹药被黑小子抢走了,我们上当了,快追!"紧跟着跑进了树林。

杜辛虽然身高腿长,但毕竟还有个女人在他腋下,不能不管不顾由着性子,他唯恐颠坏了美妇清,跑时放稳放慢了脚步,速度是显然提不起来。还好,这一带是谷子的墓地附近,杜辛来过,比较熟悉地形,东绕西弯,没用几招障眼法,就暂时摆脱了追兵,来到一片断崖前。

这片断崖是地震之后多次垮塌而形成的一个三级台阶,杜辛一手扶岩壁,一手抱紧美妇清,拉开大步,迅速窜上第二级台阶,刚刚站稳放下美妇清,追兵就到了第一级台阶,那些人气喘吁吁望着上面,高喊"小子你跑不了了,快把丹药交出来!"第三级台阶很高,似刀劈斧剁,无法攀越,不用担心背后,这对杜辛是绝好的天然屏障,美妇清站在杜辛身后,背靠石壁。

这第一级台阶与第二级台阶之间,高差达到两人多,周围是细而长的荆棘树枝,第二级台阶很窄,像一片豆荚。此时站定细细观察周围,杜辛骇然:这样的地形,自己带着美妇清是怎么爬上来的?可能是追兵太急,急中生智,置之死地而后生吧。不可理喻,完全不可理喻,反正他们现在是稳稳地站在第二台阶,暂时脱离了危险。那些歹徒攀不上够不着,在第一台阶眼睁睁地看着他们嗷嗷乱叫,一时半会儿也上不去,干着急。

美妇清镇静地站在荆棘之中,她没受伤。

杜辛看到那几个人的猖狂劲,正琢磨着要不要跳下去杀人了。那些人是不会想到他会主动出击的。不过,要是匪徒突然增加后援呢,自己会不会还有胜算?正在杜辛犹豫不决之时,那些匪徒的吵闹声中,背后传出一阵窸窸窸窣窣的动静，不一会儿，又有几个人拿着剑来到第一级平台。杜辛不觉倒吸口气，要是自己刚才贸然而动，岂不正中了这群人下怀？

杜辛眼睛一亮，在新来的人中发现一个熟人："原来是吴兄，莫非你是来看我死去的谷子？怪不得你一直劝我不要过于挂怀谷子的死去，原来是你有这般好心肠，要深更半夜过来祭拜啊。"

那人正是吴让，他手中持剑，这是杜辛没有想到的。

吴让也顾不了那么多的礼义廉耻了，抬头望着杜辛道："杜兄此一时彼一时，莫要自误，我们人多占了绝对优势，以一比十，你能是对手？不要为那女人卖命了，早早投降吧。我等不会伤害你的，只要将丹药交出来，我们放你生路。"

杜辛大笑："我还要向你们要丹药呢，你们十多个人，即使我交出丹药也是个麻烦，一颗丹药能分够么？主家说过，如果不是整颗吞下，就没有效果，更别说我手里根本没有丹药。"整颗吞下才有效果，这话美妇清当然没说过，杜辛只是想挑拨一下他们之间的贪欲。

那些人乱哄哄地喊："你小子狡辩，明明是你拿走了丹药，为啥不敢认账，大丈夫敢做敢当，谁像你懦夫一个！"

杜辛放心了，这群恶棍也没有得到丹药，他纳闷这丹药到底上哪里去了呢？

吴让用手招呼他的同伙安静，煞有介事地道："丹药的吃法不劳杜兄费心了，你只要老老实实把丹药交出来，我们就放你走，保你安全。"吴让在讲这话的时候，没有丝毫犹豫，说明谁吃丹药，与眼前这些人没关系，是早就决定了的。

今晚的行动事先没有丝毫征兆，匪徒在行动过程中分工具体，目标明确。谁引开众人，谁追杀反抗者，谁取丹药都一目了然。这样有目的、分工仔细的策划，应该是一次有预谋、有计划、有组织的行动。美妇清被这样一伙人盯上，真是不幸。不过，任何事物都具有两面性，正所谓祸兮福所倚，福兮祸所伏，今晚就印证了这条真理，如果美妇清不提出看谷子的坟墓，再一次缅怀这个牲口，恐怕这群匪徒的妄想已经成功了。

想起来真让人毛骨悚然，这些人是怎样使护卫们无动于衷的呢，难道整个护卫队中的内卫和外卫都被他们控制了？或者是他们能够调配护卫队，使祭坛周围的人全部都是他们的帮凶？还有，他们闹出这么大的动静，却白做了一场，居然没有拿到丹药，那丹药上哪里去了呢，难道还有一伙人趁他们与杜辛决战，顺手牵羊而去？这些事凭杜辛这个脑袋是永远也想不明白的！

吴让又抬起头来，仰望着说："杜兄，识时务者为俊杰，好汉不吃眼前亏，你莫要以为我们没有办法，你身后的断崖虽然高，我们是可以绕路的。我们爬到山顶只往下扔石头，就够你受，那时，你和你的主子还不粉身碎骨，死无葬身之地？大丈夫理当马革裹尸，下来我们真刀真枪拼杀一场，也不枉为一世勇士？"这家伙真会说话，用激将法。

杜辛闻言一惊，从山上滚石头这倒是没法抵挡。先前看着这些人没带弓弩，原以为可以跟他们磨蹭到天亮呢。现在这些人要使损招了，真爬到山顶去滚石头，自己和主家等不到天亮，就会被砸成肉饼。

杜辛想，现在突围不可能，对方人数太多，又是山野之地逃跑的阻力很大，加之还有主家在侧，需要两相兼顾，行动会更不方便。倘若是平地，再有一匹马，就没有这些顾虑了。谷子的坟墓就在附近，如果那家伙在天有灵，马上活过来，就会解了我和主家的燃眉之急，有可能出奇迹么？

危在旦夕！正当杜辛胡思乱想之际，身后的美妇清突然小声说："真的别无他法了？"杜辛不情愿地点了点头。美妇清又道："你问问，他们是不是真的只为丹药而来？"

杜辛对断崖下面说："你们是不是真的只是为了丹药而来？"吴让以为上面的人妥协了，喜道："正是，我等只为丹药而来，不想伤人害命。你们如将丹药交出来，我等立刻离开。丹药不过是个死物，何苦为它断送性命？"

"呸，你们才是为死物反叛呢。"杜辛心中想到，吴让这人看来早有野心，在大管事谋反以后还能够安然无恙，说明隐藏很深，他身边的那些人也一样。虽然不知道他们到底为了什么，现在突然要当着主家的面抛弃好不容易得到的身份，实在可惜，这说明丹药太具诱惑，对某些人太重要了。

美妇清已经小心翼翼地一步步挪到了他的身边。下面的人看到美妇清与杜辛肩并肩站在一起，一时间都有些默然。毕竟美妇清平时待人宽厚，处

美妇清

事公平,对下人也不苛刻。大家虽然各怀叵测,但对美妇清一直都是尊重的,闹到今天这个地步,说白了还是那说不清道不明的丹药,那十分诱惑的一己私利。为了这一己私利,他们做出了伤天害理的事情,他们与美妇清,自己的主家完全翻脸,他们还要不惜"仇杀"美妇清。

来不及多想了,美妇清像变戏法似的,突然手上就有了那颗毫光闪闪的丹药,她向下面的人展示着那颗丹药道:"我这丹药乃十巫的方子,但在日晒夜露之后,还需伏火。"

美妇清举着丹药停顿了一会儿,似乎非常不情愿地说:"现在服这药可以延年益寿,却不能返老还童,也不能长生不死,目前这药的药力还不够一个人吃,你们可听明白了?"

下面的那些人被镇住了,一个个贪婪地望着丹药,聚精会神地聆听,全然没了动静。

杜辛惊奇了,丹药怎么会在她手里,她不是直接从帐篷出来的么?原来美妇清是个绝顶聪明的人,这最后一晚她怕出意外,天一黑就把丹药收藏了,在祭坛上摆了个"空城计"。

吴让高喊:"主家放心,不必担心,我等不会分而食之,那丹药对于我们,可是有大大的作用。"

美妇清冷笑道:"我担心?还是担心你们自己吧。"说着,她一把捏住杜辛的下巴,将他嘴掰开把丹药塞了进去。杜辛只感觉丹药入口即化,是他这辈子从来没有吃过的美味。一股暖暖的气流顺喉而下,在腹中膨开,转瞬间就到了四肢百骸,筋骨突然轻松欲飘了,满身上下为之振奋,提起了前所未有过的精气神。

杜辛愣了,他怎么也想不到美妇清会有这样惊世骇俗的举动,要知道那丹药是她花费了多大的精力才炼制出来的,可以说是用情、用心、用汗、用血,下那么大的功夫整出的结晶,就这么轻率地,让他这个下人无意之中就"吃"了!

下面的人看傻了,吴让愤怒地指着美妇清,张口结舌,一时间竟说不出话来。他们刚才想到了很多种可能,比如杜辛要凭蛮勇突围怎么办,美妇清要以毁掉丹药做威胁怎么办。再比如平台上的两个人可能声东击西,可能舍卒保帅,偏偏就没有想到,美妇清竟然就那样把丹药喂到杜辛的嘴里,让他轻而易举地吃下了。

"假的,一定是假的!"短暂的沉默之后,吴让突然欣喜地高叫起来,"我知道了,刚才杜辛吃下去的丹药是假的,一定是假的,这是那女人的鱼目混珠之计,不要信她,丹药一定还在!"

"吴让,随你怎么想。"美妇清戏谑地说,"我会被你们撵着跑了这么远,逼到绝地,让你们亲眼看到杜辛吃下这个'假货'?"美妇清不咸不淡,波澜不惊地说,看不出一丝的慌张。

吴让沉不住气了,指着美妇清,手指不停地哆嗦着,就是说不出一个字来。是的,他惊呼假货也是想安慰一下自己已经没有自信的心而已。现在情况很明显,他们的反叛已经失败。

那些人失魂落魄地聚在一起,有人建议:"要不杀了他们?"

有人马上反对:"现在杀他们有什么用?泄愤还是解气?丹药拿不到手了,上面可没说让我们杀主家……"

"断崖上那蛮子本来就不好惹,又吃了丹药,说不定正有使不完的劲等着小试牛刀呢,又有地利,我们要是搭人梯上去,让他一个一个地解决,岂不是往老虎嘴里喂食,还不美得他送货上门? 更何况我们这些人虽然人人拿剑,并不会武功。"

"现在怎么办?没拿到丹药,身份也暴露了,我们能去哪?"

他们商量了一阵,最后决定先聚在一起突围。

那几个人神色复杂地看了断崖上最后一眼,在这一眼里有愤怒,有不甘,也有遗憾,然后头也不回地离开了。

杜辛从平台纵身跳下,再把美妇清接下来,他们朝着那群人逃走的方向,不远不近、不快不慢地保持着一定距离跟踪着。走了一阵,杜辛忍不住问:"主家给我吃的丹药,是真的么?"

美妇清笑了笑道,"你自己感觉呢?"杜辛道:"我感觉是真的。"美妇清:"那就是真的。"杜辛:"怎么行呢?"美妇清:"怎么就不行呢?"杜辛:"始皇帝追查起来怎么办?"美妇清:"现在已经掌握了炼丹的技术,随时可以炼,怕什么。你吃的是个还没伏火的半成品,达不到长生不老的效果。"

美妇清

  这样的话题太复杂了,杜辛觉得有些头晕。反正又没有指望自己长生不老,延年益寿什么的。就当自己吃了一剂难得一见的好东西吧,其他的何必在乎呢?

  杜辛想了想又问:"上次去咸阳时,我听有人在私底下偷偷摸摸说始皇帝残暴。虽然我不知道陛下到底怎么样,将来如果他真的长生不死了,又残暴不仁怎么办?"

  美妇清道:"天下战乱太久了,要办事必定需要执着,需要铁腕,不管是什么方法,现在天下统一了战争结束了,老百姓的战乱日子熬到了头,终于过上了相对和平的日子,这是大节,看人和看国家都要看大节。若是陛下今后不仁,自然会遭人起兵反对。不死药又不是吃了就真的不会死,不会老死还会有其他死法,若是天下皆敌,长生不死又有什么用?"

  森林越来越密了,加之上弦月在下半夜失去了光泽,摸黑走路很不安全。美妇清下令就近休息,天亮之后再说。杜辛只得找了一处易守难攻的地方,用匕首砍了些灌木杂草给美妇清做出一个草窝,又弄了些树枝树叶搭了个棚子。他尴尬地说:"条件艰辛,只能为难主家,勉强凑合对付一晚吧。"美妇清笑道:"既遮风又挡雨还保温,很不错了。"

  美妇清半躺在里面,这样的姿势肯定不舒服,会感觉脖子脑袋被树叶戳得生疼,但窝棚遮挡露水和保暖的效果还是很明显。杜辛坐在窝棚前面守护着,因为吃了那个炼制出来的"半成品",感觉精神很好,这个后半夜,他两眼睁得大大的,一点都不觉累。也许是年轻气盛本来就身体好,也许是那丹药的确起了作用,反正这一夜他没觉得疲倦。

  第二天,陈布带着骑马护卫,赵离带着步兵护卫找到了美妇清,不断赔罪。看得出来,他们昨晚确实没有闲着,一个个衣服上有不少口子,显然是被树枝石块挂破的,人的精神面貌也不好,疲惫不堪的样子。

  美妇清非常大度地说:"这不怪你们,天暗林密,黑灯瞎火,良莠难辨,以不变应万变,保存实力非常正确。我也毫发无损,我的护卫也毫发无损,我还得感谢大家呢。"美妇清一直戴着面纱,她说那番话时,这些人并不能看到她的表情。她这一番入情入理的说明,搬开了压在大家心头的石头,大家越发对她忠心耿耿。其实,美妇清说的都是实话,此时责备,管用么?我看不管用,聪明人此时绝对知道应该干什么,应该怎么说话。

陈布、赵离带来好消息,对这片森林发生的情况,他们在第一时间就通报了巴郡郡守,郡守派出驻郡秦兵把这一地区围了个水泄不通,苍蝇难飞。天亮后他们便进行横向到边纵向到底的拉网式搜捕,行动现在已经开始。赵离还说凡是参加这一行动的部队,每人都绑了白色棉布,没有棉布者,一律捕获押回坞堡。杜辛抬眼看了看眼前的这些人,果然每人左臂是都系了棉布的,他暗自佩服陈布、赵离想得周到。

陈布说,他的骑兵队在寻找主家的路上已经抓获了一群没佩棉布的人,交给秦军带走了。现在看到主家虽有惊吓,却安然无恙,毫发无损,他们终于放心了。这是苍天有眼,不幸中的万幸,大家都说不出的高兴。

美妇清吩咐回堡后,由杜辛与陈布、赵离共同参加对昨晚事件的甄别,对铁板钉钉的叛乱分子决不能手软,一个不留,全部处死,断绝侥幸者的念想。

陈布把美妇清扶上马,众人拱卫着,前呼后拥,浩浩荡荡而回。走了一会儿,果然遇见搜山的秦军阻拦。赵离上前与他们说了些什么,就放行了。

昨夜的那场反叛结束了,那些家伙倒也勇敢,许多人在大搜捕中负隅顽抗,没有一个投降的。结果,他们这帮乌合之众,哪是训练有素的秦军的对手,没过几招全部战死。倒是吴让这个反叛的首恶分子是个软蛋怕死鬼,他偷偷溜出大队伍,把脸上涂了黄泥,反穿着衣袍,披头散发,被绑回坞堡后,在秦军面前装疯卖傻,到处乱转,想蒙混过关,伺机逃跑,结果被陈布的一个骑马护卫认出来杀死了。

谋反的人死得太快太绝太干净,反而引起美妇清的怀疑,大家都觉得奇怪,越奇怪越觉着事态严重,后面可能还有隐藏更深的人。

在惶恐不安中度日不是办法,深查深究也不是办法,只得进一步加强保卫。美妇清倒是看得开,处理完盗药事件的第二天,就又开始派人运料炼丹了。现在知道了配方,把住了火候,掌握了技术,炼丹炉重新冒出青烟,倒腾七七四十九天,新丹就炼出来了,还是那样的光彩照人,在夜光下熠熠生辉。美妇清把七天七夜的露祭和伏火两个程序交由始皇帝在咸阳去完成,这就大大降低了丹药的安全风险。为了防止有人在送丹路上再起盗心,胆大包

美妇清

天地半路截杀,美妇清把送丹任务交给巴郡郡守,由郡守派秦军护送,虽然加大了郡守的责任,还让他落得高兴,多了面呈圣上、面见百官的机会,一举多得。

在这次炼制丹药的过程中,美妇清有一个意外的收获。一直以来神女家族炼制水银,都是大锅大灶,各种各类矿石按1比1与丹砂掺杂一起,反复冶炼,得出水银量小、质杂,耗费原料很多。而这次炼丹过程,有了总结与研究,她用丹炉冶炼,使用丹砂原料与原先相比只用了不足十分之一,没加其他矿石,得到的水银反而比原先还多,过去有此水银可能被其他矿石分解后吸跑了,丹药是水银的蒸气聚合炼制而成的,是个附加产品。如果对炉灶进行改进,合理分层,加强密封保温,不但可以不误炼丹,还可"意外"收获许多水银,节省大量的原料。

这些思考和想法只有美妇清一人知道,她要再做试验再次分析研究,如果她的想法得到证实,将迅速对炉灶进行改装"重起炉灶另开张"。鉴于科研的紧迫和需要,这次她没有随押运车去咸阳,一是想趁丹炉热度未减多生产几颗丹药;二是进一步探索总结经验,她一时半会儿还离不开坞堡的炼丹房。

至于始皇帝得到第一颗丹药到底有多么高兴,有没有吃下,吃了效果怎么样,暂时还没有消息传过来,大家也无从说起。

杜辛原本以为,美妇清掌握了炼丹配方火候与技术之后,就会搬到咸阳的皇宫住。那时他们这些护卫要么随去咸阳宫,这只能是极少数,要么失业,这是多数。没想到美妇清却继续在坞堡炼制不死药,始皇帝继续源源不断地提供所需的原料。

杜辛根本不懂美妇清,也不可能真懂。

近几次去咸阳,始皇帝老说自己头痛,美妇清也见识过一次他头痛欲裂的样子,问过御医,御医说可能是"羊儿疯"。所谓"羊儿疯",就是今天医生讲的"癫痫"。这是一种短时间大脑功能失调的综合病,一般与家族的身体状况有关系。

"羊儿疯"发作起来是很吓人的。有时全身肌肉抽动、僵直、痉挛、意识丧失,持续时间可达半个小时,有时还会频繁发作。美妇清非常担心始皇帝的身心健康,她想努力改善这种情况。她翻遍《神农丹经》和《五十二药方》,把里面凡是能起改善"羊儿疯"症状的药物分别渐次加入到炼制的丹药中,交与始皇帝试服。这项工作耗费了她大量的精力、脑力和体力。

始皇帝陵墓的建设速度非常快,主体工程已经基本完工,地宫需要无法估算的水银,老式的神女家族式提取水银的方法不但不能满足地宫建设的需要,而且还会因为供不应求而影响工程进度,惹得始皇帝非常生气,这就决定了美妇清要加快炼制速度,加大工作力度。

其实,给陵墓注水银并不是始皇帝的发明。据我国古代一些文献记载,在始皇帝之前,一些王侯也有使用水银灌注墓葬的情况。比如,在今山东临淄县出土的齐桓公墓葬中就有一方水银池子,里面盛满水银。从这个墓葬情形推算起来,我国在公元前7世纪或者更早就已经能够提取水银了。

美妇清为了始皇帝和始皇帝的帝业,事事亲力亲为,无论寒冬酷暑,加班加点,从不停歇,用一个女人对爱人的赤诚,在她力所能及的所有范围内不停地工作。她带着奴仆钻丹穴,进高炉,架锅添柴,反复试验,多方讨教,很快把炼丹炉灶改装成功,不但可以炼出丹药,而且在用朱砂炼丹的同时,提取了与原来相比多出许多的水银,大大提高了生产效率。

巴郡之地是秦巴山脉、巫山山脉、大娄山山脉、武陵山山脉的接壤之处,崇山峻岭,道路崎岖,成品水银搬运比较困难,往往有生产一斤用木桶搬运的途中漏掉八两的说法,却找不到漏点,莫名其妙地就少了,就不见了。物流不畅一直是制约巴郡丹砂业发展的"老大难",始皇帝陵需要大量水银,而陆地运输水银耗损大,陆上搬运原料费力耗时量小,这可急坏了美妇清。

有一天,美妇清登上高山远眺,山下江里几艘正在忙着装卸货物的小船让她灵感一动,让巴郡与丹穴之间的原料供给采用航运走水路,既平稳又量大,冶炼好的水银也用船从长寿山下乐温镇顺江而下往东至巫山罗门峡口,再用铜罐密封木车装运北上出巴进入秦岭古道,提高工效。

水银是有毒物质,其运输是困难的也是危险的,当然决不是因为木桶搬运就无缘无故地漏掉。当时科技不发达,生产力低下,对一些现象无法解释,对水银莫名其妙地消失的确找不出原因。今天就真相大白了。科学家探明,水银容易蒸发到空气中引起危害,在温度达到0℃时开始蒸发,气温愈高,蒸发愈快愈多;温度每增加10℃蒸发速度增加1.2~1.5倍,空气流动时蒸发更多。水银不溶于水,可通过表面的水封层蒸发到空气中。水银的粘度小,很易碎成小水银珠,无孔不入地留存于运输的容器、地面等处的缝隙中,既难清除,又使表面面积增加而大量蒸发,形成二次污染源。

  不小心将水银洒到地面时,会形成很细微的小颗粒,附着在墙壁、衣物、地面上,如果不进行处理,几年甚至几十年会一直存在,如果没有特殊温度变化,它的挥发速度是相当慢的,一定要做很详细的收集处理工作。现代人用工业级硫黄粉洒到地面,待硫黄粉与水银的小颗粒完全融在一起,形成固态水银混合物无毒后,把它收集到一个容器里密封起来。密封的时候最好在水银的液体里面放入一部分水,再用盖子拧严,这时水银在水层保护下是没有挥发性的,对人就完全无毒了。让运输途中减少损失,在今天也是采用这样的办法。

二十

　　始皇帝身边突然冒出个叫做徐福的方士来，还很得信任。方士是什么东西？方士不是东西，是人，是具有方术的人士。用今天话说，就是持有秘方和技术的"高人"。在中国古代很早就有了方士，汉代以后方士改称"道士"。也有人把尊崇神仙思想推广方术的人称为方士。按所主张的方术不同，分为行气吐纳、服食仙药、祠灶炼金、召神劾鬼等不同的派别。据说徐福一人独占四派：行气吐纳派、服食仙药派、祠灶炼金派、召神劾鬼派，你说厉害不厉害，称得上全方位方士。

　　美妇清自被始皇帝封为"后宫行走"以来，为始皇帝的帝业披肝沥胆，没日没夜操劳，让始皇帝非常感动。随着时间的推移，与美妇清交往越深，美妇清进入皇宫次数的增加，始皇帝身体状况有些下滑，加之他常常去全国各地巡视，后宫没有主持绝对不是办法。美妇清越是在宫外上心地为他做事，他越觉得不妥当。他非常需要她，非常离不开她。每次召来咸阳，他都不厌其烦地提出让她归位皇室，主持后宫母仪天下，却又苦于当时全国上下只有美妇清掌握着炼丹技术的秘方，同时要满足始皇帝长生不老和地宫水银的需要，炼制大量的水银和供其所需的丹药，很难得偿所愿。这些都是一剂一粒难求的东西，必须要堆积如山的朱砂来炼制。如果贸然把美妇清强请入宫，就需要把大量的朱砂矿石搬入，不说需要多少人力物力财力，就咸阳宫而言，也不可能辟出大块地方堆码朱砂原矿和废渣。始皇帝一想到这项关系大秦千秋万代的工程就会束手无策，江山、美人、长生不老，想破脑袋也想不出个三全其美的办法，只得妥协，由美妇清在巴郡继续掌管这件事。

　　美妇清心中更明白，她是不能与始皇帝长期厮守在一起的。所以，她一直以炼丹和冶制水银为借口，留守巴郡。

美妇清

现在不同了,始皇帝身边来了个叫徐福的方士,可以与美妇清公开叫板,每日在始皇帝跟前吹嘘得天花乱坠,据说本事大着呢。他的炼丹技术和冶炼水银的技术与美妇清不相上下。既然有了这等好事,为什么不能让徐福来替代做炼丹冶制水银的事,请回美妇清来咸阳主持后宫?始皇帝紧急召见美妇清。

美妇清入咸阳美妇宫的当天,始皇帝就来了。

杜辛现在在美妇清身边的护卫地位不可动摇,管家季叔已经去世。但还没有物色到能够完全取代季叔的人,几名仆役接手了季叔做的事情。杜辛是属于比较特别的护卫,他因多次营救美妇清而深得信任。这些年,他一直跟在美妇清身边,除了安全保障,偶尔说说话,不负责任何具体事务。

始皇帝还是如同以往一样,虽是在皇宫中的美妇宫,却派头不减,先有甲士开路,再是卫队清场,把周围警戒起来之后,才走了进来。

始皇帝过去多次说立后,屡次三番遭到美妇清的婉言谢绝也就罢了。这一次始皇帝似乎越来越没有耐心,与美妇清说话也不像以前那么客气谦虚了。也许当皇帝久了,胆敢违逆他的人越来越少。也许疾病的折磨让他失去了耐心,据说他的"羊儿疯"比过去发作得频繁些了。也许越来越觉得美妇清更适合做自己的皇后,在徐福来到他身边后,美妇清炼制不死药已没有那么重要了。

始皇帝和美妇清谈笑着。说了一会儿话,始皇帝突然笑道:"前段,朕见了一个人,很有本事,说起话来颇为有趣,我就把他带来了。"说完,侍卫向外招了一下手,进来一个人。

这人头戴方形双带礼冠,身着粗布素袍。看起来不如杜辛魁梧,但也算得上身体健壮,相貌堂堂。他来到始皇帝身后,很是恭敬地对美妇清行了个躬身礼,然后作了自我介绍,杜辛才知道这人就是徐福,始皇帝给他赐坐。

那人正襟危坐,始皇帝不动声色地向龙椅内斜着靠了靠,仿佛已经困倦打盹的样子。徐福微笑着对美妇清道:"早听说您在为陛下炼丹,不过我还没见识过在人世间能够炼出不死药来的?如果真有,为何当初周天子没有得到,也没有得见周天子长生不死呀?"

这是挑衅!杜辛皱了皱眉,见美妇清不动声色,他也无计可施。徐福这般大胆猖狂，显然是得到过始皇帝的默许。

"周天子的事情，自然是周天子之时的人最清楚，旁人是无法揣摩的。"美妇清不以为然地笑着说，"今人或是口口相传，或是看过史家记载，也只能一知半解一些当时的事情，常言道眼见为实，耳听为虚，君不知就里也无妨，陛下可是有过感受。"她把这个球一脚踢给了始皇帝。始皇帝的确每次服丹药之后，就自觉神清气爽，精神倍增，当然这里面一半是因了对美妇清的爱慕、信任和依赖，就是今天所说的精神因素。

听起来美妇清说得莫名其妙，似乎和始皇帝有关，徐福忍不住偷偷瞥了他一眼。始皇帝本来一副隔岸观火的架势，听美妇清这么一说，他也动情了，脸上不由得露出回忆的神色，眼神柔和了几分。

谈到丹药，美妇清的相貌，就是最好的见证。明摆着，不需多说，始皇帝自己也明白。

徐福也感觉出始皇帝此时没有袒护偏向美妇清的意思，便又问："往事飘渺，难以追寻。世间又多狡诈之徒，手段难以捉摸，该如何辨别真假呢？"他尽说些莫名其妙的话，让人掰不开，嚼不烂，想不明。

"是啊，该如何辨别真假呢？"美妇清倒是听出了徐福的弦外之音，傻乎乎惊讶地问。

徐福有些纠结，美妇清这样装傻的情况没在他预料之中。徐福偷偷瞄了眼始皇帝，看他好像双目微闭，下定决心道："制作丹药出来，也不知是真是假，是好是坏，万一制作人居心不良，或是学艺不精，该当如何是好？"他是想激怒美妇清。

美妇清一副波澜不惊的样子，看了看周围的甲士道："这些战士如此剽悍，又手持利器，本来是来防备有人刺杀的。若是这些人中突然有人想要刺杀呢，又该如何是好？"

徐福身体一振，脸上肌肉抽搐着，他完全低估了美妇清的反击能力，根本没想到这个女人会如此一针见血，丝毫不给面子。他气不打一处出，简直就想站起来大砸一通。他原本不是想刁难美妇清，只想使她让出一片江湖，给他一个向皇帝献媚的机会。不过始皇帝已有所暗示，在他们之间他只能够支持一人。

美妇清

没有办法,始皇帝的意志是不可违背的。始皇帝虽然这次有意想让他与她博弈,但谁不知美妇清地位特殊,他根本不愿得罪那个女人。他本来自信有许多方法可以把美妇清驳得哑口无言,现在却感觉束手束脚,好多话都不敢说了。

美妇清似乎也对这种别扭感觉不舒服,她自问自答道:"那是因为这些士兵对陛下忠心耿耿啊,他们能够成为陛下的护卫,必定世代忠良,又在军中经受住了各种战火考验,所以陛下就可以把自己的安全放心地交给他们。当然,为陛下炼制丹药非同小可,一定是陛下熟知的人,或相识多年的朋友。"她把自己与始皇帝的关系定位为"朋友"。她进而说,"否则,随便来个什么地方的人,要为始皇帝炼制丹药,要消耗天下珍贵的原料,那还了得?炼制出来的东西能不能吃,有没有功效暂且不说,就是浪费那么多原料,岂不是要耽搁许多的正事?"

徐福此时只能打肿脸充胖子地傲然道:"我这丹药,可不是在人间能够得到的东西。只能从海外而得,海外有仙山,上面有仙人居住,既然是仙人,仙人是不会死的,仙人处便有不死之药。若陛下许我出海,携厚礼前往,必定能够为陛下取得丹药。"这一招果不出所料,暗斗才几个回合,美妇清的心计就初战告捷,徐福败下阵来,他的矜持再也装不下去了,过早地抛出了自己的秘密,来了个竹筒装豆子——一倒而空。原来,徐福属于"仙道"方士。

"仙道"方士起源于战国时燕、齐一带濒海地区,从战国末年齐威宣王开始,这些人便已经有了他们自己的传授系统。后来《史记》中将他们叫做"方仙道",他们各有各的派别。《史记》中还提到了仙道方士中的几个典型人物,如宋无忌、正伯侨、充尚和羡门子高。

美妇清扑哧一笑道:"说来说去,就是民间所言,老虎没打,先把皮卖了。你这不死药没有配方,不知原料,甚至连是否存在都难说清楚,莫不是哄骗陛下?"美妇清并不相信徐福这些虚无飘渺的东西。

"话可不能那么说,海外仙山所在,自然有其来源,山有神仙居住自然有配方,不是你说没有就没有。"徐福有点招架不住了,乱了阵脚,话语轻浮,近而愤怒了。却只得耐住性子,不软不硬地说:"炼丹之道,博大精深,莫要以为你能够炼制出几颗人间的丹药,就可以傲视仙家的丹药吧。"强弩之末已明显力量不足,却仍然要固执己见,也许是不想丢了阵地。

美妇清倒是很大度不以为意地说:"既然如此,何不开炉炼丹。大家各凭本事,丹成之后,一试便了。"徐福转而神情一变,高兴地一拍桌子道:"我也赞同比一比!"这高调的一声吼完,徐福突然想到有始皇帝在侧,发现自己失礼,忙跪伏在地,诚惶诚恐地向始皇帝请罪。

始皇帝含笑道:"学术之辩,越辩越明,平身。"算是原谅了。

始皇帝想了想道:"你们刚才说要比试炼丹?这倒有趣。你们都是名满天下之人,到底谁更胜一筹,想必很多人都想知道。"这真是一件趣事,始皇帝被深深吸引住了。

于是始皇帝拍板,这个事情就定了下来。始皇帝带着徐福离开了。

杜辛看着甲士全部退出后,怒气冲冲地低声对美妇清道:"陛下好没来由,主家一直支持他,维护他,并无任何懈怠之处。现在随便跑来个方士,就想把人一脚踢开?"

美妇清心中明白,这哪是要一脚踢开,而是要她越离越近,却又不能说破,便摇头笑道:"那方士是个聪明人呢。"杜辛愕然道:"那也算聪明?我看他话都说不清楚,最后被主家激得要比试炼丹,这样也算聪明?"杜辛这个护卫就是护卫,就是四肢发达,头脑简单的武士,他哪知道退后一步天地宽的道理。

"如果陛下真的信任他,根本就不需要他和别人比试了。多年前我为陛下提供金疮药,这么些年了,也不是没有人向陛下再献药方,忽悠自己的药更好。结果,陛下都是让人去试,从来没有郑重其事地说找人来比试。"美妇清想起了往事,脸上有些兴奋,"陛下既然能够放纵徐福来与我比试,自然有他的道理。"

杜辛想了想,一股厌恶涌上心头,他下意识地看了看周围,低声说:"难道陛下要对主家下手了?他还是忍受不了巴国的事情?"

"这算什么话?陛下真要处置巴国余孽,堂堂正正地宣布就是了,何必要用这种方式?"美妇清失笑道,"以我想来,恐怕是陛下觉得我就应该听他的教诲,老老实实地待在后宫吧。不过,巴郡那么多人的生存繁衍,我实在有些放心不下啊。"

美妇清

杜辛回想着刚才始皇帝和徐福说的话,揣测道:"陛下应该是希望徐福能够正大光明地,在炼丹方面战胜主家。毕竟现在陛下想要的就是不死药,等到徐福胜了,就可以放心大胆地将不死药的事交给徐福去打理,让主家老老实实地入后宫。可是坞堡中的人怎么办?这些年巴郡为大秦做了这么多贡献……"

美妇清道:"千万别把这当回事,不要以为我们做过一些事,就是秦国的天大功臣,普天之下莫非王土,率土之滨莫非王臣,我们做的那点事对于整个国家是微不足道的。"美妇清有些自责。

"那个……主家刚才说过,陛下应该是念着与主家的情分。"杜辛劝慰道。

美妇清郑重地点点头道:"那是自然,看来,只要我能在炼丹上胜过徐福,想必陛下就会再等我几年吧。"

"也是,如果将产业全部交给仁厚的人去管,大家也不至于受什么苦。不过再仁厚的人也会有私心,开始可能念着主家的恩情,时间一长,就会……"

美妇清想得更多一点:"当年这份产业本来就是十巫后人、巴国遗民、神女传人,加上许多普通人挣出来的。这么多年,我也只是帮他们打理。如果把产业分给他们,也叫物归原主,太正常不过,他们应该会很高兴。"美妇清的确是一个通情达理、为别人着想的主家。

美妇清继续道:"多年来,我始终都是最有名的炼丹人。在没有胜过我之前,任何人都不敢说自己是最好的方士。徐福要想得到陛下的全力支持,就一定要胜我。只要我拖延时间,他就拿我没办法。怕就怕陛下拿不定主意,拖下去,对大家都没有好处。所以我们两人刚才的争辩算是合作,促使陛下下定这个决心。"

知道了炼丹比试如此重要,始皇帝只得允许美妇清搬出皇宫。一方面是要显示公平,另一方面皇宫也不允许因为炼丹搞得乱糟糟的。这当然是美妇清找的个理由。

美妇清在泾阳的府邸是很不错的,虽然比不过富丽堂皇的皇宫,但杜辛感觉很好,这里的每一处都熟悉呀。府内几乎所有的人都行动起来了,为美妇清这次离开本土炼丹而忙碌。大家知道这件事的重要性，都不敢懈怠。

这天美妇清却突然支开了下人，告诉杜辛说她发现身边有个贴身侍女不对劲。那人跟了美妇清多年，平时做事还算用心勤勉；但这次实在是勤勉得过了头，好奇心特别重，竟然在美妇清选料的时候站着不走，试图窥探配方。

"真有这种事？不会是好奇吧？"杜辛有些不敢相信，"这人既然跟主家这么多年，怎么就会被徐福收买？"杜辛觉得实在不可思议。

美妇清有些哀伤地说："我原先炼丹的时候也没有想过瞒她们，还想培养出几个帮手呢。偏偏这个侍女以前说对炼丹不感兴趣，所以我就让她管理账目。现在想来，恐怕是她当时到我身边的时候，觉得接触账簿比接近丹药重要。毕竟是我亲自炼丹，这次没有办法，只好让她们来帮忙。至于收买她的人，不一定就是徐福，说不定另有他人。当初吴让他们要盗取丹药的时候，我就觉得不对劲。那群人里面，没有一个像是领头的。潜伏这么多年，还能不漏一点风声，凭这一点就不是一般人能做到的。可惜那些人全都死了，我认为应该还有潜伏得更深的人，而这个人不会是个一般的人物，这次会不会做个里应外合呢？"美妇清显得有些后怕的样子。

"里应外合？"杜辛还是一根筋地，顺着那个思路，又理不清思路，最后不解地说，"我不懂炼丹，这样做点手脚，就真的管用？"

美妇清解释道："虽然最重要的几样原料，她不一定知道该怎么处理，但还是有用的。炼丹这种事，有时就是一个配料品种的简单改变，有时就是一种配料方法的改变，或者量的多少的改变，结果就会大不相同。潜伏在我身边的人看到我炼丹的方法，还有原料的多少，再加上货物往来的账簿，把这些东西联系在一起，就能将配方推断个八九不离十了。当然这样做不一定能够让徐福炼制出一模一样的丹药，但可以让他推断出我要炼什么样的丹，然后有针对性地进行阻止，让你前功尽弃、无所作为。"

这次炼丹比赛的规矩很有趣，没说炼制什么，也没说一定要达到什么效果，丹的成色，丹的规格，丹的内含物也没有说。只是规定了时间，到时候大家把丹药拿出来比较，如果两人炼制出来的丹药差不多，始皇帝有最终裁判权。谁的丹药能够让始皇帝满意，谁就获胜。

美妇清

杜辛现在算是明白了,始皇帝的目的就是要让徐福得逞,他要借机故意偏袒徐福,收美妇清入宫。可笑的是,许多人对此很不理解,认为这种评判办法是偏向美妇清的,因为始皇帝不可能驳了美妇清的面子,这让杜辛急得团团转,还打不出喷嚏,有一种哑巴吃黄连,有苦说不出来的感觉。

知道了对手的手段,杜辛提出了一个应对方法:"既然是那个侍女,何不以其人之道还治其人之身,将错就错,故意误导他们?主家炼丹,有那个侍女在场时,就故意用错误的配方、错误的技术如何?等她把消息传出去,徐福自然就上当了。"

美妇清想了想道:"这样做不保险,毕竟我现在不知道是不是还有其他人。现在我要是突然不用所有的帮手了,肯定会引起注意,打草惊蛇,徐福就不会上当。并且我一直想知道,还有多少人潜伏在我身边,谁是她们的指挥者。如果从徐福那边查起,恐怕会更有希望。"

杜辛凝重地点了点头:"想不到主家考虑得这么周全,既然如此,该怎么做呢?"

"找徐福谈谈吧。"

杜辛虽然对美妇清这个建议很惊讶,最终还是表示赞成,并愿意去徐府,因为美妇清说得有道理。杜辛白天出府很容易,但要不引人注意地出去,就不容易了。毕竟他是美妇清最信任的人,一举一动都有人盯着,特别是在美妇女清身边有密探的情况下,杜辛更不容易。

到了晚上,杜辛悄悄翻墙出了府邸。对主家住地周边的布防和巡逻护卫的路线,杜辛是一清二楚的,这倒没有阻碍。晚上虽然有宵禁,也难不倒杜辛,只是避开主干道,多绕点弯,多走点路而已。

杜辛蹑手蹑脚地利用屋檐和墙角的阴影作掩护,躲开了街上巡逻的士兵来到徐福的府邸前。他抬头看了看,从这府邸的规模和占地的面积来计算,始皇帝对徐福还是很看重的,虽远不能与美妇清的府邸相比,但也不是一般人能住得上的。

美妇清自有"美妇宫"后,来咸阳城多数时候,是在自己的宫里。她可以不见外面的贵人,但与贵人们依旧有礼节礼品的往来。杜辛作为美妇清的心腹,常常被叫到美妇宫为美妇清上门去送礼表达"诚意"。去得多了,杜辛也有被对方的手下带着在府邸转转,参观参观的时候。因此,对一般府邸的结构方位很熟悉。哪里是马厩,哪里是仆人住的地方,哪里是主人的正房,都有所了解。虽然府邸大小不一样,但构架的位置都有一定的规律。

更巧的是,这座府邸,杜辛曾经来过,那时候不是徐福居住。凭着记忆,杜辛摸到了徐福住的屋前,用匕首将门闩拨开,轻手轻脚地摸到床前,借着微弱的月光,看清楚了,那睡在榻上的人确实是徐福,竟然还是一个人睡,没有姬妾在旁。

徐福被杜辛弄醒,虽然开始有些慌乱,很快就镇定下来。杜辛反倒好奇了:"你不怕我是刺客?"

"如果你想杀我,就不会费事地把我弄醒吧。"徐福靠在床头上说着,"我记得你,美妇清的护卫,当时陛下还看了你好几眼。深更半夜,你想做什么?"

杜辛拍马屁道:"主家说你是个聪明人,果然如此。你先看看这丹药。"说着,杜辛摸了一颗丹药递给徐福。

徐福疑惑地接过去,借着那一点微弱的月光凑到眼前看了看,又十分小心地放在鼻子上闻了闻道:"这是何意……"

"简单地讲,我就是来谈买卖的。"杜辛压低声音说,"这颗丹药可以让你明白我家主家炼制丹药的技巧,这可不是一日一天的把戏,是长年累月的经验集成。我知道你不会服气,所以我走后,你可仔细检查这颗丹药。下面我们来谈今晚的内容,都是假设,你明白自己与我家主家在炼丹上的差距,这样说你明白吗?"

徐福平静地说:"明白。"这样的谈话把我这个看客整糊涂了,他明白,明白什么了?

徐福接着说,"想必你们很有信心会赢,我也有赢的信心。我这人是凭本事吃饭,一向不与人争你强我弱,让结果出来说话,才是我的本事。不过今夜无事,听你说说也无妨,如果我证明了美妇清的丹药不过如此的话,不管你说什么都是白搭,没有什么意义,小子,你明白么?"这徐福是真的明白了,有恃无恐,对杜辛的称呼也改口了。

杜辛脸上露出一丝微笑道:"原本就是这样,所以我们可以假设一下,如

美妇清

果你输了,陛下会怎么对你?"

徐福皱了皱眉:"这种事情,我已经考虑过了,这不应该是你们知道的问题吧,如果你想用这种方法来乱我心神,那恐怕会让你失望。"

"你应该是想到了一死,对吧。也对,赢了就享荣华富贵,的确值得拿命一试。不过我家主家给你留了条后路,愿意为你在陛下面前求情。顺利的话,甚至也可以让你得到荣华富贵。"杜辛循循善诱,"不过,这件事需要你的全力配合,否则就无意义了。"

徐福警惕地说:"若是美妇清输了,我也是愿意为她求情的。不过你们想要什么东西,我倒是很想知道。"他似乎癫狂了,已经不能摆正自己的位置,但表面上仍然装得那么不动声色,心理素质极好。

"是有人给你提供了一个配方吧,不过那只是个猜测出来的配方,并不准确。"这一招是个杀手锏,错误的配方导致错误的行为,必然是错误的结果。杜辛看徐福想反驳,双手一举制止了他,继续说,"我家主家要查这出卖灵魂的人,但不需要你现在告诉我。一切都放在比试过后,如果你赢,就没啥好说的。至于你想不想为我主家求情,陛下会不会听你求情,都无所谓。如果你输了,我家主家是一定会为你求情的,保住你的性命。到那时,你再告诉我那个人的名字就行了,老实说这种人对你并无好处,她们是些唯利是图的人,只要有利,是什么勾当都会做的,今天她可以出卖主家,明天她仍然可以出卖新主家。"他一方面用了反间计,另一方面,他给徐福吃定心丸,看来杜辛的确长能耐了。

徐福警惕地看着杜辛,犹豫着。这有什么好犹豫的呢,对他完全是一个非常利好的双保险嘛。他思来想去,觉得自己都没有损失,在物质上没有损失,在名声上也没有损失,还会赚取一把"正义"。如果自己赢了,想干什么或不想干什么都无所谓。如果输了,至少自己这里还有美妇清需要的东西。这样一想,确实美妇清有很大可能遵守诺言。老实说,徐福来见始皇帝,的确是生死由命、孤注一掷的无奈之举,现在不经意间送来了一条退路,这可是一条安全的五彩通道啊,何乐而不为呢?只要是正常人,就不该把它故意堵上。

想起来,当初在知道了交给自己配方的人是谁时,徐福着实吓了一跳。

实话实说,当初想扳倒美妇清的人不知花了多大功夫,才让对方在美妇清身边潜伏了这么多年,确实不容易。要让那人暴露却是易如反掌,当然那些人是不想让她轻易暴露的,无奈在这人命关天,也是自己前途命运的大是大非面前,徐福也不敢再想那么多了,只能舍车保帅。况且,正如杜辛所言,这个丹药的配方是真是假都不确定,他会有几成胜算,完全悬着呢。如果没有送方人说明前因后果,徐福根本就不相信那个配方,就不会去看那张配方,绝不会相信那个巧言利舌的人。毕竟不能排除利用反间计、苦肉计这些把戏,在这个世界上什么事情都会发生。

送方子的人恐怕觉得这个机会是扳倒美妇清的最好时机,否则,徐福根本不可能得到这方面的帮助。

现在有了更多的选择,徐福也想通了,没有必要太多的犹豫,他答应了杜辛。直到现在他还是有所怀疑,万一杜辛这次来,是美妇清的一个阴谋,甚至那个拿配方过来的人也是阴谋的一部分,目的是想让自己误判,怎么办,还要不要想个上中下的对策?这样一想似乎增添了徐福另一个方面的信心,他觉得一定要坚定意志,不能被美妇清骗了,送来的这颗丹药倒是要好好研究,这倒不是问题,对于行家来说,这种东西辨别个真假不是难事。

二十一

美妇清小看了徐福。

徐福精着呢,他不是那种随意跟着别人指挥棒转的人。他具有深思熟虑的能力,没有急于地去做美妇清与他约定的事。对自己拿不稳的事不急于去办,放一放,缓冲一下情绪,让炙热的东西先冷下来,先廓清思路,想清楚之后才去实施,这是他一以贯之的工作方法。

经过缜密考虑,他先生一计,要在始皇帝身上做文章。他心中清楚,要延缓与美妇清的约定,又不使美妇清从中作梗,只能选择始皇帝亲力亲为的事,始皇帝是大秦帝国的皇帝,国人畏惧,美妇清在他面前也不敢造次,只要把他摇活了,什么事都好说。其实,美妇清才不会在始皇帝面前制造事端呢,在这方面是徐福想多了。徐福的招数,就是要再次忽悠始皇帝,让他作出决定外出巡视,实实在在地去感受神仙,感受仙景。

徐福,字君房,秦朝时期原齐国龙口人,就是今山东龙口人。据说,他博学多才,知天文,熟地理,能航海,晓医术,是鬼谷子先生的关门弟子,与战国时期著名的兵家孙膑、庞涓,纵横家张仪、苏秦还是师兄弟呢。

鬼谷子的名气在国人心中可是了得,春秋战国时著名的思想家、道家、谋略家、兵家、教育家,被誉为千古奇人,是中国历史上一位极具神秘色彩的人物。长于持身养性,精于心理揣摩,深明刚柔之势,通晓纵横捭阖之术,独具智慧。他姓王名诩,又叫王禅老祖,号玄微子,卫国时期的朝歌今河南省鹤壁市淇县人。因经常到云梦山采药坐禅,静思慎考养性。又因长期隐居周阳城清溪岸边的"鬼谷"这个地方,所以被称为"鬼谷"先生。"王禅老祖"是后人对鬼谷子的尊称,他是先秦时期诸子百家一门派的掌门人。

鬼谷子被尊为兵家的祖师爷,孙膑、庞涓是他门下小徒;也是纵横家的鼻祖,苏秦、张仪就是他最有名望的两个弟子。鬼谷子是个能人,通天彻地,兼顾数家学问，不是一般普通人可以比拟企及的。相传他在神学方面，对日月星辰看相经纬，占卜八卦预测事故，十分精确；在用兵学演阵方面，能六韬三略，变化无穷，布阵行军，连鬼神都会被哄得团团转；在旅游学方面，广记博闻，明理审势，出口成章，力可舌战万人；在医术方面，修身养性，祛病延寿，学究精深，活到八十八岁高龄。在当时生产力极端低下，五十岁以上便属高寿的年代，实在不易，没有真本事是万万不可能的。徐福能师从这样的能士，也是一定有些弯弯肠子的。

经过徐福三寸不烂之舌的软磨硬泡，反复鼓吹，始皇帝最终答应了徐福的要求，痛下决心，在百忙中挤出时间，去面见神仙，感受仙景。

这次出巡是始皇帝称帝以后的第三次出巡。始皇帝一生喜欢外出巡查，曾经九次巡遍中国南北各方诸地，前三次是在尚未称帝的秦王时期。

秦王十三年，嬴政二十六岁，第一次向东出巡河外三郡。当时，秦国大将军桓齮大胜赵国军队于河东郡，歼灭赵军精锐十万，杀了赵国大将扈辄。嬴政赶赴大河之南，与桓齮会商部署对三晋之地的战略攻防事宜。秦王这次出行巡视，吹响了消灭六国大战的进军号。

秦王十九年，嬴政三十二岁。当时，秦军大将军王翦灭掉赵国。嬴政第二次东巡出行，赶到赵国的首城邯郸，那里曾是他的出生和少年成长之地，以胜利者的姿态重归故里，重游童年故地，感慨万端。然后从太原、上郡回到咸阳。这次出巡，办了两件大事：一是处置灭赵善后事宜，二是与王翦会商一鼓作气乘势而进消灭燕国的大计。

秦王二十三年，嬴政三十六岁。王翦大军已经消灭了楚国。嬴政第三次东巡出行，经过陈城，赶赴郢都，并巡视江南楚地，会商议决进军闽越岭南大事。

始皇帝统一六国的第二年，大兴土木，开始修筑"驰道"，为他巡视全国各地更提供了便利。他后来的巡视可谓广袤，足迹所在，北到今天的秦皇岛，南到今天的江浙、湖北、湖南地区，东到今天的山东沿海，并在山东邹城、泰山、芝罘山、琅琊、会稽、碣石即今天的河北昌黎等地留下刻石，以彰显功德。还依据古代帝王的惯例，到泰山祭告天地，以表示受命于天，称之为"封禅"。

始皇帝在称帝后十一年中,频繁巡视全国,在我们今天看来至少有三个目的。一是宣德扬威、安抚天下,这是政治目的。秦王二十六年他一统天下后,就急不可待地出巡,通过出巡宣彰政德,扬其威名,使六国旧民从精神上臣服大秦。从二十七年到二十九年,短短三年中始皇帝在原六国的领地上巡游了一遍,在各地刻石颂功,涉及的范围非常广泛,明眼人一看便知。在这一时期的巡游中,有几个重要活动区域:就是齐地、燕北赵代之地和东南吴楚之地,始皇帝对他们不放心啊。

　　第二个目的应该是源于虔诚的宗教情结。秦代宗教信仰具有丰富性和多样性,普遍盛行多神崇拜。神权思想支配着秦国整个社会政治、经济和军事活动。到始皇帝时,神学思想在其十余年短暂的统一帝国历史上,成为他的统治支柱之一,用神权思想麻醉百姓,让他们在天意之下认识什么叫"命中注定",绝对服从,不得反抗。当然,精满自溢,物极必反,神权思想也为陈胜吴广的起义埋下了祸根。当时,全国各地的山山水水之中到处修建神庙仙居。从其分布看,一是以齐地为中心,宣传东方的神学思想和神祇;一是以陕西西部为中心,宣传秦人本土的神学思想和神祇。东西方诸神,组成了秦王朝的众神大船。

　　在这样的背景下,始皇帝推崇五德始终说,到泰山封禅,在各地祭祀天地山川鬼神,"遂东游海上,行礼祠名山大川及八神"就情有可原了。这么做不是始皇帝迷信,而是整个时代都迷信。始皇帝称帝后第二年就迫不及待地去泰山封禅,在先后两次巡视东南吴楚之地的过程中,有到彭城去斋戒祷祠,有去浮江到湘山祠,有行至云梦到九疑山望祀虞舜,有在会稽祭大禹神人等祭祀活动。秦人虽居西北内陆,但秦雍之地神祠有所谓"四海"之神的记述,这表明秦人对于海神,也有虔诚崇拜的意识。齐地是秦帝国东方神学思想和神祇的中心,属于齐人神秘主义传统文化崇拜对象的"八神",其祭祀之地大多位于滨海。"日主"祠成山,"月主"祠莱山,"阳主"祠芝罘,"四时主"祠琅琊,"天地主"祠泰山、梁父等。所以,怀有虔诚宗教情结的始皇帝四次巡游齐鲁滨海,要多次登临芝罘、琅琊、成山等地。

　　始皇帝东巡祭祀山川鬼神还有另一层深意,在《史记·封禅书》中有一段话,说过去夏商周三代君主,都居住在今天黄河流域和洛河流域地区,所以以嵩山为核心,叫做中岳,以泰山为东岳,华山为西岳,恒山为北岳,衡山为南岳,这四岳大山分别分布在嵩山的四面八方,而长江、黄河、淮河、济水四渎,这些中国民间信仰的河神代表都在山东。秦始皇称帝在咸阳,那么五岳、四渎就咸阳的地理位置而言都在东方。大秦帝国的崛起是在西方,西方是大秦的根基,所以始皇帝不想把都城迁往东方,便用东行视察的方式达到"常奉天地名山大川鬼神可得而序也"。

始皇帝频繁东巡的第三个目的,窃以为是求仙长生的期望。始皇帝推崇五德始终,又迷信封禅。但是,鬼神的魔力对于他还不仅限于此,在祈祷天神护佑其帝王基业的同时,还滋生出另一种强烈的欲望,就是长生不老,由此引发求仙与求不死药的狂热行为。所以他赞同了徐福的提议,风尘仆仆地赶到渤海边,企求面见神仙,瞻仰仙境。

由于燕、齐濒临渤海,常有蜃楼出现,当地人便结合传说中的海外国度,组合成了一个令人向往的神境仙界,致使方术文化久传不衰,始皇帝时期,芝罘、琅琊、成山这些地方,是方士群体活动的中心。

始皇帝称帝后每次出巡的路线都是有讲究的,目的明确,特点鲜明。

第一次巡视是公元前220年,统一六国后的第二年,嬴政四十岁,他巡游了"陇西、北地、出鸡头山、过回中"。

他必须先走这条线路,因为这条线路正是多少年来秦人东进,历经34代帝王,历时600多年的线路。走这条线路有荣归故里,寻根问祖的意思。第一次巡视就是瞻仰先祖故居,告慰先祖神灵,给先辈们"扯回销",宣誓言志。告诉祖先:600多年来,我嬴氏家族,一代又一代"挥泪继承祖先志,誓将遗愿绘宏图",我依靠你们各位先祖拓展积蓄的实力,施展种种谋略,先后灭掉了最后的韩、魏、楚、赵、燕、齐六个诸侯国,普天之下已归大秦。下一步我将全力治理这来之不易的江山,希望各位先祖们在天之灵保佑大秦江山,一世二世万世,始皇帝在这巡视的路上一一拜托了。

第二次巡视是公元前219年,始皇帝三年,嬴政四十一岁,巡行的路线是:从咸阳出发,去了烟台、胶南,沿东海到江苏海州、徐州,又南下安徽,渡淮河,到河南,车辙碾过湖南长沙等地,最后从陕西商县回咸阳,主要巡行东方郡县。这些郡县都是原六国领地,是在统一战争过程中新设立的。他在全国战争结束之后去巡视一番,目的非常明确。就是宣示大秦新政取得的成效,确立帝国权威的天道根基,表现出他的战略眼光和治理魄力。此次出巡条件更艰苦,始皇帝处处表现出不辞劳苦,坚忍不拔的性格。在巡行途中,时"逢大风"、遇"水波恶",或"风雨暴至,休于树下",这和后世隋炀帝畅游江都的那种逍遥悠闲,简直不可相提并论,而且还要承受"为盗所惊"的风险。这里所说的"盗"即六国旧势力的反抗,在当时是一个不可小视的问题。以上情况的出现,当然与他出巡的目的有关。这次是他首次东行登峰山、泰山,封山勒石刻碑,歌颂秦军和自己的功德:峄山刻石以宣教新政文明;泰山祭天封禅,梁父刻石,以为神圣大典;登芝罘山,刻石宣教以威慑逃亡遁海的复辟者;作琅琊台并刻石,更加系统全面地宣教新政文明。

第四次巡游在公元前215年,始皇帝六年,嬴政四十五岁。这是他第一次北巡。与他同行还有将军蒙恬带领的三十万秦军,这是到北方去寻着胡人匈奴打的,此一时彼一时,这是你不惹我,我要惹你了。秦军兵分两路,主力军由上郡经榆林,进入河套北部。另一路兵出萧关即今天宁夏固原东南进入河套南部。两路大军合击,在初冬时节,将河套地区的匈奴部落全部扫荡肃清了。始皇帝兴高采烈地向北而去,从潼关过黄河走山西,到了河北邯郸,东抵秦皇岛,出山海关,达辽宁绥中海滨。再回途内蒙古,经陕西榆林、延安,回到咸阳。为了防备强敌匈奴报复性骚扰,他下令征集30多万民夫历时两年半,修建了全长700多公里,从咸阳直达内蒙古包头的秦直道,以十万大军去榆林戍边,筑守长城。

第五次巡视是公元前214年,始皇帝七年,嬴政四十六岁。这次的目的是征发那些曾经逃亡的犯人,把他们抓回来,典押给富人做奴隶,让那些娶了妻的人,以及商贩,举家迁徙到陆梁即今天的新疆地区开垦戍边,设置桂林、象郡、南海等郡,把受贬谪的人派去防守。在这次的巡视中,他指挥了西北驱逐匈奴的战役。他把从榆中沿黄河往东一直连接到阴山的地区,划分成四十四个县。沿河修筑城墙,设置要塞。派蒙恬渡过黄河去夺取高阙、阳山、北假一带地方,筑起堡垒以驱逐戎狄。迁移被贬谪的有罪之人,让他们充实到新设置的县去。

公元前210年,始皇帝十一年,嬴政五十一岁,进行了他最后一次巡游,南下云梦即今天的湖北,沿长江东至会稽,又沿海北上返山东莱州,在西返咸阳途中于沙丘即今天河北邢台附近病逝。

徐福鼓噪起来的这次巡查,是始皇帝称帝后的第三次巡视。公元前218年,始皇帝四年,嬴政四十二岁,目的就是去面见神仙,寻求长生不老之术。始皇帝这次巡视,只带了赵高、李斯两个主要谋臣,前有王贲将军开路,后有蒙武将军殿后。一路上风尘滚滚,浩浩荡荡,前呼后拥,八面威风。

徐福这人颇有心计,在大队人马离今天蓬莱半岛尚有半时辰路程时,就给始皇帝上书一封,说是大军队伍必须停下,此处离神仙居住的地方已经不远了,神仙就在前面的大海中,那海中有三个神山,分别叫做蓬莱、方丈、瀛洲,都是仙人聚居的地方,如果大军大张旗鼓,金戈铁马,声势浩大地前去,会惹恼神仙,惊扰神仙平静的正常生活。大军只能停在这里,需要面见神仙人必须先在此斋戒等候。神仙通晓人事,如凡人心不至诚,神仙则不会见面。所以斋戒时要心诚意到,用行动打动神仙,直到神仙愿意见面;还请始皇帝恩准由他徐福去海边请出神仙。

始皇帝满心高兴,终于就要面见神仙了,要求赵高、李斯真心实意配合徐福。他立马让赵高传令,命令大队人车停下驻营,整理卫生,埋锅造饭,沐浴斋戒。赵高、李斯住在始皇帝行军大帐外的小帐里。

原本只是始皇帝与几个主要心腹谋士和准备去见神仙的之人沐浴斋戒就够了,始皇帝求仙心切,为了表示诚心,竟然每天率领三军将士数千人,一丝不苟,认认真真地按照要求沐浴斋戒等待时机,这可苦了将士,苦了百姓,整得驻地污水横流。

那边徐福也不消停,每天早出晚归披发仗剑前往蓬莱海边煞有介事地请神仙。

其实,这不过是徐福的障眼法。他从小生活在蓬莱附近海边,知道什么季节什么时间最容易出现蜃楼,更知道只有在大雾之中才能看到海上的幻景,而此时红火大太阳,热浪滚滚,去海边是无论如何看不到幻景的。如果此时带队入海岸边,不是要砸自己的饭碗么。另一方面,此人还算处处留心之人,善于观察,懂得一些天文知识,掌握了一些海边出现幻景的基本规律,知道这蓬莱地区四、五月份总会有大雾茫茫的天气。他也能基本分清哪样的雾霭会产生幻景。他要始皇帝停下来等待时间,等待天气。同时他还要经常去找他的方士同伴卢生、韩终、侯公、石生等人商量对策,分分工,各负其责,共同完成这项艰巨的任务。这群方士乐得分担一些任务,他们都知道,一旦这次徐福忽悠成功,必然大家都会获得不少利益。

徐福这些背后勾当肯定是见不得人的,是要瞒着始皇帝的,不然他绝对不会让大军停在那前不着村后不着店的荒郊野外。

始皇帝一等就是十天半月,他倒是不愠不躁,不急不烦,很有耐心。换句话说,这个十天半月的天气情况一直都不理想,达不到出现海上幻景的程度。

这天卯时,天还没亮,徐福披头散发,兴奋异常一头闯进赵高、李斯所住的小帐,抑制不住内心激动,既用力又压住声音惊呼地喊叫着:"赵中车府令,李丞相,快请起,快快请起!"

赵高首先醒来,翻身下榻,见徐福那满脸涨红的张狂样子,非常不高兴,厉声道:"徐福,你想干什么,强闯官帐,你知何罪?"

李斯也被惊醒了,忙止住赵高:"中车府令,且慢,不要阻拦,让他据实讲来。"

"请大人快快禀报始皇帝,更衣乘车起驾。我已将神仙请至离蓬莱海边不足百里了,现在正紧赶慢行呢。"徐福气喘吁吁道。

赵高厉声道:"徐福大胆,神仙是能随便听你呼来唤去的么,这事不可诳言!"

徐福赶紧伏地:"小的不会诳言,也不敢诳言,但如果耽误了始皇帝的大事,小的也是担待不起的。"这一句话的分量不轻,就是赵高、李斯也不敢随意做主,不怕一万就怕万一,伴君如伴虎,始皇帝是个喜怒无常的人,要真误了他的好事,不可能有饽饽馍吃。

李斯迟疑了一下,约略缓和道:"中车府令讲得很对,徐福你可知,欺君之罪是要满门抄斩的!"他还是要给徐福扎扎将。

徐福道:"小的就是为始皇帝能面见神仙而来,绝对不敢诳言,小的以性命担保,讲的句句实话,请李丞相快快通报始皇帝,实在不敢再耽误了,否则……"

这小子不软不硬,有意不把话说完,那意思连傻子都很明白,如果你等耽误了始皇帝的大事,那就不是我的问题了,你们会吃不了兜着走。

话到这个份上,赵高、李斯自己也会掂量,他们俩相互对视一眼,算是达成了默契。

李斯扶起徐福,赵高直奔大帐禀报,侍候始皇帝起床洗漱梳理。

始皇帝很快上了车,一行人紧随车辇跑步向东而行。一路上大雾蒙蒙,能见度很差。

回过头来再想想刚才徐福的那句话,跑步中的李斯心里直打鼓,他知道许多方士玩的就是个虚无缥缈,神神秘秘,似是而非。

这些年来,他在始皇帝身边见得多了,却没见到有几个方士所言能够兑现。当然美妇清不同,她是真的为了始皇帝而能献出一切的人。她也不是真正的方士,至少不能算江湖方士。

徐福这小子就不同了,浪迹社会,全凭嘴上功夫,会不会捣什么鬼,你看他说的那话:"我已将神仙请至离蓬莱海边不足百里了。"他的这个说法给自己留下了无限空间。一是大雾弥漫的天气,是很容易出拐的,如果始皇帝见不着神仙,他完全可以说神仙迷路走错了地方,到别处去了。二是驻地离蓬莱海边尚有半个时辰路程,在这段时间里谁能保证一行人中不会有人出纰漏,就是不出纰漏,他徐福也可以编个条子,说神仙看出这一行人中有人心不诚,结果打道回府了。这心里的事情,谁又能看得那么准确无误,又不是人肚里的蛔虫。反正编条子这样的事情是难不住江湖方士的,信手拈来,随便扯个什么把子就可以蒙混过关,结果还是见不着。他越想越觉得今天这事有点悬,是不是徐福设的局。不过,李斯还是提前有所布置和防范,他让王贲将军跑在徐福的侧面,专门监视徐福的动向。

徐福一声不吭,披发仗剑,紧跟着车辇子,随大伙儿一起向前跑,雾太大,角度也有问题,看不见此时徐福是个什么表情。

天渐渐地开亮口了,突然,一个军士不小心摔了个跟斗,疼痛难忍,"哎哟,哎哟,哎哟!"大声号啕起来,吸引了奔跑队伍的注意力。

"闭嘴,不许喧哗!"赵高大声呵斥,企图制止。但那"哎哟"声却没有停止。

"王将军,把军士留下,其他人继续向前,不得耽误正事!"李斯忙出来打圆场,给王贲将军布置了任务。

"是,丞相!"王贲停下来,派人把军士拉在一边,交代了几句,追上了队伍,随其他人继续赶路,那叫唤的声音逐渐远去,越来越小。

李斯一边跑,一边苦笑着摇了摇头。今天这事,果然不出他所料,这个士兵的摔伤,给徐福找借口落下了口实,看来始皇帝是真的会再一次被江湖游士忽悠了。唉,天不灭徐,人又能有什么办法呢。他一边跑一边侧过头去看了看徐福,发现他脸上不知何时挂上了轻松的微笑,他感觉他已经胸有成竹,预知了结局,在自鸣得意了,没有争议,他已经稳操胜券。

天亮了,雾还没散,这队人继续在跑。

大约到了辰时,已经能听到海涛的声音了,徐福告诉赵高把队伍停下。从车里请出始皇帝,坐上板凳,一群人紧紧地围绕在他周围。徐福此时已被王贲缴了仗剑,站立在始皇帝身边。

始皇帝神态严肃、虔诚,抬着头一声不吭地望着雾里辽远的海面,海浪的声音从高到低,又从低到高。虽然看不见,但可以想象海涛拍打着海边的礁石,一浪高过一浪的样子。徐福此时不声不响,盯着海面。

李斯非常警觉,再出一招,轻轻地拉了拉王贲的衣角,向他咬了一下耳朵:"如果今天看不到神仙,千万别让徐福这小子跑了,我看出这小子比泥鳅还滑,早已经想好了开溜的托词。"

王贲会意地一笑:"我是不会让他平白无故地欺骗大家的。"以此回答李斯,同时表示早已经按照要求,在警示着那位方士了。他是军人,以执行命令为天职,是不会轻易放走任何人的。这种事过去时有发生,今天提前有所准备也很正常。他盯了徐福一眼,那小子全然没有理会他身边的危机,正全神贯注地盯着前面的浓雾。

等待,等待的时间是难熬的,非常难熬。

始皇帝今天的耐性特别好,特别地好。

时间一分一秒地过去,大雾仍然弥漫着,除了雾,什么也看不见,能听到一波未平一波又起的海浪。

企盼的时刻来到了。

那前面的雾微微地抖了起来,慢慢地,那雾好像成了一个屏幕。

奇迹出现了,屏幕上渐渐地有了模模糊糊杂乱无章的须,那些须慢慢地变成了一束一束的草地,草地上进而有了羊,羊吃着草,羊的不远处有了一座古木参天的山,山上似有模糊不清的人影在晃动,忽暗忽亮,忽隐忽现。

时间仍然是一分一秒地过去,面前的幻影若隐若现,时而比较清晰,时而比较模糊。

始皇帝屏住呼吸,惊奇地盯着前上方大雾中时隐时现的"仙山琼郭",若不是徐福事前启奏,"不要惊扰神仙神灵"的话,始皇帝一定会大声地宣发圣旨:"让神仙近前来面朕,赐坐交谈。"

所有的人都屏住呼吸,眼睛瞪得大大的,观赏着这个奇观。

这个奇观虽然像池塘里的涟漪一样地轻微地抖动着,时隐时现,但大家都真真切切地看到了,而且保持了相当长的一段时间。

始皇帝真切地感到神仙就在他眼前。他在内心里想着,皇天不负有心人,只要心诚就会感动上天,上天就一定会让你心想事成。眼前不就是这样么,我功高无际,业绩无边,让苍天感怀。苍天为我闻风而动,云起雾和。我要求得不死,上帝就派来神仙与我见面,我还有什么不能。我要更加严格要求,治理好我的大秦帝国,更加地勤勉,更加敬业地祭祀山川诸神、垂询地方行政教化、饱览大秦山水、体察民风民情。始皇帝的思绪跑出了很远很远,远得他自己都觉得不着边际了。

终于,那雾的屏幕隐退了。太阳出来了,金色挤满大地,大海在轻风的吹拂下无视阳光的抚摸,显出了躁猖,海狂吠着,疯掠着。始皇帝不是第一次亲临大海,但他觉得没有哪一次,有今天这样壮阔辽远,奔腾咆哮,波浪翻天。

徐福来到始皇帝面前道:"陛下,看见神仙了么?"明知故问,大有显摆之嫌。此时也只能让他摇头摆尾地在始皇帝面前显摆了,其他人还能说什么,还敢说什么,什么也别说,就是最好的说词。

始皇帝的思绪还没有从遥远中拉回来,他沉重地道:"看见了,看见了。神仙怎么就走了?"

徐福道:"圣上就是来看看神仙的,现在已经见面,他们就走了,陛下是真的看见了?"这小子再一次地显摆,再一次地明知故问。

始皇帝道:"我是真的见到了,你要告诉神仙为朕备足长生不死药!"

徐福道:"奴才记下了,陛下见到神仙我就放心了。"

"要抓紧拿到长生不死药。"始皇帝再次提醒,可见他的迫切心情。

"我已向神仙要了配方。"徐福悠悠道。

"这就好,很好!"始皇帝兴奋地道。

随行的一干人都觉得十分惊讶神奇,今天这实实在在的神仙,竟然就在眼前,闹不清是怎么回事,真的见识了一把方士呼风唤雨招来神仙的真本事。

其实,包括始皇帝在内,参加这次活动的大秦帝国的所有精英们,都被徐福忽悠了。这就是一次真真实实的海雾幻影,用今天的话说叫海市蜃楼,是一种早已有之的自然现象,多出现在沙漠、寒冷之地和海上。但在秦时,信息闭塞,交通不便,内陆人是很难看到的,甚至很少听人说起,他们有些大惊小怪,不足为奇。

海市蜃楼在今天已经不是什么神秘现象,用科学术语简单地解释,就是一种反常的折射现象,它是光在垂直方向密度不同的大气层中传播时,把别处的景物折射到与人相近的介质上形成的虚像,是一种因光的折射和全反射而形成的幻影。由于自然界不同的空气层有着不同的密度,而光在不同密度的空气中又有着不同的折射率。比如夏季海上烈日当空,大海表面被晒得灼热,海水比热小,温度上升极快,海面层空气温度上升到很高,而空中一定高度的温度仍然很低,这样就形成了气温的反常分布,由于热胀冷缩,接近海表层的海水热空气密度小而空中冷空气密度大,空气的折射率就会下层大而上层小。当远处较高的物体反射出来的光,从下层较密的空气进入上层较疏空气时被不断折射,其入射角逐渐增大到等于临界角时发生全反射,这时,人逆着反射光线看去,就会看到上层的海市蜃楼。

当然,海市蜃楼也不是随时随地想看就能看到,必须要满足上述条件才有可能出现,这就有个天时问题,有个运气问题。尽管后来始皇帝还想与神仙见面,每次巡游都要在海滨逗留较长时间,寻寻觅觅,却再也没有亲眼看到过了。

然而"意得欲从"的始皇帝,是不满意这种结局的,便退而求其次,下令在今天咸阳市东四十五华里的杨家湾皇家园林里,引来渭水成渠,挖了一个很大的人工池,取名"兰池",还把挖池取出的土垒筑了个人工岛,并在池北侧修造了一座宫殿,取名"兰池宫",来模拟海上仙山的形象以满足他接近神仙的愿望。始皇帝为了这个"兰池宫"差一点把命都搭上。据史书记载,那年十二月的一天晚上,穿便服的始皇帝夜游兰池宫,遇上几名刺客行刺,始皇帝调兵不及,束手无策,多亏随身的四名武士奋力搏斗,当场击杀了刺客,始皇帝才得脱险。

始皇帝为探求海上神仙,毕生努力,直到死都还奔波在寻仙的路途上。

不过歪打正着,始皇帝这种借崇神以自娱的造园活动,奠定了中国古代园林文化模山范水的基本构想和造园方法,对后世园林景观营造产生了深远的影响,并逐渐演化为中国园林造景艺术的一种法式。

徐福在海边的表演非常完美,让始皇帝龙颜大悦。可是在打道回咸阳的时候,始皇帝再次遇上了他的仇家张良。

张良几次反叛失败后,跑到东海一个荒岛上,拜见了流浪在那里一个叫仓海君的名人,向他学习"直经",学习谋术。仓海君尽其所能,教了张良一些计谋,还一起制订了再次谋杀秦始皇的行动计划。

策划一次成功的谋杀,并不是件容易的事,不但要胆大心细,遇事冷静,保守机密,还要仗义疏财大方施舍,换句话说,人财物一件也不能缺。

张良家虽然败落,但饿死的骆驼比马大,手头还有些钱,为了接交朋友他散尽家产,弟弟死了也不愿花钱埋葬,草草垒个土堆了事,为的就是复仇。他要把好钢用在刀刃上,把钱用在刺杀秦始皇上。张良又结交了一个大力士朋友,这人使用一只重达60多斤的铁锤。

秦始皇在蓬莱海边面见了神仙,率领车队行进在回咸阳宫的路上。

有人告诉张良,秦始皇出巡所乘的车辇是由六匹马御驾,大臣由四匹马拉车,这是分清刺杀目标的主要标志。

那天,秦始皇的车队快要到达阳武县时,张良与大力士埋伏在去阳武县的必经之路博浪沙。

远远看到有一个由三十六辆车组成的车队从西边向博浪沙走来,前面

美妇计

一队人扛着"回避"的木牌鸣锣开道，紧跟着一个骑兵马队清场，接着是玄武色的旌旗仪仗队伍，车队两边文武官员熙熙攘攘，前呼后拥。见到如此阵仗，张良与大力士坚信不疑，这一定是秦始皇的车队。仔细看却觉得奇了怪了，所有车辇都是四匹马拉，没发现有六马拉着的车辇。俩人有些丈二和尚摸不着头脑，怎么会没有六匹马拉的车辇呢，难道始皇帝没来么，怎么办？据说始皇帝是肯定就在车队里面，这样的车队根本分不清哪一辆是秦始皇的车驾。

他俩静下心来经过认真观察，详细辨认还是看出了一些端倪，车队中间有一辆车的装饰与其他车相比，要豪华富贵许多。

张良对大力士道："你就向那辆最豪华的车发起冲击。"

大力士："好，看我的！"话音刚落，大铁锤出手，那60多斤重的铁疙瘩直向车辇飞去，一下子就将乘车的人击毙倒地。

张良看见大功告成，趁着大伙狂呼的乱劲，悄悄钻入芦苇丛中，静静地逃离了现场。

大力士被秦始皇的卫队乱剑劈成肉泥。

又失算了，大力士击毙的只是副车，看来刺杀秦始皇并不容易得逞。

秦始皇因多次遇刺，得出经验，早有了防备。他让赵高把所有车辇都换成四匹马，还不时换乘车驾，张良自然很难判断哪辆车是秦始皇的车。

秦始皇又躲过一劫，但他对此事十分恼怒，当即命令全国捉拿凶手，大力士已成肉馅，问不出口供，没有了破案的线索。

张良再次"逍遥法外"。

古博浪沙从此一举成名。

张良又一次刺秦失败。

二十二

徐福的把戏在蓬莱海边得逞了,海边展现在人们面前的鲜活的事给他加了分,壮了胆。尽管有张良的搅和,但始皇帝没有责怪他。他就飘飘然了,滋生了狂妄,他想美妇清顶多就是始皇帝的一个玩物,而他才是始皇帝面前的"能人"。他踌躇满志,满怀豪情,所有的顾虑都被打消。他认为时机成熟,可以回过头来信心百倍地对付美妇清了,要认真筹划与她的比试。尽管他的腰板比之前硬许多,但内心还算有一丝自知之明,非常清楚地知道他面对的将是一个多么强大的对手,是一个什么性质的对手,刚刚升起的狂妄被他的冷静所战胜,他要心平气和地安下心来仔细想一想眼前的事情。

徐福在海边请来神仙的事,在咸阳城传开了,人们把他也当成了神人,或与神仙同路的人,市面上闹得沸沸扬扬,一些人借机吹得天花乱坠,吹得徐福自己又开始摸不着北了。这给美妇清带来很大压力。对与徐福这场比试,她过去不敢大意,现在更不敢大意,一直都在研究对策。

"始皇帝真的看见神仙么,徐福会不会真的有神仙相助?"杜辛拿不稳地问道。

"我是不会相信的!"美妇清断然道。

"徐福到底上当没有?"杜辛把问题拉回来了,他对上次送去的那粒丹药很感兴趣,他是怕主家吃亏。

美妇清的回答是:"只要他拿到那枚丹药,就一定会上当受骗,除非他把丹药白白扔掉。按一般推理,方士有机会接触另外一方士的丹药,是不会容易扔掉的,定会认真研究,分析药物成分,再与自己的丹药相比较进行验证,以期炼制出更好的丹药。"

"如果徐福请神仙是玩的假把戏,我觉得他不会那么厉害。"杜辛有些

美妇清

担心美妇清高估徐福,"要是他拿到了丹药,什么都分析不出来呢?那主家岂不是白费力了,他值得那么高看么,他以后的所作所为会不会超出我们的预料呢?"

美妇清不以为意地说:"请神仙可以玩假把戏,炼丹药是玩不了假把戏的。如果徐福果真名不虚传,有真本事,就一定能够分析出我那丹药中的一些成分,然后根据我的配方和方法去炼丹,他自己的炼丹思路就会受到影响,这个结果不言而喻。如果他分析不出我丹药的成分,那更不足为防,这样的人更是个输。"

美妇清与徐福比试是许多人关心的事,一个是始皇帝的"后宫行走",一个是才从海边请神仙回来的人,两人都是大名鼎鼎,肯定吸引很多人的注意力,街头巷尾都有人谈论这事。这场炼制丹药比试,实在很吊人胃口。

咸阳的权贵们眼里看到的却是另一种样子。他们知道始皇帝很宠爱美妇清,并不赞同美妇清出来比试,希望美妇清还是像过去一样,待在巴郡炼丹或管理农耕畜产,每年给始皇帝多生产些生活的必需物资。美妇清承担了皇宫的供应,他们跟着沾光,压力会小了许多。他们希望美妇清成为后宫中的女子,而不是成为皇后主持后宫,这当然有嫉妒的成分,也有一些别的原因。

权贵们也担心,一人得道,鸡犬升天,美妇清当了皇后,她的家族,她的娘家人,就成了皇亲国戚。只要不卷进谋反之类的事情,一世富贵就没问题。权贵们自然会联想到,我是大秦国的元老,凭借祖祖辈辈的努力,甚至九死一生,兵剑血刃才得到现在的地位。居然有人什么没有做,光凭自己是某个女人的亲戚,就可以和我平起平坐,甚至爬到我的头上,怎么能够忍受?

这些年,美妇清手下人丁数十万,远在巴郡,还有私人武装,却不迷恋权势;富可敌国,却过得并不奢靡。不管多么低调,这事实是摆在那里的。这种越是不想要什么的人,越让人不摸虚实,总是让始皇帝的近臣们不安,万一有个风吹草动,这个女人会不会聚人亮旗与秦国作对?与其把她放在外面,还不如把她放在宫中"看管"起来放心,可是始皇帝总是对她迁就放手。

一个人有些爱好要好办些,比如权、财、色、名什么的,一眼就能把他看个明白,才可让人放心。有些弱点谬误短处的人才好驾驭,办事才不刚直,才易妥协。无欲则刚,如果每事都循规蹈矩还显得温顺,就让人琢磨不透提高警惕,就像一群狼的旁边来了只猛虎。这猛虎看起来好像没精打采,但它骨子里仍有虎气,谁知道它下一步的真正目的是什么?

对于美妇清这种人,放在后宫是安全的。她如果在后宫想干涉国政,始皇帝饶不了她。即使只是疏离失宠,大臣们也会高兴,毕竟减少了一个不确定的因素,现在这样漂在外面,大家都捉摸不定,一千个一万个不放心。

实际上现在咸阳的权贵分成几派。有些人对这次比试,没啥兴趣,事不关己,高高挂起,谁胜谁负都无所谓。有些人却急于想知道结果,显得迫不及待。反正战争结束了,生活波澜不惊,无所事事,有这么个目睹刺激比赛的机会,何乐而不为呢。

还有些人是坚决支持徐福的,认为徐福是真正的大能人。能从海上请出神仙,笃定他有法术,一定能胜。这些人认为始皇帝在蓬莱海边大开了眼界,而这个眼界全是徐福的劳苦,始皇帝怎么也抹不开面子,一定会明着重视美妇清,实际上暗中支持徐福,借着这个机会让美妇清老老实实地待在后宫,他们就有机会分割美妇清的产业。这部分人主要是商人,是顺风草,他们下定了决心,想插手美妇清的丹砂生意,他们把这次比试看成是一次"站队"的过程。但现在也不敢明目张胆就对美妇清做什么,只是尽量地支持徐福,帮着徐福打打下手,比如提供一些原料,通个风报个信什么的。徐福要是输了,很可能鸡飞蛋打,这些人也就懒得伸出一根手指头去救他,商人嘛,唯利是图。

当然也有人坚决支持美妇清。这些人想到始皇帝现在要对付美妇清了,下一步说不定就轮到对付他们。有美妇清站在前面挡着,吸引着始皇帝的目光,始皇帝也不好绕过美妇清,腾出手来对付他们,这些人基本上是些有小辫子的人,成天战战兢兢,谨小慎微,属于墙头草,总是想借助风力掩盖自己的污垢。这些人同样什么也不能做,只是想方设法地与美妇清套点近乎,给她一些信心。美妇清干这一活计又不是一年两年,她老到着呢,有自己的渠道足够保障炼丹所需,有自己的技术保障丹药的准时炼出,有自己的经验保证所炼丹药的质量。这些人又能帮得上什么忙呢,真是会越帮越忙了。当然别人硬是要送点东西,美妇清也不便得罪他们都笑纳了,多个朋友

美妇清

多条路。

　　七七四十九天之后,双方都炼出了丹药,双方都心中有数了,只等始皇帝来评判。

　　当始皇帝宣布要在皇宫宴请大家的时候,没有人感觉意外。

　　皇宫的宴会中,杜辛冷冷地看着周围的一切,他想到美妇清肯定会赢,他们还是要回巴郡,今后能够再来咸阳的机会估计不是很多了。实话实说,他还不想来这里呢,这里的人尔虞我诈,唯利是图,世态炎凉,眼前的华丽与威严没有让他感觉到有一点的不舍,他只想快点结束这一切,回到巴郡去,回到坞堡去,那里才是他的生长之地,是他的乐园。当然,这只是从他这个护卫的视角,来看待这里的一切,有局限性。虽然大家都不在乎这次宴会的名义,还是装模作样地来了,关键是今天要揭晓谜底,这才是最诱人的压轴。以前秦国的宴会很少有歌舞、杂耍、马戏之类的东西,以前宴会的主题多是以战争为题材,以剑舞助兴。在今天的宴会上,这些节目出现得很自然,很顺溜,和平了嘛,以热闹为主。大家心里还是直打鼓,疑惑着,这绝不是为了开阔视野。一个个都心惊胆战,不知道始皇帝葫芦里卖的是什么药。

　　杜辛站在美妇清后面,这个位置是心腹、重要门客的位置,所以视线算是好的。杜辛这人本来就心态平和,也感觉到自己烦躁毫无意义,现在要安安心心地看表演。

　　过了一会儿,徐福突然离开他的席位对着始皇帝跪拜道:"陛下,我大秦国力昌隆,四海咸服,皆为陛下承天之运。臣别无所长,只得日夜默祷,请来神仙配方,炼制丹药。终于迎来侥天之幸,前几日天际过江有星如斗,突然落入臣的炼丹炉中,须臾成丹。此丹服之可使身轻体健,长寿不衰。臣以此进献陛下,愿陛下万寿无疆。"这人怎么这么主动,突然就来了这么一手,谁都没有宣布仪程呢。要是在过去,像徐福这种人是不可能有这么大的豹子胆,今天怎么了,还不因了在蓬莱海边请得了神仙的缘故,在众人面前底气十足,你看他不光胆大,简直就是放肆。

　　徐福刚才说的那一套不过是为自己吹牛打诳而已,不值一驳,重要的是后面他说自己丹药的效果,身轻体健这种事,有些药物是可以办到的,当场吃下去,确实能够感觉浑身舒服。不过往往没有多长的时间效应,过得一段,就会恢复如初。如果始皇帝让人来试药,那人服下,也会表现出各种敏捷的状态,关键是感受还不全凭试验者一张嘴,而这张嘴是最容易被封住的,不外给点封口费,那太简单了,有啥意义。如果在民间骗人,这个时候骗子已经拿钱跑了。在始皇帝这里,也就可以宣布徐福获胜了,徐福美滋滋地在那里长跪不起,他等着呢。

至于长寿不衰这种事,就更好笑了。大家不可能等上几十年,看那人是不是真的不衰长寿了。那时科学水平低下,许多人都活不过五十岁,怎么去看别人长寿。所以,也就说说而已。出现这样的情况,不知道始皇帝是拉偏架,还是保持公正中立?如果拉偏架会以什么样的形式表现出来?也许最大的可能是美妇清也献上丹药,始皇帝找个人来试药,那人说徐福的药更好。

现在看来,美妇清的策略应该起作用了。当时杜辛给徐福带过去的正是一颗可以延寿的丹药,服食过后也会有那种身轻体捷的感觉。估计徐福是仔细研究了配方,才炼制出了现在的丹药。所以,徐福在从蓬莱回咸阳的路上,回答向神仙要了配方时底气不足;所以,徐福要把始皇帝带到海边看神仙,原来都是为用美妇清的药方炼丹埋伏笔。

始皇帝当然不可能随随便便就把丹药吃下去,不管多珍贵的丹药都不可能。安全第一这个基本原则,在始皇帝经历了这么多事以后,绝对会高度遵循。即使他对徐福一百个放心,一千个信任,自己要吃,也一定要先找人验过再说。再则,赵高等一帮群臣是不会让任何可能不安全的因素接近他的。

始皇帝乐哈哈地从赵高奉上的托盘中拿起那粒丹药,放在手心掂了掂,又用手指夹起迎着光亮看了看,放下丹药,夸奖了徐福几句,并赐徐福"平身",徐福这时才得意洋洋地站起身子。

全场的人的目光又集中在美妇清身上,她却十分镇定,纹丝不动。等到场子里一轮表演结束之后,才上前进献,她说:"陛下,前几日确有彗星坠下,其实是一分为二的。一颗落入徐福的炼丹炉中,另一颗却是落入民女的炼丹炉内。"她这样肯定徐福既是稳住徐福,也是肯定自己,让徐福不至于公开起来反对。同时这也是故作神秘,强调天意,提升自己,这是惯用的手法。

美妇清

她把大家的胃口调动起来后,继续道,"当时我正忧虑天下百姓,掐指一算,知我大秦国某些地方有了瘟疫,众人束手无策。幸好上天仁慈,保我始皇帝的大秦帝国安稳,使我这一炉丹药炼出了上百颗丹粒,全部都能抑制瘟疫。当时,我用的配方至今清晰,如果照此炼制,虽效果略差,也能够用。我将此方进献陛下,让陛下将此丹方播撒天下,解除民生倒悬。"原来美妇清没带丹药呀,这着实让人大惑不解。但也为美妇清对百姓的情深意切叫好,当然这是发自内心的,不能当场鼓掌,有始皇帝在场,谁敢喧哗。

当时,战争刚刚结束,人口锐减,要减少战争创伤,急需人丁踊跃,如果真遇瘟疫,这不是屋漏遭了连夜雨,行船遇了顶头风么?在这个骨节眼上,美妇清炼出了防瘟丹,真是大秦帝国久旱的甘雨,冰雪中的窑炭,怎不让始皇帝兴奋?

徐福脸上的笑意瞬间凝固了,连始皇帝也有些失神。大家都以为美妇清炼制的丹药应该与徐福差不多,是涉及延寿、不老之类的东西。谁也没想到,美妇清竟然能够别开蹊径,炼制出了保国救民的良药。

这就是美妇清的计划,先用已有的丹药迷惑徐福。不管他会不会从中受到启发,甚至不管他有没有本事分析出其中的成分,都会给徐福暗示,让他坚定信心,认为美妇清也是和他一样,想要炼制出让始皇帝不老或者长生的丹药。所以才有了徐福抢先献丹、先下手为强、不按规矩出牌这则闹剧。

如果美妇清真的按徐福的思维去做,不管炼制的药有多好,最终都会输。情况明摆着,徐福有请出神仙的"硬功夫",底气足啊。这个比试,是要公众评判的。美妇清炼制的根本不是丹药,而是"大义",利国利民的大义。现在让始皇帝弄出这么个局面,怎么个评法?

美妇清的丹药抑制瘟疫,这是很重要的事。天下已经统一,瘟疫这种事情就越容易传染,来得猛,传得更猛,没人敢说自己不怕瘟疫,能够很有把握地对付瘟疫。美妇清预先想到了,炼出了丹药,这就技高一筹。即使美妇清的丹药效果并不一定很好,始皇帝也不能贸然宣布徐福的丹药更好。

现在根本就不是在比试丹药,不是在斗力,而是在斗智,是看始皇帝的态度。如果始皇帝说徐福的丹药更好,那基本上等于皇帝宣布自己比什么都重要,其他人死光都无所谓。如果始皇帝宣布美妇清胜,那就代表他愿意以社稷为重,以百姓为重,还愿与大家在一定意义上保持平衡。

赴宴的人们都紧张起来,生怕对自己不利,这些人是既得利益者,私心太重,他们伸长颈子等着始皇帝的表态。始皇帝看着一边的丹药,一边的配方简书,默然片刻后说:"天下为重。"

这算什么回答?皇帝是天子,以皇帝为重就是以天下为重,这么说是徐福胜了。但百姓是天下根本,不用质疑,以天下为重就是以百姓为重,这么说是美妇清胜了?

大家不明就里,也没有人敢追问。宴会在诡异的气氛中继续,直到结束,大家都不知道这次谁胜谁负。各自可以站在自己的立场来解释这个结果,具体是怎么样,还得要看始皇帝的决定。

始皇帝什么也没有多说,什么都没有做,他既没有处罚美妇清,也没有处罚徐福。大家不由自主产生了怀疑,始皇帝难道舍不得牺牲两人中的任何一个,想把这件事混过去,广庭大众面前的事,就那么好混么?

显然不可能混过去嘛,徐福和美妇清之间的胜负,已经不是他们两人的事情了。

就在权贵们密切关注始皇帝下一步的态度时,美妇清却邀请徐福到自己在泾阳的府邸一见。在这个关键时候,徐福也密切地关注着始皇帝的动向,一边又诚惶诚恐地想做点什么来巩固自己的地位。

美妇清在给徐福的邀请信中分析了他们第一次比试后格局,认为当前这种局面,大家都是棋子,要想跳出去,就得走联合的道路,非合作不可。在这样的情况下,静等始皇帝的决定没有实际意义,是最蠢,是没有前途的。解铃还须系铃人,自己脖子上的绳索必须自己想法子挣脱出来。

信是杜辛在大白天光明正大地送过去的,这是美妇清有意而为之,试想在这种时候,徐福已是众目睽睽之下的人物,想必不用多久,始皇帝和权贵们就会知道这个消息。

徐福知道,无论自己去还是不去,宫中或社会上都会有相应的谣言。也许是因为对眼前的情况不满,想寻找一个反击的契机,也许是想把眼前的事弄个青红皂白,踏实准确,不入虎穴焉得虎子。徐福果真来了,他一副公事公办的神情。他不得不这样,他也没有想到事情怎么会落到这个程度,一点

美妇清

思想准备都没有,以为稳操胜券,手到擒来的事,结果白忙乎了,煮熟的鸭子飞了。原想讨好始皇帝,捞个光宗耀祖,富贵荣华,没想到一个女人却这么难对付。就这么点事搞得他裂不开,走不脱,甩不掉,非常劳心,蓬莱海边请神仙那么大的正能量,被美妇清在始皇帝的一个宴会上抵消得干干净净。

当管事通报徐福来了时,美妇清在心中说:好,来了就好,有了一个很好的开端。

"上次胜负未分,如果你是找我要那个送配方人的姓名,就算了吧。"徐福刚刚坐稳,就说明了自己的态度。因为那个配方和杜辛送过来的丹药是一样的成分,才坚定了徐福依葫芦画瓢的信心,炼出了献给始皇帝的那颗丹。

美妇清笑道:"徐先生多虑了,上次算交了个平手,请你过来分析分析。不过你我都明白,无论如何,都不能算谁胜吧?"美妇清体现了她的大度,在比试问题上用了个"交"字,而没用"打",看来她是有所顾虑,也是深思熟虑,她想尽量不去揭徐福的痛处。

"平手?"徐福一扬眉道,"你我都心知肚明陛下的意思,是你给陛下出了个难题,才把问题搞到今天这种地步。如果再来一次,我相信陛下就不会用这种方式了,难道你还想再用相同的手段?"徐福有点愤愤不平,也有点得理不饶人的架势。他也太不把豆包当干粮了,说他胖他就真喘,给他个竿他就往上爬,明知道自己在丹药的问题上是上了当的,却还要硬充好汉。话说回来,毕竟他也不是光明磊落,也做过小动作。

"陛下固然对我有看法,不过是不是要再比试一场还未可料定。"美妇清显得落落大方,说,"如果再比还会是你么?"美妇清尽量放低身子,把话说得委婉一些,尽管如此,还是有些锋芒,柔中有刚。这话让徐福笑不出来了。"天下方士那么多,再找几个有何难?毕竟你已经让陛下失望一次了,陛下会让你再来一次?"美妇清来了个打退不如吓退,这些话是有分量的。

徐福一时不知说什么好,只有招架之功,没了还手之力。

美妇清看着徐福的脸,继续道:"陛下这几天没召见你吧,就不觉得奇怪吗?你从海边回来后,有过这么长时间不出现在陛下面前的时候吗?"

"休想花言巧语乱我心神。"美妇清的话戳到了徐福的伤心之处,他的心神确实乱了,近乎喊叫地说。继而警惕地看着美妇清继续道,"事已至此,你是想让我认输？绝无可能！"

"徐先生又想多了，不是你认输，是我认输了。"美妇清轻描淡写，无所谓地说。

徐福惊讶得下巴都要掉下来了。他难以置信地说："你真的认输了？陛下会相信？你到底想要什么？"他确实不明白美妇清到底要什么，美妇清要的是什么，恐怕只有始皇帝才能够心领神会。

美妇清笑了笑道："我是不是真的认输有什么关系？不过你要明白，如果我一直不认输，你就一直没办法得到陛下的信任。时间再拖长一点，其他方士来了，你就一点机会都没有了。"

"说吧，你想要什么？"徐福软了，但依旧警惕，在他的想象中，美妇清一定会开出一个难以接受的条件。

"还是上次说的那事，告诉我那个人的名字。"美妇清身体微微前倾，逼视着徐福，"此人一定要除，这种人能够出卖我，也会出卖他的任何主人，如果你不肯说出来，等到那人起了疑心，你说不说都没意义了。"

徐福狐疑地道："对于你来说，这个人有如此重要么，值得你放弃这么多去追查？"

"徐先生确有不凡的本事，炼丹之事可托付先生。更重要的是，陛下更需要我成为他的皇后，主持后宫，而不是与方士们一争高下，与你们争饭碗。"美妇清略有迟疑，继续道，"我巴郡的产业，先生想必也是知道的，我要入宫，需得交给放心之人打理，方对得起那些跟我多年的人。所以，身边的人不可不净，这种一心却二主的人，务必要除。"

这些话入情入理，徐福渐消除了些疑心。用一个名字，换得美妇清的主动认输，自己炼丹第一人的身份就名正言顺，这是个不错的交易。

徐福有些尴尬，此时他确实想胡乱说个名字，蒙混一下，解决当下这个难题。他知道，一旦说出了那人的姓名，他就失去了能与美妇清叫板的最后筹码，他想拖到最后，能拖多久是多久，说不定将来还有用得着这人的时候呢。

徐福那反复掂量的狐疑神情，岂能瞒过美妇清的眼睛。她不急不缓地说："先生只需设身处地想一想便知，我说的法子，是否可行。先生得到的，恐怕远比可能失去的多，日后的荣华富贵，还不止于此……"

283

二十二

"芳秋?"美妇清横眉一扫。

"对,就是芳秋,你的贴身侍女。"徐福简洁地重复了一遍。

"怎么会是她?"杜辛很惊讶,眼睛瞪得又大又圆,原来并不是那个偷看美妇清配方的女人。

"怎么不会是她?"徐福颇为轻蔑。

"季叔的独生女儿?"杜辛还是不解。

"正是她。"徐福倒是平静下来了。

"她一直在主家身边,忠心耿耿,特别是季叔去世后,她没了亲人视主家为再生父母的样子,更是与主家形影不离。若是她想刺杀主家,不知道有多少机会,她为什么一直不动手?"这里面的弯弯道道太多了,他一时半会儿是真的弄不明白。

徐福不慌不忙地解释道:"当初她来找我的时候,我也问过类似的问题,我对她也不信。后来,她说她是陶朱公的后人。"他似乎解开了这个谜底。

听到这个名字,杜辛与美妇清都皱了皱眉。陶朱公就是范蠡。范蠡本是楚国宛地三户邑即今天河南淅川县人,周王朝实行分封制时,华夏大地被分裂成了若干个小国。范蠡在楚国不能实现自己的抱负,先去了吴国,可惜吴王没把他打上眼,只有他的席座,没有他的话说,还是难以施展才华。于是他去了越国,得到越王勾践的看重。当时吴国强大越国弱小,勾践在战争中当了吴国的俘虏,吴王夫差把他作为奴仆使唤。范蠡是个忠臣,不离勾践左右,还为复国出谋献策,劝说勾践卧薪尝胆以利复国。他们君臣一边麻痹吴国,一边整饬越国社稷富强民众,最终在后来的战役中消亡了吴国。吴国被灭后,范蠡感觉到越王勾践是个可共患难、不可共富贵的人,就化名鸱夷子带着妻子西施,前往齐国做了大地主。几年后,又化名陶朱公经商。一个人能成为一国重臣就很不容易,后来还能成为大地主,再后来变为富商,可说这样的人是有真能耐。

美妇清道:"陶朱公离我们有两百多年了吧?"像是问徐福,又像是问自己。

看着这两人有些难以置信的样子,徐福说:"我当时也不信,那人说了来龙去脉。"

原来陶朱公经商时,想做丹砂生意,但天下丹砂主要集中在巴国。一个外地人要打进巴国来做抢手的生意谈何容易,几次试闯都失败了,陶朱公并不死心,仗义疏财,拼其家底大幅让利,誓与巴国人一决高低,结果惹恼了巴人,那些商人群起而攻,开展了一场驱陶运动,陶朱公不但血本无归,对方还大打出手打死了陶朱公的人,他发誓要与巴人势不两立,世代为敌。

很显然,那些巴国的丹砂生意人,就是巫桂的祖先,也是美妇清继承的这份家业的祖先,不过从陶朱公算起,时至今日,的确已有200多年了,这关系扯起来也太远了,和现在还有什么瓜葛?

徐福继续说:"陶朱公的后代家人有两种想法,一种认为这是个平常的生意纠葛,用同样的手段,陶朱公也对付过其他人,斗不过也罢,换一门生意做也就是了。另一种则认为,冲突死了族中不少子弟,有的家庭甚至断了香火,这仇一定要报。"

"巴国已经被秦国灭了,他们的仇恨还没消?"杜辛难以置信地说,"这么多年下来,还耿耿于怀,把全部心思都用在这事上?"

"人心难测,这就是家族的血性,那种一世一代不断复仇的事虽然不多,也绝不罕见。巴国亡了,也还有人见不得巴人的后裔过上好日子。"徐福叹息一声,"他们应该是已经习惯了,不过一旦有了机会就不会沉渣泛起么?我看未必。那人在我这里并没多少癫狂之色,应该是觉得这辈子本来就该做这件事情。"

徐福也想趁机打探,美妇清一直深思着没有说话。徐福见状,以为触动了美妇清心思,而自己目的已达到,便借机告辞了。

美妇清见四下无人,方对杜辛道:"你去问问她吧,如果没有什么同党,

美妇清

就让她自己了结。"看得出美妇清非常伤感。

杜辛拿走了堂上的一个小陶瓶转头而去,过了一段时间回来禀报:"芳秋对她的所作所为供认不讳,说是没有同党,所有事情皆她一人所为。她还破口大骂,话语十分难听,脾气大得了得,非常刚烈,抢着喝下了一瓶'升天露'……"停了停又说,"怎么会没有同党呢,我就不信。"说完把那个小陶瓶放在案几上。

美妇清默然片刻,叹道:"死得还算壮烈,也不枉多年来跟随我一场,我看这事到此为止。若大张旗鼓查她的余党,必定使得人心惶惶,众人离心离德。罢了,不费劲了。"

杜辛问美妇清:"这样做真的对么?"

这话说得没头没脑,美妇清却知道他的意思,谁也抛不开与季叔的那份感情,多年的主仆情分、姐妹情谊也难以割舍。大家均默然。

二十四

对始皇帝来说,现在首要的工作就是恢复各地的元气,凝神聚力,调动各种力量建设家园,有力出力,有钱出钱,有物出物。美妇清是十分明白的,带头仗义疏财,讨得了始皇帝的欢心。

那些当初就显得碍眼的功臣,直到现在还倒行逆施,大玩权贵之能事,非但不向百姓疏财,还借机到处兼并土地,隐瞒人口,始皇帝心里很不舒服。

杜辛是想回巴郡过安稳日子的,再加上对始皇帝一直心存芥蒂,对美妇清疏财之举颇为不解。

美妇清便道:"陛下的做法没有错。以往天下分裂,百姓困苦。现在天下归一,百姓还是没有过上好日子,可能是什么地方出了问题。我也一直想不明白,最近总感觉,会不会是权贵们的势力太大了,对他有压力了?权贵们一旦联合起来,始皇帝也要仔细思量。那些权贵哪一家不是囤积粮食,蓄养门客?他们不纳贡,不认捐,不服役,负担转到普通百姓。"美妇清皱着眉,想起自己看到的事情,"这样一来,普通百姓全都怨恨陛下。"

杜辛对双方都没好感,他点点头:"这样说来,主家是想再次支持陛下,就像当年一样,毫无保留?"

"陛下做的是前所未有的事业,我还是要尽心尽力帮他。"美妇清笑起来,骄傲地说。

美妇清已经开始认真地准备分割家业了。按她的计划,基本上有点像分封制一样,把自己的产业分给那些忠心耿耿的老人,特别是那些在战争中失去家人的孤寡老人。这个分封很宽松,分出去的人没有多少义务。

美妇清很清楚,即使自己规定他们履行义务,这一两代人能执行下去,再过几代呢,时过境迁大家会抱怨,说自己凭什么养一群不相干的人。所以

美妇清

不如一开始就不规定，省得将来反目成仇。她这么做是要大家把这份情感账记到始皇帝名下。众所周知，美妇清是始皇帝的女人，她的财产就是始皇帝的财产，当然就财产而言这是误解，不过从大的世面看也说得过去。

美妇清自己也要保留一些产业，规模就小多了。主要是自己在坞堡附近的那一片，今后坞堡这个家的生活要悠闲些，不指望有很富足的日子，也不至于饿肚子，过得去就行。美妇清是想一辈子留在巴郡，为始皇帝炼制丹药和水银，指导农耕，去咸阳只是她生活中的一部分，偶尔为之。

美妇清做这些事情，公开透明，没瞒任何人。这当然不顺利，有人说这些产业根本就不是美妇清的，是巫家祖辈攒下的基业，美妇清没有权力分割。愿领财产的终究是多数，毕竟一辈子都在为别人做工，突然有了自己的财产，谁不愿意？在分配财产过程中也有纠纷，多了一点，少了一点，吵得不可开交，人的贪欲没有止境，欲壑难填啊。

权贵们听到风声也来凑热闹。美妇清手下有些笨蛋居然急昏了头，还要借助那些外人的力量来争夺财产，事情更加复杂了，纠纷处于胶着状态。

始皇帝出手了，他让赵高把美妇清请到皇宫，回来时大车小袋地带了许多礼物。由此看来始皇帝是赞同美妇清的做法的，懂得她的一片苦心，暗地里帮她。有皇帝撑腰，谁还敢无理取闹？

杜辛一直跟随美妇清身边，进宫后发现始皇帝的眼神有些纠结，他是真的希望美妇清留在身边，这样就会让那些权贵没有太多算计，太多是非。

那是不可能的，事情已经到了这一步，骑虎难下，在这个时候不管美妇清愿不愿意，她都成了权贵们的一个表率，代表那些在统一天下过程中，做出巨大贡献也得到巨大好处的人。让他们认识到虽然付出过那么多，现在已经享受几年了，社会在转型，自己要跟上。

大秦的江山是要千秋万世传下去的，这需要领导能力，人格魅力，国家财力，凝心聚力。怎么能各自为政，不管不顾，朝廷怎么可能容忍这样的事情发生？所以，他周而复始地让美妇清成为皇后，不单是为了自己，也是为了大秦。他要分化瓦解那些勋贵，全面实现他的治国理念。

这天有人来访，杜辛很吃惊，因为那人是久违了的徐福。

徐福是来告别的，他端坐着，脸上还有一种不可忽视的坚毅。联想到这个方士在始皇帝面前的种种表演，这种神色不由得让人侧目。

"你果然是守信之人，那日说分割财产，我未全信，现今权贵们效仿你，连陛下也加入进来了！我突然觉得惶恐，觉得自己可能是亲眼见证了一件了不得的事情。"他说得很含糊，从他的话语中，听得出，他感到了始皇帝的杀气。

杜辛有些佩服徐福的眼光了，他确实隐约看出了其中隐含的事情。美妇清不置可否，徐福自顾自地说："我等何其有幸，生在这个时代。见证了战争、统一和统一后的大变革，见证了所有的变数，大变革须有大手段。所以我去求见了陛下，承认在人格方面不如你，在炼丹方面，也不如你，我是心悦诚服甘拜下风。"

徐福看着美妇清继续说："我请求陛下处置，陛下非但没有处置我，还给了我一个任务，去为大秦帝国开疆拓土。陛下还是信任我的，我要找到海外去为陛下寻得仙山。海外应该也有土地吧，我要让海外的土地成为我大秦的土地。"他好像压抑了很久，难得有这一吐为快的机会，很难制住内心的激动。

"陛下是更加信任你了，我在想，不用去海外求见仙人，也应该可以炼制出不死药吧。"美妇清像问徐福也像是在问自己。

徐福对美妇清施礼道，"说不定我为大秦开疆拓土，还会带着仙药回来，那时咱们再来比试不死药！"他还是壮心不已，一副不服输的样子。

美妇清笑着回敬："我拭目以待，等你凯旋，等你的好消息。"

徐福满意地离开了，算是释了前嫌，一身轻松。

美妇清没想到，和徐福的最后一面竟然是这种情况。不过，徐福没白来，连杜辛都听出来了，徐福带来一个重要信息，始皇帝还在指望着美妇清的不死药呢。

美妇清在皇宫的宅邸"美妇宫"终究没被收回去，始皇帝明确表示，就算她把所有的人都撤走，他也会派人来照顾她，他的态度很坚决。

二十五

在美妇清离开咸阳城的那一天,许多权贵来送行。他们现在知道了,美妇清在泾阳的家产虽然散尽,始皇帝对于她的信任却更加提升了。美妇清虽然没做皇后,但她在始皇帝心中的地位却是皇后比不上的。

美妇清的车队排场没有减缩,还是有几十辆,那是始皇帝赏赐的各种物资,承载着始皇帝的信任,让美妇清回巴郡安静地为他炼制不死药。

始皇帝是舍不得美妇清的,经常派人来巴郡转告咸阳发生的各种大事,保持着信息的畅通,美妇清的坞堡并不寂寞。美妇清把大量的水银和巴郡生产的农副产品源源不断地运往咸阳宫。

杜辛有些感慨,这次去咸阳大有收获,进一步拉近了与美妇清的距离。虽然自己只是个五大三粗的卫士,现在却成了美妇清可以托事的心腹。以往自己是不会说话的,跟了美妇清这么些年,不但会说话了,有些话还对她有指导作用,她付诸实践获得了成功。不知不觉间,自己已经习惯提醒美妇清一些事情了,美妇清还有时与自己商量,他想着想着,一个人在那里美滋滋地咧开嘴大笑起来。

现在坞堡的老的防卫力量,除了杜辛外,就是赵离和陈布,其他下人已经换完,铁打的营房流水的兵,将军要有经验的成熟的,士兵则要年轻力壮,没有多少杂念的,这是一条亘古真理。赵离原来是杜辛的伍长,后来杜辛成了美妇清的近身护卫,赵离在一次次反叛中始终对美妇清忠心耿耿,现在他是整个坞堡防御警卫的最高统帅。

陈布原来是美妇清的骑马护卫,现在依旧统领着骑兵队。按照他的功劳,可以升得更高,但陈布不愿去侍候郡守,喜欢在坞堡,所以仍然能够经常见到。现在的骑马护卫装备好多了,也增添了不少青壮马匹,陈布很开心。

今天是难得的一个消闲日,赵离做完布置,三人聚在一起靠在围墙下喝酒。酒不多,也不醉人,主要是吃肉干。这肉干是始皇帝送给美妇清的,美妇清把它赏赐给了自己的几个心腹。

"始皇帝送来的东西果然不一样,我们也烘了肉干,实在比不上这个味道。"陈布慢条斯理地将肉干一丝丝地扯下来边嚼边说,"若是主家炼制出了不死药,陛下一高兴就会大加封赏,主家推荐一下,我就可以去边关统领骑兵了。"看来这小子并不是不想离开坞堡,而是有更高的志向。这也难怪,人往高处走,水往低处流嘛。

赵离嚼得肉干填满了嘴,含含糊糊地说:"不死药是一定能炼制出来的,只是个时间问题,若是你先死了,那就没什么指望见到药了。"

三人相识日久,性格投契,附近又没外人,显得十分放松,就连讨论始皇帝的事情也有些口无遮拦,肆无忌惮,更别说是彼此之间开玩笑。

陈布瞪了赵离一眼,故意抢了他旁边已经撕好的一堆肉干道:"那不一定,万一陛下先去一步呢。"

赵离马上道:"可不敢乱讲。"

陈布不服地说:"我是说万一,那样……那样我们就麻烦了吧?"他一下子像泄了气的皮球,颓丧起来。他知道,自己现在的一切,都是与美妇清相关联的,美妇清的一切,又是和始皇帝的不死药密切关联的。当然,这是表象,深层的东西,他们这些人是肯定无法明白的。

实际上,美妇清进献的那些丹药,据说效果是明显的,特别是陛下正值壮年,各方面的器官机能都在最用功的时期,美妇清能明显地感受到,他比同龄人更健壮。

前面说过,美妇清炼制不死药,并不是只炼制一炉药,而是一直在试验,从浩若烟海的各种典籍中寻找线索,配合已知的配方,试图找出最优的配方。

生死的事情,谁也说不明白。大家认为美妇清应该比其他人懂得多,因为她是神女的后代,又是巫族的传承人,有先天基因,也有后天机会。杜辛常年在美妇清身边,应该知道一些秘密,于是陈赵两人抬头看着杜辛。

杜辛不在意地说:"何必想得太多,现在这样的日子难道不开心吗?如果陛下真的先去一步,自然没人来找我们的麻烦了。继位的应该是公子扶苏吧?我听说他为人宽厚,不至于上任杀人为陛下殉葬。就算真翻脸,车到山前必有路,大不了逃到山里去。"

话说到这种程度,两人严肃的脸放开了,大笑起来,也说不出什么了。陈布喝了口酒道:"前段传来消息,说是陛下在咸阳收缴书籍。恐怕要给主家送来一大堆吧。"

赵离摇头道:"岂止收书,是在焚书。说是要把秦国之外的史书全部烧掉,只保留医药卜筮种树的书。"

赵离迷惑不解地对着两人问:"我没弄明白,到底什么书不可以藏?"

陈布嘲笑道:"你又不读书,还管这么多,你有什么害怕的呢?"

赵离冷笑道:"这恐怕又是始皇帝的治国方略吧。"两人一起看着杜辛。

杜辛一直在深思,莫名其妙地愕然道:"我在咸阳时就觉得那些权贵不好对付,与始皇帝之间有二心,我想始皇帝这一招是不是针对那些权贵的。"不一样就是不一样,在他们三人中,现在果然杜辛成老大了,分析问题已经很有深度,拿今天的话说,是有了政治敏锐力和政治敏感性了。

两人失望地叹息一声,他们是就事论事,而杜辛却看到了深层次的实质,他们自叹不如。杜辛还没完地说:"我猜测这条法令主要是对付六国旧贵族的吧。六国旧贵族反对陛下统一根深蒂固,即使将其迁徙到偏远地区,族中也有人一定会告诉子孙,要在将来复国。"

"陛下这条法令,应该是为了对付这种情况的,没有了书籍,只能口口相传,几代过后就会走样,就不足为据了。如果冒险藏书,会增加被发现的风险。可以肯定,在陛下严令之后藏书的,多半是有所企图的人。"赵离转得快,马上附和着说。

杜辛若有所思地点头道:"以我想来,陛下是要让七国归一,不分彼此充分融洽。"

陈布想了想,摇头道:"虽然听起来很了不起,我觉得这法子用错了。这不就是抱了别人家的儿子,硬说是亲生的么?太不光明磊落了,要是把别人的孩子抱了,说明前因后果,说个清清楚楚,道个明明白白,那才是英雄好汉呢。"

杜辛没再说话,他也感觉始皇帝这样的命令,是急躁了点。如果始皇帝坚信自己会长生不死,根本就不用下这样的命令。像始皇帝这样的人,一定可以慢慢地让天下人转变想法。现在看来,始皇帝是等不及了,怕自己的继承人会对这种情况无能为力,下了这个急躁的命令,要为继承人扫清障碍。

这种话可是不能对别人说,始皇帝要做,其他人也没有办法去改变,硬性上谏,只能是徒增烦恼而已。杜辛眯着眼睛,朝正前方望去,感觉自己好像看见远处腾起了烟尘。他已经学会用烟尘来分辨对方了,眼前的烟尘比较高,说明是骑兵的队伍,而且速度比较快。但是烟尘只是一小块,没有铺展开来,说明人数不多。

过来的人应该是信使之类的吧。现在还有什么紧急事务哩?杜辛、陈布、赵离这三个坞堡中举足轻重的人物,都可以窝在一起喝酒,还看不出现在有多太平么?

陈布与赵离也看到了过来的人,果然是骑着马的几个信使,飞速地疾驰着往坞堡这边来。两人对视一眼,不约而同地喝完了碗中的酒,起身离开,把杜辛一人晾在那儿,他也要回到小坞堡高楼的值班岗位去了。

信使气喘吁吁地将信交给杜辛,然后一层层递上高楼。一会儿,美妇清让杜辛上楼。

杜辛知道了,始皇帝让美妇清去咸阳。始皇帝不是按程序来传圣旨,而是让美妇清咸阳府邸的人来送信,本身就是不正式的。这一点杜辛倒不奇怪。这些年一直都这样,似乎始皇帝是刻意地,不想让美妇清感觉两人之间是君臣关系。这只能是始皇帝的一厢情愿,美妇清还是知道自己该吃几碗饭。

近段时间始皇帝感到了威胁,当初美妇清的表率作用没能让权贵们幡然醒悟,看来响鼓不用重锤,只能适合那些自觉的人,不自觉的人只能下猛药。均财产给老人们,明面上反对的人很少,暗中的阻力却不小。始皇帝纵然是天子,但想要实施一项改革措施,还是不容易,习惯势力的影响,有着千丝万缕联系的权贵们会用无数只手来拉住他。所以始皇帝要经常出巡,避开正面冲突,呼吸新鲜空气,廓清新的思路,组建新生力量来对付传统势力。正因如此,这一年美妇清少去咸阳了。原本始皇帝要她陪着出巡,美妇清死

美妇清

活不肯,觉得那显然是属于胡闹的范畴。在这样的情况下,始皇帝自然更加想念美妇清了。

"陛下说这次收书,发现了很多可能有用的作品。但数量实在太多,全部运到巴郡,耗费太大。所以让我去咸阳当面清点,把那些有用的书带回来,无用的烧掉。"美妇清沉思着,漫不经心地问杜辛,"这是什么意思?我还以为真的不用去咸阳了呢。"

杜辛知道美妇清并不是真的想在自己这里找答案,她就自言自语随意说说而已,便说道:"无论如何,是应该去一趟的。"

"我这几年已经很少去咸阳了,长生不死药正在攻关时刻,这一走不知又会耽误多久。"美妇清不喜欢这种完全没有预料的事情和无法掌控的感觉。她焦虑地说:"现在局势有些复杂,陛下和权贵之间的分歧越来越大,权贵们越来越不像话了,他只是强力地压制着自己。在这个时候去咸阳,如果权贵们拿我说事,多了我这个变数,不知道陛下会变成什么样子。我不想卷进这样的事情里去。"

杜辛劝道:"还是要去,不去始皇帝会生气的,主家不是最不愿意始皇帝生气么。"

"这也是,我相信陛下是无处不在的,就算这高楼之中,说不定都有陛下的耳目。"美妇清指了指脚下道,"我所做的一切,都是公开透明的,所以才会得到陛下的如此信任。"

最后还是决定老老实实去咸阳。这次去,没有以前那样大的排场了,也就一百多人随从。在大秦国一统江山后的现在,这样的规模已经可以让山贼劫匪望而生畏,不敢肇事。

一路上果然太平无事,沿途各地豪强还纷纷派人过来嘘寒问暖,提供茶水美食住宿,美妇清都以始皇帝的事不可耽误为由,昼夜兼程,除了换马和人畜饮食外,原则上不给他们增添麻烦。

这些人的用意是显而易见的,他们想通过美妇清讨好始皇帝,但是越靠近咸阳以后,情况发生了变化。

路上的地方大员依旧邀请美妇清,从提供的物品和马匹的规格上,可以看出他们似乎要刻意保持一定距离,已没有靠近巴郡的那些地方大员殷勤了。他们为什么会这样呢？

这个疑问直到进了咸阳城都没有得到解答,美妇清已经能够感觉到那种奇特的气氛,她派驻留守府邸人的能力并不强,也就看家管物而已,他们也解答不了这个问题。

进入咸阳后,他们没有直接进入皇宫,而是住泾阳老宅,在那里等待始皇帝的召见。与历次进咸阳一样,这次仍然不停地有人来拜访,但连杜辛都能从权贵们登门拜访的时间、次数、规模和路上的见闻中比较出异样来,现在的咸阳城,是不是在酝酿着一场什么。

美妇清几乎每隔两天要进宫一次,都是第二天才回来。这次她不进宫长住理由也很光明正大,始皇帝统一天下多年了,不能像往常一样没有章法。美妇清长期住在宫里,很不符合礼节,看来权贵们的势力范围已经到了能够干扰始皇帝生活的程度。美妇清为了始皇帝的名声,也提醒他现在处于微妙时期,让权贵们抓住什么小辫子来攻击终究不是好事。始皇帝却不顾不管,一如既往地亲近美妇清,只是没有强留她长住宫中。

美妇清留在外面进退自如,可以方便更多地打探消息。

杜辛看出来了,权贵们总是两面三刀,当面一套背后一套,很不地道。以往美妇清刻意与权贵们保持着距离,他还不明白,现在知道了,是避免让始皇帝猜疑。

门童进来通报,说是一个叫韩终的人要拜见。

美妇清没有想到,这人竟然也是个方士。

韩终原是徐福那个圈子里的人,现在徐福出海寻找仙山去了,树倒猢狲散,那个圈子就解散了,韩终自立门户。

"陛下收集书籍,看似保留了我等方士的用书,实际上,却给方士带来了灭顶之灾。"韩终一开口,就来了个耸人听闻的推断。

这是说客的老手段了,纵横家说服君王,都喜欢以这样的危言耸听开始。所以,美妇清见惯不惊,淡定得很。

韩终继续说:"现在焚书,主要是六国史书,自然是为了将来天下长留秦史。但焚完史书之后呢？就该轮到其他书了。莫说陛下,我们都能知道这是出于政治目的,毁掉其他书,只留一家之言,将来自然不用担心六国余孽作乱了。不过这种事情，一旦开始就停不下来。烧惯了史书，也会烧方士的书。"

美妇清道："现在不是特意放过了医药卜筮种树方面的书吗，陛下既然如此下令，自然不会轻易修改。"

"那只是应付时局而已，毕竟天下统一之后，先解决内乱才是最重要的。"韩终正色道，"此事先例一开，谁能说清后来的发展呢？何况已有不少方士的书也被送过来了，据说是在查抄的时候顺便收捡的。但谁能保证将来不会查抄方士的书籍呢？"

韩终停了一下道："听说陛下给你送了不少当初查抄的巴国的东西，你现在名声大，人又信得过。今后呢？换个人也可以使陛下把天下的方术书籍都集中起来啊，到那时若你不再受陛下恩宠，巴国神女一脉说不定从此断绝了。"这显然是挑衅，也是挑拨，韩终的狐狸尾巴终于露出来了，他是权贵们的说客。

美妇清扬扬眉头，却不被韩终的话吓倒，她说："你说了这么多，全部都是将来如何如何，听你的意思，是指我死了以后，或者陛下驾崩以后。你别忘了，我正在炼制不死药呢？"她来了个快刀斩乱麻，扬汤止沸，是要韩终就此打住，想堵住他继续往下说的嘴。

"你……不死药能炼制成功？"果然，韩终被拉进了美妇清设定的话题。然后，摇头失笑道，"未免也太没可能了吧。"他意思很明显，都是方士，内心明白，这原本就是个虚无缥缈的东西。

韩终看出来了，他与美妇清不是一路人，不可能有共同语言，再说下去毫无实际意义，便站起身来摇着头，匆匆地告辞了。

二十六

"他到底想说什么？"杜辛的确没有看懂韩终来这一趟的真实意图。

"他来威胁我。仔细琢磨他的意思，是有深刻含义的。如果我不去劝阻陛下焚书，他们就要造谣，说是我蛊惑陛下，让陛下下令收集方士的书籍，只留我神女的书，今后我神女一脉，就是唯一的方士传承了。"美妇清一针见血地指出了韩终的险恶用心。

杜辛愕然道："这有什么用？陛下是那么容易能改变自己的么？别说尚且没有主家留书这样的事情，就是有了，又能怎样，一群方士还能翻天不成？"他似乎很自信。

美妇清叹道："不可大意呀，他们哪里仅仅是一群方士几个儒生那么简单。方士炼药，可不是随便找个地方挖个坑就得逞的，需要大量物资，谁来供应？除了各国君主贵人，还有谁有资格资助方士？儒生也不是光读几部书那么简单。现在咸阳城里的方士、儒生，不知有多少原来就是六国贵人们的座上客，不知道有多少嬴氏权贵现在还和六国余孽有联系呢。"

"就是说，一旦韩终他们行动，就不只是方士、儒生的问题了，而是背后有人。"经美妇清提醒，杜辛也认识到了此事的重要性，"陛下要极力消除原六国的影响，目前看再过几十年都不一定能行。表面上六国的贵人们已经散了，实际上这个群体根深蒂固，很难消灭。他们要是造反，能够动用的力量说不定会非常了得。我没明白，他们仅仅为了把自己的史书留下，就倾巢出动，冒着天大的危险，值得吗？对了，我记得上次六国贵族叛乱，有一支军队来历不明，去向也不明。说不定六国贵族还有一支秘密军队，陛下找了这么多年，也没见踪迹。"

美妇清摇头道："这不只是史书的问题，这是他们要打断陛下革新的步

297

伐。烧不成书，后面的事情自然做不下去。这种事情是很容易煽动人心的，现在各个层次矛盾重重，交织着，革新就要触动利益的，大家都怕下一个轮到和自己相关的事情了。以书为例，如果医书也集中起来，最后只剩下一脉，他们又会怎么想？"

美妇清说得完全正确，但革新只是一个方面，还有别的方面。雍城平叛后，六国残孽并不甘心，他们大肆贿赂大秦国嬴氏家族的权贵，怂恿始皇帝的老辈和兄弟姐妹向始皇帝施加压力，还花钱买了许多儒生，四处张扬要著书刻简，把始皇帝的残暴记录下来"流芳百世"，他们在军事上失利了，现在想从舆论上把始皇帝搞臭搞垮。这是一个多种关系、多种矛盾交织在一起的特殊时期。

杜辛有些犹豫地道："难道陛下觉得自己等不了太久……"

"不要乱想。"美妇清马上制止了杜辛道，"陛下的个性一直都是多疑的。之前陛下还指望着在海外仙山求来不死药呢，就是现在，恐怕也还有这样的想法。当然，陛下多疑也有好处，总会多准备几手。我若是炼不出不死药，还可以指望徐福。徐福弄不回来药，也可以为大秦开疆拓土。徐福如果回不来，陛下也要有其他计划。陛下就是这样的人，你不能指望他把宝押在一个人身上。"

杜辛摇头道："我没想到，六国余孽能够猖狂到这个地步。韩终这人如果继续待在咸阳城，凭着他的油嘴滑舌和执着，一旦改换门庭，说不定还能混到陛下身边，那就能发挥更大作用了，现在却来警告主家，这人就不得不隐姓埋名了，六国余孽的势力到底有多大啊。"

"韩终未必有多大损失。"对杜辛的看法，美妇清不同意，"六国余孽让韩终做这样的事情，是投石问路，会补偿他的。他也许就在某人府上炼丹。咸阳城里的这种方士实在太多了，算了吧，不谈了，叫人来清理书籍。"

杜辛叫来下人开始清理书籍。这些和方术有关的书，不一定都写在布帛上。有的是竹简，还有龟壳、兽骨、青铜片之类乱七八糟的东西，甚至有沉重巨大的青铜鼎、石鼓。

杜辛突然感觉情况有异。他谨慎地退后两步，将手放在剑柄上，警惕地注视着。

门口进来一人,没有禀报,旁若无人,大摇大摆就径直而入,走近后发现,那人的服装极其贴身,袖口之类是捆住的,一看就知道是便于潜行的装束。

杜辛冷声道:"刺客?我们这宅邸还没有过刺客呢,现在咸阳城果然是越来越乱了。"他担心府上人内外勾结,说着就要上前拼杀。

"我不是刺客,是传话的。"那人说着,进门就站着不动了。杜辛来到美妇清侧后,美妇清示意清理书籍的人不要吱声,听来人有什么话说。

那人说:"当今咸阳形势,明眼人一看便知,不用多说。始皇帝倒行逆施,必定引得天下愤慨,神女故国本是被暴秦所灭,你难道还要执迷不悟,站在仇人一边吗?"

"又来了!"美妇清心里想着,谁也没想到,前面的人前脚刚走,这个人又是来说这个。看来六国余孽并不死心,决不放过每一个争取的机会,穷追不舍地做工作,已经公开地赤膊上阵了。

美妇清谨慎地回答:"巴国早已亡了,是为楚国而亡。始皇帝统一六国,推翻了大秦,我还能复国不成?再说,巴王已经绝后,六国尚不能联合抗秦,难道指望我们这些多年前的小国?"

"已经联合起来了!"那人傲然道,"只要时机一到,天下便处处烽火,声讨始皇帝暴虐。目前,天下人敢怒不敢言是被压抑所致,只要有人振臂一呼,必会群起攻之。"

美妇清疑惑道:"既然已经联合,奉谁为主?六国贵族能够选出一位共主吗?"

那人一愣,然后怒道:"我六国联合起来推翻暴秦,不是给自己找一个新皇帝。何需什么共主?"

美妇清恍然大悟:"明白了,明白了。"

杜辛都听出来了,这是一群不足为惧的乌合之众。六国想推翻始皇帝,这是预料之中的事情,想法终归是想法,想法与办法是有距离的。现在看来,凭这群人的这点本事,是痴心妄想。

美妇清显然也想到了同样的问题,她漫不经心地问:"既然六国贵族要做这等大事,找我这个肩不能担、手不能拎的方士干什么?我整天都在整理这些东西,只关心炼制不死药,其他事情我不关心。"

"反抗暴秦是天下责任,你虽然为方士,也是始皇帝的'后宫行走',冤孽最重,受害最深,你难道就能容忍么?"这人完全错了,他以为美妇清不住美妇宫是受了始皇帝喜新厌旧的排斥,他是来拨弄是非的。他还没完,见美妇清没有立即言语继续说,"不要忘了,你是巴国神女,也是巴国贵族,只要你出面聚集巴国遗族,是可以复国的。巴王是小事,六国都会支持你。"那人改换了口气,没有那么盛气凌人了。

美妇清点头道:"明白了,我该做些什么呢?现在就回巴郡起兵反秦吗?对了,当初六国贵族叛乱,陛下想把那些人连同家眷全部杀尽,我恳求将那些人发配到了巴郡,要我联络他们吗?"她有些戏谑似的说道。

这就是讽刺,那人好像没听出来,正色道:"那倒不必,你记得有这件事情就行了。今后,你也会得到一些帮助。"说完,那人转身离开,来去匆匆,莫名其妙。

杜辛站在门口,看着那人翻墙而去,心里松了口气,转身对美妇清道:"主家,那人是翻墙进来的,而非内外勾结。现在府中人手实在太少,防御上有漏洞。我明天重新调配人手,务必使外人不能潜入。"

美妇清好像没听他的话:"世上怎么会有这些蠢人?他说了那么多,全是空口白话。想要我反秦却什么帮助都得不到。如果成功,自然陛下不得安宁。如果失败,他们也没什么损失。我很奇怪,他们敢在我面前说出这种话,就不能在别的人面前说同样的话么,有那么大的诱惑?"

杜辛也迷惑不解,想了想,然后猜测道:"会不会因为他们现在各自为政,群龙无首,每一个集团都想多拉一点人手?主家刚才怀疑到了?韩终今天过来,这人根本不知道。如果他们互通信息,断然不会做出这种接二连三的事情。无论是韩终,还是这个人,我都感觉浮躁,没有主心骨,没有底气,还一副急不可耐等不下去的样子。"

"浮躁?"美妇清像突然想起什么,"对了,这段时间,不少儒生、方士高谈阔论,说陛下滥用刑罚,专横独断,一意孤行。这些话虽然没当着陛下说,我都知道了,陛下还能一无所知?尽管陛下忙着增强国力,鼎新革故,也不能对要推翻大秦的人不闻不问,让那些人越发得意起来吧,前些日子已经有人在谈论废除郡县制,恢复分封了。"

杜辛感觉可笑:"他们不会认为陛下真的会听之任之,不闻不问吧?陛下如果真的恢复分封,下一步让六国贵族回到封地去?这些人怎么就敢这样?"

"是陛下的沉默助长了他们,让他们觉着陛下软弱了?"美妇清不屑道,"关键是这些走卒背后的六国贵族没有站出来,现在只是一些方士、儒生作跳梁小丑。"她想到了一个词:欲擒故纵。就是后来人们经常提到的上帝要让你灭亡,先要让你更猖狂。从她了解的始皇帝的能力来看,他不可能不知道,知道还不出手,就是在看他们的充分表演。

杜辛有些纠结地说:"让方士儒生打头阵,六国余孽真是想得出来,他们是想把水搅浑,越浑越好,牵扯进去的人越多越好。特别是像主家这种在陛下心中有地位的人,一旦加入进去,不但能壮大他们的实力,还能壮大他们的声威。不过像他们这样三天两头出入府第,就算主家不为所动,陛下有一天知道了,按陛下多疑的脾气,恐怕也会闹出些误会来。他们有意不走正门,会不会就是使的反间计。"杜辛出于一种职业的担心。

美妇清点头道:"现在他们是不惜一切让陛下成为真正的孤家寡人啊。这样的局面,陛下不可能置之不理,只是时机问题。"她也想到了问题的严重性,她认为这样僵持不是办法,她想尽其所力要奉劝始皇帝,改善一下与嬴氏家族各位权贵之间的关系,对权贵要悠着点。同时也要提醒始皇帝对六国余孽要尽早提防,"明日进宫,我就把这些情况给陛下讲一讲,免了误会。"美妇清接受了杜辛的建议,杜辛感觉非常有成就。

第二天美妇清进宫拜见始皇帝。

始皇帝在"美妇宫"的后花园接见她,依旧是那些肃立的甲士,依旧是捧着各种东西的宦官宫女,什么都没有变,可能这是对臣子的一种规格。但杜辛觉得,始皇帝看上去精神不怎么好,显得有点疲惫。他与美妇清的交谈完全没有涉及不死药,对最近咸阳城里大放厥词的那些方士、儒生和六国贵族也没有提起。他们只是聊天,像两个普通人那样,谈些互为关心的身体健康、天气花草之类的话题,还谈了巴郡的出产,渭水的河鲜这些家长里短。

还是美妇清沉不住气,先进入正题:"咸阳城中,风雨欲来,陛下却安坐如山,外面那些人知道后会大失所望吧。"她装作毫不在意地调侃的样子。

始皇帝眼神一凝道:"按照现在的局面,他们确实是想闹得天下众人皆知,到处拉人,到处散布谣言,不过阴谋是不会得逞的。不用太久,他们就会安静下来,有的人是不会相信那一套的,你就没被他们拉走嘛。"从言语中听出始皇帝已经知道了昨天发生的事情。

美妇清并不惊慌,她早有思想准备,也证实了她的周围早就安插有始皇帝耳目的判断。她思量了始皇帝话中的含意道:"昨日确有方士韩终来过,他劝我向陛下进言,希望陛下能够停止焚书。"

始皇帝冷冷地"哼"了一声,美妇清继续说:"不过我想来,此事过于荒谬,陛下做事,哪里轮得到我来说话?"她又把话挽回去了。

始皇帝脸上的神色有些阴晴不定,美妇清接着道:"后来听说韩终等儒生、术士,在广庭大众面前语多张狂,颇有悖逆之处。我才想明白,他们是想试探陛下。若陛下真的停止焚书,说不定今后的各项改革都会停下来。大秦立下的万世不易基业,可不是为了让天下再次分裂。"

始皇帝的脸色缓和了些,沉声道:"前些日子朕没有说话,并不是放纵,是想看看有多少人胆敢诽谤诋毁朕。"他就此打住,没有继续往下说。美妇清已经明白了他的真实意图。

"若是当初七国争霸之时,做这样的事无可厚非。毕竟当时稍有不慎,就会身死国灭。七国之间的仇恨,可谓不共戴天。"美妇清接着说。这样的话可能只有他俩才明白是什么意思,外人是断然听不懂个中真义的。

"难道现在朕行差踏错了,就不会身死国灭吗?现在的朕,还是这个朕,和当时的朕有什么区别?"始皇帝压抑着自己的怒火。

"陛下还是原来的陛下,百姓却不是原来的百姓了。"美妇清这话一出,始皇帝陷入了沉默。"当初除了秦国的百姓,其他都是敌国。现在全天下的人,都是陛下的子民。如果动不动就要捕杀,难道要把天下人都杀光吗?"美妇清的意思很明白,她主张以退为进。

"能够杀光的。"始皇帝缓慢却坚定地说,"当然用不着那样,擒贼擒王,只要把反对派的头头杀光,自然就清净了。"

美妇清也坚持道:"有些人,现在是反对派,将来未必就是反对派。何况某些人的行为,也罪不当死。那些打打嘴上牙祭的人,胡说八道一下,陛下就将其捕杀,岂不是让天下人心寒?"她虽然语气谦和但话的分量不轻,她的目的是改善关系,后发制人。但她的想法在此时提出不是时候。

"那又如何?"始皇帝大笑道,"既然那些人说朕残暴好杀,朕就按照这个说法,将他们全部杀掉,正是求仁得仁啊。"他并没生气,仍是一副讨论问题的样子,却表明了态度,不愿采纳她的建议。

美妇清无力地说:"陛下,那些方士、儒生怎么会无缘无故地诽谤陛下?他们背后必定有人指使,陛下不去斩断那些握剑的手,却只折断其剑,有什么用呢,这是只治其标,放弃其本?"

"朕当然知道,不过那些人实在藏得太深。可笑啊,朕明知是六国余孽在背后弄鬼,却不能找出实据。既然一时没办法砍断那些手,就先折断其指吧,也算给那些人一点教训,逼迫幕后的鬼神跳到前台。"始皇帝站了起来,缓缓说道,"有些事,朕是一定要做的。"他的态度非常坚定。今天他俩话不投机。始皇帝站起来竟然走了,一点没有要留美妇清在宫中住宿的意思。

美妇清回到宫外的府邸,很快就有新消息传过来。始皇帝开始大肆搜捕儒生、术士,进行威吓利诱,让他们相互揭发举报诽谤皇帝的人。

杜辛觉得始皇帝是用这种方式来表达不满,这是美妇清成为始皇帝的"后宫行走"以来,第一次被始皇帝疏远。

美妇清在宫中的一席话,显然让始皇帝很失望,甚至生气。原本在几天后才会进行的搜捕行动,现在提前了。

"今晚,我把守卫调开吧,万一上次那个传话人再来。主家见不见?如果不见我就把他堵在门外。"杜辛看着美妇清痛苦的样子,提前进行安排。

美妇清坐着,双目无神地看着围墙上方的天空,低声说道:"放他进来吧。"

晚上,那人真的又来了。他皱着眉,一副沉痛的样子道:"儒生、方士、术士都是国之栋梁,现在竟然遭此毒手,你于心何忍?"

"确实可惜。"美妇清叹道。

"你刚刚离开皇宫,那些人就被抓了,你是煽风点火唯恐事情搞不大,助纣为虐,你对暴君说了什么,你还是不是六国后裔?"虽然这样的质问极其无礼,但说话的人愤怒到了极点,已经不能控制感情。

美妇清没有计较,平静地解释:"当时我是真的奉劝陛下不可滥杀,可他也忍无可忍。"

"哦?还真有这事?"那人轻蔑地,满嘴冷嘲热讽说了几句气话。突然又转变了态度,语气温和地说,"倒是怪了,这次的确没让你留宿宫中,也许你说的是事实,惹恼了暴君,你已经失宠,暴君不信任你了。"他既像是问,又像是猜,还像是幸灾乐祸。

这样的情况,让那人捉摸不定了。按理说,美妇清是真的无辜,应该理直气壮地反驳,或者大声怒斥才对。如果心虚,也应该极力辩护才对,而不应该像现在这样沉默寡言。

杜辛知道,美妇清真的是非常纠结,不想说话。今天白天始皇帝那毫不犹豫的决裂,突然地疏远了自己的心上人,让美妇清意想不到,有许多往事涌上心头,像是打翻了百味瓶,让她有些精神恍惚。

"难道让我们去挑拨陛下吗?那些人死不死,对我们有什么好处,我们主家是要贪那些人的方术不成,真是岂有此理,你凭什么在这里来说事?"杜辛大声插话,他为美妇清忿忿不平。

那人扬起下巴,像第一次看到杜辛一样,厌恶地道:"你是什么人?哪里轮得到你说话?"

"和你一样,一个下人。"杜辛有意嬉皮笑脸地说。

那人听杜辛这么说,一张脸涨得通红。那人就是个门客,但和美妇清这样的小国后裔比起来,还自觉高贵。那人不服气,逼视着杜辛:"你敢如此放肆?"此人虽然身手灵活,是翻墙越户的好手,要论搏杀,那就不行了,也就提提虚劲。他在比较了自己和杜辛的体格后,果断地决定不把防身的匕首抽出来。

"我记得你上次来,也说要反抗暴秦,你说始皇帝暴虐,天下之人敢怒不敢言。只要有人振臂一呼,就会群起攻之,我没记错吧?"杜辛皮笑肉不笑地说,"现在那些人做的正是振臂一呼的事情,为什么你们仍然藏头盖脚,没有出来群起而攻之呢?"

"岂有此理,这是你能理解的么,那些人为了天下百姓,正被始皇帝拷打,你居然说出这种话来。"那人的话让杜辛意外,他还以为对方会说正在积蓄力量,不能轻易暴露之类的话呢,结果对方把话题引开了。不行啊,得让对方更愤怒才行。

"你这样着急,是里面有你们的人吧?你们就是想让这些人去送死,为什么突然又舍不得了?难道觉得他们现在死了,价值还没发挥出来?也对,如果让这些诽谤陛下的言论传到各地,让天下人都知道这件事情了,陛下才动手捕杀他们,效果最好。看来,你们希望的不是救人,而是让他们早点死。"

杜辛肯定地说:"就算陛下决定从宽处置这些人,你们也会继续让他们到处去诽谤,这样一来,终究会激怒陛下,最终走上处死这条路。那时你们就名扬天下,你们太卑鄙了,是踩着同伴的尸体想出名啊,以死人来印证陛下确实残暴不仁,你们这么做有天良么?"

那人听杜辛这么一阵抢白,惊呆了,有些惊慌失措。看得出来,这人在门客中地位不高,没有多少城府,并没有长远打算,六国贵族的下一步计划还不被他知晓。

杜辛看他脸上阴晴不定的样子,又说:"你没想到这些吧?像你这样如同犬羊一样的东西,也就给人跑跑腿,配知道别人的机密么?时至今日,你还以为是凭自己本事进的府邸?那是我故意放的啊,哈哈哈哈。"把那人大大地洗刷了一番之后,杜辛得意地开怀大笑。

现在那人的脸涨成紫红色了,手也颤抖着几次伸到腰后想拔匕首,之所以还保持最后一点理智,是因为杜辛已经把手按在了剑柄上,随时可以出剑,镇住他。

"匹夫,你敢如此辱我,来日必当有报。"那人恨恨地丢下一句话,战战兢兢地后退。

杜辛又说:"还是换个人来吧,你实在太孬……"剩下的话没再说,还有些得胜不饶人的意味深长。对于杜辛的行为,美妇清不反对,也不支持,一直闷在那里不吭声。

杜辛重新安排了守卫,又把附近仔细搜查了一遍,才有些忧虑地对美妇清道:"这下子算是把两边都得罪了,主家即使不想和他们来往,敷衍拖延也

美妇清

就是了。不知怎的我就说出那样一番话来,现在我羞辱了那人,给主家惹了祸,万一他回去颠倒黑白,添油加醋地说动他的幕后主使派人前来刺杀,会是防不胜防的。"

"他们来人好了,刺杀恐怕还不至于,威逼利诱还是有可能。"美妇清仿佛放下了重担,显得轻松起来。杜辛的行为在美妇清看来没有闯祸,还对了她的心思。他也放心了,长舒一口气。

"我想假死。"美妇清闷出一声。

"假死?"杜辛觉得不可思议。

"现在不再是以前了,以前我可以一直坚定地支持陛下,为了安定社稷,让大家过好日子。现在又起纷争,陛下脾气坚硬,儒生没有还手之力,秦国人恐怕又要血流成河,生灵涂炭了。"

"主家假死,财产恐被没收,坞堡人的生活着落怎么办?"杜辛引发了担心,他舍不得这些年来在美妇清手下讨生活日子的那些还算过得去的兄弟姐妹。

"我手下的人没了我,可以去投奔那些接受分割财产的人,他们不至于不收留我的人吧。"美妇清显然已经想过这个问题了,"他们终究还算有退路,我怎么办?现在我劝不了陛下,六国贵族也苦苦相逼,想起来比以前七国争霸时还要凶险。"她显然意识到,这次进宫与始皇帝拌了几句嘴,始皇帝没让她留宿,是疏远的一个信号,始皇帝已经不需要她了。

杜辛表示怀疑:"没这么严重吧?主家如果不喜欢咸阳,坚持留在巴郡就是了。今后始皇帝让再来咸阳就称病,即使陛下知道主家是在推脱,看在这些年主家对皇宫的贡献,总不至于……"

"如果只是陛下,那自然是可以的。现在有了六国贵族,反倒麻烦。七国相争,大秦会护着我。六国贵族全成了陛下的子民,他们反倒放开手脚犯上了。这才是个开始,不管我做或是不做什么,六国贵族都不会放过我。即使我不为所动,他们也会从其他人身上下手。"美妇清心里最明白,始皇帝对她已有隔阂,她尽量把内心对始皇帝的看法压下来,那是他们之间的纠葛,不能让外人看笑话。

杜辛想了想道:"主家身边的人应该没有多大问题,难道是那些分出去的人,会不给我们容身之地?"听话听声锣鼓听音,杜辛已经听出美妇清反话正说的弦外之音,他还是把美妇清担心的事情挑明了。

"正是他们,这些人中间,本来就有许多巴国遗民。复国那一套蛊惑不了我,他们也蛊惑不了么,我看不一定,总是有人要上当的。那些人一定会拉拢更多的人,要是他们真的起兵反叛,我能怎么办?"美妇清见话已说开,也不回避,阐明了自己的疑虑。

杜辛道:"那些人真要谋反,一定会挟持主家,用主家的名义蛊惑更多人。如果挟持不成,也会攻打坞堡,主家是不忍心看到这个结果吧?"

美妇清点点头道:"以往的反叛也有过几次,每次都是不服我坐这个位置,参与者为了私心,但我问心无愧。今后反叛的人就不是想争一个堡主的位置那么简单,可能觉得真的复国好,我凭现在的力量怎么说服他们?如果狠下心引郡守派兵前来杀了他们也行,有何必要呢?我不是屠户,我不好杀人,可是有人却好杀人,要来杀我,不能因了我而死更多的人了。只要我一死,一了百了。六国余孽所以三番五次来拉我,还不是因为现在的巴国遗民中,只有我神女后裔才能够一呼百应,其他人不能服众。"

"你这么做,陛下那边也算是个交代,陛下多疑,再加上迟迟不能炼制出不死药,所以主家与陛下的关系会越来越坏。"虽然杜辛不相信不死药那种东西,但是现在骑虎难下,应该通过不死药来说事,让美妇清与始皇帝再度联手。这当然只是一个卫士的一种考虑,这绝对是善意的愿望。

美妇清迈开了不死药的话题道:"所以我才要激怒那些六国贵族,让他们来杀我,如果他们来了,我们就与他们拼了,再烧了房子,造成我们同归于尽的假象。"现在她想到了真死。

杜辛没有听明白,反对道:"如果我们参与的人太多,怎么能保证消息不泄露?如果我们的人手太少,又怎么能围杀他们,或者没有保护到主家你,怎么办?"

美妇清不以为然地道:"无妨,保密要紧。你一个人就足够了!"这体现了对他的充分信任。杜辛很感动,但感动是不能解决问题的。

"太冒险了,我不干!主家相当于把生命完全交到我手里了,万一有个闪失我担当不起呀。"

美妇清

"别害怕,要有信心!"

杜辛依旧觉得风险太大,但也确实没有更好的办法。现在咸阳的局面已经不能让他们有更多的时间来商量这个问题了。美妇清下定决心一死,无论是真死还是假死,这都是可以利用的机会。

杜辛调动了守卫,留出防卫上的破绽。这次赵离和陈布都没来,杜辛直接管辖那些巡逻护卫。他们每队只知道自己的线路,对于变更的线路毫不在意,或者根本没有意识到。同时,对于巡逻护卫来说,这很正常,谁也不能肯定自己只能沿着一条路走。

杜辛以前做过那么多杀人的事,都没害怕过,现在他坐在门口,还感觉有些紧张,也许因为这次是特殊时期要做的特殊事情,一旦成功,就会彻底告别以往的生活。如果失败,后果无法想象。

一切都准备好了。

看看这个宅第,始皇帝让美妇清来清理方士的书籍是个好机会,大堆大堆帛书、竹简之类的东西放得到处都是,有的堆了一人多高,足够让人在后面埋伏。

美妇清端坐在正堂,为防万一,杜辛和她约定,若是来人太多,杜辛没有把握全部解决,就放人先进去,美妇清和他们纠缠,另找机会解决。如果杜辛有把握,行动后美妇清赶快藏进书堆后面,来人很可能只顾厮杀,不会去管美妇清。这很冒险,凡事都有万一,但已没其他更妥当的办法了,诱饵之计也是美妇清自己提出的。

当晚,门口进来五个人,他们翻墙进的院子,从翻墙的动作看,身手一般。这次布置得外紧内松,越是靠近美妇清的地方,越是没人防卫。

进来的人看杜辛在二道路门口坐着投壶,这是当时流行的一种游戏,通常在宴会时进行。动作简单,将箭矢投掷到壶里,看准确率。

这是贵人们玩的游戏。杜辛一个下人,虽是美妇清的近身护卫,也就是个护卫。投壶是要讲礼仪,讲身份地位的,哪轮得到一个下人来玩这种游戏!

他们已经确认,附近没有其他护卫,就大笑道:"一个小小护卫,也配玩投壶?贵人的游戏,你学来能和门外的乞丐博弈吗?"听这声音,是上次来过的那个人。上次遭到羞辱,想必心中念念不忘。

杜辛看看他,又看看同行的人,发觉他只是个带路的。五人中间有个脚步虚浮的人,看来他平时少于运动。但他脸上表情最为威严,他的地位应该是五人中最高的。

杜辛估计着对方的实力,领头的这人是个熊包,可以忽略不计。来过的那人也很一般,但动作灵活,如果在第一时间不杀掉,他会对美妇清产生威胁。剩下三个人看起来有些身手,走路很稳健,这是他要对付的重点。

三人中有一个很魁梧,却有些呆呆傻傻的样子。这种人通常力气很大,灵活不足,对突然袭击往往无法迅速反应。但这是一个难缠的对手,这人是他要攻击的重中之重。另两名剑客,一个长须,一个脸黄得很,他们可以留到后面解决。

锁定了目标,看着他们越走越近,杜辛站起道:"尔等好生无礼,莫非要依仗人多势众?"他一边说,向后退了几步。

这个动作让对方笑了起来,他们以为杜辛害怕了。来过的那人不怀好意地冷笑着,往杜辛侧后绕了过来道:"人多势众又如何,就是要……"

话音未落,就听"嗤"一声,杜辛将手中箭矢甩出来,正中那人眼眶,只听他惨叫一声,翻身栽倒在地。

事发太快,那些人都没反应过来。杜辛又是一箭掷出,明明瞄的是那魁梧人的眼睛,却扎在了鼻梁上。那人眼睛眨了眨,张口惨叫。杜辛速补一矢,正中张开的大嘴。那人喉咙发出嚯嚯的声音,倒在地上翻来滚去。

巴人自古擅长掷剑,当年巴人先祖分为五支,相约掷剑于石穴,命中为王。杜辛出其不意,用箭矢而非剑是祖传绝技,很有威力。他抓了一大把箭矢在左手,正要再掷,那领头的直剑刺来。杜辛用臂一挡,扔掉箭矢侧身拔剑一迎。顺起一脚,把那领头的踢出几步,摔在地上不知生死。

黄脸剑客攻了过来,杜辛挥剑一引,那人往旁边跳闪。杜辛侧头看了看,美妇清已经不在堂上,想必是躲了起来,便想着把长须、黄脸两人引开,以防狗急跳墙,去进攻美妇清。

这两人没有配合,也不懂战术。如果一人缠住杜辛,另一人去找美妇清,结局可能就要重写。杜辛已经击败三人,信心倍增,现在又占上风,对手虽然还有两人,却被他压制。这两人的剑术也还了得,有些合击经验,一时间,杜辛无法击败他们。三人边打边走,杜辛有意把他们往外引,慢慢地靠近了院落的门口。

美妇清的宅邸占地极大,用回廊、假山、树木分割,杜辛安排让所有人远离这里,此时虽有利刃交击、呵斥之声,却没惊动其他人。就算往外再走一些距离,都不会有人听到。杜辛记得,外面有个池塘,旁边是竹子。他要把两人引过去,在池塘旁边将他们分割,逐一击毙。

杜辛担心院门关着,这俩人出不去。现在靠近了才知道院门大开着,粗大的门闩就放在地上。原来,那个领头人不耐烦翻墙,见府内防御松懈,让人翻墙开门,他是直接走进来的。

杜辛沉着地逼着两人往外走,一边想着,只要到了池塘边,事情就简单了,他循循诱引。

突然身后传来尖叫,对面的两人惊疑不定,杜辛却不为所动,加快了动作,把那两人越逼越狠。眼看已经出了院门,那两人却突然高兴起来,脸上露出喜色。黄脸剑客道:"你的主家已被抓住,还不快快弃剑投降?"

杜辛一剑刺出,冷冷地说道:"休要诳言,扰我军心。"说着使出势大力沉的锁喉锁阴剑,弄得两人手忙脚乱穷于应付,那黄脸剑客退后一步,跳出圈子,偏头对杜辛身后大喊:"快,让那女人有点响动!"

他这一偏头颇为冒险,想到自己已经出了圈子,表明休战诚意。攻击的对方在这种情况下,多少也要投鼠忌器。不料杜辛见状却卖了个破绽,大减压力,又出乎意料地突然用力一踢,放在地上的门闩撞在门上,反弹下来,一下子打在长须剑客的脚上。那门闩沉重得很,长须剑客不由自主地一个趔趄。

杜辛趁势上前,一剑挥出,在长须剑客脖子上割了个口子,鲜血喷薄而出。那人本来伸出手去想撑住旁边的围墙,这下却直挺挺地撞到墙上,然后软软地滑到地上。黄脸剑客猝不及防,只好迎着杜辛抵抗。杜辛用脚尖挑起长须剑客的尸体,向他踢去。黄脸剑客惊骇莫名,急忙躲闪,杜辛上前几剑便将其刺死。

杜辛转过身来,美妇清果然就在身后,她倒是安然无恙,脚边倒着一具尸体,正是那个领头的。杜辛知道那是他与美妇清厮杀,不敌而亡。想来恐怕是他从晕迷中醒来,见杜辛离得远了,就进屋搜索。美妇清被他找到,便挟持了过来，却在无意中丢掉了性命。

美妇清手上还拿着匕首，对着杜辛比画道："这人没啥武功，他用单面刃的匕首背面放在我脖子上，我就用这把匕首解决了他，说完扬了扬手中那把匕首，你还记得吧？"就是那晚抢第一颗长生药的那把匕首。

杜辛笑道："记得，一直都记得。"杜辛心想，真是危险，要不因为那人紧张，此时，谁胜谁负都未可知了。

突然，美妇清背后出现一个满脸血污的人，举剑向她刺去……

杜辛高喊："主家，背后……"但为时已晚，那人已向美妇清刺出两剑，她倒在了血泊中。

一股血直冲杜辛脑门，他几步冲到那人跟前，手起剑落，嚓嚓，嚓嚓，嚓嚓，嚓嚓，把那人剁成了筛子，竟然是那儒生。

杜辛蹲下，把美妇清抱在怀里，这是他第一次这么近距离地接触美妇清："主家，主家……"

美妇清缓缓地睁开双眼，拉开自己的面纱，喃喃道："我终于可以见到始皇帝最后一面了。"她美丽的脸迎着天穹，无神的眼光望着杜辛，慢慢地闭上，她真的死了。

美妇清的府邸燃起大火，惊动了整个咸阳城。前去救火的人看见了杜辛和地上的几具尸体，美妇清躺在棺木中，她看上去很漂亮，很安详。杜辛腿上受了伤，还一点一点地往正燃烧着的房屋爬去。惨烈的场面，让人见之落泪。

始皇帝知道了前因后果，执意要见美妇清最后一面。

还是那么大的排场，清道，警戒，万民肃静，闲人回避。始皇帝来到美妇清的府上，他让人把棺材打开，默默地一个人扶棺细看，没说一句话，悲伤至极。美妇清实现了她的愿望，始皇帝来了，来看她来了，她却以这样的方式，与始皇帝永别。

始皇帝命人在咸阳和巴郡都修筑了怀清台，以此纪念美妇清。

2012 年 10 月 1 日至 2013 年 5 月 4 日第一稿
2013 年 6 月 18 日至 12 月 5 日第二稿
2013 年 12 月 5 日至 12 月 31 日第三稿